suhrkamp taschenbuch 3589

W0278598

Für manche Menschen ist jede Zeit eine Zeit der Gefahr, in der das Leben intensiver wird, sich konzentriert auf den gegenwärtigen Augenblick, das Jetzt. Lebenshunger zeichnet sie aus und eine Unersättlichkeit, der fast alles geopfert wird. Stein, Österreicher in Kalifornien, der zwischen Neuer und Alter Welt pendelt, ist einer dieser ängstlich Verwegenen. Er lädt Stéphane, seinen Freund aus Pariser Studententagen, zu dessen 50. Geburtstag an die Westküste ein. Ihr einwöchiges Zusammensein wird zu einer Fahrt ins Blaue, einem Erinnerungs- und Bilanztrip. Vieles, finden die beiden heraus, war falsch – ihre Fahrt aber Richtung Hölle setzen sie mit unverminderter Geschwindigkeit fort.

»Der Skwaraismus ist die Leidenschaft, die ihre Unerfüllbarkeit zum Programm macht.« *Martin Walser*

Erich Wolfgang Skwara, geboren 1948 in Salzburg, lebt in San Diego (Kalifornien) und Paris. Im Insel und im Suhrkamp Verlag erschienen: *Anruf aus Rom.* Eine Zwischengeschichte, 1999 (st 3048), *Versuch einer Heimkehr.* Erzählung, 1998 (st 2865), *Die heimlichen Könige.* Roman, 1995, *Tristan Island.* Roman, 1992, *Eis auf der Brücke.* Roman, 1991. Für *Zerbrechlichkeit oder Die Toten der Place Baudoyer* erhielt er den Hermann-Lenz-Preis.

Erich Wolfgang Skwara

Zerbrechlichkeit
oder
Die Toten der Place Baudoyer

Roman

Suhrkamp

Umschlagfoto: Photonica/Beverly Brown

suhrkamp taschenbuch 3589
Erste Auflage 2004
© Insel Verlag Frankfurt am Main und Leipzig 2002
Alle Rechte vorbehalten, insbesondere das
der Übersetzung, des öffentlichen Vortrags
sowie der Übertragung durch Rundfunk und Fernsehen,
auch einzelner Teile.
Kein Teil des Werkes darf in irgendeiner Form
(durch Fotografie, Mikrofilm oder andere Verfahren)
ohne schriftliche Genehmigung des Verlages reproduziert
oder unter Verwendung elektronischer Systeme
verarbeitet, vervielfältigt oder verbreitet werden.
Druck: Nomos Verlagsgesellschaft, Baden-Baden
Printed in Germany
ISBN 3-518-45589-3

1 2 3 4 5 6 – 09 08 07 06 05 04

Zerbrechlichkeit

oder

Die Toten der Place Baudoyer

Stumme Stimmen

Die Dinge, die bald verschwinden würden, festzuhalten, es war ein unmögliches Unterfangen, und doch schien kein anderes der Mühe wert. Auf Menschen mußte man dabei nicht zählen. Stein liebte unvorsichtig und vergaß nicht rasch genug, das war seine Schwäche seit Anbeginn. Aber er durfte nicht glauben, daß er heillos derselbe blieb; auch er veränderte sich, fügte sich in seine Zeit. Längst, und erschreckender mit jeder neuen Begegnung, liebte er weniger hingegeben und vergaß seine Schwüre, längst stand ihm Tiefe nicht mehr zu. Er spürte, wie alles, was ihn betraf, an ein Ende drängte. Dabei war Stein nicht alt, im Gegenteil, er begegnete immer häufiger dem Kinde, das er gewesen war. Er mochte sein Rückwärtsgehen, er hieß das Kind willkommen, das dem Gewicht seines Gelebthabens endlich Leichtigkeit verhieß. Es galt Flügel zu öffnen und abzuheben; längst drängte die Zeit. Ein Satz Hölderlins kollerte durch seinen Kopf: »Wo Gefahr wächst, wächst das Rettende auch«, oder so ähnlich immerhin, aber wozu diente der Satz? Stein verschwieg sie besser, seine Vorratskammer an alten Zitaten; sie erreichten keine willigen Ohren mehr, und er beherrschte sie auch nicht stichfest genug, um vor den wenigen zu bestehen, die sich noch auskannten in gestrigen Dingen. Manche machten ihm seine Wehleidigkeit zum Vorwurf, und er fragte sich: Bin ich wehleidig? Andere nannten ihn stolz, aber Stolz hatte er nie empfunden, und falls eine schöne Frau ihn nur aus Mitleid mit seiner Nicht-Schönheit geliebt hätte, er hätte ihre Liebe bedenkenlos angenommen. Niemand wußte, warum irgendwer irgendwen liebt. Stein krümmte sich vor Nichtbegreifen, das ihn niederzwang wie eine unsühnbare Schuld. Zugleich träumte er trotz der späten Stunde von einem neuen Anfang, den er niemals setzen würde. Er, der um das Verschwinden des Kostbaren wußte, war nicht der Mann, auszurücken und eine Welt zu retten, die von Zerstörern seiner Art bevölkert war. Er atmete schwer. Aufgeblasen, übergewichtig saß er auf einem Fensterplatz im Flugzeug zwischen Chicago und Paris: wie oft war er diese Strecke in der einen oder anderen Richtung geflogen! Nicht wenige Hostessen kannten ihn längst und begrüßten ihn mit seinem Namen. Die Fluggesellschaft, denn er flog stets mit derselben, dankte ihm für seine Treue mit allerlei Vergünstigungen. Seit er in Amerika lebte, nun bald sein halbes Leben schon, war er im Zweimonatstakt hin und her geflogen, beruflicher Gründe und diverser Liebschaften wegen. Seit geraumer Zeit jedoch spürte Stein, daß er der Kongresse und Vorträge müde wurde, und seiner Leidenschaften vielleicht auch. Der Flug, auf dem er sich befand, war vielleicht schon der letzte, vieles schwankte in seinem Kopf. Dabei standen ihm alle Wege offen, sie konsequent zu verschütten, einen nach dem anderen, bis es nur noch einen einzigen oder auch keinen mehr gäbe, das lockte Stein. Die Maschine war voll, die Osterwoche vorbei, Hunderttausende von Europäern besuchten Amerika, überzeugter noch, daß es dort etwas für sie zu entdecken gab, als die Amerikaner auf ihrem Europatrip. Wo gab es mehr zu sehen und zu erleben, und wo steckte das Wunder: in einer alten oder neuen Welt? Steins Antwort, hätte sie jemand gefordert, hätte verwundern müssen: Ihm waren die Stunden des Fliegens zur ihm entsprechenden Dimension geworden. Europa, Amerika, hätte er abgewinkt, der feste Boden der Erdteile diene dazu, recht bald wieder abzuheben. Und wenn er seine Flüge addierte, hatte er dann nicht Wochen, ja vielleicht Monate bei minus fünfzig Grad Außentemperatur in zehntausend Meter Höhe ohne Nabelschnur zur Erde verbracht? Räumte ihm dieser Umstand nicht eine Sonderstellung ein, ähnlich einem, der im Koma liegt, während für die armen Gesunden bloß Kalenderzeit vergeht? Aber jeder Kapitän und jede Hostesse übertrumpften ihn hundertfach, ohne daß sie einen Gedanken daran vergeudeten. War es nicht vielmehr so, daß Stein trotz aller Besonderheiten seines Lebens doch nur das Männchen aus der Provinz geblieben war, dem Hören und Sehen verging, wo andere nur gähnten?

Er hatte geschlafen, jetzt tat ihm vom langen Sitzen der Rücken weh. Wie spät es wohl sein mochte? Gerade erst, so kam es ihm vor, war die Sonne untergegangen, irgendwo über dem Osten Kanadas war der letzte Glutstreifen des Tages hinter der Maschine erloschen, und jetzt, er schob den Plastikschutz vor dem Bullauge nach oben, jetzt blendete ihn schon das Licht des neuen Tages: bis zur Ankunft war es also nicht mehr weit. Er schloß noch einmal seine Augen, es wurde nicht mehr ruhig in ihm, schon verteilten die Hostessen das Frühstück, schon herrschte überall Bewegung. Aus den Bildschirmen über den Sitzreihen, aus denen nachts das Wetterleuchten pausenlos laufender Filme die Passagiere fahl beleuchtet hatte, quoll jetzt – nur ja kein Innehalten! – jene Nachrichtensendung, zu der ein in ganz Amerika bekannter Fernsehjournalist wöchentlich prominente Kollegen und Persönlichkeiten aus der Politik ins Studio holte. Um jetzt zu hören, was diese Münder auf den Bildschirmen sagten, hätte Stein nach dem Kopfhörer greifen müssen; es herrschte Bilderzwang, aber wenigstens wurden die Reisenden noch nicht zu hören gezwungen, was sie vielleicht nicht hören wollten.

»This Week with David Brinkley«, so hieß die Fernsehshow, die hier zeitverrückt auf dem Flug von Chicago nach Paris um sechs Uhr morgens gezeigt wurde. Stein hatte diesen David Brinkley seit bald dreißig Jahren immer wieder einmal auf dem Bildschirm gesehen, und es stimmte freilich, daß es sich bei diesem Herren um einen der bedachteren und würdigeren Vertreter seines Berufes handelte, daß er klüger und menschlicher auftrat als seine nur zu häufig zähnefletschenden Kollegen. Alt war dieser Mr. Brinkley inzwischen geworden, Stein erschrak geradezu, wie alt er wirkte! War wirklich so viel Zeit vergangen seit dem ersten oder letzten Mal, als er diesem Gesicht begegnet war? Wenn dann in so einem Gesicht, wem es auch gehören mochte, der Tod auftauchte, dann gebührte der Entdeckung dringliche Wichtigkeit. Und deshalb starrte Stein gebannt auf den Bildschirm über seinem Platz. Er hätte gern gewußt, ob David Brinkley nur gealtert war oder an einer Krankheit litt, er hätte gern seine Stimme gehört, aber nicht, was die Stimme zu sagen hatte. Und schon schwenkte die Kamera auf die anderen Gäste ab: da saß jener eingebildete Glossenschreiber aus der Hauptstadt, den jene, die es wissen mußten, einen Erzkonservativen nannten, der bisher immer nur mit Fliege und einem grinsenden Yankeegesicht aufgetreten war, und der sich nun eine Krawatte umgebunden hatte. Stein fand es seltsam, daß in der Politik meist die Dummen und Bösen zu den Konservativen gehörten, während es draußen im Leben doch eher die Bedachten und Besorgten waren, die bewahren wollten, was des Bewahrens wert schien.

Dann wurde ihm plötzlich die Lächerlichkeit dieser Fernsehrunde bewußt. Wie wenig die hier zum Gespräch geladenen Herrschaften zu überzeugen vermochten, solange der Ton ausgeschaltet blieb! Allein am Gehörtwerden hing ihre Existenz; wie sie da mit den Händen große Gesten in den Raum schrieben und mit ihren durchwegs müden – denn begeistert war da keiner mehr – Gesichtern ein wenig Leidenschaft für ihr Thema vorzutäuschen versuchten, ergab ein trauriges Bild. Stein löffelte nun gründlich seine Joghurtschale leer, den Rest des Frühstücks ließ er unberührt. Er fühlte Mitleid mit diesen Fernsehköpfen, und zugleich Verachtung, wobei er nicht ausmachen konnte, welches Gefühl in ihm stärker war.

Das »Weltgeschehen« bestand darin, daß darüber geredet wurde. Die Handlungen der Handelnden erhielten nur dann ihre Gültigkeit, wenn jemand darüber redete. Wer handelte also in Wahrheit? Jene, die handelten, oder jene, die darüber berichteten? Der Kapitän teilte mit, daß man die Südostspitze Englands überflog und in dreißig Minuten landen würde. Stein überlegte, wie Handlungen im weltbewegenden Sinn – ein Präsident unterzeichnete eine Kriegserklärung, der Papst verkündete eine Enzyklika – immer nur Reden: also *Gerede* waren, und wie zwischen den Handelnden und den Berichtenden kein Unterschied bestand. Schon spürte er, wie die Maschine an Höhe verlor, die Hostessen sammelten Tassen und Teller ein, Frankreichs Felder zeichneten sich ab, als er aus dem Fenster blickte. Stein liebte die sattgrünen Quadrate, zugleich erschreckte ihn der Tag. Wer redete, wer handelte? Da draußen war alles hell und groß.

I Im Kreisverkehr

I

Stein hatte lange überlegt, was er seinem Freund Stéphane zum fünfzigsten Geburtstag schenken sollte. Daß er ein rundes Fest nicht übergehen konnte, lag auf der Hand. Auch schien ihm, als hätte er etwas an ihm gutzumachen, und wäre es nur, daß die Zeit verging. Im vergangenen Jahr waren einige Freunde verstorben, die fehlten nun, wie sehr man einander auch vernachlässigt hatte, als es noch nicht heißen mußte: zu spät. Seit dreißig Jahren kannten sich Stein und Stéphane, und was hatten sie gerade in der ersten Zeit nicht alles gemeinsam erfahren, wie bestimmend war ihnen ihre Freundschaft – oder was sie dafür hielten – doch gewesen! Stéphane hatte mit seiner lockeren, selbstsicheren Art für Stein Frankreich verkörpert; jenes Land, das der kaum zwanzigjährige Österreicher vielleicht gerade deshalb zu lieben sich entschlossen hatte, weil kein Anlaß dafür bestand. Weder Vergangenheit noch Familie, keine wie auch immer gearteten Umstände verbanden ihn damit. Und so war es gut. Er verweigerte sich Bindungen, in die er hineingeboren war; konnte unser eigentliches Zurweltkommen nicht erst in freier Wahl stattfinden? Er beneidete Stéphane um seine Sprache, seinen Witz und sein lockeres Zuhausesein mitten in der Hauptstadt der Hauptstädte. Stéphane besaß scheinbar alles, was ihm selber fehlte. Er schien zuversichtlich mit dem Leben verbündet und zuckte nicht zusammen, wenn jemand an die Tür klopfte. Wenn er in Laune war, führte Stéphane schon nach wenigen Minuten auch im überfülltesten Restaurant mit fremden Leuten am Nebentisch ein heiter intimes Gespräch. Er ließ, wenn überhaupt, nur jene Trauer gelten, die äußeren Anlaß hatte; Schwierigkeiten waren ihm willkommen, weil sie ihn herausforderten zur Tat und Überlegenheit. So wurde jeder Tag für ihn zur Schachpartie: er kannte die eigenen Absichten und dachte stets ein paar Züge voraus. Stein staunte nur. Er hatte den Sieg der Munteren immer etwas billig gefunden; zugleich aber spürte er Eifersucht. Sein eigenes Unbeholfensein lastete er seiner – wie er meinte: finsteren – Kindheit an, wo die umstehenden Berge im Winter schon am frühen Nachmittag die Sonne verschluckt und die Stadt in Schatten gehüllt hatten. Bei einem Schriftsteller hatte er einmal gelesen, es gebe nur eine einzige Ungerechtigkeit: am falschen Ort geboren zu sein. Vielleicht besagte der Satz etwas anderes, als Stein darunter verstand, aber er hatte ihn nun einmal für seine eigenen Zwecke zurechtgebogen: er war am falschen Ort zur Welt gekommen, und selbst die gelungenste Flucht hielt keine dauerhafte Rettung bereit. Stéphane hätte solche Gedanken für unsinnig erklärt; er leugnete das Recht auf Schwermut eines jeden, dem es gut erging. Damals, als die zwei sich kennenlernten, dachte er in Klassenunterschieden, er pries jene, die 1968 im Mai in Paris Barrikaden errichteten, aber zum Mitmachen war er dennoch nicht bereit gewesen. Stéphane sah in seiner Stadt nicht das Lichterparadies der Touristenführer. Er sah das steile Gefälle zwischen reichen und benachteiligten Vierteln; er war im neunten Arrondissement aufgewachsen und sah keinen Vorzug darin, wie sehr die Touristen Montmartre und Pigalle auch rühmen mochten. In Stein, der es sich leisten konnte, Orte ans Herz zu nehmen, ohne mit ihnen auf Biegen und Brechen verbunden zu sein, hatte Stéphane anfangs einen jener Begünstigten gesehen, die es nicht länger geben sollte. Aber er verurteilte ihn nicht, er beobachtete ihn nur neugierig und mit freundlichem Neid. Obwohl er sich zur sogenannten Linken zählte, war Stéphane kein politischer Kopf und erst recht kein Eiferer: sein eigenes Vorwärtskommen allein war ihm wichtig, und vielleicht konnte der Freund dabei noch nützlich werden. So beneidete jeder den anderen um einen imaginären Vorteil, und darüber hinaus verband sie nicht viel. Stéphane wollte Karriere machen, er würde nicht hängenbleiben im neunten Arrondissement. Nur Ungeduld und eine starke Dosis Zorn trieben ihn, von gesichtsloser Sehnsucht wußte er nichts. Ein Ziel war ihm kein Ziel, wenn es nicht unmißverständlich benannt werden konnte. Stein dagegen erging es umgekehrt. Auch er würde erfolgreich sein, er fühlte es, aber wovon er träumte, kam ihm nicht leicht über die Lippen, und kein Erreichen würde jemals seine

Sehnsucht stillen, keine Liebe könnte seinem Alleinsein ein Ende setzen. Stéphane war zwei Jahre älter als der Österreicher und wirkte doch jünger als dieser. Wenn sie gemeinsam essen gingen – anderes fiel ihnen kaum jemals ein –, kamen sie bestens miteinander zurecht; sie zechten dann unmäßig und redeten halbe Nächte lang. Obwohl sie stets nüchtern blieben, erinnerten sie sich am nächsten Tag an kein Wort, das zwischen ihnen gefallen war. Vielleicht verband sie nur Übermut und Hunger auf Zustimmung; das Feuer ihrer Begeisterung erkaltete erst viel später.

Anfangs merkten sie nichts; als die Entfremdung zwischen ihnen dann unübersehbar wurde, war die Routine ihrer Freundschaft nicht länger in Gefahr. Sie gestanden sich keine Ferne ein, schon längst begann jeder an den anderen gerichtete Satz mit einem blödsinnig versteinerten *mon cher ami*. Ihre Gespräche beschränkten sich bald auf eine Anzahl jämmerlicher Formeln, doch sie weigerten sich, diese Verarmung anzuerkennen. Sie hielten ihre Sprüche für ihr Markenzeichen. Jugendliche Senilität beherrschte ihre Freundschaft. Sie belustigten oder bestürzten andere, die mit ihnen bei Tisch saßen. Stéphane war tatsächlich Anwalt geworden und hatte bald seine eigene Kanzlei eröffnet, wohingegen Stein – bescheidener, aber auch mit weniger Kraftaufwand – sich als Literaturprofessor seinen Lebensunterhalt verdiente. Dabei verband sie das Wissen, daß weder der Anwalt seine Jurisprudenz noch der Professor seine Wissenschaft ernst nahm. Sie waren Komplizen darin, die Welt für dumm zu verkaufen. Spiel war ihnen alles; auf den Verdacht, daß sie sich dabei selber betrügen könnten, kamen sie nicht. Sie gingen ihren Berufen wie Faschingsprinzen nach und verwickelten sich dennoch heillos darin. Längst gab es – Neujahr und Geburtstage ausgenommen – keine Briefe und Anrufe mehr zwischen ihnen. Gewiß, man traf sich weiterhin, weil Paris nicht aus der Welt war, aber die Freunde vergaßen einander, sobald sie vom Tisch aufstanden und wieder ihrer Wege gingen. Stein lebte nicht länger in Frankreich, seit er sein Studium beendet hatte, und so trennte sie auch die Geographie. Immerhin war er der anhänglichere Freund. Paris schien auf jeder seiner Reisen zu liegen, und immer bestand er auf einem Wiedersehen mit Stéphane, ja er konnte sich die Stadt ohne ihn gar nicht vorstellen. Wenn er ihn einmal doch versäumte, fühlte er bittere Enttäuschung, als stünde er vor der versperrten Tür einer heißgeliebten Frau. Was Stéphane betraf, so war er seit vielen Jahren nicht mehr zu Thomas ins Ausland gereist, zu ausschließlich schien er in den Schlingen seines Berufes gefangen; die Besuche des Freundes – er konnte es nicht verbergen, es stand ihm allzu deutlich ins Gesicht geschrieben – erfüllten ihn nicht länger mit Freude, sie störten ihn. Aber er machte sich dann ein paar Stunden frei und spielte, zerstreut oder sogar mit einer Spur von Unwillen, den heiter Überraschten. Es kam vor, daß er Stein zu einem Geschäftstermin einfach mitnahm, was ebenso interessant wie demütigend sein konnte. Immerhin entgleisten manchmal auch ihre privaten Begegnungen. Sie speisten dann in einem teuren Restaurant und redeten – beide zum Zuhören unbegabt – aneinander vorbei. Auch konnte Stéphane in jüngster Zeit keinen Satz zu Ende sprechen, ohne daß nicht das Handtelefon in seiner Tasche läutete. Viele Fremde kamen so beim Abendessen aus der Luft mit ihnen am Tisch zu sitzen, und allen schenkte Stéphane ungleich größere Aufmerksamkeit als dem Freund. Die Bitte, das störende Gerät doch abzustellen, schlug er mit dem Hinweis ab, daß er sich eine solche Nachlässigkeit nicht leisten dürfe. Jeder Anruf könnte Geld bringen, lachte er. Stein empfand Faszination und Mitleid: in welchen Wettlauf war Stéphane geraten, gegen wen, und um welchen Preis? Das letzte ungestörte Gespräch zwischen ihnen lag gewiß ein Jahrzehnt zurück. Wenn Stéphane – als genüge der Freund ihm nicht – zum gemeinsamen Abendessen eine Frau mitbrachte, fast immer eine andere, krümmte sich Stein, aber er ließ sich nichts anmerken. Fast nie paßten diese Frauen zu seinem Freund; wie kam er nur zu diesen Geschöpfen? Bezahlte er sie, um Eindruck zu machen? Das wohl nicht. Was gefiel den Frauen am klein gewachsenen, fetten Anwalt, den sie nur zu oft um einen Kopf überragten? War es nicht peinlich offenbar, warum sie ihm Gesellschaft leisteten?

In seiner Jugend hatte der Freund viel gelesen, große Literatur, er war theater- und konzertbegeistert gewesen, damit war es vorbei. Jetzt überflog er die billigste Presse und prahlte mit obszönen Witzen. Nur noch Wortspiele kamen aus seinem Mund. Zugleich war er ein guter Redner und galt zu Recht als begehrter Anwalt. Stein hatte ihn vor Gericht plädieren hören: bewundernswerte Auftritte. Am Ende ihrer Begegnungen jedoch war Stein nur traurig. Er fragte sich bange, was ihn mit diesem Freund noch verbinden konnte, wenn er von alten Erinnerungen absah. Aber durfte man Vergangenes, wie entfernt es auch sein mochte, beiseite schieben? Hatte nicht gerade er sich immer gewünscht, daß Nähe kein Verfallsdatum haben sollte? War Rückschau nicht schon wieder Gegenwart? Sie hatten verschiedene Wege eingeschlagen; Stéphane lief, immer unhaltbarer, vor sich selber davon, Stein dagegen suchte sich, freilich ohne Kompaß und Gnade, und auch seine Verirrung wuchs. Zum Leuchtturm, wenn es einen solchen überhaupt gab, konnte nur die Erinnerung werden. Aber wie schwer es fiel, mit jedem Erwachen schwerer, eine Jahreszahl zu benennen, einem Ort oder Menschen den Namen zu geben, der ihm zustand.

Im Februar 1968 war der Österreicher, mit einem großzügigen Stipendium ausgestattet, in Paris angekommen. Er bezog eines der begehrten Einzelzimmer in der Cité Universitaire. Sein Nachbar im Studentenwohnheim war Stéphane gewesen. Sie waren recht bald ins Gespräch geraten, zuerst auf dem düsteren Gang vor ihren Zimmern, dann, zweihundert Meter weiter, im Café. Stéphane wollte Anwalt werden, dennoch hatte er – das zeigte sich bald – mehr Romane gelesen als Stein, der Literaturstudent. Im Gespräch über Bücher begann ihre Nähe. An den politischen Feuern des Jahres, an denen der Franzose ein wenig mitschürte, hatte der Ausländer erfahren, wie epochenfern einer lebte, der aus Österreich kam. Er hatte gar nicht verstehen können, worum es da ging, doch er beneidete die Empörten um ihre Erregung nicht. Die brennenden Autos entlang der Rue Gay-Lussac unterlagen gegen die Blütensträucher im Jardin du Luxembourg. Vielleicht war es gut, aus der

Provinz zu stammen. Stéphane, der Sohn eines Maurers, teilte zwar den Zorn der Arbeiterklasse, aber im Grunde gähnte auch er. Dieses heimliche Gähnen, wo die anderen tobten, wurde zur Grundlage ihrer Nähe. Stéphane war noch nie im Ausland gewesen. Stein nahm ihn mit in sein Land, seine Stadt, sein Elternhaus, und es blieb nicht bei diesem ersten Besuch. Die Reisen begeisterten und veränderten den Freund. Er merkte, daß der Glanz der Salzburger Festspielabende, wie belanglos er auch war, die marxistischen Utopien überstrahlte. Ein wilder Hedonismus regte sich plötzlich in ihm, dessen Ursprung nicht im neunten Pariser Arrondissement angelegt war. Seine Eltern und Brüder – waren es drei oder vier? – hielt Stéphane vor seinem Freund verborgen. Vielleicht schämte er sich seiner ärmlichen Abstammung: Stein, das Einzelkind, kam doch aus demselben Milieu; nur trat in Frankreich der Unterschied zwischen den Klassen krasser zutage. Als sie beide im gleichen Jahr mit ihren Studien fertig wurden, mußte Stein Paris wieder verlassen. Er wäre gern geblieben, er spürte, daß er erst dort zum Menschen geworden war. Vor seiner Abreise pilgerte er in die Kathedrale von Notre Dame und leistete im Querschiff vor der Statue der Heiligen Jungfrau von Orléans den Schwur, früher oder später zurückzukehren und in dieser Stadt zu leben. Diese Rückkehr kannte kein Datum, aber er steuerte auf sie zu, auch wenn seine Unrast ihn bis nach Amerika getrieben hatte. Dort wurde er zum amerikanischen Staatsbürger; Stéphane begrüßte den Wahnsinn eines nun rechtskräftig verbrieften Nichtdazugehörens. Weil er die Einbürgerung Steins nicht versäumen wollte, war er damals – zum ersten Mal – über den Atlantik geflogen.

Seit langem lebte Stein in einer Küstenstadt am Stillen Ozean. Er wußte sich am Ende der Welt. Weder Glück noch Unglück gab es dort, aber schöne Bilder für die Augen. Augentrost. Wie sehr die Welt ihn hier in Ruhe ließ! Wochenlang erreichten ihn weder Briefe noch Telefongespräche. Die Isolation, unter der er zu Beginn gelitten hatte, tat ihm jetzt wohl. Wenn er an der Universität seine Vorlesungen hielt, sprach er zu sich selber. Redend schuf er Ordnung in seinem Kopf und war einverstanden, oder auch nicht, mit dem Klang seiner Stimme. Er entgegnete geduldig auf seine eigenen Fragen, im Gehen wurde er – halblaut mit sich selber redend – sein bester Gefährte, die Leute schauten verlegen weg oder lächelten ihm komplizenhaft zu. Zuvor hatte er ein knappes Jahrzehnt im Osten des Landes verbracht. Dort hatte er den Boden unter den Füßen und den Himmel über sich seit dem ersten Tag als neue Heimat empfunden und hatte eine Zeitlang Amerika geliebt. Er war im späten Herbst an den abgeernteten Feldern entlanggefahren und hatte geweint vor Glück. Er liebte die feuchte Sommerhitze und die Blizzards im Winter. Keine Kopfverwandtschaft wie mit Europa war das gewesen, *Maryland*, wo er lebte, hatte mit Fleisch und dem Körper zu tun. Um ein Haar wäre Stein dort zum glücklichen Menschen geworden. Wie sehr blieb ihm dagegen Österreich, und ebenso die Küste zum Stillen Ozean, immer nur Bühne, Ort für den geschminkten Auftritt. Stein hatte Familie: Frau und zwei Töchter, die Kinder waren in Amerika zur Welt gekommen, für sie besaß der Erdteil Wirklichkeit. Seine Frau, nicht die erste und doch die einzige, kam aus dem Norden. Man konnte sich durchaus ein Leben einrichten, ohne darin anwesend zu sein. Frau und Töchter – schon ihre Sprache stand gegen ihn – verstanden den Mann und Vater mit seinem hinkenden Anderssein nur wenig. Eine Familie bildeten sie dennoch. Sie hegten keine böse Absicht gegeneinander, aber das Jahrhundert, das zu Ende ging, war einem Sanfterwerden nicht gut gesinnt. Die Tage wurden schwerer, jedes zögernde Ja wurde gleich darauf von einem Nein zerrissen. Lydia, die Ältere, neunzehn, studierte an einer Universität, die eine Flugstunde entfernt im Norden lag. Sie hatte sich seit Jahren auf den Auszug aus ihrer Familie gefreut, sie strahlte vor Siegerkälte; dabei war sie gütig und reizend und ging jedem Streit aus dem Weg. Mit ihrem Vater sprach sie im milde-nachsichtigen Ton, den das Pflegepersonal einer Klinik gegenüber harmlosen Geisteskranken anschlägt. Zugleich war sie ein braves, fleißiges Kind. Laura, ihre Schwester, fünfzehn, zarter und wilder zugleich, errechnete mit Hilfe des Wandkalenders in ihrem Zimmer bereits jetzt, über Jahre hinweg, die Anzahl der Tage, bis auch sie *frei* sein und fortgehen würde. Die Mutter fürchtete diesen nicht mehr allzu fernen Tag, nicht aber Stein, der an andere Dinge dachte. Clara warf ihm vor, sie und die Töchter nicht ausreichend zu lieben. Er erwiderte nichts.

Am liebsten hätte er nur noch geschwiegen, aber man forderte Sprache von ihm. Er gab nur Worte, schrie sie widerwillig heraus und zerstörte den Frieden. Stein träumte davon, niemals wieder laut sein zu müssen. Er wollte mit leiser Stimme reden, er, der nur zu häufig brüllte. Er ging auf Reisen, monatelang. Sein Lehrberuf ließ ihm die Zeit. Überall begegnete ihm die Welt mit der höflichen Distanz, die er brauchte. Was gab es Schöneres, als im Flugzeug zwölf Stunden lang neben einem fremden Menschen zu sitzen und kein Wort zu sagen, nicht einmal einen Gruß. Das war am Familientisch unmöglich, das machte den Familientisch zur Hölle. Frau und Kinder nannten ihn grausam oder böse, weil er diesen Schweigewunsch pries. Vielleicht war Stein grausam und böse. Immerhin hatte Clara in den zwanzig Jahren ihres Zusammenlebens nie Geld verdienen müssen; in seinem Haus wurde die letzte altmodische Ehe geführt. Er verdiente das Geld, er schaffte alles allein, er war nicht fürs Teilen geschaffen, nicht für Arbeitsteilung und nicht fürs gemeinsame Lachen. Sein Leben ein Einmannbetrieb, so sollte es bleiben. Er wußte dennoch, warum er geheiratet und Kinder gezeugt hatte: er hatte sich Verantwortung, eine strenge Aufgabe schaffen wollen. Aussteigen, Davonlaufen, Neubeginnen – es war unerlaubt. Stéphane war frei und arm in seiner Freiheit. Stein wäre nicht zu alt gewesen, einen neuen Anfang zu versuchen, aber es lag auf der Hand, daß jede Beziehung an denselben Klippen scheitern müßte. Und seine Einsamkeit hatte er so oder so. Er war zwei Jahre jünger als der Anwalt, warum geriet ihm diese winzige Zeitspanne so oft in die Quere? Er mußte noch nicht in Gnadenfristen rechnen. Stéphane war fünfzig, das war eine Schwelle. Er hatte im eigenen Land sein gutes Auskommen gefunden, das Ausland hatte ihn nie verlockt. Er kannte ja die Sehnsucht nicht. Seine Kanzlei lag in just diesem neunten Arrondissement, dem er einmal hatte entkommen wollen. Er arbeitete ohne Partner, im Beruf wie im Leben stand er allein. Er hatte zwei Ehen hinter sich, kinderlos beide, und jede war von so kurzer Dauer gewesen, daß Stein im Freund bloß den Junggesellen sah. Er vergeudete seine Jahre in leeren, folgenlosen Beziehungen. Der Freund tat ihm leid, zugleich aber konnte es freilich vorkommen, daß eine seiner Begleiterinnen Begierde in Stein erweckte. Die Vorstellung, einen Körper zu kaufen, konnte Stein zwar erregen, aber zu Huren war er bisher nur sehr selten gegangen. Er hatte ein paar Mädchen zu sich in Hotels beordert und ihre Dienste mit Kreditkarte bezahlt. Sobald sie unter ihm gelegen hatten, war ihm der Handel nicht länger bewußt gewesen: jene Frauen, auch sie, waren zu seinen sanften Geliebten geworden. Wie durfte er sich anmaßen, Stéphane zu verurteilen? War es wieder nur Neid?

Auf keinen Fall beneidete Stein den Freund um seinen Beruf. Eher empfand er vages Bedauern – oder eine Spur von Verachtung? – für Anwälte, weil ihre Bemühungen immer nur fremden Anliegen galten, die – soviel Wissen, Nachdenken und Hingabe sie auch forderten – vergessen und abgelegt werden durften, sobald der Prozeß vorüber war. Einsatz für anderer Leute Schwierigkeiten; welche Verschwendung an eigenem Leben, meinte Stein. Die Akten im Büro des Freundes waren böse Geister, die Stéphane heillos besetzt und verschlungen hatten. Ihre Freundschaft erlaubte es ihm, dem Anwalt sein Tun mit scharfen Worten zum Vorwurf zu machen. Er wies ihn auf das Vorläufige, Gewichtlose, nicht selten Unethische dieser Arbeit hin. Warum sollte jemand Verbrecher verteidigen, deren Schuld erwiesen war? Stéphane rechtfertigte seine Tätigkeit. Es gehe nicht um Täter und Verbrechen, sondern um die Ästhetik der Prozedur. Der Angeklagte diene nur zum Vorwand für das juristische Spiel und die Inszenierung der Macht des Staates. Stéphane sah im Anwaltsberuf ein Schach- und Theaterspiel zugleich, einen niemals endenden Wettbewerb öffentlicher

Überzeugungskunst. Fast überzeugte er mit solcher Rede. Nur zum Schein würden Staats- und Rechtsanwälte als Gegner auftreten, nur auf der Bühne des Verhandlungssaales würden sie einander auszustechen versuchen; im Grunde heiter, wie bitterernst und voll gespielter Empörung sie auch daherredeten. Es stehe ja nichts auf dem Spiel. Der strenge Staatsanwalt, der lebenslangen Kerker für den Mörder fordere, der Verteidiger, der flehentlich auf mildernde Umstände hinweise: ihnen allen sei das Mittagessen im netten Restaurant, das der Verhandlung folge, wichtiger als das Schicksal des Angeklagten. Wenn er halbwegs Manieren hätte, würde auch der Richter ein Gähnen über die schreckliche Mordgeschichte verbergen: sein monatliches Gehalt stehe in keinem Zusammenhang mit Güte oder Strenge, Langeweile oder Empörung. Der zu lebenslanger Haft verurteilte Mörder wäre bereits beim Aperitif vergessen. Und im Ärzteberuf dasselbe Spiel! Wenn der Rettungswagen nach dem gräßlichen Unfall den Schwerstverletzten ins Krankenhaus einlieferte, dann wollten die Ärzte nicht dem Patienten helfen: sie wollten sich vielmehr selber beweisen, daß sie mit ihrem Wissen und ihrer Technik die Oberhand behielten. Auch hier, mein Lieber, wird Schach gespielt. Patient gerettet: um so besser, gewonnenes Spiel; Patient tot: verdammt! Der Appetit auf das Mittagessen aber bleibe unverändert. Stéphanes selbstgefälliges Grinsen, wenn er auf diese Weise plapperte: *mon cher ami*, und er goß Sancerre in die Gläser.

Das Unannehmbare in der Welt erfüllte Stein mit heimlicher Lust. Trotzdem ekelte ihn vor Berufen, wo ein Ich einer fremden Sache geopfert wurde. Er dagegen: Literaturprofessor; war das nicht der hübscheste, recht anständig bezahlte Vorwand für nichts? Reden und Schreiben über Geschriebenes: der Unsinn an sich. Es war ihm gelungen, Wurzeln zu fassen im Vakuum. Nur die fünf – oder gar sechs? – Wochenstunden seiner Vorlesungen und Seminare waren echte, meßbare Zeit, die von ihm gefordert werden konnte. Außerhalb dieser knappen *Anwesenheit* war Stein keinem Amt und keinem Menschen Rechenschaft schuldig. Stéphane machte dem Freund dessen beschauliche Existenz nicht zum Vorwurf. Er, der jede Woche neunzig Stunden und länger schuftete, beneidete Stein keineswegs um seine vertraglich geforderten sechs. Vielleicht reichte sein Interesse nicht so weit, sich ein anderes Leben auch nur vorzustellen. Wozu auch? Stéphane liebte seinen Anwaltsberuf, er wollte und konnte sich eine andere Existenz nicht ausmalen.

Stein war bei seinen Studenten beliebt, vielleicht spürten sie in ihm den Gegenentwurf zu einer mechanischen Gegenwart. Trotzdem eiferten sie ihm nicht nach und verliefen sich, sobald ihr Studium vorüber war. Wie gierig und bereit sie waren, fast jeder von ihnen, sich kaufen zu lassen für nichts. Fünf Monate im Jahr gab es Ferien, dann reiste Stein nach Europa. Kaum entstieg er in Paris oder Rom dem Flugzeug, kannte er die Neue Welt, die er vor wenigen Stunden erst verlassen hatte, nicht mehr. Er staunte, wenn er amerikanischen Touristen begegnete. Er weigerte sich, ihrer Herkunft einen Namen zu geben, und registrierte auf Anthropologenart, daß es auf unserem Planeten zu viele Arten von Menschenwesen gab. Auf Fragen, die diese Geschöpfe stellten – zumeist in befehlendem Ton, ohne ein *bitte* davor oder ein *danke* danach –, gab er keine Auskunft. Er beherrsche ihre Sprache nicht, gab er zu erkennen. Ihre vulgäre Hilflosigkeit am Nebentisch verdarb ihm nicht länger den Appetit, sie erheiterte ihn aber auch nicht. Eine Studie schwebte ihm vor, eine wissenschaftliche Unternehmung. Stein würde, unwiderlegbar, den Beweis erbringen, daß es den nordamerikanischen Kontinent nicht gibt. Nichts erschien ihm leichter als dieser Schluß, sosehr die Meinung der Welt sich auch gegen sein Unternehmen stellen mochte. Er würde sich ans Werk machen, schon bald, vielleicht schon in den nächsten Ferien. Stéphane dagegen hatte sich seit Jahren keine Ferien gegönnt. Wenn er verreiste, dann zu einem Prozeß in der Provinz. Gelegentlich nahm er für die Nacht im Hotel eine Mätresse mit, erholsam war das nicht. Stein dagegen pflegte lange Liebschaften, er hortete die Nächte und Orgasmen seiner Affären und glaubte sich in einem heiligen Recht. Für ihn gab es keinen Ehebruch, er liebte seine

Frau: war es Betrug, wenn sich jemand um die Summe seines Lebens sorgte? Er mußte sich nicht schämen, er war stolz auf jede Nacht, die er nicht – totengleich – allein geschlafen hatte. Er verlangte von den Körpern, die er liebte, daß sie ihm für immer erhalten bleiben sollten, und darüber verlor er sie. Man konnte von den Menschen alles bekommen, solange man sie im Glauben beließ, Nähe sei ein Spiel und gelte nur für diesen Augenblick. Nur kein Gewicht, so lautete das Credo des neuen Glaubens. Es war dieser Widerspruch, der Stein immer wieder aus den Schienen warf. Lust war erhältlich wie Campari in der Bar, Zärtlichkeit dagegen blieb unerreichbar. Steins Menschengier war ein Hilfeschrei: Hilfe aber lieferten Menschen nicht. Er wollte im Noch-Möglichen der Berührung das Unmögliche, und hier wurden er und Stéphane doch zu Brüdern. Sie erwarteten beide, daß die Liebe zu einer Frau sie retten sollte. Zur Rettung aber reichte es nicht aus, eine einzige Frau zu lieben und umgekehrt von einer einzigen Frau geliebt zu werden: stets neue Rettung mußte sich zur alten fügen. Die Frauen sahen keinen Anlaß, Heil zu stiften. Im Gegenteil, wo sie sich einmal öffneten, da haßten sie auch schon. Hingabe war Kriegserklärung, fast immer lief es so. Stéphanes letzte Liebe lag ein Jahrzehnt zurück; er war verlassen worden und davon nicht genesen. Jene Frau hatte Stein zum Vertrauten ihres Verrates erwählt; über einer Flasche Veuve Cliquot in einer Bar hatte sie ihn Monate zuvor in ihren Entschluß und das im voraus bestimmte Datum ihres Fortgehens lachend eingeweiht. Stein hatte sie nicht ernst genommen, sie und Stéphane paßten zusammen, sie nannte auch keine Gründe für ihre Absicht. Er hatte dem Freund davon berichtet; der aber hatte ihm kaum Gehör geschenkt: er wähnte sich im ewigen Glück mit dieser Frau. Männer ertrugen das Verlassenwerden schlecht, bis vor kurzem waren vor allem sie darin Meister gewesen. Seither trieb sich Stéphane nur mit Dutzendware herum, aber war seine *große Liebe* besser gewesen? Man mußte Stéphane seinem Trott entreißen. Und Stein hatte endlich gewußt, was er dem Freund zum fünfzigsten Geburtstag schenken konnte: er schickte ihm eine Flugkarte. Hin- und Rückflug mit offenem Datum, gültig für ein Jahr. »Unterbrich deine wilde Jagd, komm mich bald besuchen!«, hatte er mit roter Tinte auf den Umschlag geschrieben.

2

Fast war das Jahr um. Stéphanes Geburtstag lag Monate zurück, der Winter rückte näher, und noch immer erwähnte der Freund sein Kommen mit keinem Wort. Vielleicht hatte er das Geschenk vergessen; diese Vorstellung schmerzte Stein. Womit konnte Stéphane überhaupt noch erreicht werden? In vier Wochen kannst du dein Ticket in den Mülleimer werfen, erinnerte er ihn schließlich am Telefon. Mit jedem Tag wurde der Weihnachtsschmuck in den Läden und Häusern unübersehbarer, aber wo Stein lebte, blieb es sonnig und warm. Du hast recht, die Flugkarte darf nicht verfallen, und ich brauche Urlaub, meinte Stéphane. Er klang nicht erfreut, vielmehr verriet seine Stimme widerwillige Einsicht, als füge er sich einem lange verdrängten medizinischen Eingriff. Zwei Tage später kündigte er sein Kommen an. Er würde sechs Tage bleiben; – kaum des langen Fluges wert, befand Stein. Aber der Freund unterteilte seine Zeit in Viertelstunden, es wäre sinnlos gewesen, am Telefon mit ihm darüber zu rechten. Er fragte sich, ob ein Innehalten für ihn überhaupt noch möglich war. Stein blickte mit ängstlicher Ungeduld, aber auch voller Freude dem Zusammensein mit Stéphane entgegen. Müßte ihnen nicht beiden kostbar sein, was sie früher für selbstverständlich gehalten hatten? Er würde den Freund zu weiten Spaziergängen am Strand überreden. Stéphane, der in seinem zum Flanieren geschaffenen Paris stets nur im Auto unterwegs war, würde anfangs zwar widerstreben, aber bald Gefallen daran finden. Stein würde ihm seine Lieblingsorte zeigen, im Kopf erstellte er die Liste der Ziele und Lokale, die sie aufsuchen würden. Begeisterung erfüllte ihn, er staunte, daß er dazu noch fähig war. Kein Zweifel: er liebte den Freund. Seine Familie dagegen teilte die Vorfreude nicht. Es werde zusätzliche Arbeit für sie geben, klagte Clara, und leider seien die Freunde des Vaters noch verrückter als der Vater selbst, rief die Fünfzehnjährige.

Am Ende schuf ein trauriges Ereignis Ruhe im Haus. Unerwartet verstarb Claras Vater. Sie, die seit vielen Jahren nicht auf Reisen gegangen war, mußte zum Begräbnis in ihr Dorf nach Kanada reisen. Stein ermutigte sie, ein paar weitere Tage dort oben zu bleiben, denn sie hatte ihre Schwestern und ihre Mutter seit Jahren nicht gesehen. Gewiß, es war bequem, Clara im Haus zu haben. Selbstlos schuf sie ihrem Mann und den Töchtern ein Zuhause. Aber vielleicht brauchten die zwei Freunde für ihre Begegnung weniger Häuslichkeit als Freiheit. Es würde ihnen guttun, in Restaurants zu essen und nicht auf die Uhr schauen zu müssen. Auch konnte Laura bis zur Rückkehr der Mutter bei einer Klassenkameradin wohnen und gemeinsam mit dieser zur Schule gehen. So wurde Claras trauriger Anlaß zur Reise für Stein fast Grund zur Freude. Er hatte ihren Vater kaum gekannt und vermochte somit ihren Schmerz nicht zu teilen.

Am Morgen des Tages, an dem Stéphane erwartet wurde, würde Stein schon um vier aufstehen müssen, um Clara zum Flughafen zu bringen. Ihre Route war umständlich; mehrfaches Umsteigen machte aus einem Drei- oder Vierstundenflug eine Tagesreise. Bessere Verbindungen gab es nicht. Das war früher anders gewesen. Die Welt, die angeblich immer kleiner wurde, wurde in Wahrheit größer. Einst selbstverständliche Leistungen wurden nicht länger erbracht, jedes Ja wurde zum versteckten Nein. Wie leicht war es noch vor zehn Jahren, Ziele in sinnvoller Geradheit anzusteuern, dachte Stein. Routen und Fahrpläne entsprachen vor nicht allzu langer Zeit den Bedürfnissen der Menschen. Damit war es vorbei. Clara widerprach ihm, aber sie widersprach ihm aus Prinzip. Sie versuchte, mit ihrer Zeit zufrieden zu sein. Behalte deine üblen Launen für dich, ich will davon nichts hören! Es schmerzte ihn, das feige Einverständnis der Mehrheit, die den Tatsachen nicht ins Gesicht sehen wollte, auch an Clara zu entdecken. Stein wußte, wie schwer es ihm fallen würde, schon so früh am Morgen den Fahrer abzugeben. Wenn es nur anging, schlief er spät in den Tag hinein. In jüngster Zeit kam er kaum noch aus dem Bett. War er erst einmal wach, lag er weiterhin unbewegt, Nacht und Tag verband eine Nabelschnur der Schwäche, die mußte mit jedem Augenöffnen durchschnitten werden. Es forderte einen Ruck der Zuversicht, die er nicht besaß. Morgen also würde Stéphane eintreffen, aber er hatte sein Kommen noch nicht bestätigt. Galt seine Zusage? Stein wollte nicht wie ein Bittsteller bei ihm anrufen, es lag an Stéphane, sich zu melden. Zuletzt, spätnachts, griff er doch zum Telefon, er mußte Bescheid wissen. Als er Stéphane – in Europa war es Vormittag – erreichte, war der noch in Geschäften unterwegs. Er stecke gerade auf der Place de la Concorde im übelsten Verkehr, er wisse noch nicht, ob er den Abflug schaffen würde. Das Flugzeug starte erst in drei Stunden, bis dahin hätte er noch viel zu tun, immerhin liege der Koffer gepackt im Wagen. Halte mir die Daumen, versprechen kann ich nichts, bevor ich nicht in der Maschine sitze. Stein ließ sich sein verletztes Staunen nicht anmerken. Falls Maître Stéphane wirklich zu kommen geruhte, um wieviel Uhr werde er eintreffen, wann dürfe man ihn vom Flughafen abholen? Stein legte Spott in seine Stimme, den Stéphane zu überhören schien. Er stecke doch mitten im Verkehr, das Ticket sei in der Reisetasche hinten im Kofferraum. Er werde sich mit diesen Einzelheiten später melden. Und schon hatte er aufgehängt.

Erst gegen drei konnte Stein einschlafen, so verblieb ihm eine knappe Stunde Nachtruhe. Um nur ja nicht die Maschine zu versäumen, erreichte das Paar den Flughafen früher als notwendig. Es blieb Zeit, gemeinsam noch einen Plastikbecher Kaffee zu trinken, bevor Clara zum Flugsteig gerufen wurde. Sonst war immer er es, der auf Reisen ging; heute fand der Auftritt mit vertauschten Rollen statt, was Stein mit absurder Bestürzung erfüllte. Er streichelte Claras Hände. Ja, sie brauchte Sanftheit, sie reiste zum Begräbnis ihres Vaters. Vielleicht war sie Stein dankbar für den Morgen, der – wie selten ihnen das gelang! – ohne schlechte Laune und nervöse Eile verlaufen war. Sie ging zur Maschine. Falls nun Stéphane nicht im letzten Moment sein Kommen absagte, würde dieser Tag für Stein auf dem Flughafen beginnen und enden.

Noch war es dunkel, als Stein zu seinem Wagen zurückkehrte. Der Parkplatz war zu dieser Stunde fast leer. Dezember, sechs Uhr, in etwas mehr als einer halben Stunde würde die Sonne aufgehen. Er ließ sich Zeit, er fühlte sich plötzlich nicht länger müde, wie selten erlebte er doch das Morgengrauen. Es gab kaum Verkehr auf den Straßen. Er wußte genau, wann die Sonne aufgehen würde: um 6 Uhr 37. Er hatte es bei den Fernsehspätnachrichten vom Bildschirm abgelesen und nicht vergessen, weil die Notwendigkeit, so früh aus dem Bett zu müssen, ihn mit spukhafter Festlichkeit erfüllt hatte. Die Sonne würde um 16 Uhr 44 untergehen, auch das wußte er. Er merkte sich immer die unwichtigen Dinge; Autokennzeichen, Telefonnummern, auch solche, die ihn nichts angingen, und die wechselnden Zeiten von Ebbe und Flut. Hier im Süden wurden die kurzen Abende – auch im Sommer ging schon um acht die Sonne unter – vom frühen Morgenlicht wettgemacht. Stein dachte an die Wintertage in Österreich, wo es erst gegen neun halbwegs hell wurde. Hier war es umgekehrt. Er zog keinen Nutzen daraus, weil er ein Nachtvogel geworden war. Wenn es nur anging, stieg er erst mittags aus dem Bett. So betrog er sich um die Hälfte der Sonnenstunden, die ihm – er wurde nicht müde, es zu betonen – *alles* bedeuteten. Der traurigste Tag des Jahres war für ihn der Samstag im Oktober, an dem die Sommerzeit zu Ende ging. Er liebte das Licht. Einmal hatte er einen ganzen Sommer in der wilden Entschlossenheit verbracht, das Kürzerwerden der Tage niemals wieder hinzunehmen. Es war ihm dann freilich nichts anderes übriggeblieben.

Im Nordwesten leuchtete der abnehmende Mond, Sterne funkelten hell. Im Osten würde er bald die Lichtzeile des wachsenden Tages erkennen, aber noch bleckte tiefschwarzer Nachthimmel auch dort. Die bebauten Hügel der Stadt stellten sich seinem suchenden Blick entgegen. Eine einzige Stunde Schlaf: Stein überlegte, ob er nicht eiligst in sein Bett zurückkehren sollte. Aber die ungewohnt frühe Stunde erregte ihn. Nur keinen Augenblick versäumen, entschied er. Er verließ den Flughafen. Gleich neben dem eleganten, breiten Corso mit seinen hohen Palmen erstreckte sich die Hafenbucht. Hunderte von Segelschiffen lagen draußen verankert. Er liebte diesen Anblick, er brauchte ihn geradezu.

Er nannte ihn sein »Patras-Bild«. Immer, wenn er auf diesem Corso fuhr, spürte er eine Sehnsucht nach Griechenland, für die es keinen Anlaß gab. Wenn er mit dem Flugzeug die Stadt verließ, verlangte er einen Fensterplatz auf der rechten Seite, weil der ihm vor dem Abflug sein Patras-Bild gewähren würde. Die Start- und Landebahn verlief parallel zum Corso, und die Maschinen starteten fast immer westwärts. Er war enttäuscht, wenn der *rechte* Platz für ihn einmal nicht frei war oder Schlechtwetter zum Abflug in die Gegenrichtung zwang. Dabei gab es nichts, was ihn mit Patras verband. Seit der Studentenzeit war er nicht mehr in Griechenland gewesen. Damals hatte er Touristengruppen durch Europa begleitet, und er war dabei gelegentlich nach Patras gekommen, wie in hundert andere Städte auch. Einer Busladung von überdrehten oder gleichgültigen Menschen hatte Stein im Dreiwochentakt Europa gezeigt. Sie waren, erwartungsvoll, zum Schauen gekommen, und es stellte sich heraus, daß es für die Alltagsblinden schon zu spät war. Sie nörgelten, lobten, photographierten, schrieben Karten, sie sahen nichts. Mit solchen Leuten war Stein in Patras vom Fährschiff gegangen, das sie aus Brindisi herübergebracht hatte. Während ihm Italien immer als ein Zuhause erschienen war, hatte er sich in Griechenland in der Ferne gefühlt. Patras hatte in ihm ein Zittern ausgelöst, jedesmal wieder. Er hatte dann gewußt, daß er nicht länger der Reiseführer war, auch wenn die Gruppe ihn dafür hielt, nur weil er stundenlang über Griechenland reden konnte. Er war in Schweigen versunken, als die Dämmerung über das Meer fiel. Weit fort war jene Zeit, als ein junger Mann den Bus bestiegen hatte, seine Kunden zählte, das Mikrophon an den Mund führte und den Unergriffenen erste Sätze zu dem alten neuen Land sagte. Und der Reiseleiter, nicht seine Gäste, hatte Tränen in den Augen verspürt, als der Bus entlang der Küste und später, schon in der Dunkelheit, landeinwärts nach Olympia fuhr. Zikadengeschrei übertönte den Motorenlärm. Hier lebten die

Anfänge, kaum stiller waren sie als die Zikaden. Und Stein hatte geweint, obwohl er nie – das wußte er genau – vor anderen Menschen geweint hatte. Er wollte den Eindruck der Härte erwecken, oder wenigstens ein Clown sein, was ihm auch gelang. Es gelang ihm so gut, daß er heute nicht mehr wußte, wer er war. Aber sein »Patras-Bild« war nicht tot. Es hatte mit Sehnsucht zu tun, und mit der Ankunft an einer äußersten Grenze, die ihn seit seiner Kindheit verlockt hatte, bis sie ihn endlich aus allen seinen Verankerungen riß. So war er abgetrieben bis an diesen Ort, wo er heute Stéphane erwartete, zehntausend Kilometer vom Erdteil entfernt, den er glühend den seinen nannte und den er doch betrog mit Abwesenheit. Liebe und Betrug schlossen einander nicht aus, sein Leben diente dafür zum Beweis.

Er liebte auch Clara, die ihm jetzt, keine Stunde war sie fort, zu fehlen begann, er faßte es nicht. Er nahm sich heraus, jedes Jahr monatelang auf Reisen zu gehen, Liebschaften nachzuhängen, immer war er es, der Freiheiten forderte. Und jetzt, wo es einmal anders geschah, wollte ihm ein Aufatmen nicht gelingen. Noch hatte der Tag nicht angefangen, und Clara fehlte ihm.

Die in der Bucht verankerten Boote nahmen jetzt Farben an, das Licht wuchs, der Sonnenaufgang war nicht mehr aufzuhalten. Stein fuhr zum ältesten Teil der Stadt, der wenig einfallsreich Old Town genannt wurde und nahe am Flughafen lag. Hier drängten sich zu jeder Jahreszeit die Touristen, nichts als Restaurants, Bars und Andenkenläden gab es weit und breit, aber zu dieser frühen Stunde war alles noch still. Sollte er jetzt nicht den Wagen abstellen und die Morgenluft zu einem Spaziergang nutzen, diese Frische, die ihn frösteln machte, sobald er nur ein wenig das Fenster öffnete? Er entschied dagegen; langsam, im Schritt-Tempo fuhr er an Häusern und Gärten entlang, die außer ihrem Aufleuchten im ersten Licht nichts Neues für ihn bereit hielten. Oft schon war er hier gewesen, mit seiner Familie, mit Freunden und Gästen, auch mit Christine, seiner Studentin und Geliebten. Kaum dreißig war sie gewesen, und zwanzig, wenn sie lachte. Sie hatten in Old Town ein Zimmer genommen, in der letzten ihrer siebzehn Nächte, am Morgen darauf hatten sie in einem Café an der noch menschenleeren Hauptstraße gefrühstückt. Christine hatte lichtüberströmt vor ihm gesessen. Und sie hatten an ihrer unmöglichen Nähe weitergewürgt bis zum Ende.

Stein fuhr am kleinen, zwischen Restaurants eingezwängten Friedhof vorüber, wo die ersten Bewohner dieser Stadt begraben lagen. Weiße Holzzäune umrandeten die Handvoll Gräber, und auf einmal durchstießen Sonnenstrahlen die Krone eines Affenbrotbaums. Gelbe Pfeile, ein wildes Leuchten, das den Unausgeschlafenen von seiner Müdigkeit befreite. Christine trat in den Hintergrund. Was Stein gerade noch gerührt hatte, berührte ihn nicht mehr. Das Geschwirr von Lebenden und Toten, ob sie ihn schon verlassen hatten (– denn immer gingen die anderen fort –) oder noch an sein Leben klopften, störte ihn nicht. Zuschauen wurde leichter, Teilnahme und ihr Gegenteil erfüllten ihn nicht mehr mit Unbehagen. Er erreichte in diesem Augenblick, ohne daß er es gesucht hätte, das Café, wo er mit Christine gefrühstückt hatte. Auch heute war es schon geöffnet. Er parkte den Wagen. Eine freundliche Mexikanerin nahm seine Bestellung auf, Stein würde üppig frühstücken, huevos a la revuelta con jamòn oder wie immer es hieß, er feierte Ankunft und wußte nicht wo. Inzwischen übergoß die Morgensonne die Gehsteige, die Tische, erste Spaziergänger tauchten auf und gingen auf das Café zu. Bei soviel Licht mußte keiner verlorengehen. Stein gefiel sich im Übermut, zugleich wollte er sich zur Ordnung rufen. Wenn er schon keine eigene hatte, so gab es doch die Ordnung der Sonne. Seit jeher hatte er wissen wollen, ob andere Menschen dieselben Bilder sahen wie er. Viel war geschehen seit seinem Erwachen, und doch waren die meisten Leute noch gar nicht aufgestanden. Er verfluchte sein eigenes Verschlafen der Tage, er sollte in Zukunft Stammgast dieser Frühstückskneipe werden, aber schon morgen würde er wieder schlafen.

Clara befand sich inzwischen weit im Norden, bestimmt tausend Kilometer von Stein entfernt; und wieder fehlte sie ihm. Er schaute ins Firmament, dessen Morgensilber in Tagblau überging; die Stunde seit Claras Abflug erschien ihm von längster Dauer. Nach diesem Maßstab mußten Jahrhunderte vergehen bis zur Ankunft Stéphanes am Abend. Wie sollte Stein, der nun sein Frühstück aufgegessen hatte, mit soviel Zeit zurechtkommen? Das Zeitvergehen als die große Herausforderung. Warum hatten die einen so viel Zeit in ihre Zeit gestopft, daß sie einen schwindlig machten mit Erreichtem, warum war die Addition der anderen mager geblieben, bei gleichen Jahren? Wer durfte sagen: du hast viel, du wenig getan? Stein erschrak über die unendliche Zeit, die bis zum Abend noch vergehen mußte.

3

Im Gras vor seinem Haus lag die Zeitung in einer Hülle aus durchsichtigem Plastik. Schutz vor Tau oder den verbreiteten Sprinkleranlagen, denn es regnete ja so gut wie nie in dieser Gegend. Er hob sie auf. Seit Jahren lebte er hier mit seiner Familie, und fast jeden Morgen hatte er beim Frühstück die Zeitung durchblättert, aber noch nie zuvor hatte er sich vor das Haus begeben und gebückt, um sie aufzuheben. Wer sie jeden Morgen verläßlich lieferte – denn sie fehlte ja nie –, der war ein Held des Frühaufstehens, dachte Stein. Wer sie täglich aus dem Garten an den Frühstückstisch brachte, war freilich auch einer. Clara, die Heldin. Er ging ins Haus. Es war still, seine Tochter und sogar die Katze schliefen noch. Er machte keinen Lärm, er durfte Laura nicht wecken, er wollte allein bleiben. Später, es eilte nicht, würde er sie zu ihrer Freundin fahren. Sie mußte heute nicht zur Schule. Er setzte sich auf die Schattseite des Balkons und begann mit dem Lesen der Zeitung. Es war ihm nahezu gleichgültig, was in der Welt geschah, vielmehr berührte ihn, wie die Geschehnisse beschrieben wurden. Dennoch setzte er mit seiner Angewohnheit des Zeitunglesens dem Tag vielleicht auch schon ein Ende, schwärzte ein mögliches Lichtwerden mit dem Schlamm fremder Meinungen und vergeudete damit die ohnedies geringe Kraft zum Neuansetzen, die Nacht und Schlaf in ihm geschaffen hatten. So wurde er bei aller Nichtteilnahme lesend schuldig. Immer aufs neue versagte er vor dem Anfang eines Tages, den es geben mußte, aber nicht länger für ihn. Früher hatte er Bach gehört, in fast schon fragwürdiger Treue, tausendmal dieselben Sonaten für Klavier und Violoncello am Frühstückstisch. Dann war er schwach geworden und hatte seine geliebte Musik während des Zeitunglesens gehört; bald darauf hatte er nur noch Zeitung gelesen. Eine Zeitlang hatte er sogar Bach-Sonaten und Zeitung und Frühstück entsagt und war gleich nach dem Erwachen an seine Arbeit gegangen, ohne sich auch nur anzukleiden; das Ergebnis war unverändert: vergeudete, schlecht genutzte Tage, eine Bilanz, die zu erstellen und sich einzugestehen immer peinlicher wurde, bis der bloße Gedanke daran den Betrüger Stein in Kopflosigkeit stürzte. An dieses Versagen hämmerte das lauwarme Lob der Welt, das allen gewiß war, auch dem Bankrotteur, gerade diesem. Die Artikel in den Zeitungen schienen ausnahmslos gegen seine Überzeugungen geschrieben, fast nie floß Wasser auf seine Mühlen, oft war Stein versucht, nach der Schere zu greifen und diesen oder jenen Aufsatz auszuschneiden und aufzuheben – wofür? Ein Indizienpaket, eine Anklageschrift gegen die Welt, wie er sie nicht haben wollte, schwebte ihm vor, er müßte nur die Bausteine sammeln. Aber es gab sie ja schon, diese Wucht, diese Anklageschrift – sie lag vor ihm auf dem Tisch in der Form dieser Zeitung. Seine Erschöpfung, die von der halben Stunde des Lesens herrührte, hielt an und begleitete ihn durch den Tag. Es folgte dann keine Erfrischung mehr. Warum stand das Zeitunglesen, diese jeder anderen ebenbürtige Sucht, nicht unter Strafandrohung? Warum wurde das Leben, das so herrlich strahlen konnte, so jämmerlich gelebt? Das Kind Stein, Stein der Narr; er schaute zur Wanduhr, es war kaum neun. Und doch war Zeitunglesen auch etwas Schönes. Es entsprach dem Blick in das Kaleidoskop, das Stein als Kind besessen hatte, es verschob die Optik der Bilder und verlangte von jedem ein Auswahltreffen, denn die Welt war immer und in allen Fällen zu groß. Der Zeitungsleser durfte ein wenig Regie führen, das war auch etwas.

Schon das Umblättern der großformatigen Seiten erforderte Anstrengung, die mit dem Klicken der TV-Fernbedienung nicht zu vergleichen war. Früher oder später mußte die Zeitung vom Tisch oder Boden entfernt werden. Clara war es immer schwergefallen, sich von den Gegenständen zu trennen, sogar von alten Zeitungen. Stein dagegen litt unter den Bergen gelb gewordenen Papiers, die sich im Wohnraum und später in der Garage ansammelten. Es war ihm auch nie gelungen, sie mit eigenen Händen zu entfernen, denn Clara war wild protestierend dazwischengefahren. Immer gab sie vor, in den alten Stapeln noch etwas zu suchen oder verlegt zu haben. Clara sammelte nicht nur Papier; Gipsfiguren, Engel, Stofftiere, eine über die Jahre zur Armee angewachsene Weihnachtskrippe erfüllten das Haus und erschwerten das Atmen. Es war, als wollte Clara mit ihrem Kram die Kälte in dieser Familie wettmachen. Sie fand Trost in ihren nicht länger überschaubaren Gegenständen. Stein hatte es am Anfang ihrer Ehe versäumt, auf leere Wände und Räume zu drängen, und nun war es zu spät. Er ging auf Reisen, um sich frei zu machen. Wie erfrischend war ein Hotelzimmer, jedes, gegenüber dem eigenen Haus! Vier, fünf Monate im Jahr war er fort und führte ein anderes, helleres Leben. Deshalb hatte er Clara ihre Dingwelt schaffen lassen. Auch er klebte auf seine Weise an dem, was nicht länger für ihn galt: nur sammelte er Menschen, wie Clara ihr verstaubtes Zeug. So hatten sich in beider Leben Gegenstände und Menschen angesammelt, die ihnen längst schon jeden Weg verstellten. Stein sah keinen Ausweg mehr. Man konnte an falsch verstandener Treue leichter ersticken als an der krassesten Untreue. Am schlimmsten war es, daß er die Puppen und Figuren Claras langsam liebgewann. Er merkte, wie er ohne Widerstand verblödete, sobald er im eigenen Hause weilte, und eine Geliebte in einer fremden Stadt hatte er jahrelang nur deshalb aufgesucht, weil ihre leere, weiße Wohnung ihn schauen und atmen ließ. So hätte er gern gelebt, er, der im Kram erstickte.

Er blickte von der Zeitung auf und dachte an Stéphane, der sich jetzt, falls er abgeflogen war, über dem Atlantik befinden mußte. Gehörte nicht auch ihre Freundschaft inzwischen zum unaufgeräumten Alten? Wie stand es mit der Ehe zu Clara? Eine gute Ehe war es nicht, auch keine sanfte. Aber trotz der Erniedrigungen, die sie einander zugefügt hatten über die Jahre, trotz seiner Gier nach anderen Frauen, war Stein nie im Ernst versucht gewesen, seine Frau und Kinder zu verlassen. Er konnte monatelang unterwegs sein, ohne daß die drei ihm fehlten, aber nie verletzte er die Regel des täglichen Telefonanrufs. Es gab keine Frau, die von ihrem untreuen – oder treuen – Ehemann so viele Briefe erhalten hatte wie Clara von ihm: Liebesbriefe allesamt, nicht selten mühsam geschrieben in der Wohnung einer anderen Frau. Es war Stein lange nicht bewußt gewesen, daß er ein falsches, verirrtes Leben führte, doch auch die Einsicht, als sie endlich kam, hatte ihn nicht verändert. Mit der Zeit spürten auch die anderen, daß etwas nicht stimmte mit ihm. Längst hatten sie ihren Neid aufgegeben, und ihre Teilnahme auch, ob sie nun echt gewesen war oder nur gespielt. Stein wußte sich abgeschrieben, weil er sich selber aus dem Spiel genommen hatte. Seit Jahren besuchte ihn keiner mehr an seinem schönen Ende der Welt, dabei waren sie früher alle zu ihm gekommen, und jeder Vorwand war ihnen willkommen gewesen, um den lästig weiten Flug zu ihm an seinem südlichen Ort anzutreten. Das war anders geworden. Selbst die Ankunft Stéphanes stand noch dahin. Er mußte sich bald melden, falls er abgeflogen war. Und Stein hatte zu warten, mit zähneknirschender Geduld. Mit achtzehn, gleich nach der Schule, war er ins Ausland gegangen. Er war niemals gern zu Hause gewesen, auch nicht als Kind. Er konnte dafür keine Gründe angeben, er mußte auch keine suchen, solange die Welt ihm offenstand. Nicht nur in Paris, auch in anderen Ländern hatte er studiert, aber immer nur zum Zeitvertreib. Keiner hatte die Jahre so gründlich vergeudet wie er; wer hatte sich den Forderungen der Gesellschaft erfolgreicher verweigert als Stein? Es war ihm gelungen, in fast allen Bereichen die Regeln zu umgehen, die herrschende Ordnung zu mißachten und doch hingenommen, ja manchmal sogar gemocht zu werden. Die Menschen, die er betrog, achteten ihn. Seit über zwanzig Jahren lehrte er Literatur. Nur an Dienstagen und Donnerstagen erschien er auf dem Campus. Er arbeitete sechzig Halbtage im Jahr. Seine Vorlesungen mußte er nicht vorbereiten, er predigte, was ihm in den Sinn kam, Prüfungsarbeiten lasen seine Assistenten. Auch verweigerte er die Teilnahme an Sitzungen und hatte keinerlei Ehrgeiz, der über seine Stellung hinausreichte. Er war beamtet und unkündbar. Er hatte noch nie einen Ferientag am Ort der Universität verbracht. Kaum war ein Semester zu Ende, und immer häufiger auch während der Semester, stieg er ins Flugzeug und reiste nach Europa. Amerika hielt ihn nicht. Seine Kinder dagegen waren in Amerika zur Welt gekommen und paßten in die Neue Welt.

Vater und Töchter hatten einander wenig zu sagen, Mann und Frau einander noch weniger; vielleicht war dieses Schweigen der Kitt, der sie zusammenhielt. Früher hatte er seine Familie jeden Sommer nach Europa mitgenommen, seit einigen Jahren nicht mehr; es fehlte das Geld, behauptete er, auch mußte in einem Verbrecherland jemand das Haus bewachen.

Er wurde zunehmend unwillig, wenn etwas von ihm gefordert wurde. Er bezahlte zwar alles, er stellte keine Fragen, doch im Innersten sah er nicht länger ein, warum er nur für *andere* arbeiten und Geld verdienen sollte. Wie konnte er seine Frau und Kinder als *andere* empfinden? Er schämte sich zuweilen, aber dann kam er sich wieder in die Enge getrieben und ausgenützt vor. Am liebsten wäre er davongelaufen, aber dafür war er zu feige. Lieber bezahlte er weiterhin die Rechnungen und lebte ein Doppelleben, das längst über seine Kräfte ging. Er schämte sich nicht. Gewisse Empfindungen hatte Stein abgelegt wie andere ihre unmodisch gewordenen Kleider.

Er wußte auch, daß er seit Jahren nichts mehr geschaffen hatte und nutzlos lebte. Wie einen gelegentlichen Schmerz, den der Erkrankte nicht wahrhaben will, hatte er seine Untätigkeit lange vor sich selber geleugnet. Irgendwann konnte er das Unbehagen nicht mehr loswerden: er mußte Stellung beziehen. An dem Punkt war Stein nun angelangt. Er sah, wie die Sonne seinem gerade noch schattigen Balkon näher kam; wie lange würde er noch hier sitzen können? Er wollte nicht vertrieben werden vom grellen Licht, und ging besser gleich jetzt ins Haus zurück. Er würde für Laura ein Frühstück zubereiten, so ungern er die Küche betrat. Am liebsten hielt er sich im Schlafzimmer auf: wenn er dort oben aus dem Fenster schaute, konnte er an hellen Tagen in der Ferne den Stillen Ozean sehen, der lockte und funkelte wie alle Meere, aber seine Weite führte nach Asien: an keine Fernweh- oder Heimwehküste für Stein, der jedes Ziel zur Sehnsucht mißbrauchte. Seit der Kindheit hatte er von einem Leben am Meer geträumt, aber doch nicht gleich an diesem Ozean. So war es gekommen: er konnte den Pazifik sehen, wenn er morgens aus dem Bett stieg. Die Post brachte kaum noch Briefe für ihn, er hatte das Warten auf den Briefträger aufgegeben, das während vieler Jahre sein Neben- und vielleicht Hauptberuf gewesen war. Eine Lähmung wuchs in ihm, die er für Krankheit hielt, ohne zu merken, daß er der äußeren Welt doch nur näher rückte. Seine Gleichgültigkeit war die seiner Zeit. Was unterschied ihn noch von den anderen, die er zu Unrecht für Fremde hielt, und wie konnte seine Entfernung noch gelten, wenn sie nur in der Geographie bestand? Etwas warnte ihn, daß er auf einem Irrweg war, solange er die Schönheit zum höchsten Ziel erklärte. Er starrte Gesichtern nach, die ihm rein erschienen, er horchte zuckend auf, wenn er eine klare Stimme hörte. Er schaute zum Himmel hoch und staunte, daß er die Sonne noch sehen konnte. Es gab eine menschenmögliche Straße; fast alle begingen sie anmutsvoll, nur Stein war sich dafür zu gut gewesen. Er und Stéphane waren zu Deserteuren des Lebens geworden. Erwartete er nun nicht den ungeeignetsten Freund, um der Einsicht dieser Stunde Dauer zu geben? Er ließ die Zeitung zu Boden fallen. Wenn er die paar kommenden Tage nur für sich allein haben könnte! Allein! Inständig hoffte er plötzlich – alle Vorfreude war in ihm erstorben –, daß Stéphane den Flug doch versäumt oder seine Reise verschoben hätte. Bekehrung war das noch nicht, aber vielleicht ein erster Schritt dahin.

Stein und Stéphane: hatten sie nicht seit Anbeginn schlechten Einfluß aufeinander ausgeübt? Hatte nicht jeder den anderen im Ausbrechen aus der Ordnung übertrumpfen wollen? Was wäre aus Stéphane geworden, wenn er Stein nie begegnet wäre? Er wäre gewiß ein besserer Mensch geworden. Und Stein? Ohne Stéphanes Applaus hätte ihn zweifellos viel früher das schlechte Gewissen gepackt. Sie hatten den Kontakt zueinander verloren, aber erst nachdem der Schaden angerichtet war: ihr Hochmut, sich gerade im Unrecht im Recht zu glauben, besiegelte ihre Freundschaft. Die Woche, die vor ihnen lag, war gefährlich. Stein wußte nur zu gut, daß er nie ernsthaft versucht gewesen war, Stéphane zu widersprechen.

Laura war aufgewacht und klopfte an die Tür. Sie trat ein und reichte ihrem Vater, unverhohlen unwillig wie immer, die Wange zum Morgenkuß, die sie gleich darauf mit ihrem Pyjamaärmel abwischte, als verursachten ihr die Lippen des Vaters Ekel. Wenn Stein und Clara nicht auf dem täglichen Morgen- und Abendkuß bestanden, wenn sie den Töchtern ein wenig Zärtlichkeit nicht zärtlich aufgezwungen hätten, dann wäre es mit Berührungen und auch Gesprächen längst vorbei. Die beiden Mädchen wären den Eltern ausgewichen und hätten die Sprachlosigkeit von draußen nachgeahmt. Stein und Clara vergaßen nie, daß sie in Feindesland lebten, sie behaupteten ihren Widerspruch zum Staat an der Küste zum Stillen Ozean und lebten im eigenen Haus ihren Gegenentwurf als Beispiel und Vorbild. Ihre Kinder freilich waren auch dort draußen zu Hause und verstanden die Eltern nur ungefähr. Man war hier nicht fremd, man gehörte dazu, sagten die Kinder. War man nicht daheim, wo man nicht aus dem Koffer lebte? Doch Stein lebte aus dem Koffer, seine Erinnerungen waren ebenfalls Gepäck, er schleppte sie überall mit, der kleinste Spaziergang gelang nicht ohne Schwergewicht. Erinnerungen erlaubten Vergleiche, Vergleichen Überheblichkeit, und diese führte zum Abstand, ohne den er nicht leben wollte. Als Laura, mit vierzehn erst, die Gewohnheit des *Rührmichnichtan* angenommen hatte, rabiater, härter, entschiedener noch als Lydia, ihre Schwester, hatte sie ihren Vater am meisten damit verletzt. Er hatte seine Töchter immer ihren Kinderweg gehen lassen: warum wichen sie vor ihm zurück? Wenn er bei Tisch ihren Arm anfaßte, wie es zwischen Redenden geschieht, zuckte Laura zusammen und versteinerte. Lydia hatte ohnedies längst das Weite gesucht. Auch Clara ließ ihn kaum noch an sich heran; wenn er sie umarmte, dann schob sie ihn, den sie als Mann gewähren ließ, als Menschen, der er auch war, fort. Es war große Kunst, das Laßmichallein und Kommherzumir in dieselbe Umarmung zu legen; kein Mann würde jemals dazu imstande sein, nur Frauen beherrschten diese Kunst. Nur Frauen vergaßen nichts. Stein hatte im Ausland gelebt, länger als ein Jahr war er einmal fort gewesen: beruflich, gewiß, aber eben doch mit einer anderen Frau.

Er hatte seine Liebschaft gebraucht; hatte sich etwas beweisen müssen: nicht seine Männlichkeit, die war ihm kein Anliegen, vielmehr die noch mögliche Fülle des Unerhörten und Wunderbaren. Unfaßbar war für ihn jede Frau. Bis er fast ein Vierteljahrhundert alt geworden war, hatte er sich kein Mädchen anzufassen getraut, so heilig waren sie alle, und dann, mit vierzig, wollte er nachholen. Nachholen wollte er, und die Unberührbaren als stöhnendes Fleisch erfahren, damit es endlich Verstehen und Abschluß gäbe für das Unbegreifliche in seinem Leben. Aber Clara verstand ihn nicht, sah nicht seine unerlöste alte Not. Sie ertrank in der Rolle der Betrogenen, so war es zum Wahnsinn nur ein Schritt. Natürlich fand Stein nach jeder seiner Reisen nur noch größere Kälte vor. Wenn es zwischen den Eheleuten ein paar gute Stunden gab, wo ihnen, scheu, ein Spaziergang am Strand gelang oder sie einander nachts im Auto flüchtig küßten, änderte die Zeugenschaft solcher Augenblicke an Lauras Ablehnung des Vaters nichts. Zugleich bemühte sich das Mädchen um seine Bewunderung. Gern las sie ihm aus Büchern vor, unaufhörlich prahlte sie mit ihren Kenntnissen des Zeitalters der Plantagenets. Sie hatte das englische Mittelalter zu ihrer Welt erwählt, und konnte mit ihren fünfzehn Jahren Historiker beschämen. Als Laura mit einem schweren Geburtsfehler zur Welt gekommen war, schien ihr Überleben alles andere als gewiß. Aber als man Stein in der Neugeborenen-Intensivstation jenes weltberühmten Krankenhauses in Baltimore das an Schläuchen und elektrischen Kontakten hängende Wesen in den Arm gelegt hatte – am liebsten wäre er weggelaufen, er war doch zum Wiegen todkranker Kinder nicht der Typ –, hatte er um ihr Überleben gebetet. Er hatte dem nahezu gewichtlosen Bündel in seinem Arm Dinge versprochen, die ihm in seinem Schrecken als das Höchste und Lebenswerteste erschienen. Er würde seine Tochter zu den Festspielen nach Salzburg und in die Uffizien nach Florenz bringen, er stellte ihr ein Studium in Paris und eine Kreuzfahrt zu den griechischen Inseln in Aussicht, wenn sie nur überleben wollte. Er redete mit dem Kind so ernst wie lächerlich. Und niemals wieder in den fünfzehn Jahren seit jenem erhörten Gebet war ihm zu beten eingefallen. Nichts mehr hatte später so sehr auf Messers Schneide gestanden. Es war gut, dieses Kind zum Kind zu haben. Laura war nun aufgewacht und half ihrem Vater, das Frühstück zu bereiten.

Er verstand nicht, warum er auf einmal wieder Hunger hatte. Als hätte er nichts zu sich genommen, dabei hatte er im mexikanischen Café, keine zwei Stunden war es her, geradezu gepraßt. Laura und Stein teilten sich die nötigen Handgriffe. Unter Gähnen – auch Laura war keine Frühaufsteherin – reichte sie ihrem Vater aus dem Kühlschrank die Milch, den Orangensaft, einige Beeren für das Müsli, das sie täglich zum Frühstück aßen. Nur an Sonntagen gab es etwas anderes, dann überraschte Clara ihre Familie mit etwas Besonderem. Stein schüttete Kaffee in den Filter und goß Wasser in die Maschine. So selten vollzog er diese Handgriffe, daß sie ihm strenge Aufmerksamkeit abverlangten. Laura trug Teller und mit Orangensaft gefüllte Gläser zum Eßtisch hinaus. Es dauerte nicht lange, bis der Duft des frisch gebrauten Kaffees die Küche erfüllte und auch das Müsli mit der kalten Milch und den Beeren verrührt war. Während der fünf oder höchstens zehn Minuten ihrer gemeinsamen Tätigkeit sprachen sie kaum ein Wort miteinander. Stein kam in den Sinn, daß er noch nie allein mit Laura in der Küche gewesen war, noch nie hatten sie gemeinsam etwas zubereitet, noch nie zu zweit gefrühstückt. Fünfzehn Jahre war immer die Mutter und zumeist auch die Schwester dabeigewesen, abwesend in dieser Familie war häufig nur er, der Reisende. Und wenn er die Zeitdauer hätte errechnen wollen, die er mit seiner jüngeren Tochter im Gespräch verbracht hatte, dann wäre so gut wie nichts dabei herausgekommen. Vielleicht keine vierundzwanzig Stunden in fünfzehn Jahren hatte er mit Laura geredet, also keinen einzigen Tag in ihrem ganzen Leben. Und was Lydia, die Ältere betraf, da hätte die Rechnung nicht anders ausgesehen. Wie wenig hatte er – Belangloses und Streit einmal abgerechnet – schon mit Clara *beredet*, und sie war immerhin seine Frau! Stein spürte den Stich des Versäumthabens. Wie leicht es war, das Miteinanderleben ohne Nähe, wie es einem durch die Jahrzehnte hin gar nicht auffiel! Natürlich wollte Stein in seinem Entsetzen auf der Stelle etwas gutmachen; er fuhr Laura, die schon bei Tisch saß und ihr Müsli löffelte, übers Haar, aber sie schüttelte ihn ab. Er wollte etwas sagen, wollte sich entschuldigen, aber wofür? Laura hätte ihn nicht verstanden, auch hatte sie ein Magazin für Teenager aufgeblättert, *Seventeen* oder so ähnlich hieß es, in dem sie einen Modeartikel las. So griff auch Stein wieder zu seiner Zeitung und ließ sich forttragen von einer Schlagzeile internationaler Politik. Wenn wir erst so weit kommen, daß wir uns entschuldigen wollen für das Unentschuldbare, dann hört uns keiner mehr an, dann wird nicht mehr Verzeihung gewährt, ahnte er. Dann ist es zu spät. Unter Schweigen verging das Frühstück als weitere versäumte Gelegenheit. Stein wollte von dem Machtwechsel im afrikanischen Staat Zaïre nichts wissen, aber der Artikel, den er las, übte einen Sog auf ihn aus. Es ging in Zaïre um den Niedergang französischer Sprache und Kultur und um den Sieg des amerikanischen Einflusses, legte der Korrespondent dar. Das interessierte Stein. Er liebte die französische Sprache, das Englische war ihm egal, fast mißfiel es ihm. Es ging am Beispiel Zaïres also letztlich darum, daß das Geliebte schwächer und das Ungeliebte stärker wurde. Was für ein Thema! Darüber hätte er gerne geredet, aber wie konnte er es einer Fünfzehnjährigen zumuten, die ihre Fingernägel jeden Tag mit einer anderen Farbe lackierte und an nahezu jedem Finger einen riesigen Ring trug? Dabei war sie das klügste und fleißigste Kind ihrer Schule, auch das paßte zusammen, es paßte überhaupt alles zusammen, dachte Stein. Aber mit Laura reden: wie denn? Er konnte auch nicht mit Lydia oder Clara reden, so groß sein Wunsch auf einmal auch war. Seine Kinder, er spürte es, hatten ihn schon längst abgeschrieben. Mit Papa kann man nicht reden, so lautete die Grundsatzerklärung im Haus, und: von dir ist nichts zu erwarten – nach dieser Maxime lebte Clara in ihrem Trauerland. Mit wem hätte Stein reden können? Mit Stéphane, der nun wohl bald in Boston landen würde? Nein, mit dem Freund am allerwenigsten. Mit wem also? Mit irgendwelchen

Fremden? Mit Fremden redete man nicht. Die eigene Zerbrechlichkeit, die zu überspielen vielleicht die einzige Aufgabe im Leben war, hatte Stein stets sehr deutlich vor Augen gestanden. Oder bildete er sich auch das nur ein? Seine Affären, seine Fehltritte hatten mit diesem Zerbrechlichen zu tun: schuf er im Umarmen eines Körpers nicht einen Augenblick Geborgenheit und rettete eine Stunde, eine Nacht vor der Kälte? Laura hatte ihr Magazin zu Ende geblättert und schaltete nun den Fernseher ein. Stein fand sich ausgeschlossen. Er wollte nicht wissen, was der Bildschirm zeigte. Er schaute durch die Schiebetür aus Glas auf die Terrasse hinaus, wo zwei Kolibris den hängenden Saugnapf umschwirrten, den Clara erst gestern mit rotfarbenem Nektar gefüllt hatte. Dieses ganze Haus gehörte ihr, nichts geschah ohne sie; Stein, aber auch die Töchter, lebten wie Gäste im Hotel. Jetzt läutete das Telefon. Laura, die im Türkensitz vor dem Fernseher auf dem Boden saß, sprang auf und lief zum Apparat. Wenn Anrufe kamen, galten sie immer nur ihr oder Clara; Wochen vergingen, bevor jemand Stein verlangte. Aber jetzt meldete sich Stéphane. Enttäuscht übergab Laura ihrem Vater den Hörer. *Mon cher ami*, ertönte die Stimme des Franzosen. Er war also abgeflogen. Er war gerade in Boston gelandet. Von dort würde er nach Los Angeles weiterfliegen. Und dann ein allerletztes Umsteigen für den Katzensprung zu Stein. Ankunftszeit 20 Uhr 34, dann wäre es in Paris bald sechs Uhr früh, der Freund würde todmüde eintreffen! Jetzt hatte er die Gewißheit, daß Stéphane kommen würde. Aber seine Vorfreude war dahin. Er sah Laura vor dem Fernseher, er nahm weniger ihren Körper als ihre Einsamkeit wahr, die noch größer war als seine eigene. Er wollte ihr nahe sein, aber es gab keine Nähe in dieser Familie, die Stein vernachlässigt und doch nie zu lieben aufgehört hatte. Er wollte Laura etwas sagen, das sie zum Aufhorchen bewegen würde, aber er blieb stumm. Er mußte ja stumm bleiben. In einer Stunde würde er sie zum Haus der Freundin fahren und erst nach Claras Rückkehr wiedersehen. Welch vergeudete Gelegenheit zur Nähe! Anstatt die kommenden Tage mit Stéphane zu verbringen, sollte er Laura daheim behalten, sie zur Schule bringen und abholen, sollte ihr die Mahlzeiten kochen oder sie ins Restaurant führen, er sollte die Chance nützen, seine Tochter kennenzulernen, denn es war fast zu spät dafür. Und was tat er? Er schickte das Kind zu fremden Leuten und würde um 20 Uhr 34 einen Fremdgewordenen abholen. Ja, er verfluchte nun Stéphanes Kommen, er verfluchte sich selber, er wagte es nicht, sich Laura auch nur einen Schritt zu nähern. Bevor er in sein Arbeitszimmer nach oben ging, rief er ihr zu – es war eher ein Flüstern –: ich hab dich lieb. Aber Laura starrte auf den Bildschirm und hörte ihren Vater nicht.

4

Stein saß an seinem Schreibtisch, der von Papierkram überquoll. Warum gelang es ihm nicht länger, die Ordnung vergangener Jahre aufrechtzuerhalten? Früher war es so einfach gewesen: Jeder Brief wurde postwendend beantwortet, jedes Projekt wurde im Handumdrehen Wirklichkeit. Es hatte damals weder an Einfällen noch an Kraft zur Vollendung gefehlt, die Stunden des Tages waren genützt worden, fast jeder Abend hatte seinen guten Abschluß in sich getragen. Stein kannte erfolgreiche Menschen, sie waren mit ihrer Arbeit berühmt geworden, aber nie schienen sie *über*arbeitet, immer waren sie Herren ihrer Zeit. Sie verstanden aufzuhören und ihr Leben zu genießen, nie wirkten sie gehetzt, sie machten weder sich selber noch ihren Nächsten ihr Getriebensein zur Last. Er dagegen litt an wachsender Atemlosigkeit, und wer ihm nahe kam, den zog er auch schon mit hinein ins Mißlingen. Vielleicht bestand das Mittelmaß in der ewigen Anstrengung, vielleicht war besessener Fleiß allen Redensarten zum Trotz das Merkmal der Nicht-Begabten. Lange saß Stein an seinem Tisch, ordnete das angestaute Material und schaffte nichts. Plötzlich bildete er sich ein, vor dem Eintreffen Stéphanes noch wichtige Dinge erledigen zu müssen, um nur ja guten Gewissens *frei* zu sein für die Woche mit dem Freund. Briefe erforderten Antwort, Fachzeitschriften wollten gelesen, Prüfungsarbeiten benotet werden. Studenten hatten ihn um wichtige Empfehlungsschreiben gebeten. Übel durcheinander lag alles, Stein verzagte. Er hatte mit den Jahren keine Ordnung erlernt, er spürte nur Lähmung, trug etwa gar sein Älterwerden daran die Schuld? Er befand sich in der unbequemen Mitte, wo es keine Entschuldigungen gab, in seinem Alter hieß es einstehen für das Mißlungene. Sogar das Sterben wäre in seinem Alter weder tragisch noch natürlich. Stein überschaute die dichten Bücherreihen, die sich von einem Ende des Raumes zum anderen erstreckten. Es fehlte an Platz, viele der Bände standen in doppelten Reihen, die Bretter bogen sich und drohten zu brechen. Dicker

Staub lag über allem. Früher hatte Clara seinen Arbeitsraum saubergehalten, aber seit langem fehlte es im Haus wie in der ganzen Ehe an Kraft. Stein war ein Hochstapler, der die meisten der angesammelten Bücher nicht gelesen hatte. Und das Gelesene hatte er vergessen. Er fühlte das Bedürfnis, irgendein Werk aus der Reihe zu nehmen, den Staub von seinem Rücken zu blasen und es aufzuschlagen. Dann würde Laura ihn endlich begreifen und liebhaben, Stéphane würde am Telefon sein Kommen absagen und Claras Vater wieder von den Toten auferstehen, wenn er sich jetzt nur in ein Buch vertiefte. Er müßte kaum zwei Seiten lesen, und schon würde Claras liebe Stimme aus der Küche nach oben rufen: Lunch is ready! Er wünschte sich nichts anderes als einen gewöhnlichen Tag. Warum nur hatte er Laura vor dem Fernseher allein gelassen? War es nicht schon wieder schäbige Flucht? Etwas mußte anders werden, soviel wußte Stein, und der Anstoß zur Veränderung müßte von ihm ausgehen. Er zog ein dünnes Buch aus dem Regal. Er schlug es auf, ohne auf den Titel zu schauen. Alle Titel erschreckten ihn, und den weiten Weg von einer ersten zur letzten Seite beging er nur noch selten. Wie peinlich wenig er gelesen hatte; Laura mit ihren fünfzehn Jahren beschämte ihren Vater. Überhaupt waren alle Menschen, mit denen Stein Umgang pflegte, belesener als er. Wie kam es, daß sie ihn trotzdem ernst nahmen? Galt er in seinem Fach nicht gar als Kapazität, wurde er nicht zu Tagungen in aller Welt eingeladen, und nahm er diese Einladungen nicht gewissenlos an? Er nutzte einen Irrtum aus, wenn man ihn sprechen und seine Meinung gelten ließ. Dabei hatte er anfangs die Menschen nicht bewußt hinters Licht führen wollen. Er hatte überhaupt keine Pläne geschmiedet, er war nur träge gewesen und folgte schlafwandlerisch der Weglosigkeit, die er mit der Zeit seine Karriere nannte. Er müßte zum Glück keine Beichte ablegen, genoß nicht jeder Angeklagte das Recht, die Aussage zu verweigern, falls sie ihn belasten würde? Er steckte das Buch zurück zu den anderen, er hatte keine Silbe darin gelesen, aber schon die Form eines Buches hielt ihren Trost bereit.

Er nahm den Hörer vom Telefon und wollte seine Sekretärin an der Universität anrufen. Er hörte Mädchenstimmen und Lachen anstatt des Freizeichens; Laura redete mit einer ihrer Freundinnen. Diese Schwätzereien konnten Stunden dauern. Er wurde zornig; warum? Es war nicht Eifersucht, die er empfand, es war das Gefühl einer Ungehörigkeit. Erst war es Lydia gewesen, die das Telefon in Beschlag genommen hatte, jahrelang. Sie hatte Anrufe vom frühen Morgen bis in die späte Nacht erhalten. Mit den Eltern hatte sie – unwillig – kaum ein Wort gewechselt, am Telefon lachte und jauchzte sie stundenlang. Laura war damals noch nicht gefragt gewesen, die Schwester hatte ihr – aber auch Vater und Mutter – hochmütig zugerufen: *Euch* ruft in hundert Jahren niemand an! Kaum war Lydia aus dem Haus, hatten die Anrufe für Laura begonnen. Stein kochte vor Wut, aber es war bestimmt nicht Eifersucht. Sein Unbehagen kam aus der Kindheit, seinem Erwachsenwerden in jener anderen Welt, in der er damals zu ersticken vermeint hatte, und die er nun als eine gute, jedenfalls bessere verteidigte. In der Wohnung seiner Eltern hatte es kein Telefon gegeben. Erst viel später, als er schon im Ausland studiert hatte und sein Vater verstorben war, hatte die Mutter sich von den Vorteilen eines solchen Gerätes überzeugen lassen. Sie hielt es unter Verschluß, wie auch das Wohnzimmer stets abgeschlossen blieb, wenn der Sohn auf Besuch zu Hause weilte.

Stein, das Einzelkind, war nie erstaunt oder beleidigt gewesen, daß seine Eltern den sogenannten *schönen* Salon vor ihm verschlossen hatten. Nur an Festtagen, oder wenn Gäste kamen, durfte der Sohn den Raum betreten. So waren seine Kindheits- und Schuljahre ein Umherirren in engen Nebenzimmern geblieben; neben seinem Zimmer gab es die Wohnküche, wie sie genannt wurde, in der an den Wochentagen auch gegessen wurde, und den – gleichfalls versperrten – Schlafraum der Eltern. Wir vertrauen dir nicht, du hast kein Recht, die Räume zu betreten, du hast dein eigenes Zimmer, das muß dir genügen, bedeuteten diese versperrten Türen. Und es hatte auch keinen Fernseher gegeben, denn solcher Unfug würde den Buben nur vom Lernen abhalten. Wie aufregend war daher der seltene Besuch bei Nachbarn oder Verwandten, die einen besaßen. Die schwarzweißen, flimmernden Bilder wurden Stein zur Offenbarung, zum Versprechen einer freieren Sphäre, die er bald zur seinen machen würde. Wie erleichtert sich Mutter später fühlte, wenn sie die Wählscheibe ihres Telefons mit einem kleinen Schloß, dessen Schlüssel sie am Halskettchen trug, blockierte! So konnte der Sohn nicht *heimlich* Ferngespräche führen, denn: wir vertrauen dir nicht. Stein merkte bald, wie es ihm *heimlich* Freude machte, die Mutter zu betrügen. Betrug gegen Mißtrauen: es erschien nur recht. Einmal hatte sie Stéphane, dem bei einem seiner Besuche das Geld knapp geworden war, eine winzige Summe vorgestreckt, die dieser ihr nach seiner Heimkehr schicken sollte. Stéphane hatte das Darlehen auch gleich zurückbezahlt, nur hatte er die Geldscheine Stein übergeben. Und der hatte den lächerlichen Betrag der Mutter nicht überbracht. Wohl aber hatte er ihr erklärt, daß Stéphane seine Schuld an sie beglichen hätte, und nun *er* ihr Schuldner sei. In den Augen der Mutter bestand Stéphanes Schuld weiterhin, denn er hätte wissen müssen, daß man ihrem Sohn nicht vertrauen durfte. Alle Schuld lag bei ihm, und noch Jahre später beklagte die Mutter *Stéphanes* unbeglichene Schuld.

Laura hatte das Telefongespräch endlich beendet und kam aus ihrem Zimmer. Stein fand es nicht richtig, daß sie ihren eigenen Apparat gleich neben dem Bett stehen hatte, aber er konnte sich nicht durchsetzen gegen Clara und das undurchdringliche Geschehen im eigenen Haus. Er versuchte es auch nicht. Das Abschalten seiner Sinne und seines Wollens hatte er nicht erst lernen müssen, es war ihm in der Kindheit schon zur Natur geworden. Was wäre mit ihm geschehen, wenn er auf Vater und Mutter gar noch gehört hätte? Nein, er war ein Virtuose im Weghören, das die anderen nicht bemerkten. Besser als irgendwer konnte er Aufmerksamkeit vortäuschen, *ja* und *herrlich* und *stimmt genau* sagen, ohne bei der Sache zu sein. Seine Studenten an der Universität mochten ihn, weil er, wie es hieß, zugänglicher sei als die anderen Professoren. Sie wußten nicht, daß er *abwesender* war als irgendeiner, und daß sein österreichisches Lachen die ganze Welt zum Narren hielt. Nur Clara wußte darum, sie durchschaute und verachtete ihn. Er spürte unmißverständlich, daß Clara ihn verachtete. Aber sie liebte ihn auch, oder hatte ihn geliebt, und die Frage war nur, wie lange es dauerte, bis ihre Verachtung ihre Liebe aufgefressen haben würde. Laura meinte, es sei an der Zeit, zur Freundin loszufahren. Sie wurde ungeduldig, sie schaffte es nicht, allein mit ihrem Vater im selben Zimmer zu sein. Als ginge eine böse Strahlung von mir aus, dachte Stein, und er beschwichtigte Laura: wir haben Zeit. Sie widersprach, sie schleppte ihren längst gepackten Rucksack zum Wagen. Wieviel Zeug sie brauchte für vier oder fünf Tage.

Stein konnte sie immerhin überreden, in einem italienischen Restaurant mit ihm zu Mittag zu essen. Obwohl Laura gerade erst gefrühstückt hatte, und Stein schon zum zweiten Mal, hatte sie nicht nein gesagt, als ihr Vater ins Schwärmen geraten war: eine Pizza war ihr immer recht. Und er konnte seine Tochter eine Stunde länger in seiner Nähe halten. Wie gern er endlich einmal mit ihr geredet hätte! Über nichts Besonderes, nur so, wie ein Vater und eine Tochter mitsammen müßten reden können. Aber war es dafür nicht schon zu spät? Die Kinder verfuhren noch strenger mit ihm als seine Frau. Sie hatte ihn immer wieder aufgenommen, in ihren Körper und in ihr Herz. Nie hatte er von einer seiner Reisen heimkommen und dabei fürchten müssen, daß Clara sich ihm verweigern würde. Es gab die Tränen, die Vorwürfe, das Zusammenbrechen, aber bei Nacht duldete die Verwundete seinen Arm um ihren Körper, und seine Küsse wurden erwidert. Das Zurückzucken der Kinder, die Versteinerung Claras in der Umarmung – würde nicht ein Wunder nötig sein, um das Verwelkte wieder bunt zu färben? Laura redete gern. Einmal in Fahrt geraten, hörte sie nicht auf.

Plötzlich trat Sophie in seinen Kopf, aber Erinnerung bedeutete in diesem Falle Schmerz und Sehnsucht. Sophie durfte nicht an den Tisch kommen, nicht jetzt, wo er mit Laura saß, seiner ihm fast verlorenen Tochter. Der ernste Begriff des *Gutmachens* irritierte Stein. Aber wenn überhaupt etwas der Anstrengung – oder nur des Träumens – wert war, dann doch nur ein *Gutmachen*. Sophie hatte er längst schon ganz und gar verloren, nichts würde sie wiederbringen, Laura dagegen gab es gerade noch: hier saß sie, an demselben Tisch wie er, ihre Hände lagen auf der rotkarierten Tischdecke, ihre Fingernägel leuchteten heute dunkelgrün, Silberringe mit dunklen Steinen steckten an den Fingern des Kindes. Laura war noch ein Kind. Sophie hatte nur einen einzigen Ring getragen: den Verlobungsring, den er ihr heimlich in Chartres gekauft und in der Bar jenes Pariser Hotels gegeben hatte, in dem ein Jahrhundert zuvor Oscar Wilde verstorben war. Stein hatte Sophie die Ehe versprochen, obwohl es Clara und Lydia und Laura in seinem Leben gegeben hatte und für immer geben sollte, obwohl ihm die bloße Vorstellung von Trennung und Scheidung immer, auch damals, unerträglich gewesen war. Zugleich aber war ihm ein Weiterleben ohne Sophie ebenso unvorstellbar erschienen; er hatte sie verzweifelt geliebt und nicht belogen, als er ihr die Zukunft versprochen hatte. Was war ihm nur eingefallen während des Jahres seiner Professur in Frankreich, als er mit Sophie gelebt und sein Leben zerrissen hatte? Wenn die Geschichte auch Jahre zurücklag, so war sie nicht vergangen und würde niemals vergangen sein. Seither tat alles nur noch weh, ihm und Clara, und vielleicht auch Sophie, und die Zeit heilte keine Wunden. Zählte er nicht in seinem Tagebuch die Wochen, die seit Sophie verflossen waren; längst ging die Zahl in die Hunderte! Warum tröstete ihn die Vorstellung, daß Sophie zu ihm heimkehren würde, irgendwann einmal? Was wußte Laura von der Sache? Vielleicht alles, vielleicht schreckte sie deshalb vor ihrem Vater zurück, weil sie zuviel wußte und nichts verstand, wie auch Clara nicht verstehen konnte. Und Sophie fehlte ihm, und Zeit heilte keine Wunden.

Gutmachen: dieses Wort und die Sehnsucht nach Sophie gehörten zusammen, gerieten ihm dauernd in die Quere, ließen ihn nicht los. Sie war es gewesen, die Stein an einem Abend im Juni im Bois de Vincennes, als keine Nacht einbrechen wollte und ein Ende ihrer Nähe noch undenkbar schien, befohlen hatte: Du mußt *gutmachen*, was du angerichtet hast! Zuvor hatten sie einander in einem Ruderboot auf dem Lac des minimes ihr Leben erzählt, Stein hatte übermütig nichts zurückgehalten, hatte mit dieser und jener geprahlt, die ihm davongelaufen war. Sie wären nicht die Richtigen für ihn gewesen; laut und böse hatte er sich über die Frauen seiner Leidenschaften lustig gemacht. Waren sie nicht alle gewichtlos im Vergleich zur Liebe, die er für Sophie empfand? Warum hätte er mit ihnen nicht schlafen sollen, er war jung und neugierig gewesen! Irgendwann hatten sie gemerkt, daß er sie nicht liebte, und sie verschwanden. Eine gab es, die wollte auch keine Briefe mehr von ihm erhalten: sie waren mit dem Vermerk »Annahme verweigert« zurückgekommen. Wenn das nicht übertrieben war! Er lachte. Sophie jedoch, erschöpft und blaß am Ende jenes Tages, hatte sich seiner Heiterkeit verweigert.

– Merkst du denn nicht, daß du diesen Menschen etwas schuldig bist? Sie liebten dich, du aber hast sie benutzt und zum Spielzeug reduziert. Du hast vielleicht ihr Herz gebrochen.

Wieder hatte er lachen wollen.

– Du darfst nicht lachen, du hast Menschen weh getan. Auch wenn deine Opfer dein Bedauern und deine Besserung nicht erfahren und annehmen können oder wollen, so schuldest du sie den gegenwärtigen und den künftigen Menschen in deinem Leben. Versprich mir, bitte, *gutzumachen*, was du falsch gemacht hast. Versprich es mir!

Und er hatte ihr feierlich schwören müssen, was er nicht einmal verstehen konnte an dem Juniabend im Bois de Vincennes.

Die Pizza wurde serviert. Es war an der Zeit, endlich zu Laura zurückzukehren, die die Abwesenheit ihres Vaters wohl bemerkt hatte und ihn fragend anblickte. Sie erwartete von ihm, daß er die Pizza zerschneiden und eine erste Schnitte auf ihren Teller legen sollte. Wenn die Mutter dabei war, kümmerte diese sich um alle praktischen Dinge, Stein hatte nie einen Finger gerührt.

Er zerteilte die Pizza und staunte fast, daß es ihm gelang. Er mußte Sophie verdrängen, wenn er doch mit Laura reden wollte.

Er würde ihr Fragen über das zwölfte Jahrhundert in England stellen; der Redefluß, der folgen würde, könnte immerhin eine Illusion von Nähe zwischen Tochter und Vater schaffen.

– Wie war das mit Heinrich II. und Thomas Becket, ich habe ihre Beziehung nie verstanden, sagte er, und Lauras Augen leuchteten auf. Mit vollem Mund begann sie ihre Erläuterungen. Es würde nun eine Predigt, eine Vorlesung folgen, Stein wußte es im voraus, und er schämte sich, daß er diesen Ausweg aus dem Schweigen gewählt hatte. Er schämte sich um so mehr, als er kaum dazu imstande war, Lauras Erläuterungen auch wirklich zu folgen. Er wollte es, er hatte die beste Absicht, aber er konnte sich nicht auf ihre Worte konzentrieren, er war anderswo und mußte aufpassen, daß seine umherschweifenden Blicke ihn nicht verrieten. Ein paar Tische weiter kehrte ihm eine Frau den Rücken zu, deren blond-rötliches Haar ihn an Sophie erinnerte.

– Hörst du überhaupt zu, wenn ich rede?

Stein heuchelte Interesse. Die Frau mit Sophies Haaren erhob sich zum Gehen; sie war nicht jung, und nichts verband sie mit der Geliebten. Sophie war die reine Zerbrechlichkeit gewesen.

Stein, rufe dich zur Ordnung, befahl er sich. Hör endlich deiner Tochter zu! Aber er war taub geworden. Taub oder schwachsinnig, und trank den Wein zu Ende.

Laura schweifte ab von Heinrich II. und Thomas Becket zur Frau des Königs, Aliénor von Aquitaine. Laura bewunderte, ja liebte jene Königin erst Frankreichs und dann Englands. Sie hatte ihre Söhne gegen den Vater aufgehetzt, sie hatte die französische Kunst an den Londoner Hof geholt, sie war den Männern ihrer Zeit weit überlegen gewesen an Geist und Beweglichkeit. Stein fiel dazu nichts ein als sein Besuch mit Sophie an Aliénors Grab in der Abtei von Fontevrault. Da lag die große Königin neben Heinrich II., da lag sie neben ihrem Sohn Richard Löwenherz, und in ihren polychromen Händen hielt sie seit bald achthundert Jahren ein kleines Buch, in dem sie liegend las. Lesenkönnen, das war etwas um 1200, und etwas Unerhörtes für eine Frau. Ein Buch in Händen übertraf an Macht Reichsapfel und Szepter der großen

Könige, und Stein hatte in unerwarteter Rührung mit Sophie vor Aliénors Grabmal gestanden. Wie gern hätte er Laura von jenem Besuch erzählt, und es stand ihm frei, davon zu sprechen, solange er Sophie wegließ, die ja mit der toten Königin nicht in Verbindung stand. Aber für Stein eben doch, und reden und sie ausklammern aus der Erzählung, die schon an seine Lippen drang, durfte er nicht.

Stein bezahlte die Rechnung, während seine Tochter bereits zum Auto gelaufen war. Clara, Lydia, Laura: wo man Deutsch sprach, wurden schöne Namen verlacht. Stein dachte an den deutschen Rezensenten, der an einem Roman die *künstlichen, anmaßenden* Namen bemängelt hatte. So heißt doch niemand! Stein hatte die Liste mit den Studentennamen seiner Vorlesungen aufgeschlagen: Amanda, Yolanda, Claudia Diana, Felicia, Royal, Vanessa Elina, Deborah Carmen las er, und er wußte, daß seine Studenten aus einfachen Familien kamen, doch was für schöne Namen ihre Eltern ihnen mitgegeben hatten! Vielleicht sonst nichts, vielleicht weder Liebe noch Erziehung noch Erbschaft, aber sie hatten gespürt: *nomen est omen* – also doch ein Erbe. Tom, Pete, Harry und Chris waren nur ein Bruchteil Amerikas, Stein verachtete den deutschen Kritiker, der den Roman auch dafür verhöhnt hatte, weil ein Auto das südliche Kalifornien *durchraste* – als ob im gesetzesfürchtigen Amerika zu rasen möglich wäre!, hatte der gewettert, und ungesagt die deutschen Autobahnen verherrlicht, auf denen weniger die Geschwindigkeit herrschte als die Aggression. Stein bog in den Freeway ein, Laura war mit ihrer Rede über das Haus Plantagenet noch lange nicht am Ende.

Als sie eine halbe Stunde später vor dem Elternhaus der Freundin eintrafen, stand diese vor dem Eingang. Laura zerrte ihren Rucksack aus dem Wagen, umarmte stürmisch Samantha und war schon fort, als hätte es den Vater nie gegeben.

Vielleicht, dachte Stein, gab es wirklich keinen Vater. Nie und nirgendwo. Vielleicht waren die Väter eine gewaltige Illusion, um die eigenen Schwächen und Fehler irgendwem anzulasten, vielleicht bildeten sich die Väter der Welt ihre Kinder nur ein, um ihren – immer vergeblichen – Hoffnungen eine neue Chance zu geben. Hatten Lydia und Laura nicht recht, wenn sie sich weigerten, ihre Talente und Leistungen mit ihren Eltern in Verbindung zu bringen, wenn sie darauf bestanden, Lob und Kritik allein zu verbuchen, ohne den Hinweis: das hast du von Vater oder Mutter mitbekommen und gelernt? Nichts hatten die Mädchen von Stein gelernt, weder im Guten noch Schlechten, denn er war abwesend gewesen, er hatte die Kindheit seiner Kinder versäumt, zu ihrem Glück?

Jetzt, allein und ohne Eile, fuhr Stein entlang der Küstenstraße in die Stadt zurück. Es war noch nicht vier. Er liebte es, ziellos und ohne Eile dahinzugleiten, er dachte an seinen allerersten Wagen und jene frühen Fahrten, als er noch Student gewesen war. Aber war er wirklich jemals ein Student gewesen? Es war ihm nie um die Zukunft gegangen, sondern um den einzelnen Tag. Durch den Tag hatte er kommen müssen, irgendwie, es war eine Prüfung anderer Art, jeder Tag erschien lang, keine Gewohnheit half, kein Besserwissen: wer morgens sein Bett verließ, war ein Abenteurer auf Entdeckungreise, war Magellan oder Vasco da Gama, nur schlimmer und armseliger noch, weil dieser Erwachte unter keiner königlichen Flagge segelte und ohne Vision war. Es galt nicht länger, einen Herrscher-Traum zu verwirklichen, den eine Dynastie oder eine Nation teilte, nur die eigene Unruhe war übriggeblieben. Wie gebrechlich die Karavellen jener frühen Entdecker auch gewesen sein mochten, noch verwundbarer war jeder Tag der Gegenwart. Aus solchen Tagen ein Leben zu schaffen, welches Vorhaben konnte verrückter sein?

Stein, der Student, war in seinem roten VW-Käfer im Winternebel nach einem üppigen Abendessen mit zuviel Wein einfach losgefahren: von der Closerie des Lilas schnurgerade zur Porte d'Orléans und im kühnen Tunnelschwung auf die Autoroute du sud, auf und davon, es gab kaum Verkehr um Mitternacht, meistens war er allein, manchmal begleitet gewesen, bald nach den

Lichtern des Flughafens Orly wurde der Nebel noch dichter, und die Felder ringsum wurden zu Mauern aus Dunkelheit. Die Augen brannten ihm, durch solche Nächte zu fahren erschöpfte einen, und der Wein hatte ihn müde gemacht. Er beugte sich vor, fast über das Lenkrad, und preßte sein Gesicht an die Windschutzscheibe, um überhaupt noch etwas zu sehen im Nebel, bis sein Atem das Glas beschlug und er zurückweichen mußte. Er hatte Glück gehabt auf seinen Fahrten, es war ihm nie etwas zugestoßen, Europa hatte ihn an der Hand genommen und sicher geführt, bis er – wie oft hatte der Benzinanzeiger auf leer gestanden und dem besessenen Fahrer angst gemacht – vielleicht bei Annemasse an der Schweizer Grenze um fünf Uhr morgens eine offene Tankstelle gefunden hatte, und alles war im Handumdrehen wieder gut gewesen. Tankstellen als Erlösung, man durfte weiterrasen ins Gebirge hinein, und durch den langen Tunnel des Montblanc war ihm kein einziges Fahrzeug begegnet, und die italienischen Zöllner schliefen und hielten ihn nicht auf, als er mit müdigkeitszuckenden Augen das Aostatal erreichte. Kurz vor Turin, bald würde er wieder tanken müssen, erhob sich vor der Windschutzscheibe seines roten Autos eine graue Wand, die rasch heller wurde, dann violett und rot: die Sonne ging auf, die schon südliche Wintersonne. Stein hatte in einem Fernfahrerhotel ein Zimmer genommen und war gleich eingeschlafen, hatte unruhig von Kurven und Nebelschwaden geträumt, und erst in diesem fremden Bett hatte er den Wein des Abends gespürt, und neun Stunden später war er im Bühnenbild der Dämmerung erwacht: fast schon Abend: es war das Glück.

So hätte er einmal noch losfahren wollen. Es gab nur noch kleine und kleinste Fahrten für Stein, wie jetzt dieses armselig geduckte Vorwärtsstolpern von einem Rotlicht zum nächsten, das selbst den Ozean, der zu seiner Rechten lag, billig werden ließ. Was wußten schon die Küstenbewohner von ihrer Küste! Nur jene, die unendlich weit vom Meer entfernt im Binnenland lebten, konnten mit ihrem Fernweh den Ozean fassen. In kaum vier Stunden würde Stéphane aus dem Flugzeug steigen.

Auch Clara war noch unterwegs, saß auf ihren Weiterflug wartend in einer Glas- und Stahlhalle auf dem Flughafen von Vancouver, und Stein konnte sie nicht erreichen. Er hätte jetzt gern ihre Stimme gehört. Mit wem hatte er heute den Tag verbracht? Wirklich mit Clara zuerst und mit Laura später, oder mit dem versperrten Wohnzimmer der Mutter, mit Sophie, mit Aliénor und Heinrich II., mit einer Wahnsinnsfahrt bei Nacht von Paris nach Turin, mit der Geliebten beim Frühstück im mexikanischen Café, oder nur mit der Zeitung, deren Druckerschwärze noch immer an seinen Fingern klebte? Es war ein übervoller Tag gewesen, nicht leicht, weil kein Baustein in seinem Kopf vom anderen wissen durfte. Während er an einer Kreuzung auf das grüne Licht wartete, studierte Stein seine Hände, die er viel zu selten wusch. Es ekelte ihn vor den Resten der Druckerschwärze an seinen Fingerspitzen. Er würde bei der ersten Gelegenheit anhalten und sich die Hände waschen, es war wenigstens ein Programm, das er sich zumuten durfte.

5

Niemand hatte von den Toten der Place Baudoyer gewußt. Ein Kommen und Gehen von Menschen und Fahrzeugen herrschte vor dem Polizeikommissariat und dem gegenüberliegenden Rathaus des vierten Arrondissements. Stein und Sophie, Hand in Hand unterwegs, ohne darauf zu achten, wo sie sich befanden, waren vor der Einfahrt zum Polizeikommissariat stehengeblieben zu einem unaufschiebbaren Kuß. Beherrschung gelang ihnen nicht länger; sie streunten in ihrem verzweifelten, lächerlichen Verliebtsein durch die Stadt, ihre einzige Verbündete. War es nicht peinlich, wenn ein Mann, Mitte vierzig schon, im Gedränge stehenblieb und unter Mißachtung der Passanten eine Frau pathetisch in seine Arme schloß, wenn diese sich ohne Widerstand der Schaustellerei überließ? Sie verrieten die Panik ihres Älterwerdens. Sophie genoß wenigstens die Gnade einer wie durch ein Wunder über sie verhängten äußeren Mädchenfrische – die Leute hielten sie für zwanzig, obwohl sie schon dreißig war: ihre bleiche, schimmernde Haut täuschte jeden. Stein dagegen war schon als Kind ein alter Mann gewesen und wollte jetzt nachholen, was er zur rechten Zeit versäumt hatte, bevor es auf immer zu spät sein würde für einen die Welt ausschließenden Kuß. Jenes eine Mal hatte Stein, der sonst alles maß und zählte, nichts gemessen und nichts gezählt, war versunken in den Augenblick. Als die Entrückten ihre Lippen endlich voneinander lösten, Atem holten und die Augen öffneten, um sich neu zurechtzufinden auf dieser Place Baudoyer, die diesen Kuß nicht brauchte und vielleicht doch davon reicher geworden war, bemerkten sie erst den Polizeiwagen, den sie an der Einfahrt in den Innenhof des Kommissariates hinderten: zwei gedankenlos Verliebte vor dem vielbenutzten Tor, lästiges Ärgernis für eine oder gar schon wie viele Minuten? Im Streifenwagen saßen ein Mann und eine Frau in Uniform; sie hatten die ganze Zeit weder durch Hupen noch Zuruf freie Fahrt gefordert, was doch ihr gutes Recht gewesen wäre; sie hatten vielmehr geduldig gewartet, bis die Zärtlichkeit am falschen Ort an ihr Ende gekommen war. Stein und Sophie hatten sich gleichsam ertappt gefühlt und waren eilig zur Seite gesprungen, aber die Polizei zeigte weder Ungehaltenheit noch Spott. Trotzdem erröteten die Verliebten vor Scham und versuchten ungeschickt, sich bei den Zeugen ihres langen Kusses – die Fenster des Streifenwagens standen offen – zu entschuldigen. Die Beamten aber hatten nur gelacht.

– Genießt euer Verliebtsein, solange es dauert!

Solange es dauert: diese Worte hatten sich auf der Stelle in Stein eingenistet, und noch heute begleiteten sie ihn.

Ein paar Tage später – wieder ohne Absicht und Plan – hatte die Place Baudoyer erneut auf dem Weg der Liebenden gelegen. Inzwischen war der Platz überraschend für den Autoverkehr gesperrt worden; nur die Gehsteige durften noch benutzt werden. Rostige Gitter umzäunten eine Großbaustelle. Alte, gesunde Platanen waren entfernt worden, und gelbe Baumaschinen hoben hinter Wolken aus Staub eine tiefe Grube aus. So vielerlei konnte von einem Spaziergang zum nächsten geschehen. Gut und beständig – nicht anders hatte Stein die Place Baudoyer seit jeher erfahren. Was war hier los? Er preßte sein Gesicht gegen die engen Gittermaschen, die nur wenig Durchblick gewährten, und starrte in die Baugrube.

Viel später erst war ihm klargeworden: die Toten der Place Baudoyer und jener unaufschiebbare Kuß zwischen ihm und Sophie gehörten zusammen. Als von einem Tag zum nächsten, ohne Verkündung und Zeichen, die Absperrgitter errichtet und die Baumaschinen auf den Platz gebracht worden waren, als der Lärm der Preßlufthämmer die Fußgänger zu größerer Eile antrieb und der Staub aufgerissener Erde sich auf die Blätter der noch vorhandenen Platanen legte, als das Paar ohne Absicht und Ahnung dem Platz, der keiner mehr war, entgegenschlenderte, als könnte Flanieren heißen, was in die Enttäuschung führte, war ihr Kuß längst Vergangenheit wie die Toten der Place Baudoyer. Diese Toten hatten den Kuß getragen: vielleicht hatten sie ihn dringlich werden lassen und hatte sogar die Geduld der Polizei nur ihrem Befehl gehorcht, oder hatte umgekehrt der Kuß die Toten ans Licht gelockt. An jenem Nachmittag war Stein noch jedes Verständnis abgegangen: nie zuvor hatten ihn Baustellen interessiert. Was hatte ihn dazu gedrängt, sein Gesicht gegen das Absperrgitter zu pressen, bis er das kalte Drahtgeflecht als widerliche Grenze empfand? Gewiß mußte der Rost seine Haut und Kleidung beschmutzen; er nahm es hin, um diese schon tiefe Grube nur besser sehen zu können. Sophie hatte sich, geduldig wartend, inzwischen an die Mauer des Polizeikommissariates gelehnt. Diese Baustelle ging sie nichts an. Noch war sie bereit gewesen, Stein hinzunehmen, so unverständlich er auch war. Vielleicht hatte sie hinter seinem Rükken den Kopf geschüttelt oder gegähnt. Er aber drückte sein Gesicht nur noch entschlossener gegen das Gitter: er hatte sich seit der Kindheit immer gewünscht, einer Operation oder Autopsie beizuwohnen – und eine Autopsie wäre ihm lieber gewesen. Es war nie dazu gekommen, es fehlten ihm die rechten Kontakte, und Medizinstudenten sowie Ärzte, die ihm leichthin versprochen hatten, ihn einzuschmuggeln in ihren Operations- oder Anatomiesaal, hatten nie Wort gehalten; sein Interesse war vielleicht auch nicht groß genug gewesen, mit größerem Nachdruck darauf zu pochen. Hier aber, wohnte er auf dieser aufgebrochenen Place Baudoyer nicht einer Autopsie der Erde bei, war dieser seit Jahrtausenden bewohnte Boden nicht erregender als irgendein Körper?

Aufgeregte Rufe aus vielen Mündern, ein Ersterben der Motoren – die stählerne Schaufel eines Baggers hatte gerade eine weitere Schicht lehmiger, mit Steinen durchsetzter Erde losgebrochen. Mit Getöse war sie nach unten gestürzt, wo schwere Lastkraftwagen darauf warteten, sie fortzuschaffen. Am Nordende der Aushebung führte eine steile Rampe zur Rue Saint Antoine hinauf. Diese letzte Abtragung hatte keine glatte Wand wie zuvor zurückgelassen. Es sah aus, als ob dünne Stäbe dem Erdsturz widerstanden hätten und nun ins Leere hingen. Einige waren losgebrochen und abgestürzt, sie lagen über Kies und Lehm verstreut. Weißgraue, dünne Stäbe, auch einige, wie es schien, runde Formen darunter, unterbrachen das graubraune Einerlei und bleckten, blendeten fast im Vorabendlicht. Beim genaueren Schauen gewann das Bild an Konturen: aus der Lehmwand baumelten Särge, oder was davon übriggeblieben war. Zur Hälfte steckten sie im Erdreich, zur anderen wippten sie in der Luft. Die abgestürzten waren beim Aufprall entzweigebrochen: die Blendung ging von Skeletten aus.

Der Sturz hatte sie durcheinandergeworfen, die Zeit hatte nur die längsten und stärksten Knochen bewahrt; die Schädel hatten miteinander Ball gespielt und lagen nun, vier oder fünf, in froher Unordnung zwischen nassem Lehm und körniger Erde. Stein konnte die Augenhöhlen sehen, ein Schädel hatte im Fall den Kieferknochen bewahrt; war da nicht ein Zähneknirschen zu hören? Erschreckend groß muteten diese Köpfe an, als hätten die Toten einem anderen Menschenschlag angehört. Wer waren die Toten der Place Baudoyer, wann hatten sie gelebt? Die Aufregung der Arbeiter, die zwischen den zerstreuten Knochen umherliefen und einander Worte zuriefen, die Stein nicht verstand, bestätigte das Unerwartete des Geschehenen. Sophie blieb im Hintergrund; Stein war es nicht eingefallen, sie an das Gitter zu holen. Der Vorfall überwältigte ihn, wie ihn vor Tagen an derselben Stelle ihr Kuß überwältigt hatte. Sie fragte:

– Was soll das Geschrei da unten? Warum hat man die Baumaschinen abgestellt?

Stein hatte mit den Schultern gezuckt. Aus einem der hängenden Särge lösten sich wieder ein paar Knochen und taumelten abwärts. Stein sah eine Bevorzugung darin, dem Schauspiel beizuwohnen. Es war die Erwiderung seiner Liebe, die er der Stadt entgegenbrachte. Sie erwiderte seine Treue; diese Toten ließen ihn wissen: du bist hier nicht fremd.

Wie viele Jahrhunderte hatten sie in ihren Särgen gelegen? Von einem Totenacker, auch einem aufgelösten, hätten die Historiker bestimmt gewußt. Die Anzahl der Skelette ließ vermuten, daß man nicht auf ein paar heimlich verscharrte Leichen, sondern auf eine Begräbnisstätte gestoßen war. Inzwischen hatten sich auch andere Passanten um das Gitter geschart; Sophie erhob sich endlich und trat neben Stein.

– Es könnte sich um ein Massengrab der Revolution handeln, vermutete jemand.

– Nein, nicht hier, nicht in diesem Stadtteil, widersprach ein anderer.

– Vielleicht eine Totenstadt aus der Römerzeit?, wunderte sich eine Dame.

– Die Römer bestatteten ihre Toten doch nicht auf diese Weise, belehrte sie ein Mann.

– Friedhöfe des Mittelalters kennen wir aus Kirchenregistern, warf ein Fünfter ein.

Stein schwieg, und Sophie hatte vom Hin und Her der Vermutungen kein Wort verstanden.

– Das ist ja schrecklich, sagte sie endlich.

– Ich finde es wunderbar, widersprach Stein.

Dann erst entdeckte er im Durcheinander aus Erde und Knochen einen steinernen Sarkophag, der nicht zerbrochen war. Er war mit dem Erdreich sanft nach unten gerutscht und stand offen, wie aufgebahrt, inmitten einer Grundwasserpfütze. Er barg ein Skelett, das trotz der rauhen Schlittenfahrt unversehrt geblieben war: man sah Schädel, Rippen, Arme, Becken, Schenkel und Beine. Der Sarg aus Stein war zierlos und nüchtern, dennoch mußte der darin bestattete Tote in Ansehen und Rang über den anderen gestanden haben. Es war, als würde ihm sogar der Tod Überlegenheit zugestehen, indem er die Knochen nicht frech durcheinanderwarf. Wer waren die Toten der Place Baudoyer? Stein ergriff Sophies Hand, und sie verließen die gaffende Menge. Festlichkeit erfüllte ihn.

Am Morgen darauf war er früh, ohne Sophie zu wecken, aus dem Bett geschlüpft, um am Kiosk die Zeitung zu kaufen. Seine Toten der Place Baudoyer waren für Schlagzeilen nicht gut; Stein fand nur eine magere Notiz auf Seite neunzehn. Die Grabungsarbeiten – es wurde eine Tiefgarage gebaut – seien vorläufig unterbrochen worden, hieß es da. Historiker und Archäologen hätten sich zur Fundstätte begeben; es sei noch nicht erwiesen, aus welcher Epoche die Skelette stammten. Am wahrscheinlichsten sei die Annahme, daß es sich bei den Toten um die Bewohner eines Fischerdorfes aus karolingischer Zeit handle, das am rechten Seineufer im achten und neunten Jahrhundert bestanden haben soll. Die Notiz war mit zwei Initialen gezeichnet. Stein hatte sie gierig überflogen und war in die Wohnung zurückgekehrt, um sich wieder neben die noch Schlafende zu legen. Später, beim Frühstück, hatte er den Artikel nicht erwähnt. Die Toten der Place Baudoyer waren *seine* Toten.

Stein hatte die Küstenstraße verlassen. Aus der Ferne stiegen die Wolkenkratzer der Innenstadt auf, das fast immer zwergische *downtown* amerikanischer Städte. So unausmeßbar die Vorstädte auch wucherten, die Zentren waren jämmerlich, als wollten sie Bewohnern und Durchreisenden sagen: nehmt uns nicht ernst, es ist nicht viel los mit uns.

Was konnte auch los sein mit ein paar Dutzend Bürostraßen, wo sich morgens Zehntausende zur ungeliebten Arbeit einfanden, um ihre Ketten nach abgeleisteter Stundenzahl für eine weitere Nacht hinter sich zu lassen. Die einzige Abwechslung im Leben dieser Menschen bestand darin, hin und wieder einmal entlassen oder nicht länger gebraucht zu werden. Doch immerhin spiegelte sich die sinkende Sonne in den Glasfassaden der Wolkenkratzer: hart und glatt ragten diese Türme in den Himmel, wurden zärtlich und weich an Sonnentagen in der Viertelstunde vor dem Abendwerden. Dann konnte Stein nur staunen und seinem Zweifel entgegenhalten: eine schöne Stadt! Ein anderes Mal blendeten die Wolkenkratzer, man mußte den Blick von ihnen abwenden, sie warfen das Sonnenlicht in Feindschaft zurück; wer dazwischengeriet, meinte erblinden zu müssen. In solchen Augenblicken waren sie am ehrlichsten. Stein spürte die Kraft, die in diesen neuen Städten lag. Wenn bei Nacht die tausend Stockwerke allesamt erleuchtet waren, dann zu keinem anderen Zweck als dem der Festlichkeit. Wurde dann nicht auch dem Hoffnungslosen, der alles verloren hatte, feierlich zumute, verharrten die Ärmsten vielleicht nur dieser Bühnenlichter wegen in den Städten? Wie mächtig war der Wind, der durch die Straßenschluchten immer gleich als Sturm daherkam und den Menschen in den Zimmern Furcht einjagte, dabei gehörte er haustiertreu zum Bild der Stadt. Wie bescheiden seine Abenteuer auch waren, so gewaltig erschienen sie Stein, und schon sah er die Hafenbucht aus geschmolzenem Kupfer, er war zu seinem Patras-Bild zurückgekehrt.

Wieder ein rotes Licht an der Ampel, Stoßzeitverkehr, in vier Reihen standen die Fahrzeuge neben- und hintereinander, Stein dachte an die oft gelesene Warnung, mit den anderen Fahrern nur ja nicht Augenkontakt aufzunehmen, denn man konnte nicht wissen, wie diese weidwunden, nervösen, lädierten Menschen darauf reagieren würden. Auch das freundlichste Lächeln verstanden nicht wenige als Kriegserklärung. Nur in dieser *Neuen Welt* mußte man Angst vor den eigenen Blicken haben. Man konnte nicht wissen, wer unter den Tausenden von Fahrern eine Pistole im Handschuhfach verbarg. Aber schloß die Stromlinien-Eleganz der Limousinen das Gewalttätige und Grobe nicht aus? Raubüberfälle, Entführungen, Vergewaltigungen, Morde – wie konnten sie nur in den weißen und freundlichen Villen stattfinden, wie unter schlanken Palmen entlang der Sonnenstraßen? Auch die Gleichzeitigkeit der Dinge, die einander auszuschließen schienen, schuf schmutzige Hände, Stein wollte keine Angst haben müssen, er hatte nie Angst gehabt, man hatte sie ihm hier erst eingeredet. An die ersten Wochen dachte er, als er mit Clara und den noch kleinen Kindern im eigenen Haus gewohnt hatte, erstmals mit Türen und Fenstern zu ebener Erde. Bis dahin hatte er, der Europäer, nur Mietwohnungen gekannt, im fünften oder im dritten Stock, keine Anschrift hatte ihn jemals ausgesetzt und bedroht. Die Freude, ein eigenes Haus zu haben, war erstickt worden von seinen Vorstellungen wilder Verbrechen, die ihn am Einschlafen hinderten, auch wenn man in einer guten Gegend wohnte. Er war dann jede Nacht wiederholt aufgestanden und hatte die Türen und Fenster überprüft, er hatte eine Sicherheitsanlage einbauen lassen, deren komplizierte Technik die Hausbewohner zu ihren eigenen Gefangenen machte. Zur Angst vor Verbrechern gesellte sich nun die Furcht vor den Sirenen und Lichtern eines falschen Alarms, vor erbosten Nachbarn, vor dem Eintreffen der Polizei, nur weil jemand aus Versehen ein elektronisch gesichertes Fenster geöffnet hatte. Die Polizei kam rasch, zwei Offiziere im Streifenwagen mit blaurotem Licht, beide hatten die Hand nahe der Waffe am Gürtel, beiden stand Anspannung ins Gesicht geschrieben, Erleichterung und Ärger: es war ja nur ein falscher Alarm. Obwohl Stein im Pyjama – es war sechs Uhr früh – unter der Türe gestanden hatte, war die Polizei von seiner Harmlosigkeit nicht überzeugt gewesen; er hatte beweisen müssen, daß er wirklich der Besitzer des Hauses war, und falscher Alarm trug ihm natürlich eine Verwaltungsstrafe ein. Schlimmer noch war die Scham gegenüber den Nachbarn gewesen, die man ohne Anlaß geweckt und verstört hatte.

Im Rückspiegel sah er eine junge Frau, die ihm augenblicklich schön erschien. Sie durfte er anschauen, sie wußte nicht, worauf er im Spiegel seine Blicke richtete. Sie würde keine Schußwaffe aus dem Handschuhfach nehmen und auf ihn richten, er vertraute ihr. Er starrte sie an. Es drängte ihn, einen Flirt zu eröffnen. Man mußte aus ein paar Verbrechen nicht gleich das Inferno ableiten. Die Mehrheit der Menschen war harmlos, auch hierzulande. Im Wagen neben ihm saß ein Paar, die beiden sprachen erregt, vielleicht im Streit. Wieder schaute Stein auf die junge Frau. Sie wiegte rhythmisch den Kopf und bewegte dabei die Lippen, offenbar sang sie ein Lied. Wie gern hätte Stein ihre Stimme gehört! Die Ampel sprang auf Grün, also weiterfahren. Clara fuhr jetzt mit ihrer Schwester wohl in das Dorf hinaus, wo ihr Vater aufgebahrt lag. Die Vielfalt der Spuren, die jeder zog, die Anschriften, zu denen diese Fahrer unterwegs waren: Stein sah die Neonschrift einer Bar am Hafen, er war schon einmal hier eingekehrt, diese Bar war ihm jetzt recht zum Händewaschen, auch war es zum Flughafen nicht mehr weit. Bestimmt würde Stéphane sterbensmüde aus der Maschine stolpern. Gut so, Stein wünschte sich einen müden, stillen Freund.

6

Stéphane war kein müder, stiller Freund. Zwar kletterte er als einer der letzten Passagiere aus der kleinen Propellermaschine, die kaum dreißig Menschen faßte. Stein wartete hinter den gläsernen Scheiben der Ankunftshalle und beobachtete ihn, sah, wie er sich am Geländer der fahrbaren Treppe festhielt und umständlich die steilen Stufen nach unten nahm, als wäre er schon ein alter Mann. Einen Augenblick schien er zu taumeln, aber dann erreichte er doch sicher den schwarzen Asphalt. Es war wohl die Müdigkeit nach der langen Reise, dachte Stein; und vielleicht hatte er sich das Taumeln auch nur eingebildet. Der Blick durch das getönte Glas konnte täuschen. Gar nicht wenige dieser kleinen Flugzeuge standen, von Flutlichtern angestrahlt, draußen in der Nacht. Die Ankommenden und Abreisenden mußten sich im Dröhnen und Sturm schon angeworfener oder noch nicht zum Stillstand gekommener Propellermotoren auf dem von weißen Linien gezeichneten Boden ihren Weg suchen. Eine Hostesse ging den kleinen Gruppen zwar voran, ohne jedoch auf Nachzügler zu warten. Die neuen, hydraulisch gelenkten Gangways waren für diese Zwerge der Luft ungeeignet. Vor wenigen Jahren noch konnte man mit großen Jets von Los Angeles hierhergelangen, aber damit war es vorbei. Nur diese ungemütlichen Zubringer verbanden nun die Nachbarmetropole mit der Stadt unter dem 35. Breitengrad, immerhin einer Zweimillionenstadt, als sei sie ein Dorf, dem die üblichen Verkehrsmittel nicht zustanden. Aus allen anderen Städten des Landes konnte man bequem im Düsenflugzeug an dieses Ende der Welt fliegen, nur nicht aus der am nächsten gelegenen; da herrschte erneut Pionierzeit. Der Flug war eher ein Sprung, dauerte weniger als dreißig Minuten auch in einer Propellermaschine, folgte auf geringer Höhe der Küstenlinie und versprach bei Schönwetter ein Augenfest für jene, die einen Fensterplatz auf der dem Festland zugewendeten Seite einnahmen. Aber wer nach dreizehn Flugstunden zwischen Kontinenten noch zu diesem Wurmfortsatz der ermüdenden Reise gezwungen wurde, dem wurde grausam zu erkennen gegeben, wie unbedeutend sein Ziel war. Einen weltverlorenen Flecken bewohnte Stein, gerade hier war er steckengeblieben. Er wunderte sich nicht nur, warum er es hinnahm, sondern mehr noch, warum es ihm trotz seiner Klagen hier gefiel. War er, in der Provinz geboren, zur Provinz bestimmt, und wären seine Studienjahre in der Stadt Stéphanes nur ein Unfall gewesen? Es gab auch glückliche Unfälle.

Die Freunde umarmten einander. Nicht vier Wangenküsse, wie es in seinem Heimatland üblich war, erwartete oder verteilte Stéphane, auch nicht zwei, sondern drei – er war nie davon abgewichen. Stein war jedesmal froh, daß der Freund ihm den vierten Kuß ersparte, denn es war der vierte, der ihm Frankreichs Kußverrücktheit, gegen die er im Grunde nichts einzuwenden hatte und die er manchmal sogar genoß, oft anstrengend und lästig werden ließ. Erst vor dem vierten und letzten Wangenkuß sträubte sich etwas in Stein, wozu dieser Unfug, schoß es ihm dann durch den Kopf, und er gab oder empfing ihn jeweils in versteinerter Verweigerung. Stéphane war schon deshalb ein Freund, weil er ihm nur drei Küsse zumutete, denn gegenüber anderen Leuten – Stein war ein genauer Beobachter – hielt auch Stéphane sich an die elenden vier. Sollte man jetzt fragen, ob der Freund eine gute Reise gehabt hatte? Er wollte es nicht wissen, er unterließ die Frage, er hatte heimlich auf Verspätung gehofft; nicht auf zehn oder zwanzig Minuten, eine gewaltige Verspätung hatte er sich gewünscht. Wenn es nach ihm gegangen wäre, hätte die Maschine aus Boston Los Angeles so spät erreichen sollen, daß es keinen Zubringerflug mehr gab. Stéphane wäre gezwungen gewesen, die Nacht in einem Flughafenhotel zu verbringen. Stein hätte allein bleiben dürfen zu einem weiteren Abend Gnadenfrist. Gewiß wäre Stéphane am Morgen darauf dann nicht mit der ersten Maschine gekommen, sondern hätte ausgeschlafen, üppig gefrühstückt und wäre unversehens in den Mittag geraten.

– Du bist sicher sehr müde?

– Warum sollte ich müde sein? Ich habe seit Paris nichts als geschlafen, wenn ich nicht gerade getrunken habe, entgegnete der Freund und lachte.

Stein fand, daß Stéphanes Stimme viel zu kraftvoll klang. Seit einiger Zeit war ihm die Schwäche lieber, er kam besser mit ihr zurecht. Wo Stärke war, da lief er davon.

– Nur Hunger habe ich, schrecklichen Hunger, denn mir schmeckte das Flugzeugessen nicht: ich habe kaum etwas angerührt.

Er versuchte sich in einer Miene des Ekels, Stein ging nicht darauf ein. Nein, das war kein müder, stiller Freund. Das war der alte, ewig junge Stéphane, den sein atemloses Leben beflügelte. Hatte er sich nicht immer, vor allem wenn Krisen ihn am wildesten schüttelten, am wohlsten gefühlt? War er nicht immer munter und zu jeder Unternehmung bereit gewesen, gerade nach schlaflosen Nächten? Offenbar bedeutete es nichts, wenn jemand fünfzig wurde, offenbar gab es keine Grenzüberschreitungen, und nur Stein nahm den Kalender ernst.

Stéphane sprach mit Bewunderung von der Lichterkette entlang der Küste, er bedauerte, daß dieser kurze Flug schon in der Dunkelheit stattgefunden hätte. Er legte seinen Handkoffer auf den Rücksitz des blauen Sportwagens, den Stein vor wenigen Wochen gekauft hatte: das erste Auto seines Lebens, dessen Design, Farbe und Motor ihm uneingeschränkte Freude machten. Stéphane, der Autonarr, fand jedoch für das unter gelben Parkplatzlampen glitzernde Gefährt kein Lobeswort, und Stein war enttäuscht. Würde er den gleichgültigen Freund noch mit Pferdestärken, Beschleunigung und der Gediegenheit dieses Wagens beeindrucken können? Stéphane dachte nur an das Abendessen. War das fünfzigste Jahr doch eine Schwelle?

– Wir wollen in einem wirklich guten Restaurant einkehren, ich lade dich ein, verkündete der gar nicht müde Freund.

Stein, der Lokale kannte, die er für ausgezeichnet hielt, zuckte vor diesem Auftrag zurück. Was durfte man Stéphane zumuten?

Würde er, den kein Rechnungsbetrag erschreckte, in seinem Hochmut nicht alles schlecht finden, was man ihm hier, am Ende der Welt, bieten könnte? Auch war der Gastgeber schon zum Gast geworden: Stéphane verwischte überall die Grenzen. Stein lenkte das Auto, auf dessen Beschleunigung er doch so stolz war, nun besonders langsam auf dem Freeway Richtung Norden, um Zeit zum Nachdenken zu gewinnen. Es war noch früh, alle Restaurants waren zu dieser Stunde geöffnet. Bald redeten die Freunde belangloses Zeug, als sei dieses Treffen eine alltägliche Sache, aber Stein zermarterte seinen Kopf. Es war ihm zumute, als müßte er vor der Aufgabe, das rechte Lokal zu finden, versagen. Die gequälten Gesichter seiner Studenten kamen ihm in den Sinn, wenn sie über Examina gebeugt saßen und ihnen entscheidende Antworten nicht einfallen wollten. Er sah jetzt wohl nicht anders aus. Nur gut, daß der Freund ihm nicht gegenübersaß, sondern auf dem Nebensitz, und daß er aus dem Fenster schaute. Alles begeisterte Stéphane, was er auch sah, verbesserte seine gute Laune. Er bedachte Menschen, Häuser und Plakate mit boshaften, aber nicht bösen Bemerkungen, und Stein dachte nach. Das Restaurant am Strand fiel ihm ein, wo er vor vielen Jahren mit einem deutschen Schriftsteller zu Abend gegessen hatte. Auch jener war gerade aus Europa eingetroffen, und Stein hatte ihn aus derselben Ankunftshalle vom Flughafen abgeholt und zum Abendessen gefahren. Der deutsche Schriftsteller war sehr zufrieden gewesen, er hatte bei Tisch – und war doch kaum angekommen – heiter bemerkt, er wisse sich schon in der Kur, womit er wohl den Süden und den Abstand von Deutschland gemeint hatte. Dorthin also würde Stein den Freund jetzt bringen; er fühlte sich geradezu gerettet.

Aus wie vielen Niederlagen und Rettungen jeder Tag bestand! Gern hätte Stein Stéphane von heute erzählt. Aber er bildete sich ein, daß dieses Vorhaben Ernsthaftigkeit erfordert hätte, und die blieb unerreichbar zwischen ihnen. Auch jenes Abendessen mit dem Schriftsteller war kein Thema, es würde Stéphane keinen Eindruck machen, wenn Stein seinen Namen nannte. Der Anwalt ließ sich von Ruhm nicht beeindrucken, die erlogenen Geschichten seines Freundes überhörte er genauso wie die wahren. Sie hatten einander doch seit Jahrzehnten angelogen, sie hatten einander auch immer die Wahrheit gesagt. Ihre Worte trugen nicht mehr. Auch das Schweigen hatte seinen Kurswert verloren, denn es war nur das Schweigen der Gleichgültigkeit, nicht das betretene Schweigen einer Einsicht, die vielleicht etwas bewirken konnte.

Stein war jünger als der Freund und merkte doch längst, wie er den Ereignissen seines Lebens fast nie eine Jahreszahl zuschreiben konnte. Wer sich nicht zurechtfand in einem halben Jahrhundert, mußte sich so einer nicht schämen? Es war irgendwann geschehen, was war geschehen?, alles eben: irgendwann – es schien die Sonne, es herrschte Sturm, man fror an jenem Tag, der Sommer glühte, jenes Mädchen trug ein zitronengelbes Kleid, jener Schriftsteller einen breitrandigen Borsalino, hoher Wellengang peitschte das Meer: sie fehlten nicht, sie waren alle noch da, die Bilder, die erschreckend präzisen, aber die Jahreszahl fehlte schon, Distanz und Nähe wurden eins, wurden Entfernung. Auch darüber hätte Stein gern mit Stéphane geredet, und er hätte ihn gerüttelt dabei. Aber nur ein einziges Mal waren sie an die Schwelle solchen Redens geraten, und zu spät, bei der Rückkehr von einem Mittagessen, am ungeeignetsten Ort, in Stéphanes Büro – mit Mandanten im Warteraum, läutenden Telefonen, und aus der Faxmaschine waren Schübe von Botschaften auf den Boden gerollt. Und ein zweites Mal hatte Ernsthaftes sie berührt, aber sie waren auch damals zu sehr beschäftigt gewesen, als – wann war das, wie lange lag es zurück? – der Geiger Robert verstorben war.

Stein war in die Kanzlei gekommen, um sich zu verabschieden. Am Abend wollte er nach Nizza fliegen, um Robert zu besuchen, der sein halbes Leben in einem amerikanischen Orchester erste Geige gespielt hatte und im Alter nach Frankreich heimgekehrt war. Er hatte sich eine wunderschöne Wohnung am Meer gekauft. Robert, ein einsamer Mann, war froh über jeden Besucher gewesen, seine Wohnung hatte Stein immer offengestanden. Die schönsten Sonnenuntergänge und klarsten Sternennächte hatte er mit Robert erlebt. Auf der Terrasse tranken sie Wein und redeten, denn es ließ sich gut reden mit Robert. Aber nicht nur fremde Völker mißverstanden einander, die wirklichen Fremdsprachen wucherten zwischen den Altern des Lebens. Wenn Stein und Robert hin und wieder nicht weiter gewußt hatten, hieß es: du bist zu alt, du bist zu jung!

Stein bat darum, bei Robert anrufen zu dürfen. Er wollte ihm seine Ankunftszeit ins Gedächtnis rufen, denn der Geiger lebte ohne Uhr und Kalender, und nicht erst, seit er im Ruhestand war. Ohne Uhr und Kalender: wenn das kein gelungenes Leben war! Stéphane hatte ihm das Telefon zugeschoben, während er in einer dicken Akte blätterte. Als nach langem Läuten endlich abgehoben wurde, meldete sich eine fremde Stimme. Stein kannte den Mann nicht, der zurückhaltend, ja fast unwirsch klang. Erst meinte er sich verwählt zu haben, aber es war Roberts Nummer, der Unbekannte bestätigte es ihm. Stein nannte seinen Namen und verlangte, mit Robert sprechen zu dürfen. Der fremde Mann bat ihn zu warten. Stein hörte Flüstern, und die hellere Stimme einer Frau im Hintergrund.

– Du kannst es ihm sagen.

Wieder redete der Fremde, langsamer nun, und etwas ungeschickt:

– Ich bin der Mann von Roberts Schwester. Ich muß Ihnen eine traurige Mitteilung machen: Robert ist gestern verstorben, es war ein Infarkt.

Und wie stets, wenn Schlimmes und Endgültiges geschah, redete Stein im alten Plauderton weiter. Der Schmerz erreichte ihn immer erst dann, wenn andere Menschen schon mit dem Vergessen beschäftigt waren. In jenem Augenblick hatte Stein nur verstanden, daß er den Abendflug nach Nizza nicht länger antreten mußte, dabei hatte er sich auf die Reise in den Süden vielleicht noch mehr als auf das Wiedersehen mit Robert gefreut. Stéphane, der doch gar nicht gehört haben konnte, was vorgefallen war, hatte die Akte geschlossen und war ernst geworden, ungleich ernster als Stein, das Plappermaul, der diesem Fremden am anderen Ende der Leitung seine Bestürzung aussprach.

– Es tut uns leid, murmelte der fremde Mann, und beendete abrupt das Gespräch.

– Robert ist tot, bestätigte Stéphane im gleichen Augenblick, und es lag kein Frageton in seinen Worten. Er hatte verstanden, deutlicher und besser als Stein. Diesem fuhr selbst das Sterben nicht übers Maul – er war bloß über seine zunichte gewordenen Reisepläne enttäuscht gewesen, und zugleich hatte er rebelliert: Ich fliege doch, ich werde eben im Hotel wohnen!

– Robert, der gehörte zu uns, hatte er Stéphane sagen hören, hatte verstanden und war doch sprachlos geblieben. Stein war zu lachen versucht gewesen: jenes unheitere Lachen, dem er sich in bösen Augenblicken nicht entziehen konnte, jenes gemeine: siehst du, ich habe es gewußt – auch wo er nichts gewußt haben konnte. Ich werde trotzdem fliegen!, wie billig sein Trotz war, wie festlich dagegen der Satz Stéphanes. Ja, Robert hatte drei Jahrzehnte dazugehört zu ihrer halben, innigen Freundschaft. Und war Stein an jenem Abend nicht wirklich in die letzte Maschine nach Nizza gestiegen, hatte er nicht am Cap d'Antibes ein Zimmer mit Meerblick bezogen, hatte er jenen Ausflug in theatralischer Trauer nicht mehr genossen, als wenn er *nur* mit Robert getrunken und geplaudert hätte bis in den Morgen hinein?

The Shores, so hieß das Lokal, und schon begrüßte sie der deutsche Kellner, der seit Jahren hier beschäftigt war, aber immer noch jung wie ein Lehrling wirkte, obwohl er längst zum Maître d'hôtel aufgerückt war. Oft war Stein von diesem Deutschen bedient worden, und immer hatten sie miteinander mehr Worte gewechselt, als die Beziehung zwischen Kellner und Gast erfordert hätte; aber sie wußten voneinander nichts. Jetzt präsentierte Stein seinen Freund: Gerade aus Paris eingetroffen.

Ihr Tisch beim Fenster bot ihnen Ausblick auf die Brandung, die von großen Scheinwerfern auf dem Dach des Hotels erleuchtet wurde. Es herrschte Flut, dazu hoher Wellengang. Stein erwartete, daß dieses Meeresschauspiel Stéphane begeistern würde. Er erwartete Staunen, Hingerissensein, und wurde zum zweiten Mal enttäuscht. Der Freund vertiefte sich augenblicklich in die Speisekarte und in die ledergebundene Weinliste. Er las und sagte nichts; Stein war nun seinerseits ausgeschlossen. So öffnete auch er die Karte: wo immer man einkehrte, wurde die Küche komplizierter, die Beschreibung der Gerichte und ihrer Bestandteile peinlich redselig. Zuviel des Guten wurde da vermischt, als gelte nur mehr das Durcheinander für köstlich, und als vertrauten die neuen Köche der Güte eines einzigen Gewürzes, einer einzigen Entscheidung, eines erkennbaren Geschmackes nicht länger. Diese neue Küche war nicht neu, sie war nur der Ausdruck verlorenen Selbstvertrauens. Die Kunden aber fielen offenbar darauf herein, denn keiner klagte, niemand forderte Bewährtes. Sie hatten wohl alle vergessen, was das war: ein klassisches Gericht. Stein sagte nichts, er wünschte bloß heimlich, daß auch Stéphane wie er denken sollte. Er hatte seine Wahl getroffen. Brauchte der Freund Übersetzerhilfe? Nein, er brauchte niemals Hilfe. Aber er las noch immer in seiner Karte, und sein Gesicht verriet nicht, was er denken mochte. Die Brandung draußen schwoll an, wurde wilder.

Stéphane erwies sich an jenem Abend als ein sanfter Richter; Stein hatte ihn schon anders erlebt. Alles schmeckte dem Freund, auch den kalifornischen Chardonnay ließ er gelten, befand ihn sogar für ausgezeichnet. Stein war erleichtert; wie schwierig Stéphane in der Vergangenheit doch gewesen war! Aber seit die Huren von Pigalle zu seinen Kunden zählten, war er auf seine Weise zum Weltbürger geworden. Nachtclubbesitzern am Rande des Bankrotts arrangierte er Kredite, Steuerhinterziehern der Unterwelt verschaffte er einen Hauch von Seriosität. Daneben vertrat er in märchenhafter Mischung exotische Fluglinien und Handelsfirmen aus der Dritten Welt. Sein bisher größter Fall hatte ihm vor einigen Jahren gar die Schlagzeilen der großen Zeitungen eingetragen: er hatte einen Flugzeugentführer und Terroristen des Mittleren Ostens, dem in

Paris der Prozeß gemacht werden sollte, mit so viel Geschick vertreten, daß der eindeutig Schuldige nicht für den Rest seines Lebens in den Kerker gesteckt, sondern nur aus Frankreich ausgewiesen wurde.

Stéphane genoß einen zweifelhaften Ruf, weil er für alles zu gewinnen war, was ihm spannend und riskant erschien. Er paßte in keine Kategorie und befremdete seine Berufskollegen. Niemand wollte sein Partner sein, alle achteten und fürchteten ihn als Gegner. Stéphane arbeitete allein. Die gemischte Gesellschaft, in der er sich bewegte, hatte ihm dummen Stolz längst ausgetrieben, er ließ inzwischen jeden Wein und jede Küche gelten.

Die Gerichte waren immerhin vorzüglich zubereitet, wenngleich die Versprechungen der geschwätzigen Karte mit den Speisen nur wenig gemeinsam hatten. Es machte nichts aus, nur Stein hatte ihre Worte ernst genommen und sich ausgemalt, wofür sie hätten stehen müssen. Aber auch er war längst kein Leser mehr, vielleicht war er niemals einer gewesen. Hatte ihn nicht die Belesenheit der soviel jüngeren Sophie erschreckt? Mußte er nicht immer wieder seine Studenten belügen und Kenntnisse vorgeben, die er nicht besaß? Das Lesen war Stein nur in der Jugend leichtgefallen und bald darauf Schwerstarbeit geworden. Dabei steckte durchaus noch ein Ahnen der Freude in ihm, die das Lesen schenken konnte: er sehnte sich nach jenen Tagen seines glücklichsten Lesens, als er mit siebzehn eine uralte Tante in Brünn besucht hatte, mitten im kältesten Kalten Krieg, und dort den »Zauberberg« verschlungen hatte: Uhrzeit, Umgebung, Menschen vergessend. Nur radikal war Lesen gültig: er hatte Brünn und seine Tante nicht wahrgenommen, in der Rückschau gab es weder die Stadt noch die Verwandte, die bald darauf verstorben war. Stein hatte sich seither glühend nach einem zweiten solchen Lesen gesehnt. Und es war ihm zuteil geworden, wenngleich anders – stiller und sanfter, obwohl er durchaus atemlos werden und seinen Pulsschlag jagen hören konnte – in den Büchern eines noch lebenden Schriftstellers, der sogar zu seinem Vertrauten geworden war. Er hätte ihm sagen wollen: wie schön, daß du noch lebst, daß ich mit dir wandern und sprechen darf! Und wenn ein neues Buch des Dichters erschien, wußte Stein, daß weder Sophie noch Clara noch irgendeine Frau in seinem Leben unentbehrlich war, sondern allein die Büchernähe, die ihm den Mut zusprach: so lebe doch!

7

Stéphane hatte Stein stets kostbare Geschenke gemacht. Uhren, flach wie eine Münze, herrliche Schreibgeräte, in marokkanisches Leder gebundene, mit Goldrand versehene Bücher, auch seine größte Liebe, Sophie.

Sophie gehörte dazu, obgleich der Großzügige so großzügig nicht hatte sein wollen: Sophie war als Geschenk nicht vorgesehen. Aber Stein hatte sie gefordert, und Stéphane hatte sich gefügt. Er hatte seine Enttäuschung verborgen und auch bald vergessen. Stein dagegen hatte dem Freund nie etwas von Wert gegeben. Als er sich einmal dieser Unverhältnismäßigkeit bezichtigt hatte, widersprach Stéphane:

– Du hast mir verboten, dumm zu werden, als ich mit der Menge lief. Ich bin es, der in deiner Schuld steht.

Dumm war Stéphane nie gewesen; wahrscheinlich hätte er einen geraderen Weg eingeschlagen, wenn er Stein nicht begegnet wäre. Dieser übte auf Menschen, denen er zu nahe kam, schlechten Einfluß aus. Keine böse Absicht lag dahinter, nur die Verlockung eines trägen Glücksrittertums. Aber das sahen jene nicht, die er an sich zog und die sich ihm – aus Langeweile, Schwäche, Faszination oder Gegenliebe – auslieferten. In der Rückschau erkannte Stein, daß sein Leben in dauernder Wiederholung wie nach Drehbuch verlief, wo es um Menschen ging. Er spielte Verführungsspiele mit ihnen. Er hätte ein »Gesetz der Menschenbeziehungen« aufstellen können: Du siehst einen Menschen und wirst auf der Stelle Begierde (– nie ein behutsames Erkennen, nie ein langsames Dich-Verlieben –); an diesem Menschen erregt dich und begehrst du nur Äußerliches (– den Glanz des Haars, die Form der Ohrläppchen, die Schwingung der Schläfen, die matte Haut; es kann noch weniger als dieses wenige sein –): du nimmst, was dich reizt, zum Auftrag und Befehl. Du holst den Menschen an dich heran, was dir nicht schwerfällt, weil du reden kannst und dir die rechte Sprache (– die jeweils *nützlichste* Sprache –) zur Verfügung steht. Du verstehst es, den begehrten Menschen zu überwältigen. Dafür ist dir keine Anstrengung zu groß, du wirst zum Narren an diesem deinem *nächsten* Geschöpf. Endlich betrittst du den neuen Körper wie eine Kirche – in Demut und Schweigen; und bist doch gierig genug, ihn tausendmal besitzen zu wollen, weil nicht das erste Mal am schönsten ist, sondern das tausendste Mal! Wo es dir nicht um den Körper geht, verwirrst du einen Kopf. Wochen, Monate, Jahre später wird dein Opfer erkennen, daß es in deinem Leben keine unersetzliche Rolle spielt, weil du viele Menschen besitzen mußt – Frauenkörper und Männerköpfe –, um deinen Hunger zu stillen. Eigentlich magst du die Menschen nicht, aber du weißt, daß zur Betäubung deiner Unruhe eben doch nur sie herhalten können. Du verführst und besitzt deine Menschen *faute de mieux*. Wenn diese *Mißbrauchten* endlich begreifen, daß sie von dir nicht geliebt, sondern als Mittel zur Narkose benutzt worden sind, kommt es zum letzten Auftritt: dieser Mensch will von dir niemals wieder berührt werden. In deiner Jugend hast du dich bei diesen letzten Auftritten, die nun einmal zum Spiel gehören, tief erschüttert gegeben und hast Trauer geheuchelt, bis du am Ende wirklich erschüttert und traurig gewesen bist; Wiederholung lehrte dich Routine. Wie schade, denkst du, daß meine Menschen, ausnahmslos alle, denselben öden Abschied erwarten lassen, nach vergleichbaren Seufzern, vergleichbarer Nacktheit und Hingabe. Du kannst den Zeitpunkt des Vorbei im voraus im Kalender anmerken, die ewigen Liebschaften dauern alle gleich lang. Weil du die Nächte zählst und gegen deinen Ehrgeiz längst zum Statistiker geworden bist, weil deine Affären in Dauer und Ablauf einander gleichen, was dir die Macht deiner Regie beweist, oder vielleicht auch nur das maschinelle Element der Lust, hörst du die Klagen jener, die dich verlassen, nur als ein lästiges Rauschen, dein Denken ist längst schon auf anderes gerichtet. Aber ist das Leben deiner Ankläger, die da schreien, du hättest sie benutzt, nicht ebenfalls nur Routine, sind sie, die sich für Opfer halten und liebend gern als Opfer beweinen, nicht voller geiler Leidenschaft von einem Ausbeuter zum nächsten unterwegs? Genießen sie ihre Empörung nicht ebensosehr, wie du ihre Willfährigkeit genossen hast? Wenn du ihnen wirklich etwas bedeutet hättest, wie könnten sie plötzlich fordern, oft mit der geschäftsmäßigsten Stimme der Welt: schreib mir nicht wieder, ruf mich nie wieder an!?

Diese Verkündung eines *Vorbei* war Stein nie gelungen, er wäre schaudernd davor zurückgeschreckt. So viele Menschen den Planeten auch bevölkerten, für ihn war die Erde zu leer, daß er eine einzige denkbare Wiederholung verworfen hätte mit dem Mörderruf, der da hieß: *vorbei!*

Gab es Menschen ohne Feuer? Mußte nicht jeder seinen Vulkan in sich tragen, der den Herzschlag betrieb und die guten wie bösen Taten hinausschleuderte in die Welt? Erloschene Vulkane gab es immerhin. Manchmal erschreckten sie in ihrer Größe – andere waren sanft und klein wie liebliche Spielzeuge. Stein hatte ein paar dieser freundlichen Art erwandert, als er einmal zu einem Kongreß nach Neuseeland gereist war. Er hatte im Umkreis von Auckland die hübschesten Vulkane gefunden. Manchmal hatte man ihn erst belehren müssen, daß dieser oder jener sanfte Hügel ein Vulkan gewesen war; nie wäre er allein darauf gekommen, so freundlich lockten die Hänge mit ihren bunten Blütensträuchern. Leuchtend grün war alles erschienen, und das Meer dazwischen, davor und dahinter erstreckte sich silbern aufgerauht zum Vergnügen der Sonntagssegler. Stein war durch die Hauptstraße von Auckland spaziert, die Läden hatten ihn enttäuscht, denn er las dieselben Firmentafeln wie in London oder New York, aber unten, an der Ferry Landing, war er sich dann doch wie an einem Weltende vorgekommen, und diese Erfahrung hatte er gesucht. Diese Erfahrung machte er täglich zu Hause in seinem Arbeitszimmer, und doch unternahm er die weiteste Reise, um sich ein wenig fremd zu fühlen.

Die erloschenen Spielzeugvulkane der Gegend um Auckland hatten ihm gutgetan, übermütig sehnte er ihre plötzliche Eruption herbei, die er sich wie ein Feuerwerk zur Silvesternacht vorstellte. Dabei gehörte Stein nicht zu den Raketen-Anzündern, aber wo eine farbige Blume aus Feuergarben irgendwo den schwarzen Himmel zu einem großen Kaleidoskop aufriß, da staunte und gaffte auch er, der sonst ein Meister im Wegsehen war. Stéphane erlaubte kein Wegsehen, der Freund, dem diese fürchterlich lange Reise, die er gerade hinter sich gebracht hatte, nichts auszumachen schien, forderte Steins uneingeschränkte Anwesenheit. Jetzt, wo sie gegessen hatten und endlich zum Aufbruch bereit waren, wollte er von einem Nachhausefahren nichts hören. Stein gähnte und konnte seine Müdigkeit nicht verbergen, Stéphane dagegen erinnerte sich an das Spielcasino im Indianerreservat östlich der Stadt, wo er einmal eine nette Summe gewonnen hatte. *Viejas*, rief er voller Freude, weil ihm sogar der Name des Casinos wieder eingefallen war. Wie lange lag ihr Abend in *Viejas* nun schon zurück? Zehn Jahre? Gar schon elf? Stein war seither nicht wieder dort gewesen; sosehr ihm das Casino gefallen hatte, sowenig hatte es ihm nachher gefehlt. *Viejas*, rief Stéphane begeistert, dorthin also, gleich jetzt!

Durfte Stein ein Casino betreten, während seine Frau vor ihrem Vater Totenwache hielt? Gab es Grenzen des Erlaubten? Oder rief er Pietät und Ethik nur zur Hilfe, weil er müde war und einen Vorwand für seine Weigerung brauchte? Nur des Freundes wegen sei er hiergeblieben. Stéphane möge sich daran erinnern, daß Trauer herrsche im Hause Stein! Also kein Spielcasino; wenigstens heute und so lange nicht, bis Claras Vater begraben sei.

Im Sekundenschweigen, das dieser Predigt folgte, legte sich Stein eine absolute Weigerung zurecht, an diesem Abend nach *Viejas* zu fahren, und er umgab sich mit Sehnsucht. Es war nicht Lüge und schon gar nicht Pose, wenn ihm Clara fehlte. Nicht als Haushälterin fehlte sie, er konnte sich im Gegenteil ein wenig Unordnung gut vorstellen. Ungemachte Betten und schmutziges Geschirr beflügelten. Er hatte es jetzt eilig, seinem Garagentor mit Knopfdruck ein *Öffne dich!* aufzutragen, er freute sich im voraus auf die Treppe, die er und Stéphane hochsteigen würden, um ins Wohnzimmer zu gelangen. Stéphane hatte dieses Haus noch nicht gesehen, er würde sich wohlfühlen in den großen Räumen. Der Freund fügte sich in die ausgerufene Trauer, vielleicht war er heimlich froh darum. Er schien verständiger geworden, oder hatte ihn seine Reisemüdigkeit endlich eingeholt?

Die Freunde gingen zum Auto. Sie fuhren aus der Tiefgarage des Hotels hinauf zur Palmenallee. Was unterschied einen Menschen, der eine Gegend kannte und vertraut mit jedem Winkel war, vom Neuling, der erstmals auf einer Straße fuhr oder durch sie gefahren wurde? Für wen wog die Erfahrung mehr? Es herrschte weiterhin Schweigen zwischen den Freunden, so war es gut. Oft hatte Stein davon geträumt, daß wir für jedes hingesagte Wort bezahlen müßten. Am Ende des Tages würde jedem die Rechnung vorgelegt: du hast soundso viele Worte gesprochen, du schuldest diese oder jene Summe – du schuldest sie der Stille. Wer nicht bezahlen könnte, dem würde, wie bei Gas und Strom, die Sprache abgedreht. Viele würden sich dabei ruinieren, Hauptsache: kein Wort sollte umsonst sein. Nachts war die Palmenallee besonders schön. Hoch über den Häusern formten die Bäume schwarze Fächer und Knoten, die sich gegen den sternenübersäten Himmel abhoben. Wer aufpaßte, konnte ihr Rauschen im Wind hören, es war kein Rauschen, vielmehr ein Geschliffenwerden und Schleifen, das an Arbeit und Ergebnis denken ließ. Manchmal brach ein Rindenteil von diesen Palmenkronen ab und stürzte auf die Erde, holzgeworden, verhärtet, mit spitzen Zähnen wie Urzeittiere. So schälten sich die Palmen wie die Schlangen. Sie paßten ins Sonnenlicht, aber nachts offenbarten sie ihr Geheimnis, und wer den Wind durch sie hatte gleiten hören, der hörte ihn in aller Zukunft. Warum mußte Stein hier im Süden und im Winter an Eichendorffs »Mondnacht« denken? *Und meine Seele spannte weit ihre Flügel aus* ... Sein Lieblingslehrer hatte das Gedicht den Maturanten vorgesprochen, aber keiner hatte es gehört, bis auf Stein, der es noch immer hörte: ... *als flöge sie nach Haus* ... Wo lag dieses Zuhause? Kaum im Hause Nummer 3976 an der Sechzigsten Straße am schönen Ende der Welt? Und auch nicht in Österreich, wie sehr man im Älterwerden Frieden damit schließen mochte? Eichendorffs Gedicht sprach vom Sterben, vom Himmel Gottes und der Ewigkeit der armen Seelen. Stein hatte Gedichte nie gedeutet. Er ließ sie Decken sein, in die er sich hüllte, wenn ihm kalt war. Es kümmerte ihn nicht, was ein Gedicht bedeutete. Schade nur, daß er seine »Mondnacht« nicht mit Stéphane teilen konnte. Vor einem Gedicht stieß ihre Freundschaft gegen eine Wand. Es hätte nicht geholfen, Stéphane die beste Übersetzung des Gedichtes – und sicher gab es eine solche – zu übergeben. Er würde die »Mondnacht« mit dem Kopf zu erfassen suchen.

Auf den Hängen von Mount Soledad funkelten die teuren Villen im Weihnachtsschmuck. Millionen von bunten Glühbirnchen zierten Bäume, Fenster, Türen und Dachgiebel, manchmal leuchtete ein Stern oder ein Kreuz dazwischen auf. Stein mußte sich eingestehen, daß ihm das Lichterwerk Freude machte. Liebte er den Kitsch, sobald er sich aus Europa fortbegab? Wurde er an dieser Küste zum Idioten oder zu einem Kind? Er freute sich über die erleuchteten Häuser und fühlte Enttäuschung, wenn hin und wieder ein dunkles dazwischen lag. Dann dachte er: Hier macht einer nicht mit, und war fast verärgert, er, der das Mitmachen stets bekämpft und verweigert hatte. Vielleicht wohnte hier ein Jude, ein Muslim, ein kranker oder böser Mensch, mutmaßte er, als könnte er nicht hinnehmen, daß irgendwem die nahe Weihnacht nichts oder etwas anderes als geschmacklos bunte Lichter bedeutete. Auch Stéphane hatte keinen Sinn für Lichter und kannte keine Festesfreude. Er kannte überhaupt nur Menschen, denen der Wille zur Festlichkeit abging, resümierte Stein, nachdem er die Liste »seiner« Menschen im Kopf durchlaufen hatte. Sie waren alle dem Augenblick verfallen, weder Vergangenheit noch Zukunft zählten für sie. Nur Clara war anders, und bis heute war sie von Stein nicht fortgelaufen. Sie harrte bei ihm aus und besaß doch auch nur dieses eine Leben, das sie neben ihm zubrachte. Wieder fühlte er Liebe für die Abwesende in sich aufsteigen, bis ihm das Atmen schwer wurde. Er hoffte inständig, daß Clara ihn noch heute anrufen würde, denn er durfte es nicht wagen, seinerseits zum Telefon zu greifen und ihre Totenwache zu stören. Er brauchte Claras Stimme, er hungerte danach.

Wie gern hätte Stein Stéphane von diesen Weihnachtslichtern und seinen Erwartungen an Häuser erzählt, an denen er vorüberkam. Er hatte sich im Laufe der Jahre drei oder vier Rundwege ergangen und war irgendwann nicht länger davon abgewichen. Einmal hatte er seine Strecke zwar präzise, aber in umgekehrter Richtung eingeschlagen, und es war ihm zumute gewesen, als stellte sich sogar die Luft gegen ihn: er war wie durch unsichtbare Wände gelaufen und kaum vorangekommen. Clara und die Kinder hatten ihn ausgelacht, als er bei der Heimkehr darüber geklagt hatte. Stein jedoch wußte seither: nie wieder in die Gegenrichtung! Solches Gehen durch die gleichen Straßen stumpfte nicht ab, es schärfte im Gegenteil die Wachheit der Sinne.

Stein liebte und fürchtete die Abende. Der Sonnenuntergang war jedesmal ein blutiges Zerreißen des Zugehörens zum gegenwärtigen Tag, der ihm als der einzige erschien. Im Sommer mußte Stein um seine Spaziergänge nicht bangen. Die Tage dauerten ewig, und es drohte keine Dämmerung. Wie spät er auch das Haus verließ, er ging ins Licht hinein und blieb im Licht. Im Winter dagegen betrog er sich um alle Helligkeit. Er erwachte spät, vertrödelte die Tage, arbeitete in Panik vor der Finsternis. Wenn er endlich angekleidet war und aus dem Haus trat, ging schon die Sonne unter. Mit etwas Glück schaffte er noch ein paar letzte Blicke auf den dunkelroten Ball, der selten im Ozean und meistens in einem Band aus Dunst versank, das im Westen über dem grauen Wasser lag. Ungern ging Stein in der Dunkelheit, aber es fehlte ihm an der Willenskraft, eine Stunde früher loszuwandern. So wurde er im Winter zu einem Verdammten. Die Sterne standen über ihm und trösteten ihn nicht. Ein paar Wochen im Jahr, in der Zeit des Advent, begegnete er dann wenigstens den Weihnachtslichtern an den Häusern. Er kannte sie vom Vorjahr her. Im Dezember erreichte er diese oder jene Villa, auch eine Kirche war darunter, die ihm über die Jahre lieb geworden war, stets mit Bangen: würden die Lichter diesmal auch nicht fehlen? Ein Jahr war lang, und vieles konnte an ein Ende kommen: Häuser wurden verkauft, ihre Besitzer konnten sterben, die Begeisterung konnte den einen oder anderen verlassen. Mißmut griff um sich, was lange hell erstrahlte, konnte dunkel bleiben. Was hatte den Nachbarn Steins bewegt, jedes Jahr sein Haus fröhlich zu schmücken, auch eine elektrische Kerze hatte im Fenster gestanden, und dann auf einmal damit aufzuhören? Wozu die Mühe, jetzt, wo sein Sohn schon fast erwachsen sei, hatte der Nachbar gesagt, und überhaupt: kam Weihnachten nicht ein wenig oft, vergingen die Jahre nicht viel zu rasch?

Manche Häuser wurden schon früh herausgeputzt, andere erst später: ein Spaziergänger mußte geduldig sein und durfte nicht beim ersten Rundgang seine Schlüsse ziehen. Wenn alle Lichter wieder brannten, fühlte sich Stein für ein weiteres Jahr gerettet. Es fiel ihm kein schwächeres Wort dafür ein. Es kam auf das Gerettetwerden an, und diese Rettung, wenn auch das Leben davon abhing, war selten eine große Sache. So mußte vor dem Holzhaus an der Hügelstraße die Weihnachtskrippe stehen, wo neben Josef und Maria sich schon im frühen Dezember die drei Könige aus dem Morgenland einfanden, warum nicht? Nur das Kind in der Krippe fehlte noch, die Hausbewohner holten es erst zu Heiligabend hervor. Rund um die Krippe flackerten Kerzen in bauchigen Gläsern. Wenn Stein diese Krippe sah, war er beruhigt. Und in einem anderen Haus saß beim Wohnzimmerfenster ein Weihnachtsmann in einem Schaukelstuhl. Feen und Elfen umtänzelten ihn, Zier-Geschenkpakete türmten sich auf. Geschmacklos, kindisch, gewiß, und doch bangte Stein um diesem Anblick: wenn er nur nicht fehlte! Eine Kirche, die Stein nie betreten hatte, trug an ihrem Glockenturm einen großen Stern mit Lichterschweif. Er war Stein am wichtigsten: er hätte mit jedem anderen Verschwinden fertig werden können, nur nicht mit dem Ausbleiben des Sterns. Wenn er an den Dezemberabenden nach Hause fuhr, machte er meilenweite Umwege, um diesen Stern an der Kirche zu sehen. Warum nur wurde ihm, dem Ungeduldigen und Spötter, beim Anblick solcher Dinge warm ums Herz? Kindheitsbilder fand er in der fremden Landschaft nicht, was bedeutete ihm also das alljährliche Wiederfinden der Gebräuche fremder Leute? Vielleicht nur Gewißheit, daß die Gedächtnislosigkeit noch nicht alle Menschen eingeholt hatte. Noch gab es viele, die sich an die Freude als Auftrag erinnerten. Es kostete Zeit und Hingabe, diese Lichter und Kabel zu verlegen; Stein wußte, daß er selbst dazu nicht imstande war. In seinem Hause verrichtete Clara jede Arbeit, zu der man Zeit und Mühe brauchte. So würde die Welt auch dann verloren sein, wenn sie in *seinen* Händen läge.

Clara errichtete die Weihnachtskrippe im Wohnzimmer, die er Stéphane noch heute zeigen würde, dabei war noch kein Drittel der Figuren ausgepackt. Jahr für Jahr hatte Clara dem heiligen Paar, dem Christkind in der Krippe und den Königen aus dem Morgenland neue Engel, Hirten, Kamele und Schafe hinzugesellt. Ein stattliches Völkchen war entstanden, und es scharte sich unter Palmen in einer Stadt mit Triumphbogen, wo ein römischer Soldat eine Verkündigung verlas: die Weihnachtskrippe war Claras liebster Besitz. Vom ersten Sonntag im Advent bis zur Heiligen Nacht und zum Dreikönigstag fügte sie jeden Morgen, während Stein und die Mädchen schliefen, der Krippe neue Figuren hinzu, veränderte den Standort der Schar und hoffte, daß die Familie beim Frühstück die neu Dazugekommenen erkennen würde. Wenn der Blick auf die Krippe einmal ausblieb, war Clara traurig. Stein war viel zu rauh für sie. Manchmal, im Übermut, verlachte auch Lydia oder Laura die Krippe. Niemand meinte es böse, aber Clara stand schutzlos vor jedem doch freundlich gemeinten Scherz, ausgesetzter noch als ein neugeborenes Kind. Stein und die Töchter bereuten dann auch gleich ihren Spott und wollten Clara in die Arme schließen, aber sie entwand sich. Trotzdem ahnte Stein, daß sie stärker war als irgendwer. Sie ging auf einer einzigen Straße, nicht auf tausend Irrwegen wie er.

Die Villenviertel lagen hinter ihnen, jetzt bog er in den Expressway ein, der bis zum Atlantik ostwärts führte. Stein durfte endlich beschleunigen, es waren nicht länger viele Fahrzeuge unterwegs. Eine

Viertelstunde rascher Fahrt, und sie würden zu Hause sein. Stein erregte die Vorstellung, er beginne mit dem Durchqueren des Erdteils. Ob andere Fahrer dasselbe dachten? Er begnügte sich mit ein paar lumpigen Meilen, warum fuhr er nicht weiter? Keine Barriere hinderte am Weiterfahren, dreitausend Meilen ostwärts, über Berge, Wüsten und Prärien hinweg, bis zum anderen Ozean. Warum die Langeweile der kleinen täglichen Fahrten, wenn man doch am Anfang oder Ende einer nahezu unendlich langen Straße wohnte? Es zuckte in Stein: die Ausfahrt machte ihn klein! Er sollte loslegen, und zwar mit Stéphane. Mechanisch verlangsamte er, begab sich auf den rechten Fahrstreifen, verließ den Expressway an der gewohnten Stelle, Stein, der Verlierer.

8

Am Silvesterabend war Stéphane überraschend mit einer jungen Frau erschienen, die in Stein augenblicklich den Wunsch nach Nähe erweckte. Stéphane durfte als erfolgreicher Verführer gelten, um manche seiner Eroberungen konnte man ihn beneiden. Niemals aber hatte Stein ernsthaft dessen Freundinnen begehrt. Auch war sein eigenes Leben nicht gerade menschenleer. Dieses Geschöpf, das den Freund begleitete, war freilich anders als ihre Vorgängerinnen, und paßte so wenig zu ihm, daß Stein schon bei der Begrüßung sein Nichtanerkennen dieses *Paares* kaum verbergen konnte.

Er kannte den Freund gut. Er wußte, daß Menschen ihm nur zur Lust oder zum Profit dienten. Die junge Frau, mit der Stéphane sich brüstete, war schweigsam und zerbrechlich. Sie schien zwanzig Jahre jünger, ihre Verlorenheit an seiner Seite erschütterte. Ihr langes braunblondes Haar, das einen Stich ins Rötliche aufwies, fiel ihr dauernd in die Stirn und über die Augen. Ihr stets vergeblicher Versuch, es mit wildem Kopfschütteln und nervösen Händen zurückzuwerfen, verlieh ihr den Ausdruck einer Wahnsinnigen. Ihr überaus bleiches Gesicht jedoch vermittelte Ruhe. Die reine Widersprüchlichkeit war mit ihr ins Haus getreten. Stein erfuhr, daß sie aus Amerika kam und in Paris lebte. Stéphane nannte sie Sophie. Sie war das grelle Nein zum lauten Erfolgreichen, der neben ihr saß. Dann pries der Freund, großspurig wie es seine Art war, die teure Hochzeitssuite im Schloßhotel, wo sie abgestiegen waren. Aber Stein spürte, daß er keine Frischverliebten vor Augen hatte, sondern zwei einander Fremde. Sooft Stéphane versuchte, Sophies Hand zu berühren, zuckte sie zurück, und als er sie gar küssen wollte, entwischte sie mit einer abrupten Bewegung ihres Kopfes. Sie schwieg, und ihre Stimme klang fern und teilnahmslos, wenn man sie zu reden zwang. Stein konnte nicht begreifen, warum die junge Frau mit diesem Menschen auch nur eine Stunde verbrachte. Er wollte mit dem Freund unter vier Augen sprechen, ein paar Worte würden alles aufklären. Aber sie konnten jetzt nicht das Zimmer verlassen, Stein war nicht allein; Clara, schon unruhig geworden, saß im Raum, Lydia und Laura spielten ein Würfelspiel und erwarteten mit den Erwachsenen die nicht mehr ferne Mitternacht. Man war nach Salzburg gereist, um der Großmutter die Freude eines Wiedersehens mit ihren Enkelkindern zu machen. Sie war schon alt und lebte allein in ihrer viel zu großen Wohnung. Nur der Familie sollte dieses Fest gehören, Stéphanes Auftritt störte nur. Freilich versuchte sich jeder im lockeren Gespräch, aber es wollte keine rechte Gemütlichkeit mehr aufkommen. Dennoch bedauerte Stein vor allem die junge Amerikanerin: sie mußte sich ausgeschlossen und verloren fühlen.

Stéphane spürte seinen Fehltritt nicht. Er hielt sich und alles, was ihn umgab, überall für zugehörig. Er wußte gar nicht, was das hieß: ein Gast zu sein. Und warum wäre die junge Frau am falschen Platz, wenn sie doch seine Begleiterin war? Er prahlte damit, daß er Sophie kaum kannte, von Freundschaft konnte noch nicht die Rede sein. Sie hätten sich erst vor einigen Stunden auf dem Flughafen kennengelernt, als sie beide auf den Abflug nach München warteten. Noch vor dem Einsteigen hätte er erwirkt, daß sie nebeneinander zu sitzen kamen. Und während des Fluges hätte er sie überredet, auf München zu verzichten und ihn nach Salzburg zu begleiten. Er hätte ihr versprochen, sie in eine der schönsten Städte der Welt zu führen, wo er mit einem engen Freund Neujahr feiern wollte. Sophie gab sich einen Ruck und entzog ihm endlich das Wort. Aber sie war kein guter Anwalt ihrer eigenen Sache. Sie glaubte nicht im geringsten an sich selber, klagte sich an, weder Französisch noch Deutsch zu sprechen, dabei lerne sie mit Leidenschaft. Sie werde diese Sprachen niemals beherrschen, sie sei zu ungeschickt dafür.

– Hier sitze ich und bringe jeden in Verlegenheit.

Stein hätte applaudieren müssen. Stéphane hatte wieder einmal Verführer gespielt, funkelnd und frech, wie nur er es konnte. Jetzt verstand er auch, warum Stéphane es vorgezogen hatte, im Hotel zu wohnen. Er brauchte mehr als ein Sofa im Wohnzimmer, er brauchte eine Bühne zur Probe und Premiere seines nächsten Sieges. Noch wehrte sich Sophie, doch er hatte es immerhin schon geschafft, sie von ihrem Plan, München zu besuchen, abzubringen und bis hierher zu locken. Und als die Rede später auf das Bücherschreiben kam, taute sie auf. Bald sprachen nur noch Stein und sie miteinander, als wären die anderen aus dem Zimmer gegangen.

– Ich möchte Bücher schreiben, sagte die Amerikanerin ins Blaue hinein. Stéphane nickte bestätigend; er wußte bereits von ihrem Ehrgeiz, der sich so wenig verbergen ließ wie ein Hautausschlag. Hatte er nicht von Stein, dem Büchernarren und Literaturprofessor, mit berechnender Begeisterung gesprochen, bis sie eingewilligt hatte in die Fahrt hierher? Es machte nichts aus, wenn Sophie vorläufig seine Hand und seine Küsse noch abwies. Das würde anders werden, und noch heute nacht.

Sie aber war an ein Ende geraten. Sie hatte sich von Stéphane mitschleppen lassen, weil ihr jeder Ort der Welt gleich unpassend schien. Die Aussicht auf einen Büchermenschen hatte ihr ein wenig Mut gegeben, weil sie ans geschriebene Wort noch glaubte. Stein wußte, daß Sophie zu ihm gekommen war, damit er sie rettete. Er würde es tun. Das war eine kühne Entscheidung, ritterhaft und lächerlich zugleich, die er da in Gegenwart Claras, seiner Mutter, der Kinder und des Freundes fällte. Mitternacht war lang vorüber, die Kinder und ihre Großmutter waren schlafen gegangen. Als Stéphane und Sophie endlich aufbrachen, erklärte Stein kurzerhand, er werde sie begleiten. Etwas Bewegung würde ihm guttun nach dem vielen Wein. Wissend und verwundet starrte Clara ins Gesicht ihres Mannes.

Als sie dann zu dritt durch die bitterkalte Nacht gingen, wußte Stein auf einmal, daß er der jungen Fremden vertrauen durfte. Sie würde sich nicht berühren lassen, sie gehörte – wenn auch nicht Stein, so immerhin – sich selber. Stéphane ahnte es, denn als sie vor dem Hotel angelangt waren, machte er Sophie den Vorschlag – »du bist gewiß von der Reise müde« –, allein schlafen zu gehen.

Sicher hätte irgendwo noch eine Bar geöffnet für zwei alte Knaben. Trinken wir noch etwas? Oh ja! Mit Dankbarkeit nahm Stein diesen rettenden Vorschlag an, wenn er auch nur die Stunde rettete. Er versprach das beste Lokal zu finden, nur um Stéphane und Sophie zu trennen, so lange es möglich war. Das bleiche Mädchen verschwand hinter der Glastür des Hotels, und die beiden Freunde wanderten in die Stadt hinein, etwas unsicher auf den vereisten Gehsteigen.

– Du kannst sie haben, sagte der Freund, als rede er von einem Besitz.

– Du kannst sie haben.

Er wiederholte es, lauter jetzt, wobei er dem Erstaunten auf die Schulter klopfte.

Es ging gegen vier, und sie hatten das einzige Lokal gefunden, das in der längst ausgestorbenen Stadt noch geöffnet war. Es gab kaum Gäste, die Silvesternacht hatte sich verbraucht und schien an ihrem Ende angelangt. Stein erinnerte sich an vergangene Jahre, als das Gefühl einer Erneuerung in ihm nicht nachgelassen hatte und weder Müdigkeit noch Trunkenheit dazu imstande gewesen waren, den Zauber des Kalenderneubeginns in ihm zu mindern.

– Du kannst sie haben, hatte Stéphane gesagt. Was mochte nur dahinterstecken? Stein fühlte sich bereits erlöst, weil der Freund wenigstens in diesem Moment die Amerikanerin nicht umarmen konnte. Er mußte ihn an der Rückkehr ins Hotel hindern, er müßte immerfort neue Getränke bestellen und Stéphane hierbehalten in Ewigkeit, obwohl ihm vor Müdigkeit schon schwarz vor den Augen wurde. Hatte Stéphane sein Bemühen um Sophie schon aufgegeben? Hatte er sie gar zu Stein geführt, weil er selber wußte, daß sie ihn brauchte? Es wurde kalt in dem Lokal, das sie trennte wie kein Ort zuvor.

– Und wenn ich annehme?, fragte Stein. Er versuchte ohne Erfolg, einen scherzhaften Ton in seine Stimme zu legen.

– Nimm sie. Sie will dich haben, das ist doch offenbar.

Weder Zorn noch Bitterkeit diktierten diese Worte, vielmehr

die Lust des Voyeurs, der Zuhälter spielte, um zu seinem Vergnügen zu gelangen.

Der Wirt verkündete die Sperrstunde. Es war bald sechs; wäre es Sommer gewesen, hätte draußen längst die Sonne geblendet. Nun würde der Freund auf das Zimmer gehen, in dem, hilflos in ihrem Schlaf, *seine* Geliebte schlief. Stein litt. Stéphane lachte nur.

– Vergiß nicht, du hast sie mir gegeben, sie gehört jetzt mir, sagte er, als sie vor dem Hotel standen. Stéphane blieb stumm, schon schnappte das Tor hinter ihm zu.

Er wußte nicht, was er von Sophie wollte: ihren Körper oder mehr? Gab es denn ein *Mehr*, das über den Körper hinausging, gab es irgend etwas, wenn nicht der Körper mitmachte? Die Vermengung von Körper und Seele hatte ihn immer erschreckt. Wie gut es um jene Menschen bestellt war, die niemals denken mußten; denn es war ein Müssen: wer dachte schon freiwillig? Vielleicht hatte noch keiner den Entschluß gefaßt: jetzt *denke* ich, und war alles Denken über die dafür Bestimmten hereingebrochen. Stein legte sich zu Bett, in dem Clara noch wach lag. Immer tat er ihr weh, ohne ihr weh tun zu wollen; es war der Zweck der Liebe, einander weh zu tun. Stein hatte sich in Sophie nicht deshalb verliebt, weil er Clara nicht liebte. Er hatte sich in Sophie verliebt, weil sie verloren schien, wie er. Er legte sich schweigend neben Clara, er wagte es nicht, sie anzufassen. Er lag neben ihr und hielt den Atem an: er war schon schuldig.

Gegen Mittag wachte er auf. Clara war längst aufgestanden, im Nebenzimmer hörte er die Stimme seiner Mutter, die Kinder lachten, es war Neujahr. Er würde aufstehen und fragen, ob die Besucher sich bereits gemeldet hätten, er begann auch diesen Tag mit Unruhe. Er schaute Clara in die Augen, aber sie wich seinen Blikken aus: sie wußte Bescheid. Hatte er nicht immer eine Seherin in ihr vermutet, der nichts verborgen blieb? Manchmal, wenn er ihrem Gesicht ganz nahe war, sah es aus, als ob Clara ein drittes Auge hätte, das in ihrer Stirne saß und mit den beiden anderen ein Dreieck bildete. Es war ihr Hexenauge. Was er auch tat, Clara vermutete es nicht nur, sie *wußte* es. Das Durchschautwerden hatte ihn dazu gebracht, auf jede Vorsicht zu verzichten. Nur noch mit Worten leugnete er ab, was Clara ihm auf den Kopf zusagte, aber längst ohne Überzeugung, wie einer, dem das Vergebliche seiner Bemühungen bewußt geworden ist.

Sie wußte, daß er sie betrog, und er sollte wenigstens wissen, daß sie es wußte; jede Heimkehr war ein Gerichtstermin. Während er frühstückte, flüsterte sie ihm zu:

– Deine nächste Geliebte ist vulgär und häßlich! Du hast keinen Geschmack, ich schäme mich für dich.

Stein wollte auffahren, aber da betrat seine Mutter das Zimmer. Sophie war schön. Die Regelmäßigkeit ihres Gesichts hatte fünfhundert Jahre vor ihrer Geburt schon Botticelli gemalt. Und wenn es nicht jedermanns Schönheit war, dann um so besser. Clara wußte, daß Stein bald mit Sophie schlafen würde, mit dieser Hure, wie sie sagte, die heute noch im Bett des anderen lag. Mit dieser Deutlichkeit traf sie Stein. Es war schon früher Nachmittag, und noch immer hatte der Freund nicht angerufen. Böse Vorstellungen bedrängten Stein, bis endlich das Telefon läutete. Stéphane hatte Sophie bereits die Stadt gezeigt, daher der späte Anruf. Sie wären über die vereisten Wege bis zur Festung hochgegangen, die Kälte hätte sie nun ins Café Tomaselli gejagt.

– Hier werden wir jetzt auf dich warten.

– Ich fahre los, beschied er.

Er nahm ein eiliges Bad und kleidete sich an. Mit nassen Haaren lief er in den Wintertag hinaus, schepperte auch am Neujahrstag vor Atemlosigkeit und Eile.

– Macht euch fertig, rief er im Davonstürmen. Die Sonne scheint, wir fahren ins Salzkammergut!

– Mit diesen beiden?

– Stéphane hat seinen Mietwagen.

Im Tomaselli spürte Stein, daß alles gut war. Sophie war nicht berührt worden, die Ferne zwischen ihr und Stéphane war gewachsen. Die beiden tranken Glühwein. Stein war ungeduldig.

– Laß uns dein Auto holen, forderte er, wir wollen einen Ausflug zu den Seen machen. Stéphane fand den Vorschlag gut; Sophie würde staunen, wie schön die Landschaft rund um Salzburg war.

Als sie den Wolfgangsee erreichten, war der Abend nicht mehr fern. Das Wasser erstreckte sich fast schwarz, von allen Seiten blendete Schnee, darüber lag ein kobaltblauer Himmel. Die Straßen waren geräumt, doch an den Schattenstellen lag Glatteis; es hieß vorsichtig sein. Wer langsam fuhr, konnte an den blattlosen Ästen der Bäume Eiszapfen sehen, und manchmal Schneekristalle, die sich an das schwarze Holz zu klammern schienen, als fürchteten sie ihr rasches Vergehen.

Stein und Clara sagten nichts, auch die Mädchen auf dem Rücksitz blieben still. Sie preßten ihre Gesichter an die Fenster. Die Kinder spürten wohl, daß etwas vorgefallen war, und daß noch eine andere mit ihnen im Auto saß. Eine junge Frau, die nicht zu dieser Familie gehörte. Stein bemühte sich, den Wagen Stéphanes, der hinter ihnen fuhr, nicht aus seinen Blicken zu verlieren. Wenn Kurven ihm für Augenblicke das Bild verstellten, hielt er den Atem an. Er wollte nicht den grauen VW Golf sehen, er wollte sich vergewissern, ob Sophie nur ja genügend weit von Stéphane entfernt saß. Er wollte genauer sehen, als ein Autofahrer auf einer engen und stellenweise eisglatten Kurvenstraße erwarten durfte, und Clara spürte es. Die Fahrt ging weiter zum Mondsee. An einer Stelle, die besonders schöne Aussicht bot, hielt Stein an, damit die *Gäste*, wie er sagte, das Panorama genießen konnten. Er erläuterte die Gegend wie ein Fremdenführer: er benannte die umliegenden Berge und die verstreuten Dörfer. Er wies mit ausgestreckten Armen in eine Ferne, die ihn nicht kümmerte. Er wollte Nähe, Sophie wollte er haben! Als er mit seinen Erläuterungen fertig war und die Tür zum Wagen öffnete, geschah das Wunder. Stéphane hielt ihn zurück. Er wäre mit dieser Landschaft zu wenig vertraut, wie sollte er Sophie viel erklären können? Sie wäre im Wagen Steins viel besser aufgehoben. Gern könnten die Kinder bei ihm einsteigen.

So übersiedelte Sophie für den Rest der Fahrt zu ihnen. Sie saß hinten, und jetzt, auf der gewundenen Straße, die zum Attersee führte, konnte sich Stein im Spiegel an ihr betrinken. Schon versickerte das Tageslicht, sie näherten sich dem Seegasthaus, in dem Gustav Mahler komponiert hatte. Oft waren Stein und Clara zum Schwimmen hierhergekommen, als ihre Kinder noch klein gewesen waren. Gegen Abend hatten sie gern ein Boot gemietet. Damit waren sie an den Ufern entlanggekreuzt, hatten die Strandvillen bewundert und ihre Bewohner beneidet, die auf den Terrassen saßen. Stein war zur Mitte des Sees hinausgefahren, bis die Kinder Angst bekamen und auch er vor der Schwärze des Wassers erschrokken war. Seither sehnte er sich nach den Bildern jener Sommerabende: überschaubar und unergründlich. Am Ende ihrer Seefahrt war die Familie im Gasthaus Mahlers eingekehrt. Warum gab es sie nicht mehr, diese Familie, wenn sie doch alle noch am Leben waren?

– Erinnerst du dich, war es nicht schön?

Er stellte Clara diese Frage im falschen Augenblick. Er mußte natürlich ohne Antwort bleiben. Dann saßen sie, zwei Männer, zwei Frauen und zwei Kinder, bei Tisch und redeten in mehreren Sprachen: Touristen mitten im Winter, und doch mehr:

Die Kinder trugen an ihrer Kindereinsamkeit, die der Fluch jedes Kindseins war. Wurde nicht jede Katze zärtlicher gestreichelt als ein Kind? Küsse – wie geizig die Erwachsenen damit waren! – vor dem Schlafengehen reichten nicht aus: wie schafften es die Kinder nur, alle Kinder dieser Welt, die vielen Jahre mangelnder Zärtlichkeit zu überstehen? Aber sie schafften es ja nicht: sie wurden, alle Kinder dieser Welt, zu Erwachsenen, so hart und tot. Dann erst, erwachsen: hart und tot, forderten sie gierig alles, wonach sie einst gehungert hatten. Sie rissen es an sich, kauften und raubten es, aber fühlten nichts mehr dabei. Umsonst war das Nachholen, es war zu spät. Und wie stand es mit Stéphane? Litt auch er, oder gefiel ihm seine lockere Geberlaune: *du kannst sie haben …*? Wie stand es um Clara und Sophie? Stein ahnte, daß er mit allem zurechtkommen würde, solange er an schönen Orten und im Lichte lebte. Er mußte nicht einmal geliebt werden, solange die Sonne schien. Dann reichte es aus, Tourist zu sein.

9

– Euer Haus ist schön, urteilte Stéphane, als sie vor dem Schlafengehen noch eine Flasche Merlot tranken. Stein liebte die Erschöpfung, die ihn immer häufiger heimsuchte: den Augenblick, an dem plötzlich nichts mehr möglich war. Dann konnte es geschehen, daß er vor seinem Computer saß und mitten im Satz, der doch gerade noch klar gewesen war, verblödete. Er beließ dann seinen Finger auf derselben Taste und schrieb einen tausendfachen Buchstaben. Er hatte vielleicht in einem Buch gelesen und blieb auf einmal an einem Satzteil hängen, kam nicht vom Fleck, las und kam nicht mehr weiter. Er hatte die Versteinerung schon erfahren, während er ein Weinglas an den Mund führte; es fiel ihm nicht mehr ein, daraus zu trinken, aber er stellte es auch nicht auf den Tisch zurück. Fast entfiel es seiner Hand. Kein rigor mortis, *rigor vitae* packte ihn, und der Schlaf kam wie ein Bewußtloswerden über ihn. Er nahm sich vor, Stéphane augenblicklich gute Nacht zu wünschen, falls diese wilde Müdigkeit ihn überfallen sollte. Er mußte auf seine Erschöpfung hören, wenn er schon nicht auf seine Vernunft hörte. Die Müdigkeit war ihm längst vertraut geworden wie seine Begierde. Sie waren beide mächtig und unbedingt, aber Stein – noch war es sein Geheimnis – liebte die Müdigkeit mehr. Längst verzichtete er gern darauf, abends oder nachts mit einer Frau zu schlafen; der Morgen war seine Zeit der Lust, wenn die bei Nacht gesammelte Kraft gemeinsam mit dem neuen Licht, das durch die Fenster drang, zur Kühnheit wurde: nimm diese Frau! Schlaftrunkenheit, die Stein immer lockender umfing, schenkte den nötigen Übermut, einen Körper zu umschlingen. Die Freunde tranken ihren Merlot, während Stein die große Müdigkeit erwartete. Clara hatte keine Nachricht auf das Band gesprochen, er war enttäuscht, aber zum Glück bewahrte ihn Stéphane mit seinem Reden vor tiefem Grübeln. Wie nur schaffte es der Franzose, immer frisch zu bleiben? Es war ja nicht Show, was mußte Stéphane dem Freund schon beweisen? Nein, hier war eine Kraft am

Werk, die Stein mühelos beiseite schob. Stéphane glich der schweren Lokomotive, die den Küstenexpreß zog. Stein hatte diesen Zug noch nie bestiegen, er sah ihn nur, wenn er am Strand spazierte und Flut oder hoher Wellengang ihn vertrieb. Dann kletterte er den Steilhang hoch und setzte seinen Weg entlang der Bahntrasse fort. Sie war bei aller Enge breit genug, er mußte nicht zwischen den Schienen gehen. Dort oben erwartete er den Zug so ungeduldig, wie er ihn fürchtete. Die Lokomotive blendete, sie blendete auch bei Tag, so stark waren ihre Scheinwerfer, vor allem das mächtige Zyklopenauge über dem Lichterpaar. Es ging so rasch, die Geleise zitterten und summten, wenn der Küstenexpreß erst Gestalt, dann pfeifendes Geheul und im Vorüberrasen zu einem fauligwarmen Windstoß wurde. Gewaltig war sein Sog, so mächtig, daß er einen Menschen vielleicht wirklich würde »hineinziehen« können unter seine Räder aus Stahl. Aber es brauchte nicht die mechanische Kraft, da war eine andere, und nur diese erwartete und fürchtete Stein auf seinen Wanderungen. Er meinte zu spüren, daß gar nicht wenige von jenen, die vor die Züge sprangen, nicht unbedingt mit dieser Absicht ihr Haus verlassen hatten. In solchen Menschen ging anderes vor als in den Köpfen der Pillenschlucker, die ihr Sterben feinsauber einfädelten und hinter wohlversperrten Zimmern dann mit viel Wodka und Pudding – auf daß der Tod nur ja recht sanft durch die Kehle gleiten mochte – in aller Gründlichkeit zum Orgienkunstwerk steigerten. Keine Selbstmörder: Regisseure waren diese Bacchanten, anders verzweifelt als jene, die der Zug in Stücke riß. Stein kannte die Verlockung des Zuges, nur zu oft hatte er seinen Ruf vernommen: komm doch, *spring*! Es brauchte für den Schritt weniger Entschlossenheit als nur ein müdes Taumeln: wohin mit mir? Der Küstenexpreß als Mörder – warum nicht? Wenn Stein spürte, wie er näher kam, meuchlings, wenn er die tausendmal tausend Tonnen im Rücken spürte, wurde er atemlos, Angst packte ihn, er wollte laufen, aber besann sich, hielt endlich an, drehte sich um. Es galt dem Mörder gegenüberzutreten, seiner Wucht standzuhalten, dem Sirenengetöse die Stirne zu bieten, der Lokomotive lautlos entgegenzubrüllen: wer *du* auch sein magst, *ich* bin *ich*! Der Sprung vor den Zug oder vom Wolkenkratzer, von der Brücke oder vom Berg in die Tiefe: wie oft war er bloß Müdigkeit? Wer müde war, beherrschte sich schlecht, und das kühne Sterben, die Verzweiflung, die Toten nachgesagt wurde, war oft nur der Finger, der endlos den gleichen Buchstaben tippte, die Rechte mit dem Weinglas, die plötzlich nicht mehr den Weg zu den Lippen fand, der Nebensatz im Buch, der nicht länger an die Sinne drang. Stein, mit den Wassern der Verlockung gewaschen, wußte: kommt erst der Zug, fordert er dich zum Duell. Vorsorglich hatte Stein Stéphane das Gästezimmer gezeigt:

– Falls ich einschlafen sollte, verzeih mir. Trink deinen Wein zu Ende, mach was du willst, ruh dich aus!

Stéphane war vor Claras Weihnachtskrippe getreten. Aufmerksam betrachtete er die Figuren.

– So ein Gedränge, es ist wie in Paris.

Stein mißfiel es, daß der Freund die Krippe inspizierte, daß er diese oder jene Schnitzfigur aus der Gruppe hob und gegen das Licht hielt, als wollte er sie prüfen, schätzen, kaufen. Er mußte Claras Krippe gegen diesen Anwalt schützen. Stéphane faßte Schäfer und Engel viel zu rauh an: sie waren ihm nur Gegenstände, er ahnte nichts von ihrer Seele, die Clara ihnen eingehaucht hatte. Es war zwei Uhr morgens, als das Telefon läutete. Stein riß den Hörer an sich.

– Clara!

So rief sie also doch noch an.

Aber es war nicht Clara. Es war eine Frauenstimme aus Stéphanes Kanzlei. Natürlich, es war schon bald Mittag in jener anderen Welt, die dem Freund auf den Fersen blieb. Wortlos reichte Stein den Hörer weiter. Stéphane schien den Anruf erwartet zu haben, denn er nickte nur. Er entnahm seinem Handkoffer ein in schwarzes Leder gebundenes Heft, die Feder hielt er schon in der Hand. Stéphane der Zauberer. Er sagte nicht viel, sondern hörte zu und machte sich Notizen. Nur manchmal kam es zu Zwischenfragen oder Einwürfen. Es wurde ihm mitgeteilt, was sich seit seiner Abreise ereignet hatte, und es war nicht wenig. Später diktierte der Freund einige Dispositionen, erinnerte an Termine, neckte diese Stimme, die er *ma chère et belle Nathalie* nannte, mit einem Scherz, lobte den Flug, der hinter ihm lag, und das Haus, wo er zu Gast war. Es war späte Nacht, aber Stéphane arbeitete. Er prüfte die Sätze, die er gerade aufgeschrieben hatte, blätterte in seinem Arbeitsheft ein paar Seiten zurück, nickte, murmelte ein *très bien*, und warf endlich den Kopf nach hinten, als müßte er sich sammeln und auf eine Bühne treten. Dann erst kehrte er zu Stein zurück.

– Ich erwarte diesen Anruf jeden Tag. Ich darf gar nicht daran denken, daß meine dummen Mitarbeiter allein in der Kanzlei sitzen. Was da alles schiefgehen könnte! Sie müssen mich erreichen können, sie brauchen meine Anweisungen, sonst läuft gar nichts.

– Man wird dich hoffentlich nicht immer um diese Zeit anrufen, entgegnete Stein. Er bat Stéphane darum, seine Mitarbeiter auf den Zeitunterschied hinzuweisen. Er möge ihnen doch einen Zeitrahmen einräumen. Nicht vor zehn Uhr morgens und nicht nach Mitternacht. Stéphane bedauerte den Umstand, daß sein *portable* in diesem Lande nicht funktioniere. Stein dagegen beglückwünschte ihn.

Wann wurde ein Mensch alt? Ein Mensch war alt, wenn er sich den neuen Anfang nicht mehr vorstellen konnte. Wenn er sich eingestand: gelungen oder mißlungen, so ist es eben, *so bleibt es nun.*

Freilich war dieses Müdewerden einer Fahrt mit der Achterbahn vergleichbar, plötzlich hoch oben, gleich darauf im tiefsten Tal, Beschleunigung und Langsamwerden, oft ein übles Gefühl im Magen dabei. Viele fanden die Fahrt mit der Achterbahn vergnüglich, sie reihten sich in die Warteschlange und bezahlten den Eintrittspreis gern, andere fürchteten sich davor. Stein gehörte weniger zu den Furchtsamen als zu den Angewiderten; nie war er in die Achterbahn eingestiegen, schon als Kind hatte er Volksfeste, Prater und Dult gehaßt. Man hatte ihn jedesmal mitgeschleppt zu Matineen im Zirkus, wenn ein solcher in seiner Stadt die Zelte aufgeschlagen hatte, was viel zu oft der Fall gewesen war. Die wilden Tiere, Feuerschlucker und Akrobaten, harmlose Spaßmacher und Clowns: er hatte sie gehaßt. Jene Sekunde der Totenstille, der kollektiven Atemlosigkeit tausend Schaulustiger, bevor der Akrobat sich – mit oder ohne Trapez – ins Leere stürzte, um das rettende, weit ausschwingende Gegenseil zu erreichen, sie war dem Knaben unerträglich gewesen. Unausgesprochen-unbewußt tobte es in ihm, daß das Leben bedrohlich und zerbrechlich genug war, daß es keiner zusätzlichen Gefahren, sinn- und verantwortungslos auf uns genommener, bedurfte. Wenn alle Zirkusgeher mit aufgerissenen Augen still wurden – und heimlich auf eine Tragödie hofften –, hatte er mit fest zugepreßten Augen dagesessen, und er hätte gern auch seine Ohren verschließen mögen. Die Lähmung vor dem Jubel, die wie ein Frost an einem fraß, und die erlösende Begeisterung danach: sie zerrten am Zirkuszelt, waren nicht auszusperren, waren zuviel der Kindheitsfolter und Hölle. Eigentlich war Stein schon damals alt gewesen; nicht zu gewinnen für den Spaß der Menge und stur wie verstockte Greise. Stéphane dagegen, der noch mit achtzig jung sein würde, wie konnte gerade er, der Gegenentwurf in allen Dingen, sein Freund sein? Es gab keine Freundschaft. An irgendeiner Schwelle, die meistens harmlos war, zerbrach jede. Es bedurfte keiner großen Prüfungen, niemand bestand die leichtesten. Keiner sollte sich auf Versprechungen verlassen, wir gaben sie doch nur ab, um sie zu brechen. Es war ihr Zweck, uns weh zu tun. Clara hatte ihren Anruf versprochen, sie hatte nicht angerufen. Es konnte ihr nichts zugestoßen sein, wer heutzutage auf Reisen ging, dem stieß nichts mehr zu! Wer nicht anrief, hatte den anderen vergessen. Stein hatte sich nie die Frage gestellt, ob seine immer pünktlichen Anrufe gültig waren, wenn sie etwa aus dem Bett einer fremden Frau erfolgten. Er hatte angerufen, das allein zählte. Für ihn lag die Treue nicht in den Handlungen, in der Stimme steckte sie. Nicht in der Sprache, nicht in den Worten, allein im Ertönen der Stimme. Wo sie erklang, falls sie erwartet wurde, war alles gut, und wo die Stimme ausblieb, da herrschte Untreue. Clara konnte nichts zugestoßen sein. Man reiste nicht zu einem Toten, um dabei selber zu verunglücken. Warum hatte sie nicht angerufen? Natürlich war eine bezahlte Sekretärin verläßlicher als ein geliebter Mensch. Stéphane hatte seinen Anruf bekommen. Stein fühlte Eifersucht in sich auflodern, eine absurde Eifersucht.

Aber er wagte es nicht, Clara in dieser Nacht zu stören. Clara war bei ihrem Vater. Stein respektierte es, auch wenn er von Familie nicht viel verstand. Er hätte der Trauernden Fragen stellen wollen: Welche Farbe hatte der Sarg? War er verschlossen oder wurde ihr Vater offen aufgebahrt? Wurde geweint oder blieb man gefaßt? Stein, der Stadtmensch, wußte nichts von Landbegräbnissen. Sosehr er auch als Kind in den äußeren Rahmen des Todes verliebt gewesen war, war doch alles nur Schauspiel geblieben. Was hatte es ihm genützt, wenn er fast täglich auf den Friedhof geradelt war, jener Stein mit zwölf und dreizehn Jahren? So viele seiner Menschen inzwischen auch verstorben waren, noch nie hatte er eine Leiche gesehen, und schon gar nicht angefaßt. Wo er aufgewachsen war, hatte es nur verschraubte Särge gegeben; eine Wand aus Glas trennte sie im Leichenschauhaus von den Lebenden. Auf dem Friedhof seiner Stadt hatte der Tod nur als Vorwand für das Spektakel gedient: Aufbahrung, Aussegnung, Leichenzug, Begräbnis, Blumenberge mit Schleifen, Erdhügel und ihr langsames Einsinken, schäbige Holzkreuze zuerst, protzige Grabsteine später. Kein Wunder, daß ein Kind davon verführt wurde. Aber was hatte das Sterben mit dem Tod zu tun? Stein wollte wissen, was in der Welt geschah, wenn einer starb? Natürlich nichts, war seine erste Regung und würde vielleicht auch die letzte Weisheit sein, aber da war eine Stimme in ihm, seit seiner Kindheit und bis heute: diese Stimme widersprach der Gleichgültigkeit, die das Vergessen und die Routine uns einbleuten, sie wehrte sich gegen die Niederlage. Wo stand Stein in dieser Sache?

Die Toten der Place Baudoyer waren bedeutsam für ihn gewesen, und doch hatte seine Betroffenheit nicht lange angehalten. Auch seine Wißbegierde, was den Fund betraf, hatte sich bald erschöpft; Sophie hatte mit ihrem Lebendigsein dem Vergessen nachgeholfen. Gewiß erinnerte sich Stein an die knappe Nachricht in *Le Monde*, die Wochen später die erste Vermutung bestätigt hatte, daß man auf eine Begräbnisstätte von Seine-Fischern aus frühkarolingischer Zeit gestoßen war. Die Knochenreste waren auf einen Pariser Friedhof umgebettet worden, die beiden besterhaltenen aber sollten im Museum für Stadtgeschichte ihren Platz erhalten. Stein hatte nie daran gezweifelt, daß man die Bauarbeiten fortsetzen und die Tiefgarage fertigstellen würde, aber er hätte an dem Nachmittag der Entdeckung nie zugegeben, daß auch er diese Garage in der Zukunft benutzen würde, ohne an die Toten der Place Baudoyer auch nur zu denken.

War es möglich? Stéphane war endlich eingeschlafen! Stein erhob sich behutsam wie ein Dieb, der nur ja keinen Lärm machen durfte, und schlich auf Zehenspitzen davon. Er wagte es nicht, sich noch einmal umzuwenden und einen letzten Blick auf den Freund zu werfen, bevor er aus dem Zimmer ging. Er fürchtete Stéphanes offene Augen, er zuckte vor der Möglichkeit zusammen, sich geirrt zu haben. Er ging nach oben ins Schlafzimmer und versperrte die Tür hinter sich, als ob er etwas zu befürchten hätte. Was er fürchten mußte, lauerte hier auf ihn: Claras Abwesenheit. Er würde ihre Augen heute nicht küssen können. Wo die Begierde brüchig wurde, mußte Zärtlichkeit erstarken, und wo am hellen Tag auch Zärtlichkeit nicht länger möglich schien, wich sie aus in Schlaf und Finsternis. Stille war nötig, Nebeneinanderliegen ohne Wildes.

Stein war kein Liebhaber, erregte ihn das Licht der Sonne, das in den Raum fiel, nicht unwiderstehlicher als der schönste Körper? Was hatte ihn geweckt, wen hatte er umarmt, als er die Mansarde mit Sophie geteilt hatte, hundertzwanzig Nächte lang? Ein Kippfenster mit Doppelscheiben und Aluminiumrahmen war über ihrem Bett ins schräge Dach des alten Gebäudes eingelassen, aber eigentlich schliefen Stein und Sophie in keinem Bett, sondern auf einer Matratze, die auf dem beigefarbenen Spannteppich lag. Es war ein breites, gutes Lager, nur hieß es tief gebückt ein paar Schritte von der Matratze zur Mitte des Raumes gehen, bevor man sich aufrichten und strecken konnte. Wer beim Erwachen jäh auffuhr, schlug mit dem Kopf gegen die niedrige Decke. Aber sie hatten sich mit der Zeit daran gewöhnt und die Gefahr in ihren Halbschlaf einbezogen. Es war schön, so nahe an der Außenwelt umarmt zu liegen, wenn die Sterne glänzten, oder von Sonnenstrahlen geweckt zu werden. Fast noch schöner war der Regen. Sein sanftes oder hartes Trommeln prasselte ihnen, so schien es, auf die Haut, wenn der Schweiß ihrer Unersättlichkeit sie durchnäßte – oder wäre es nur Steins Unersättlichkeit gewesen? Wenn sie die Augen öffneten, wenn das Hören sich zum Sehen weitete, zerplatzten die Tropfen auf dem Glas so wild und nah, daß die Betrachter nicht selten mit den Lidern zuckten, als müßten sie sich vor dem sicheren Getroffenwerden schützen. Aber der Regen war freundlich verspielt, nur manchmal hatte ein Gewitter oder das Heulen der Frühlingsstürme ihnen angst gemacht. Sie hatten den Frühling zum Geschenk erhalten; im Februar waren sie eingezogen und durften erleben, wie die Abende heller wurden, bis im Juni das Licht sie nicht länger verließ. Auch ein Schneesturm war zu ihnen gekommen. Die Flocken, die gegen die Scheibe stießen, waren tatsächlich Sternkristalle gewesen, aber das Wunder schmolz dahin, und kleine Bäche suchten ihren Weg zur Dachrinne. Als die Tage wärmer wurden, kippten sie das Fenster auf und schliefen unter freiem Himmel, der nie dunkel wurde in dieser Stadt. Lärm war zu ihnen hochgedrungen, willkommen auch dieser, ob es der schrille Streit der algerischen Familie auf der anderen Hofseite, das Dröhnen eines Flugzeugs oder die entfernte Sirene eines Rettungswagens war; nur das mutwillige Aufheulen der Motorräder erschreckte sie immer wieder, es enthielt Gewalt und böse Absicht. Sie wollten der Gewalt entkommen, die ihnen seit ihrer Kindheit in den Knochen saß. Steins und Sophies Kindheit: jedes Land mißbrauchte seine Kinder, versuchte ihnen den Stempel aufzudrucken: *bei uns ist es so*. Wer dieses *bei uns* nicht hinzunehmen bereit war, wurde Treibholz. So war Stein an Sophie geraten, und sie an ihn. Sie hielten sich umklammert, obwohl kein Halten aneinander war. Immerhin hatten sie die Mansarde, und ihren Kuß, den sogar die Polizei ermutigt hatte. Die Toten der Place Baudoyer hatten sie gemeinsam entdeckt. Es war ein Fliegen, das mit dem Absturz enden mußte. Hatte der befreundete Dichter nach dem Anhören der Geschichte, dieser ganzen Geschichte, nicht das Wort gefunden, dem kein weiteres folgen mußte: *Abgestürzt*.

Stéphane saß, längst angekleidet, im Wohnzimmer und starrte auf den Fernsehschirm. Er hatte Steins Eintreten überhört, aber seine plötzliche Anwesenheit erschreckte ihn nicht. Nichts erschreckte den Freund. Er hatte den Schrank mit den Videobändern entdeckt und sich selbst bedient: es lief gerade ein französischer Film, längst ein Klassiker. Schon seit Stunden sehe er sich diese wunderbaren historischen Filme an, er sei gerade beim dritten. Er hätte sie noch nicht gesehen, wie alt und berühmt sie auch sein mochten. Er hätte doch nie Zeit, ins Kino zu gehen. Natürlich hätte er gut geschlafen, warum die Frage? Stéphane versenkte sich erneut in den Film, und Stein kam sich im eigenen Haus wie ein Eindringling vor. Der Freund schien hier überzeugender *zu Hause* als er. Er trat ans Fenster und schaute hinaus auf den baumbewachsenen Hang; die Äste bewegten sich im Wind, der Himmel war blau. Stein hörte die Stimme Oskar Werners, der in diesem Film, *Jules et Jim*, Französisch sprach. Er hatte diese Stimme seit jeher geliebt und keine

Gelegenheit versäumt, sie zu hören; aber heute, zum ersten Mal, Stein wußte nicht warum, mißfiel sie ihm. Die Intonation, das leicht Näselnde der Sprache, das unausrottbar Wienerische, Jugend um jeden Preis, wie peinlich! Es wurde Stein auf einmal zuviel. Aber er durfte doch nichts über seine Liebe kommen lassen! Er mußte Oskar Werner treu bleiben, weil er sich Untreue gar nicht leisten konnte. Er fragte Stéphane, ob er Hunger habe. Der Freund, in *Jules et Jim* versunken, erklärte abwesend, er habe längst gefrühstückt. Im Kühlschrank habe er ein Joghurt gefunden, Vanillegeschmack, recht gut, und er habe sich zwei Eier gekocht. Aber man könne gern zusammen Kaffee trinken. Seit vielen Jahren wohnte Stein nun hier und hatte es noch nie zustande gebracht, Eier zu kochen. Fast wäre es ihm ungehörig erschienen, Claras Küche zu benutzen. Das Frühstück gestern mit Laura nahm er aus. Clara tat alles für ihn, und da kam Stéphane und zeigte sich unabhängig. Er konnte jetzt den Gast nicht bitten, ihm doch auch zwei Eier zu kochen, und er konnte nicht gut sagen: gib mir auch ein Joghurt, und: bereite doch bitte Kaffee für uns! Stein war ein Verlierer in seinem eigenen Haus, Stéphane dagegen besaß Gewicht und Gegenwart. Man mußte diesen Welteroberer auf die neutrale Straße hinausbefördern, bevor er noch alles übernahm.

– Wie lange dauert dein Film noch?

Stéphane zuckte mit den Schultern.

– Dann werde ich jetzt duschen und mich ankleiden, sagte Stein, und wir wollen den Kaffee woanders trinken.

Die Dornenkrone Christi, war sie echt? Und die zehntausendfach in die Kirchen der Welt verteilten Splitter seines Erlöser- und Schmerzenskreuzes, von welchem Baum stammten sie in Wahrheit? Die Schale des Heiligen Grals in der Kathedrale von Valencia, hatte Parzival wirklich *sie* gefunden und wieder verloren und daraufhin sein Leben lang nach *ihr* gesucht? Sicher war nichts, und nichts besaß Dauer, auch keine Liebe zwischen Mann und Frau. Aber mußten das *Vorüber und Vorbei* nicht beide Seiten erfahren, damit es gültig wurde? Wie fest oder flüchtig Erinnerung auch war, wie beständig im Kopf und Herzen zu Hause und untermauert mit Fakten der äußeren Welt, der Tag war nicht fern, an dem sie zum Zweifel wurde: habe ich dich wirklich umarmt, hat es dich wirklich gegeben? Zwischen den tristen Toten der Place Baudoyer und Stein hatte, rostig und kalt, das Absperrgitter gestanden, zwischen der Geliebten und ihm das falsche Jahrhundert mit seinen schwindenden Freiheiten. Auch Phantasie, auch Toleranz waren Formen der Freiheit und verwelkten. Stein hatte Sophie aus der Zeit nehmen wollen, es war ihm wie mit seinem gegen den Baustellenzaun gepreßten Kopf ergangen: er kam gegen das Gitter nicht an und beschmutzte sich nur, sah ungenügend und doch genug, um im Bilde zu sein. Wer im Bilde war, stand dennoch außerhalb. Es hatte Sophie nie gegeben. Stein hatte sie erschaffen mit seinem Wunsch nach großer Liebe. Wenn er heute von ihr erzählte, glaubte ihm nur, wer ihm zu glauben gewillt war. Wer es vorzog, lachte ihn aus oder zieh ihn der Unmoral. Es gab keine Beweise: die paar Fotos konnten irgendwen zeigen. Das gleiche galt für die Toten der Place Baudoyer: längst war die Tiefgarage fertig, Ordnung herrschte auf dem Rathausplatz des vierten Arrondissement. Keine Spur von Schmutz und Baustelle mehr, die Ein- und Ausfahrten zur Garage waren diskret an die Enden des baumumstandenen Platzes gesetzt worden und fielen nicht auf. Hätte Stein Passanten angehalten und vom Tag erzählt, als Baumaschinen unvermutet auf den alten Karolingerfriedhof gestoßen und Schädel auf Schädel, Knochen auf Knochen in die Tiefe gestürzt waren, hätte ihm niemand Gehör geschenkt. Wirklichkeit besaß allein die Tiefgarage, die dieser autoüberfüllte Stadtteil dringend brauchte.

Am 28. April des Jahres, das Stein bis heute den Atem benahm, war er nach London gefahren. Sie konnte kaum als Reise gelten, die Dreistunden-Fahrt im *Eurostar* von der Gare du Nord nach Waterloo Station. Er hatte einen Platz im Siebenuhrmorgen-Zug gebucht und wollte am Abend kurz vor Mitternacht wieder zurück sein. Er hätte Sophie auch mitnehmen können, aber er fuhr zu einer Tagung, bei der er einen Vortrag halten sollte. Es war ihr nur recht, in Paris zu bleiben, sie hatte Dinge zu erledigen und wollte nicht den ganzen Tag allein durch London laufen. Sie würde Stein abends an der Gare du Nord abholen, und sie würden erst dann zu Abend essen. Vor ein paar Wochen hatte er ebenfalls in London zu tun gehabt, und Sophie hatte ihm gefehlt. Es war ein gutes Fehlen gewesen. Kurz nach der Ankunft hatte er sie angerufen, ihr Gespräch hatte ihn den ganzen Tag wie eine nur für ihn geschaffene Sonne begleitet und gewärmt. Das war das beste Ferngespräch seines Lebens gewesen, dachte er später. Und er hatte ausnahmsweise seine Zeit gepriesen, die Technik und das Unmaß der Errungenschaften, die er benutzte und nicht verstand. Zu Fuß war er abends durch die Stadt geschlendert, von Kensington über Marble Arch und Picadilly bis zu Covent Garden, und über die Charing Cross Bridge zurück zur Waterloo Station. In einem Papierladen hatte er Sophie ein kleines Geschenk gekauft, ein Notizbuch von Filofax; sie liebte alles, was dem Schreiben diente. Auf der Rückfahrt hatte er sich aus der Zugbar ein paar Lachsbrote und zwei Fläschchen Muscadet geholt; nichts konnte seinen Appetit auf das gemeinsame Abendessen schmälern. Er hatte sich das erste Glas eingegossen, als der Zug im Kanaltunnel verschwand. Da saß er nun und trank und empfand nichts bei dem Gedanken, daß man tief unter dem Meer dahinrollte. Er hätte darüber staunen sollen, wie rasch jedes Wunder selbstverständlich wurde! Aber empfindsam war Stein nun einmal nicht, so beharrlich er es von sich glaubte. Die Mitreisenden lasen Zeitung oder waren eingeschlafen. Begeisterung, Verwunderung, wenigstens Kenntnisnahme der einzigartigen Situation standen in kein Gesicht geschrieben. Wenn der Zug Frankreich erreichte, würde er zeigen, wozu er fähig war. Mit dreihundert Stundenkilometern würde er die Strecke zwischen Calais und Paris in kaum mehr als einer Stunde zurücklegen. Auf der Gare du Nord würde Sophie warten – und sie hatte wirklich am Bahnsteigende gleich bei der Sicherheitsschranke gestanden. Einen solchen Tag würde Stein also nun, am 28. April, wiederholen. Er freute sich darauf. Er freute sich im voraus auf Sophies Morgenstimme am Telefon, und mit etwas Glück würde er vor der Rückreise wieder durch London wandern. Er würde im Eurostar Lachsbrötchen essen und Muscadet trinken, er würde sich bei der Ankunft erwartet wissen, und zur Feier seiner Heimkehr würden sie Austern schlürfen wie beim letzten Mal. Es wäre eine Heimkehr, Stein hielt das Wort nicht für zu groß, auch nach nur siebzehn Stunden Abwesenheit. Schlimm war das Aufstehen am Morgen; schon kurz nach sechs müßte er ein Taxi finden. Für ihn bestand die Hürde eines solchen Tages nur im Frühaufstehen. Sophie und er waren spät zu Bett gegangen, noch um zwei hatten sie in der Bar an der Ecke Sancerre getrunken, zuviel davon.

– Du mußt morgen im Bett bleiben und weiterschlafen, hatte er ihr aufgetragen. Ich kann mir Kaffee und Croissants auf dem Bahnhof kaufen, du bleib nur im Bett!

Aber als um halb sechs der Wecker läutete, war Sophie schon wach gewesen und hatte darauf bestanden, ihm das Frühstück zu bereiten. Während er aß und trank, schmiegte sie sich an ihn. Sie nahm das Badetuch und trocknete ihn ab, als er aus der Dusche stieg. Sie fanden Zeit für eine lange Umarmung, Sophie war noch zärtlicher als sonst. Sie wirkte traurig, um eine Spur trauriger vielleicht, als es dem kurzen Abschied zustand. Sie begleitete ihn bis zur Straße, wobei sie sich nur einen Bademantel übergeworfen hatte. Zum Glück fuhr auch gleich ein Taxi vor; Sophie ging zurück in die Wohnung. Sie hatte ihm versprochen, sich gründlich auszuschlafen. Er liebte sie, wie sehr er sie liebte!

Die Sonne schien, die Gare du Nord war überfüllt von Tausenden, die aus den Vorstadtzügen strömten und zur Arbeit eilten. Obwohl er gefrühstückt hatte, trank Stein noch einen *crème* und aß ein *pain au chocolat*. Der Eurostar stand abfahrtbereit, es klafften viele leere Plätze an jenem Morgen. In drei Stunden würde Stein Sophie anrufen und sie dann erst richtig wecken. Er vertraute fest darauf, daß sie wieder zu Bett gegangen wäre, sie brauchte ihren Schlaf. Auch er wollte noch ein wenig die Augen schließen – sie brannten ihm vor Müdigkeit. Aber er mußte auch den Text der Rede, die er halten würde, vor der Ankunft noch durchsehen.

Sophie in seiner Wohnung und diese Londoner Vorträge, Stein liebte die Mischung zwischen privatem Weltvergessen und seinem plötzlichen Hineinfahren ins äußere Geschehen; am besten gefiel es ihm, wenn Grenzen unscharf wurden: dann erst sah er klar.

Stéphane klopfte an die Tür. *Jules et Jim* sei zu Ende und drei Filme reichten für den ersten Tag. Stein wußte nicht, ob der Freund Vorwurf oder Heiterkeit in diese Feststellung legte. Er schlüpfte in seine schwarzen Jeans und war endlich fertig. Er fühlte sich wie auf frischer Tat ertappt.

– Also los!

II

Nach *Viejas* zum Frühstück oder Brunch oder was auch immer? Stéphane wollte noch immer nach *Viejas* hinaus. Nicht erst am Abend, gleich jetzt! Wieder mußte Stein ihn daran erinnern, daß heute Claras Vater begraben würde. Wohin dann? Er hatte in den Tagen, die der Ankunft seines Freundes vorangegangen waren, im Kopf tausend Vergnügungen entworfen, hatte Wanderwege und Lokale zu langen ungeschriebenen Listen der Vorfreude aufgetürmt, und jetzt war alles wie fortgewischt. Was ihm an Möglichkeiten überhaupt noch einfiel, schien ohne Glanz, entwertete sich zum kraftlosen *Wozu?* Wo war die alte Begeisterung? Sie war dahin. Lästig war es, jeden Tag Kostüm und Maske anzulegen, und wer endlich sein Haus verließ, wußte im voraus, daß er ein Feigling und Verlierer war. So übten sich alle auf ihre Weise in geheuchelter Begeisterung, die allein im Mitmachen bestand. Scheinbar aufrecht und doch geduckt schlichen die Leute in ihre Ämter oder in ihr Sterben. Nicht anders schlich Stein in die Vortragsräume der Universität und lehrte Dinge, die in ihm und seinen Studenten keine Veränderung bewirken würden. Er wußte darum: es war ihm gleichgültig, er war kein Weltverbesserer, er war nicht angetreten, um andere Menschen zu bekehren. Stein haßte die großen Bewegungen. Wo eine Menge war, bekam er es mit der Angst und – schlimmer noch – mit dem Abscheu zu tun. Wenn sich das Volk zur Revolution anschickte und fordernd durch die Straßen zog, hielt er sich die Ohren zu und verweigerte den Blick.

– Also fahren wir zum Kaffeetrinken ans Meer!

Außer Essen und Trinken war ihnen nie viel eingefallen, sie hatten dafür nicht erst älter werden müssen, seit dem Anfang war es so. Was konnten zwei Menschen miteinander auch anfangen? Mann und Frau rettete die Lust, die sie aneinander fanden oder einander raubten, und doch: welches Paar durfte hoffen, daß es gemeinsam die Zeit bestehen würde? Fast immer mißlang die Nähe, auch wo *Treue bis zum Grabe* herrschte. Nur die Geographie vereinte, nicht Seelennähe. Die Gesetzessprache hielt die rechte Nüchternheit bereit: *Trennung von Tisch und Bett*, wo nichts mehr war. Und von Tristan und Isolde keine Rede. Zwei Freunde erst: Essen und Trinken ihre Zuflucht, ein Anruf, der erwartet wurde: der Anruf Claras oder der einer Kanzlei.

Etwas lief schief auf der Fahrt im Eurostar nach London am 28. April. Nach einer knappen Stunde Fahrt verlangsamte der Zug die Höchstgeschwindigkeit, die einen sanft betrunken machte, und blieb bald darauf auf freier Strecke stehen. Die Felder ringsumher waren flach und leuchteten im frischen Grün. Stein hätte nicht sagen können, was hier angebaut wurde. Er war ein Stadtbewohner, Pflanzen gingen ihn nichts an. Er hatte tatsächlich ein wenig geschlafen und war erst im Ruck des Anhaltens wieder aufgewacht. Er hatte auf seine Uhr geblickt; für die Ankunft in Calais war es noch zu früh. Die Augen brannten ihm nicht mehr heftig wie zuvor, die kurze Ruhe hatte ihm gutgetan. Warum der Halt? Der Eurostar hatte Vorrang, für ihn standen alle Signale auf Grün. Schienenarbeiten? Er blickte auf die verstreut im Abteil sitzenden Passagiere, auch sie schienen verwundert, als hätten sie – ganz wie er – vergessen, daß sie sich doch nur in einem Zug befanden, und daß Züge stehenbleiben konnten. Gleich die Frage: warum?, gleich der Verdacht, es müsse etwas passiert sein, gleich Unruhe: als wäre es nicht möglich, sich auch jetzt zurückzulehnen, wieder die Augen zu schließen oder zum Fenster hinauszuschauen in die stille Landschaft. Stein fielen Unglücksfälle ein, wo Züge mit voller Geschwindigkeit auf andere aufgefahren waren. Aber Unfug dieser Art verhinderte längst die Elektronik, war sein nächster Gedanke. Genug der Unruhe, ein kurzer Stopp, schon bald würde der Eurostar wieder anrollen. Aber aus den Minuten wurde eine Viertelstunde, und längst befand sich das ganze Abteil in schlecht verhohlenem Aufruhr. Wie sollte man nun pünktlich in London eintreffen? Geschäftsleute konnten es sich nicht leisten, eine Viertelstunde zu verlieren. Warum kam keine Durchsage? Warum wurde den Reisenden der Grund für diesen Halt nicht mitgeteilt?

Und die Viertelstunde wurde zur halben. Viele gingen mißgestimmt zur Zugbar, um dort Auskunft zu erhalten. Aber dann ertönte doch eine Stimme im Lautsprecher. Die Lokomotive habe Motorenschaden, ein Ersatzgerät habe Lille, den nächsten Bahnhof, bereits verlassen und werde bald eintreffen. Die Reisenden wurden daran erinnert, daß jeder Eurostar-Passagier, der mehr als dreißig Minuten verspätet seinen Zielbahnhof erreiche, einen Gutschein für eine Gratisfahrt auf derselben Strecke erhalte. Niemand schien getröstet. Es verging fast eine Stunde, bis die Ersatzlokomotive endlich eintraf. Stein rechnete sich aus, daß die Verspätung seinen Londoner Vortrag in Frage stellte, und wie würde er Sophie zur versprochenen Zeit anrufen können? Hatte die Fahrt nach London überhaupt noch Sinn? Er erwog die Rückkehr nach Paris, als der Zug außer Fahrplan in Lille für einen weiteren Lokomotivenwechsel hielt. Er sah auf dem gegenüberliegenden Bahnsteig den abfahrbereiten TGV. Wenn er rasch ausstiege und in diesen spränge, würde er in einer Stunde auf der Gare du Nord und in neunzig Minuten bei Sophie sein. Er könnte dann in London anrufen und mit irgendeiner Lüge seinen Vortrag absagen. Schon erhob er sich von seinem Platz, als der andere Zug sich in Bewegung setzte. Zu spät, Stein hatte den rechten Moment versäumt. Auch fuhr man jetzt endlich wieder an, langsam glitten die Vororte von Lille an den getönten Fensterscheiben vorüber. Dann, inmitten grasbewachsener Kohlenhalden, gewann die Fahrt an Tempo. Man würde Waterloo Station zwei Stunden verspätet erreichen! Der Anruf bei Sophie war fällig. Stein war auf das Zugtelefon angewiesen. Dieses aber akzeptierte weder Münzen noch die üblichen Wertkarten; man brauchte eine andere, eigens für den Eurostar geschaffene, die in der Bar in zwei Varianten verkauft wurde: für den französischen oder britischen Streckenteil. Europa war unverändert kompliziert und gegen seine Menschen gerichtet. Stein schaute zum wiederholten Mal auf die Uhr und entschied sich für eine englische Karte; gleich nach dem Tunnel würde er mit Sophie sprechen. Er zitterte, war das noch immer seine Müdigkeit?

Endlich Calais, der kurze Halt, und gleich darauf das Eintauchen in den Tunnel, die zwanzig Nachtminuten mitten im Tag. Stein hatte es eilig, die andere Seite zu erreichen. Der Tunnel war noch nicht zu Ende, als er schon vor dem Fernsprecher stand. Es durfte ihm niemand dazwischenkommen, es gab im ganzen Zug nur zwei Telefone. Warum seine Unruhe? Es wurde hell. Stein kannte die Strecke: nach den Rangiergeleisen und Laderampen voller Lastwagen und Autos, nach den Betonwänden entlang der Schienen würden die südenglischen Felder ihren Anfang nehmen, sie waren lieblicher als ihre französischen Nachbarn. Stein freute sich immer auf die plumpweißen Flecken der Schafe im satten Grün, auch im Winter fehlten sie nicht, ihre Gegenwart beruhigte. Friedlich war dieses Land zwischen der See und den schmutzigen Außenvierteln Londons, wohingegen Frankreichs Norden öde war. Hier in Kent hätte er wohnen können, in den Dörfern zwischen Lille, Arras und Amiens niemals. Diesmal erwartete Stein weder Felder noch Schafe, er hätte sie nicht wahrgenommen, auch wenn beim Telefon ein Fenster angebracht gewesen wäre. Aber da war nur der enge Gang, und das Schlagen der Zugachsen an den Verschraubungen der Schienen, denn hierzulande fuhr der Eurostar in einer vergangenen Zeit. Trassen und Geleise waren dem modernen Material nicht angepaßt, es hatte den Anschein, als wollte England den Blick auf seine weidenden Schafe retten. Wer mit dreihundert Kilometern pro Stunde unterwegs war, sah keine Schafe mehr. Stein hatte seine Nummer bereits zum fünften oder sechsten Mahl gewählt, aber er kam nicht durch: ein Zugtelefon war anfällig gegen Hügel, Hänge, Mauern. Stein empfand es als ein Zeichen, daß er Sophie nicht erreichen konnte. Verbissen wählte er die Nummer immer wieder, längst stand Schweiß auf seiner Stirn, als verrichtete er Schwerstarbeit. Er hoffte inständig, daß kein anderer Reisender das Telefon benutzen wollte. Er hätte es nicht ertragen, es unverrichteter Dinge einem anderen zu überlassen, und noch weniger, einen ungeduldigen Beobachter seines erfolglosen Eingebens der dreizehn Zahlen neben sich zu wissen, der, wenn die Verbindung endlich hergestellt wäre, gar noch zum

Zeugen des Gespräches würde. Einmal langsam, einmal schnell, mit festem Druck und dann mit leichten Fingern, als gelte es, das Geheimnis zu finden, als übe sich ein Liebhaber im Vorspiel, das die Geliebte ganz zur seinen machen würde, gab er die Nummer ein. Wenn er es *richtig* machte, mußte es gelingen, er glaubte inständig daran. Sophie wartete auf seinen Anruf, wartete sie etwa nicht darauf?

Und endlich kam er durch. Es läutete viermal, fünfmal in der Rue de Charonne, bis Sophie sich meldete. Ihre Stimme klang blaß wie ihre Haut. Aber Stein ließ sie ohnedies kaum sprechen, seine alte Ungezogenheit ergriff das Wort und zwang ihn zum Redefluß, zur Wortlawine, erstickte Sophies stille Art. Wie oft hatte sich auf ihren Lippen ein Satz geformt, und er war dazwischengefahren und hatte ihn zerstört. Sophies Lippen wurden dann kalt wie im Liebesakt, wenn kalter Speichel aus ihnen floß, und im Höhepunkt eine Sprache, die es nicht gab, die Stein für die schönste aller Sprachen hielt. Er, der Sophie doch reden hören wollte, hinderte sie immerzu daran, und jetzt, voller Angst, daß seine Telefonkarte zu Ende gehen oder die Verbindung unterbrochen werden könnte, berichtete er ihr vom Geschehenen, und erst am Ende fiel ihm ein, sie nach ihrem Befinden zu befragen und ihr zu sagen, wie sehr sie ihm schon fehle.

Erst jetzt erschrak er. Sophie redete anders als sonst, er hatte sie noch nie so langsam sprechen hören. Er wollte sie zur Eile anhalten, weil seine Wertkarte jeden Moment aufgebraucht und das Gespräch vorüber wäre, aber er wagte es nicht. Sophie war die absolute Ruhe, sie schien seinen Bericht hinzunehmen, als hätte sie nichts anderes erwartet.

– *Problems*, sagte sie, und noch einmal: *Problems.*

Dann fragte sie ihn, als ob sie das nicht wüßte, um welche Zeit er abends heimkehren würde. Fassungslos rief Stein:

– Gare du Nord um 22 Uhr 57, das weißt du doch!

– *It will be too late*, bemerkte Sophie, als sagte sie es zu sich selber.

– Kannst du nicht früher kommen?

Natürlich konnte er nicht früher kommen.

– *How sad*; sie klang noch weiter entfernt.

Er verstand sie nicht. Nicht die schmeichelnde Sehnsucht der Geliebten steckte in ihrer Stimme, sondern etwas Fremdes, Neues.

– Was meinst du damit?

Er merkte, daß er schrie.

Da begann ein rotes Licht zu blinken. Er konnte nur noch rufen, daß sein Geld zu Ende war. In einer Stunde würde er sich aus London melden. Sein *Sophie, ich liebe dich*, sprach er bereits ins Leere.

Es war bald Mittag, als der Eurostar endlich den Zielbahnhof erreichte und freundliche Hostessen auf dem Bahnsteig den Reisenden ihren Freifahrtgutschein überreichten. Auch Stein wurde einer in die Hand gedrückt, er fand ihn später nicht wieder. Er rannte zum Zoll und Ausgang atemlos wie einer, der im Begriff war, den Zug zu versäumen. Er drängte sich beim Wechselbüro vor alle Wartenden, wechselte Geld und kaufte zwei Telefonkarten. Er lief zum nächsten Fernsprecher; sie glitzerten dutzendweise in poliertem Chrom inmitten der Ankunftshalle. Er tippte atemlos die dreizehn Zahlen ein, es läutete beim ersten Mal. Angst erfüllte ihn, bis Sophie nach acht Signalen – er zählte genau – den Hörer abnahm.

Wie froh er war! Er versuchte, sie mit den Beteuerungen seiner Liebe zu erreichen. Es gelang ihm nicht. Schweigen, hart und unerreichbar, schlug ihm entgegen. Er starrte auf das Zählfenster des Telefons, auch diese Karte entwertete sich viel zu schnell. Warum hatte Sophie ihm nichts zu sagen? Aber wie konnte sie etwas sagen, solange er sie mit seinem Redefluß erstickte? Wieder wollte Sophie wissen, ob er nicht früher nach Hause kommen könnte.

– *A little earlier.*

Sie bettelte nicht darum, sie sagte es nicht verliebt.

Es sei unmöglich, einen früheren Zug zu erwischen. Er sei doch hergekommen, um einen Vortrag zu halten. Der ende nicht vor fünf.

– *Then it'll be too late.*

– Zu spät wofür?

Jetzt erst erfaßte er, was ihn schon im Zug geängstigt hatte: Sophie, deren Sprache immer die klarste und genaueste gewesen war, vermochte die paar Worte, die sie sagte, kaum auszusprechen. Es war, als sei ihre Zunge gelähmt oder ihr Mund verklebt. Ihre Silben tauchten wie aus einem Nebel auf. Angestrengt, tappend, aus weiter Ferne redete sie, als erwachte sie gerade aus der Narkose.

– Was ist los mit dir?

Fast war die Telefonkarte aufgebraucht. Stein verlagerte sein Gewicht von einem Fuß zum anderen, seine Hände wurden ihm feucht, er war nur noch Angst. Er hörte im Hintergrund den Kanon Pachelbels. Wie konnte er Sophie dieser ziehenden, gefährlichen Musik entreißen?

– Bist du krank?

Sie, deren Sprache von Wort zu Wort verfiel, murmelte etwas von Schlaftabletten.

– Welche Tabletten?

– *Yours. Forgive me, please.*

Er erinnerte sich. Er hatte zwei Schachteln Somnupal in seinem Koffer, und er hatte sie Sophie einmal halb im Scherz gezeigt:

– Meine Fahrkarte aus allen Lästigkeiten.

– Nein, Sophie, nein! Er brüllte dieses Nein. Sein ganzer Kopf war nur Verweigerung.

– Wie viele Tabletten hast du geschluckt?

– *I've taken all of them.*

– Wann? Wie lange ist es her?

– *Now, I'm taking them now.*

– Warum?

Sie antwortete nicht.

– *I love you*, sagte sie nach einer langen Pause.

Er beschwor sie – und erschreckte die Reisenden in der Ankunftshalle –, keine weitere Tablette mehr zu schlucken. Er befahl ihr, sich die Hand in den Rachen zu stoßen, bis sie erbrechen müßte, er trug ihr auf, einen Krankenwagen zu rufen, er heulte auf: *ich brauche dich!*, als steckte darin die Rettung. Dann war die Leitung auch schon unterbrochen, die Karte war aufgebraucht. Stein schaute sich um. Aller Augen waren auf ihn geheftet. Sollte er sich nun schämen? Sollte er eine Erklärung abgeben? Er glühte, zugleich fror er. Er wendete sich mit einem jähen Ruck ab und steckte mit zitternden Fingern die zweite Karte in den Apparat. Er mußte Sophie vor allen Dingen wach halten. Sie durfte nicht einschlafen, auf keinen Fall einschlafen, er mußte ihr das sagen, einbleuen, zum obersten Gebot machen. Es gelang ihm nicht gleich, die dreizehn Zahlen wieder richtig einzutippen. Und dann war die Leitung besetzt. Unmöglich: Sophie würde jetzt nicht mit anderen Leuten sprechen, und ebenso undenkbar war es, daß irgendwer sie angerufen hätte. Er mußte sich fassen und noch einmal wählen, das grauenhafte 0 03 31 47 36 43 29 war die Höllenfahrt. Und wieder das Besetztzeichen.

Er versuchte es fünfmal, zehnmal: er konnte Sophie nicht mehr erreichen. Sie mußte den Hörer abgenommen haben, damit er sie nicht länger stören konnte. Sophie wollte mit Stein nichts mehr zu tun haben, sie wollte sterben, sie verbannte seine Stimme aus ihrer Welt.

Er rannte aus dem Bahnhof und sah die Warteschlange vor dem Taxistand. Er hatte keine Zeit. Wieder hetzte er in die Halle und suchte einen Fahrplan. Wann fuhr der nächste Zug nach Paris zurück? Viel zu spät, erst in zwei Stunden. Zwei Stunden Wartezeit und drei Stunden Fahrt, *falls* alles gutginge, und dann noch durch die halbe Stadt zurück in die Wohnung – es war ausgeschlossen. Er lief auf die Straße und hastete, stolpernd fast, an den Wartenden vorbei. Es war ihm unvorstellbar, sich da einzureihen, er würde weiterlaufen, in die Stadt hinein. Irgendwann saß er dann wirklich in einem Taxi und verlangte atemlos, nach Heathrow Airport gefahren zu werden. Er verhieß dem Fahrer ein gutes Trinkgeld, wenn es nur schnell ginge. Bloß nicht reden müssen, Angst schnürte Stein die Kehle zu, sein Hemd klebte ihm am Körper. *Which terminal?*, wollte der Fahrer wissen. British Airways, erwiderte Stein in der blinden Hoffnung, mit dieser Fluggesellschaft am schnellsten nach Paris zu gelangen.

– *Where to?*, wollte der Fahrer wissen.

Er verstand die Frage nicht.

– *What's your destination?*

– Paris, zischte er unwillig. Was ging den Kerl sein Ziel an? Er hatte vergessen, daß British Airways je nach dem Bestimmungsort verschiedene Terminals benutzte.

– *So you want to go to Terminal Four,* sagte der Fahrer im Tonfall eines Lehrers.

Die Fahrt von der Londoner City nach Heathrow wurde Stein zur längsten seines Lebens. Er starrte aus dem Seitenfenster, ohne etwas wahrzunehmen. Herzjagen war alles. Alle paar Augenblicke schob er den linken Ärmel seiner Jacke zurück und schaute auf die Uhr, bis er merkte, daß er den Fahrer damit störte; er untersagte sich, so gut es ging, die Geste seiner Panik. Würde er genügend Landeswährung bei sich haben, um die Fahrt bezahlen zu können? Wie konnte London es wagen, London zu sein, während Sophie im Sterben lag. Er versank in fühlloser Nüchternheit. Erst die Monsterstadt mit ihren hunderttausend Ampeln, die alle auf Rot standen, dann der Motorway zwischen Hammersmith und dem Flughafen, die lästige Abzweigung zu Terminal Four. Stein konnte den Fahrpreis samt Trinkgeld gerade noch bezahlen, er war erleichtert, er stürzte hinaus. Vielleicht befand er sich im falschen Terminal, vielleicht startete die nächste Maschine nach Paris woanders? Sophie lag im Sterben, und überall glänzten die Dinge. Er hetzte auf den Auskunftsschalter zu, er stammelte seine Frage, er fügte verzweifelt hinzu, daß er sich im Wettlauf mit dem Tod befinde. Es gehe um eine Sterbende. Sein Gesicht mußte seinen Worten Gewicht verliehen haben, denn auf einmal ging alles sehr schnell. Die Bedienstete am Schalter nahm ihn ernst. Ja, er sei am rechten Ort, der nächste Flug nach Paris-Charles de Gaulle starte in zehn Minuten. Das Check-in sei längst abgeschlossen, es sei ungewiß, ob die Maschine noch am Gate stehe, aber sie wolle gerne versuchen, ihn da noch draufzukriegen. Sie telefonierte, sie erklärte irgendwem den Notfall, erklärte ihn ein zweites Mal an anderer Stelle. Stein spürte, daß diese Frau auf seiner Seite war. Endlich die Bestätigung: das Flugzeug sei noch am Gate, aber würde natürlich nicht warten können. Sie winkte eine Kollegin herbei, ihren Platz einzunehmen. Sie wußte, was sie tat, er ließ sich führen wie ein verängstigtes Kind. Das Ticket könne er an Bord bezahlen. In einem dieser kleinen elektrischen Wagen, wie sie auf Flughäfen und Golfplätzen benutzt wurden, brachte sie Stein zum Flugsteig, wo man das schon geschlossene Tor für ihn öffnete. Das Flugpersonal wußte Bescheid, man führte den Erschöpften an einen Platz der Businessklasse und brachte ihm Champagner, als die Maschine zur Startbahn rollte. Es gab zum Glück nur wenige Reisende, Stein brauchte Distanz. Wie hätte er sich einem Sitznachbarn zumuten dürfen? Es ekelte ihn vor sich selber.

Sosehr er die Nähe schöner Körper genoß, sowenig war er dazu fähig, vor diesen zu bestehen. Wo es ihm gelang, wo sein Begehren angenommen und erwidert wurde, da kam er nicht mehr los. Er nannte Liebe, was doch immer nur ein Sich-Verkrallen war, in seinem Fall ein Sich-Verkrallen nicht in einen Menschen, sondern in Haut und Fleisch, die ihm durch Irrtum zugefallen waren. Aber wie gierig er auf Wunder hoffte! Auch verstand er nicht, warum die Leute freundlich zu ihm waren. Wo auch immer er durch die Welt zog, alle lächelten ihm zu. Sie schienen ihn anzuspornen und aufzumuntern, das zu fordern, was ihm nicht zustand: Nähe. Hier an Bord erging es ihm nicht anders. Im Höhersteigen blickte Stein aus dem Fenster: Schön war die Welt an diesem 28. April, an dem Sophie sterben wollte. Die Maschine schien unter dem weiten Himmel unbeweglich aufgespannt, der Ärmelkanal erstreckte sich blau wie der Golf von Neapel im Hochsommer. Stein wurde heiter. Er war das rechte Kind seiner Zeit, die er verachtete. War nicht gerade das untrügliches Zeichen seiner Zugehörigkeit? Er war der vollkommene Widerspruch. Eindeutig war nichts, nur der Flug verlief nach Routine wie fast alle Flüge. Als ein leichtes Rütteln den Landeanflug verriet, bezahlte der fast wohlgemute Gast mit dem

Champagnerglas vor sich endlich das Ticket, das ihm bis jetzt gestundet worden war. Man machte die schönsten Ausnahmen für Stein. Fast hatte er vergessen, warum er in dieser Maschine saß. Er trank auf das Schmerzensprivileg.

Aber Sophie durfte nicht sterben. Sie hatte die Tabletten natürlich *gegen* ihn geschluckt. Warum denn sonst? Bei dieser Einsicht wurde ihm schwarz vor den Augen.

– Sophie, warum?

Ein paar erste Schritte setzte Stein unsicher wie ein Schlafwandler, dann fiel ihm ein, daß er es eilig hatte wie nie zuvor, und er begann zu laufen. Fast stieß er in den Ankunftshallen die Menschen um.

Die Warteschlange am Taxistand entmutigte wie jene in Waterloo Station. Abseits der Menge stand ein Fahrer, der eine schwarze Limousine zum vierfachen Taxifahrpreis anbot. Der Flug hierher war billiger gewesen als jetzt die Fahrt in die Rue de Charonne. Stein forderte Eile.

Um 6 Uhr 15 morgens hatte er das Haus verlassen, um 16 Uhr 21, er blickte auf die Uhr, kehrte er zurück. Ruhig erhob sich das Gebäude mit der hellgestrichenen Fassade. Schon im Flugzeug war Stein bewußt geworden, daß er aus seiner Wohnung vielleicht ausgesperrt war. Den einzigen Schlüssel hatte er natürlich Sophie belassen. Falls sie ihm zu öffnen nicht imstande war, würde er die Tür aufbrechen lassen müssen, aber von wem? Von einem Nachbarn? Vom Hausmeister, dem er nie begegnet war und den es vielleicht nicht gab? Von der Feuerwehr? Er würde sich nicht ausweisen können, er hatte die Wohnung von Freunden gemietet, die im Ausland weilten, und es gab keinen Mietvertrag. Niemand würde ihm Glauben schenken. Im Flugzeug hatte er diese Bedenken noch verdrängen können. Vielleicht liefe Sophie auf sein Läuten hin zur Tür und würfe sich in seine Arme, vielleicht war alles nicht so schlimm. Übertrieben diese Amerikaner nicht im Guten wie im Schlechten? Würde er zornig sein oder dankbar jubeln, falls sie ihn bloß auf die Probe gestellt hätte?

– Sophie, mach auf!

Aber noch stand er nicht vor der blauen Tür, noch durchhastete er den Korridor zwischen Haustor und Aufzug. Er warf einen Blick auf sein Brieffach zur Linken; durch die Einwurfspalte sah er einen weißen Umschlag: Sophie hatte das Fach also nicht wie sonst jeden Morgen geleert – ein schlimmes Zeichen. Zu allem Überdruß war die Aufzugskabine nicht im Erdgeschoß. Es hieß den Rufknopf drücken und warten; auch an gewöhnlichen Tagen empörte ihn dieser langsamste Lift der Welt. Der Aufzug war nicht nur langsam und zum Ersticken eng, er ängstigte die Benutzer auch mit metallischem Schleifen und Klopfen, wie es in keinem anderen Lift zu hören war. Nur wenn er mit Sophie unterwegs war, überhörte er die Geräusche und vergaß seine unbegründete Angst. Der Liftschacht erreichte nur die vierte Etage, zu seiner Wohnung führten dann noch dreißig Stufen: steil genug für Atemlosigkeit auch sie. Die Bewältigung der letzten Hindernisse verlangte größere Geduld als die Fahrten und der Flug hierher. Fast kam Stein auf dem frisch gewachsten, bald hundert Jahre alten Holz der Treppe ins Rutschen; er konnte sich gerade noch am Geländer aufrichten. Er hob den Blick und sah die blaue Tür. Er wurde ruhig. Er kannte diese Ruhe, sie begleitete ihn stets in den Momenten größter Gefahr. Er spürte jetzt, daß Sophie nicht übertrieben hatte. Die allerletzten Stufen erstieg er langsam, seine Ruhe war schlimmer als alle Angst zuvor. Stein starrte auf die Zeichnung des Nachbarn an der Wand des Treppenhauses: auf die böse Grimasse voller Talent, blau wie die Mansardentür auch diese. Er bedauerte die Stechpalme zwischen den beiden Wohnungen, die in ihrem großen Topf aus Ton verkümmerte. Dabei fiel Sonnenlicht durch das verglaste Dach, aber es reichte offenbar nicht aus. Ein blauer Schleier war an die Klinke der eigenen Tür geknotet, die Besitzer hatten ihn dort angebracht. Das Kreppmaterial paßte zu Totenkränzen. Längst hätte man ihn entfernen müssen; nun war es zu spät.

Darüber aber hing noch etwas anderes, länglich und weiß. Es war ein Briefumschlag, mit Klebeband an die Tür geklebt. Darauf stand in Sophies klarer Schrift sein Name. Stein nahm den Umschlag an sich und riß ihn auf: kein Wort, kein Brief. Aber ein Schlüssel fiel zu Boden, der Wohnungsschlüssel.

Erleichterung und Entsetzen: wie bedachtsam – nein: unbesonnen – Sophie gehandelt hatte. Wie, wenn ein Unbefugter den Umschlag an sich genommen und die Wohnung betreten hätte? Was hatte sich Sophie dabei gedacht? Alles hätte ihr zustoßen können – und alles war ihr zugestoßen! Aber das Schlimmste wäre nicht der Dieb, der Einbrecher, der Sittenstrolch mit leichtem Spiel gewesen, und das Schlimmste war auch nicht das Gift in ihrem Körper: es war Sophies *Sterbenwollen*, während Stein sie doch für glücklich gehalten hatte. Wie könnte also er, der Blinde, Rettung bringen?

Er trat in die Wohnung, das Wohnzimmer war wie immer: sauber aufgeräumt, voller Nachmittagssonne, die Tür zum kleinen Balkon stand offen, aufrecht blühten noch immer die weißen – und nicht roten – Rosen, die Stein vor Tagen Sophie geschenkt hatte. Die Tür zum Schlafzimmer war geschlossen. Er rief Sophies Namen, er rief lauter, es fehlte ihm der Mut für diesen letzten Schritt.

War nicht Eile angebracht?

Die Tür knarrte. Stein erwartete dieses Knarren, was sonst erwartete er? Er erwartete Sophie, im Bett, im allertiefsten Schlaf; seit er in London auf die Straße gelaufen war, hatte ihn Angst vor dieser Sekunde gerüttelt: die Angst, einen ersten flackernden Blick auf sie zu werfen. Würde ein Schauen genügen, oder würde er Sophie anfassen müssen: würde sie kalt oder noch am Leben sein?

Das Bett war leer. Sophie lag auf dem Boden, sie lag auf dem Rücken. Der Anblick war nicht furchtbar, die Geliebte war sanft wie immer. Ihr Gesicht leuchtete marmorweiß, auf ihrer Stirn stand Schweiß, ihre halbgeöffneten Lippen aber waren trocken und voller feiner Risse. Sie forderten einen Kuß, der sie benetzte, Stein aber wagte keinen Kuß. Er hörte angestrengtes, röhrendes Röcheln, wie er es noch nie vernommen hatte. Es war Sophies Atem, sie lebte. Sollte er die Bewußtlose ansprechen, anflüstern, sie wachrütteln? Durfte er sie berühren? Wie immer, wußte er nichts.

Aber er mußte handeln. Sophie war nicht aus dem Bett gefallen, sie lag in der Zimmermitte, und nun sah Stein, warum er sie am Telefon zuletzt nicht länger hatte erreichen können: sie hielt mit ihrer linken Hand den Hörer umklammert. Noch immer drückte sie ihn an ihr Ohr. Sie war also eingeschlafen, während er auf sie eingeredet hatte. Ein Brief lag neben ihr, ein Abschiedsbrief? Er riß ihn auf und überflog die ersten Worte, doch er konnte jetzt nicht lesen. Es war ihm, als würden Sophies Atemzüge leiser: ein Krankenwagen mußte her! Aber er konnte keine Hilfe erreichen, wenn er den Hörer nicht zuvor den Händen der Bewußtlosen entwand. Sophie hielt ihn fest, als ob sie ihn nie wieder hergeben wollte. Ihre linke Hand schien mit dem grauen Plastik verschmolzen, Sophie lebte noch! Ihre Haut war kalt, sie war auch feucht, obwohl sie trocken aussah. Die Bewußtlose war erschreckend stark. Jeden ihrer Finger mußte Stein unter aller Kraftanwendung zurückbiegen, und die Knochen knacksten dabei, als würden sie brechen.

– *I don't mean to hurt you*, flüsterte er.

Und endlich hatte er den Hörer freibekommen. Er legte ihn auf. Aus nur zwei Ziffern bestand die Notrufnummer, gleich wurde abgehoben. Stein erklärte mit gefaßter Stimme den *Unglücksfall*, er ließ keine Einzelheiten aus, als hätte er den Anruf hundertmal geprobt. Man werde sofort zur Stelle sein, er möge die Komatose nicht aus den Augen lassen. Er hängte auf und starrte auf Sophie. Er wiederholte sich, nicht ihr, wie ein Idiot:

– *All will be fine, all will be fine, all will be fine …*

Nun hatte er zum ersten Mal in seinem Leben einen Krankenwagen bestellt. Premieren! Neue Panik flackerte in ihm hoch. War Sophie für die Fremden, die ins Zimmer stürmen würden, auch bereit? Sie hatte nur ihren Hausmantel übergestreift, als sie den Abschiedsbrief geschrieben hatte. Wann würde er ihn endlich lesen können? Er versteckte den Umschlag, er wollte nicht, daß die Rettungsleute davon erfuhren. Dieser Brief gehörte ihm allein. Jetzt erst sah er Sophies Tagebuch: es lag offen auf dem Bett. Er war nie versucht gewesen, einen heimlichen Blick auf diese Seiten zu werfen, nun aber steckte er das Heft in seine Tasche. Kein Liebender durchtaumelte das Zimmer, ein Verbrecher war zur Stelle, der die Spuren seiner Tat beseitigte. Gleich würden Feinde seine Idylle stürmen. Stein rief sich zur Ordnung. War er bereit? Man würde ihm Sophie fortnehmen: damit sie am Leben bliebe – aber lieferte er sie damit nicht den Feinden aus?

Die Bewußtlose war nackt unter dem Morgenmantel, der halb offenstand. Ihre weißen Brüste erregten Stein auch jetzt. Er streichelte sie. Er machte sich ungeschickt daran, sie in ein Hemd zu zwängen. Er mußte zu diesem Zweck die Liegende zur Seite wenden. Wie schwer Sophie geworden war! Er knöpfte ihr das Hemd zu. Keiner der Kerle sollte ihre Brüste sehen. Er lief ins Bad und riß die Wäschelade auf. Er holte ein möglichst keusches Höschen – nur keine Spitzen, nur kein durchsichtiger Stoff! – heraus. Blieb noch Zeit, es der Bewußtlosen überzustreifen? Er durfte sie jetzt nicht verletzen, sonst fiele gar noch böser Verdacht auf ihn. Wie eine Puppe, nackt und blendend weiß, lag sie da. Während er sie in Unterwäsche und eine Pyjamahose zwängte, küßte er ihr Geschlecht. Es war so weit. Er küßte Sophies Lippen, sogar ihr Röcheln war ihm nun vertraut.

Er öffnete die Tür. Schon stürmte die Brigade in die kleine Wohnung. Sie waren zu fünft, sie trugen Köfferchen und Geräte mit sich, auch eine Tragbahre, die kaum ins Zimmer paßte, und schon gar nicht in den Aufzug. Zu Fuß waren sie zur Mansarde hochgelaufen, dennoch schien keiner außer Atem. Auch eine Frau gehörte zu dem Team, Stein war froh. Hatte er, der Eifersüchtige, Sophie nicht bedrängt, ihren Arzt aufzugeben zugunsten einer Frau?

Diese Retter waren viel zu jung, und Stein vertraute der Jugend nicht. Einer stellte ihm Fragen und schrieb seine Antworten nieder, während die anderen sich mit allerlei Geräten über die Liegende beugten und ihr eine Sauerstoffmaske anlegten.

– *Ne la touchez pas! Elle est à moi!*, hätte Stein brüllen mögen. Aber sie gehörte ihm nicht länger. Sie gehörte der Medizin und der Routine. Seine Nervosität störte die Experten, die in diesem engen

Raum ihre Arbeit verrichten mußten. Die Aufforderung, er möge draußen warten, *hier stehe er im Wege*, duldete keinen Widerspruch. Gedemütigt schlich er hinaus und flüchtete auf den Balkon. Die Tür zum Treppenhaus stand offen, einer konsultierte am Telefon ein Krankenhaus. Sie meldeten Befunde, bestätigten Anweisungen: *oui*, zweihundert Milligramm intravenös, dabei hatte sich einer doch als Notarzt vorgestellt, und hatte sogar Deutsch gesprochen.

Auf dem Balkon wehte eine erfrischende Brise, die Sophie nicht spüren konnte. Also weg mit dir, Brise! Die Basilika von Sacré Cœur in der Ferne und die zum Greifen nahe Säule der Place de la Bastille verhöhnten Stein: Spiel dich nicht auf, nichts gilt vor unserem Bühnenbild! War Sophie, an der zehn Hände sich wichtig machten, noch Teil dieser Stadt? Es war soweit: man hob sie auf die Tragbahre und schnallte sie fest. Mit der Maske über Mund und Nase, mit einer Infusionsnadel, die aus dem Handrücken ragte, mit einer Decke um den Leib wurde Sophie hinausgetragen. Die Männer stemmten die Bahre schräg und steil, um durch den Türrahmen und die engen Windungen des Treppenhauses zu gelangen, während die Frau die Koffer mit den Geräten trug.

Prekär war dieser Abstieg, und er dauerte lang. Stein schlich hinterher, er erhielt keinen Anteil an der Prozession. Als Sophie unten auf der Straße im Krankenwagen verschwunden war, rief der eine, der zuvor die Fragen gestellt hatte, Stein zu sich. Man würde die Kranke in das Hôpital Fernand Widal bringen, ins Zentrum für Vergiftungsfälle, und er kritzelte die Anschrift des Krankenhauses auf ein Stück Papier. Stein wollte mitkommen. Unmöglich, es gebe keinen Platz. Schon fuhr die Rettung an und bog mit Blaulicht um die nächste Straßenecke.

12

Schon der Name des Krankenhauses hatte Stein verhöhnt: er hatte nie davon gehört. Wie ungenügend er Paris doch kannte. Nicht einmal den Stadtteil konnte er mutmaßen. Stéphane dagegen war gleich im Bilde gewesen, als Stein ihm später das Geschehene berichtet hatte.

– Fernand Widal ist *das* Krankenhaus für Vergiftungsfälle! Unsere Sophie befand sich in der besten Obhut von Paris.

Unsere, hatte er gesagt. Und hatte das Krankenhaus mit einer Genauigkeit beschrieben, als ginge er täglich dort ein und aus.

– Du hättest mich gleich anrufen sollen, meinte er, ich hätte ein gutes Wort für unsere Sophie einlegen können.

Natürlich kannte Stéphane den Primarius, den »cher ami aus der Freimaurerloge ...«. Und er hatte wieder einmal sein überlegenes Lächeln aufgesetzt. Aber am 28. April war Stein stumm geblieben, als hätte er selbst im Koma gelegen.

Auch der Taxifahrerin hatte er sich nicht öffnen können. Sie hatte gesehen, wie die Rettungsleute ihn abgewiesen hatten, und er hatte ihr leid getan. Obwohl sie außer Dienst auf dem Heimweg war, hatte sie ihn zum Einsteigen aufgefordert.

Der Krankenwagen war längst nicht mehr zu sehen, aber die Frau kannte das Krankenhaus Fernand Widal. Es befand sich bei der Gare du Nord, wo Stein am Morgen den Eurostar bestiegen hatte. Die Fahrt dehnte sich, längst hatte Abendverkehr eingesetzt. Stein war stumm geblieben, wie freundlich die gute Frau auch auf ihn eingeredet hatte. Sie wünschte ihm und seiner Geliebten Glück, als er endlich ausstieg. Dabei hatte er ihr doch gar nicht verraten, in welcher Beziehung er zur Kranken stand.

Alle Menschen verfügten über Gespür, alle lagen richtig, bis auf Stein. Nur er war imstande, am frühen Morgen die Frau, die sterben wollte, zurückzulassen im frechen Glauben an ihr Glück. Sie mußte glücklich sein, weil er mit ihr schlief. Sie hatte keinen Grund zur Sorge: einer, der Stein hieß und mit ihr schlief, diktierte, was sie fühlen und denken sollte. Er war klug, er war um vieles älter, Sophies Glück war absolut. Er würde aus London wiederkehren, mit ihr Austern essen und mit ihr schlafen, immer weiter so, wenn dieser Mann, der Stein hieß, nicht gerade nach Hause flog zu Clara, seiner Ehefrau, die er liebte, und zu seinen lieben Kindern. Keine Sorge, er kam bald wieder, er liebte Sophie auch. Es stand alles zum besten! Stein trat an den Auskunftsschalter des Krankenhauses. Er erklärte sein Anliegen. Die junge Amerikanerin mußte gerade erst eingeliefert worden sein. Und schon erschien ihr Name auf dem Bildschirm des Computers, der alles wußte, hier wie überall. Es sei natürlich zu früh, die Kranke zu besuchen oder Einzelheiten über ihr Befinden erfahren zu wollen, vermutete die Bedienstete, aber sie schickte Stein zur Intensivstation des *Centre de détoxication.* Zwei Innenhöfe, blumen- und baumbepflanzt, mußte er überqueren, dieses Krankenhaus war eine kleine Stadt für sich. Alles schien alt und düster, oder schuf diesen Eindruck nur die Angst, die sich wie Dämmerung um ihn legte? Nein, es wurde wirklich Abend.

Seit Stunden saß Stein im gespenstisch stillen Warteraum dieser besonderen Abteilung. Man hatte ihm empfohlen, nach Hause zu gehen. Man würde ihn telefonisch verständigen, sobald die Komatose Zeichen des Erwachens zeigte. Er aber widersetzte sich dem guten Ratschlag. Die Amerikanerin verstünde die fremde Landessprache nur ungenügend, er müßte bei ihr sein, und sei es nur als Dolmetscher. Ihr Koma sei tief, es könne Tage dauern, wurde ihm bedeutet, doch er bettelte darum, seine Sophie sehen zu dürfen – nur für einen Augenblick. Er war lästig. Andere hatten mit ihm den Warteraum geteilt und waren auch nicht vorgelassen worden, ohne daß sie sich dagegen aufgelehnt hätten. Sie hatten verängstigt ausgesehen, oder war das die Scheu des einfachen Volkes vor Ärztemänteln gewesen? Stein war hochmütig auch an dieser Schwelle: er nahm das Wort der Schwestern nicht hin, er wollte mit den Ärzten sprechen, einer wie Stein ließ sich nicht vertreiben.

Auch er hatte einmal im Koma gelegen, ein Suizidant wie sie, verfrüht aufgefunden wie die Liebste hinter dieser Doppeltür, durch die man ihm nicht Einlaß gewähren wollte. Wenn sie geöffnet wurde, selten genug, spähte er gierig hinein, aber er sah nichts als eine weiße Wand mit einer großen Uhr. Und als sein Beharren endlich zum Erfolg führte, traf er keine *Herren* Ärzte an, sondern eine junge Frau, kaum älter als Sophie. Und keine Assistentin war sie, sondern verantwortliche Stationsärztin; sie kam zu Stein ins Wartezimmer, setzte sich ihm gegenüber und schaute ihn prüfend an. Sie stellte Fragen, die Sophies allgemeine Gesundheit betrafen, und machte sich Notizen auf einem Block, der auf ihren Knien ruhte. Stein beharrte fiebernd darauf, wie glücklich er und Sophie gewesen wären und es für alle Zukunft bleiben würden. Die Ärztin ließ ihn nicht aus den Augen. Glaubte sie ihm etwa nicht? Sie war schön: sanft und entschlossen zugleich. Wer glücklich sei, schlucke keine Überdosis tödlicher Tabletten, gab sie zu bedenken, als Stein mit seinen Beteuerungen am Ende war. Was konnte er darauf entgegnen? Er wußte nicht, warum Sophie hatte sterben wollen. Und doch, er hätte es wissen müssen, wenn er sich nur die Mühe gemacht hätte, den Abschiedsbrief und die Seiten in Sophies Tagebuch, die er hier im Warteraum gelesen hatte, auch zu verstehen. Stein würde der Ärztin nichts verraten, der Brief war sein kostbarstes Eigentum, und schon wieder irrte er: es war kein Brief: es war die Anklageschrift, er mußte sie vor der Welt – und mehr noch vor sich selbst? – verborgen halten.

– Gut, ich erlaube Ihnen, die Patientin kurz zu sehen. Dann, Monsieur, müssen Sie das Krankenhaus verlassen. Die Besuchszeit beginnt täglich um vierzehn Uhr. Sie können jederzeit anrufen und sich nach dem Befinden der Patientin erkundigen.

Sie gab sich einen Ruck, als handle sie gegen ihre bessere Überzeugung, als sie ihm die Tür öffnete. Er mußte sich in einem Vorraum mit Seife und Bürste die Hände waschen und ein steriles Schutzgewand aus Papier überstreifen. Eine Schwester in grüner Uniform führte ihn dann weiter. Stein befand sich im Zentrum einer Weltraumstation. In der Mitte eines kreisrunden Saales stand ein Kontroll- und Armaturenbrett. Das alte Krankenhaus täuschte: hinter den Mauern aus dem neunzehnten Jahrhundert tobte die Zukunft. Zwei Frauen saßen vor dem Armaturenbrett. Lichter blinkten, Maschinen, deren Standort nicht gleich auszumachen war, erzeugten rhythmische Geräusche, sonst war es still in der Weltraumstation. Das Schweigen verband sich mit dem blaugrünen Neonlicht zum Eindruck einer großen Kälte. Weder Dringlichkeit noch Hektik herrschte hier. War Stein in der Prosektur gelandet? Wo befanden sich die Todkranken, wo lag Sophie? Medikamentenschränke reichten bis zur Decke. Die junge Ärztin sah Stein nirgendwo. Die Bediensteten strahlten jene Ruhe aus, die an den Kreuzungspunkten zwischen Leben und Tod, nie aber im sogenannten Leben herrscht. Warum begegnete man den milden Schwestern und Ärztinnen nicht im Alltag, warum wurden sie gleich unsichtbar, wenn ihre Arbeitszeit zu Ende ging? Da es sie wirklich gab, Stein traf sie hier nicht zum ersten Mal, mußten sie doch auch die Métro benutzen und in den Supermärkten einkaufen, mußten sie Frauen und Mütter sein. Hängten sie ihre Sanftheit zusammen mit der grünen Uniform bei Dienstschluß in die Garderobe und traten unerkennbar hart wie wir alle auf die Straßen hinaus? Stein wünschte sich eine solche Frau, sosehr er Ausschau nach Sophie hielt.

Sophie lag nackt unter einer Decke aus Papier. Wie leicht diese verrutschen und ihren Körper allen Blicken freigeben konnte. Daran dachte er, als er endlich vor ihr stand, nichts anderes fiel ihm ein. Schläuche und Nadeln ragten auch aus ihrem Leib. Sie schlief jetzt friedlich, ihr röchelnder Atem hatte sich unter der Zufuhr von Sauerstoff beruhigt, ihr Haar hatte man nach hinten gebunden, und ihre Handgelenke mit Leinwandstreifen am hochgezogenen Gitter des Bettes befestigt. Stein wagte es nicht, etwas zu sagen. Er fürchtete, er könnte Sophie aufwecken, er wünschte ihr jetzt den tiefsten Schlaf. Er prägte sich beim Hinaustreten die Nummer ihrer Glaszelle ein. *Neuf*, murmelte er zu sich selber. Der Kontrollraum der Weltraumstation faszinierte ihn. Ein Dutzend oder mehr dieser Krankenkojen umgaben im Halbrund das Armaturenbrett. Es gab gewiß einen anderen Namen dafür, er wollte ihn nicht wissen. Die Kranken lagen allein und abgesondert. Wer erwachte, wurde auch schon in eine andere Abteilung gebracht. Die Glaswände und türlosen Eingänge erlaubten den großen Überblick. Er reichte aus, das körperliche Befinden der Kranken las man von der Instrumententafel ab. Wie viele unter den hier Versammelten sterben müßten, das hätte Stein gern gewußt. Gewiß galt ein Gesetz des Durchschnitts auch hier. Man schob ihn, unfreundlich fast, hinaus.

Er stand auf der Straße und spürte Hunger. So hungrig war er plötzlich, daß er sich in die eigene Hand hätte beißen mögen. Er hatte seit dem Frühstück nichts gegessen, aber diese Enthaltung erklärte nicht seine Gier. Er gierte nach Sophie. Er würde ihren Körper in dieser Nacht nicht an sich drücken können. Er wollte die Nacht nicht allein durchqueren. Ersatz mußte her, eine Straßenhure wäre die Rettung, aber Stein fehlte der Mut, eine solche auch nur anzusprechen. Er war feige. Er würde diese Nacht natürlich allein im gemeinsamen Bett bestehen, mit Sophies Gegenwart an Kissen und Leintuch, nicht nur im Kopf. Sollte er die Flucht in ein Hotel antreten? Es ging ja nicht, er mußte erreichbar bleiben, das Krankenhaus könnte ihn rufen, Sophie könnte erwachen oder – nein! Stein setzte mechanisch seine Schritte, er stand vor der Gare du Nord, er betrat die große Brasserie, wo er in etwas mehr als einer Stunde mit Sophie hätte Austern essen sollen, froh aus London heimgekehrt nach einem guten Tag. Sophie hätte vor dem Bahnsteig neben der Absperrung gestanden, sie wären einander in die Arme geflogen, hätten einander mit Küssen überflutet, hungrig, wie er jetzt hungrig war. Und er setzte sich an einen Tisch im hinteren Saal, er bat den Kellner um rasche Bedienung und scherzte:

– Falls ich verhungern sollte, würde mein Tod auf Ihr Konto gehen, cher Monsieur!

Er hatte nie verstanden, wie er lachen konnte unter traurigsten Bedingungen, und warum er der willfährigste aller Komödianten war. Er aß und trank und holte Sophies Brief hervor. Es war zu seinem Glück ein liebender Brief. Sophie war immer sanft mit ihm umgegangen, auch vor dem Schritt, den sie für ihren letzten hielt. Aber er war auch Anklageschrift, voll von Bedauern und gewaltigem Mißverstehen. Die Freundin hatte also nie verstanden, was Stein ihr vorgesagt und vorgelebt hatte! Sein Geschwätz war an die falsche Adresse ergangen. Denn mit ihr *geredet* hatte er kaum. In dieser Brasserie wurde ihm bewußt, daß er immer nur gepredigt, nie mit ihr gesprochen hatte. Und er hatte nie daran gezweifelt, daß sie seine Monologe gutheißen würde. Konnte Sophie ihn noch lieben, wenn sie erst erwachte und das Krankenhaus verlassen durfte? Wie versöhnlich der Brief, der vor ihm lag, auch geschrieben war: ihr Sterbenwollen war *gegen* ihn und damit gegen ihre Nähe gerichtet.

– Was hättest du in meinem Fall getan?

– Was meinst du?

Ein Moment des Taumelns; auch Stéphane war weit fort gewesen. Aufgeschreckt, unerwartet herbeigerufen, wendete er sein Gesicht Stein zu.

– Woran hast du gerade gedacht?

– Ich bin mit der Absicht gekommen, sagte Stéphane, diese Woche zu nutzen, um einen Brief zu schreiben, einen längst überfälligen Brief. Daran habe ich gedacht.

– Einen Brief an wen?

Stéphane schwieg.

– Seltsam, sagte Stein, auch ich habe mich gerade mit einem Brief befaßt. Ich meine Sophies Brief, den sie mir damals, als sie hatte sterben wollen, schrieb. Ein liebevoller Brief. Ich glaube nicht, daß ich ihm jemals gerecht geworden bin.

– Du hast mir nie davon erzählt.

– Man spricht von solchen Dingen nicht in Harry's Bar, Schulter an Schulter mit Fremden, und schon gar nicht, wenn das Telefon alle zwei Minuten läutet.

– Soll das ein Vorwurf sein?

– Natürlich nicht, natürlich doch. Als ich darüber gern geredet hätte, brachte ich kein Wort über die Lippen, und nachher schien es irgendwie zu spät.

– Seit wann verliert das Wichtige seinen Wert?

– Es verliert nicht seinen Wert, es sinkt nur tiefer, breitet sich aus, wird allgemein, und bald scheint es auch unausgesprochen schon bekannt. Man will sich nicht wiederholen.

– Und schweigt, und alles geht verloren?

Die Freunde landeten im Restaurant, in dem sie am Abend zuvor gegessen hatten. Sie wurden an einen Terrassentisch geführt. Alle Gäste um sie her aßen zu Mittag, so beschlossen auch Stein und Stéphane, daß sie nicht länger nur Kaffee bestellen konnten. Es wurde Wein, und sie erwarteten ein Fischgericht, das sie verlockte.

– Wer soll deinen Brief erhalten?

– Ach den, besann sich Stéphane, und schien verlegen. Es ist kein eigentlicher Brief. Kein handbeschriebenes, von einem Menschen an einen anderen gerichtetes Stück Papier. Ich denke eher an eine Art von Rundschreiben für eine ganze Reihe von Empfängern, deren Anschriften ich zum größten Teil nicht länger kenne.

– Was verbindet die Empfänger, wer sind sie?

– Es sind Menschen, die ich an irgendeinem Punkt verloren habe. Genauer noch: alle jene, die ich an mich herangeholt und wieder fallen gelassen habe. Einige haben umgekehrt mich verlassen, aber nur auf den ersten Blick. In Wahrheit habe ich sie dazu gezwungen. Nicht immer ist ein erwiesener Täter auch der Bösewicht, wie jeder Anwalt weiß.

– Schuldgefühle?

– Warum nicht?, entgegnete Stéphane, und der Kellner servierte den Salat, der hierzulande jedem Hauptgericht voranging.

– Was wirst du schreiben in deinem Brief?

– Wenn ich das wüßte, dann hätte ich ihn schon in Paris in den Computer tippen können. Aber ich weiß es leider nicht; ich spüre nur, daß er dringlich wird. Ich wünsche dir recht guten Appetit.

Das war entschieden gesagt worden. Stein war zu weit gegangen. Er kostete vom Salat, das Senfhonigdressing schmeckte vorzüglich.

– Ich habe an Sophies Liebe nie recht glauben wollen, weil sie so herrlich oder schrecklich jung war. Ich fühlte mich Unendlichkeiten älter als sie, wie hätte eine gemeinsame Zukunft ausgesehen? Und Sophie war schön, sie hätte jeden Mann für sich gewinnen können. Warum sollte sie gerade mir gehören wollen? Allein schon unsere Begegnung: hattest du, Stéphane, sie nicht mit eigenen Absichten zu uns gebracht, und sie mir noch in jener ersten Nacht geschenkt, weil sie genau das Mädchen war, von dem ich immer geträumt hatte? Ich hatte immer mit einer Sophie schlafen wollen, nicht nur einmal, nein: zehntausendmal. So weit sind wir dann nicht gekommen; ich habe mitgezählt und strenge Buchhaltung geführt. Wir sind recht weit gekommen, aber letztlich doch gekentert, Sophie und ich. Ein Freund hatte erklärt, wir wären abgestürzt. Wie ein Flugzeug. Später sucht man nach den Ursachen, aber manchmal muß es keine geben. Wie heißt der Roman jenes afrikanischen Schriftstellers: *Things Fall Apart* – ein wunderbarer Titel! Du, Stéphane, hattest gleich erkannt, daß an Sophie mehr Tragödie als Lust war. Schon in der ersten Nacht hattest du trotz deiner Geilheit auf sie verzichtet, weil du klüger warst als ich. Du hast mir mit Sophie das verhexteste Geschenk beschert. Eines, das bis zum Tode bei mir bleiben wird, obwohl sie längst verschwunden ist. Als sie im Krankenhaus Fernand Widal lag, war sie noch nicht verloren. Sie wurde gerettet, um zu mir heimzukehren. Das Ende, wenn es ein Ende gab, kam später, nicht am 28. April. Damals erhielt ich nur, im voraus sozusagen, den Abschiedsbrief. Später gab es keine Briefe mehr. So ereignete sich das Ende vielleicht doch am 28. April, und dann folgte nur noch eine Reihe von *aftershocks*, wie ja auch die Seismographen zwischen Haupt- und Nachbeben unterscheiden, wobei die letzteren oft mörderischer sind. Für die Opfer bleibt es ohne Belang, welches Beben sie tötet. Der Psychiater hatte mich gewarnt, aber leider nur im leisesten Unterton, als ich ihm ein paar Tage später mit Sophie gegenübersaß; er hätte mich anbrüllen sollen: Hände weg, Vorsicht, es kann nichts aus eurer Liebe werden, weil es keine ist! Sophie war im Rettungswagen – so verlangte es die Vorschrift – ins Krankenhaus Lariboisière zum psychiatrischen Notdienst gefahren worden. Samstagnachmittag; es ging ihr wieder gut, aber ihre Entlassung mußte ein Psychiater bewilligen. Ich durfte sogar mitfahren im Krankenwagen, wir wären die paar Schritte lieber zu Fuß gegangen, aber das kam nicht in Frage: Bestimmungen! Sophie war zwar noch schwach, aber voller Ungeduld, das Krankenhaus verlassen zu dürfen. Dr. Rézaire hatte sie in der großen Halle mehr als eine Stunde warten lassen. Es wimmelte von Arabern und Schwarzen in diesem Pariser Krankenhaus. Sophie schwankte und klammerte sich an mich. Sie war geschwächter, als wir beide angenommen hatten. Wir hätten einfach auf die Straße treten und mit einem Taxi nach Hause fahren können. Aber wir fügten uns den Regeln, obwohl wir den Psychiater fürchteten. Was wußte er von der Patientin, wie durften wir auf sein Verstehen hoffen? Warum mutete der Arzt einer gerade erst aus dem Koma erwachten Kranken dieses rücksichtslose Warten zu? Als wir dann endlich in sein Büro gerufen wurden, konnte Sophie sich kaum mehr aufrecht halten, und ich war zornig. Der Arzt war jung, ein Afrikaner, und seine große Sanftheit beruhigte mich sogleich, während sie Sophie neue Kraft zu geben schien. Er entschuldigte sich freundlich und beklagte das System: in ganz Paris gäbe es kaum ein Dutzend Ärzte seines Faches, die in den Krankenhäusern – viele beschäftigten keine Psychiater mehr, und schon gar nicht an Wochenenden – den Patientenansturm bewältigen müßten. Er blätterte in Sophies Krankenakte und stellte Fragen. Ich mußte als Dolmetscher dienen, weil er kein Englisch sprach und Sophie sein Französisch kaum verstand. Ich wies auf unsere Liebe hin, erwähnte den Wunsch nach einem Kind, und die Patientin bestätigte meine Worte. Warum sie hätte sterben wollen? Was sie zum Schlucken der Tabletten bewogen hätte? Der Psychiater bohrte nach einer Antwort, er erhielt sie nicht. Ich dagegen trug die Antwort in meiner Rockinnentasche. Sophie wich den Fragen aus, sprach von den Schwierigkeiten ihrer Kindheit, bestand darauf, auf alte Gespenster reagiert zu haben und jetzt, endlich jetzt, von ihnen befreit zu sein. Sie wolle leben – und mit mir! Dr. Rézaire ließ sich nicht anmerken, was er denken mochte, doch immerhin sagte er: Keine Angst, ich werde euch das Wochenende nicht verderben. Aber, fügte er hinzu – und wendete dabei seinen Blick auf mich –, oft sind Menschen füreinander nicht bestimmt, obwohl sie verzweifelt das Gegenteil glauben. Er gab uns den Rat, behutsam miteinander umzugehen, und wir fragten nicht, was er damit meinte. Wir waren froh, daß er den Entlassungsschein unterschrieb. Fast liefen wir aus seinem Zimmer und aus dem Krankenhaus Lariboisière.

Stein hatte den Brief nicht auswendig gelernt, wie oft er ihn auch gelesen hatte. Er lagerte in seinem Banksafe in Österreich zusammen mit anderen Erinnerungsstücken. Als sie ihn zurückerbeten hatte, war Stein hart geblieben: Der Brief gehörte ihm. Geschenkt war geschenkt, geschrieben geschrieben, fotografiert fotografiert. Sophie mußte lernen, daß jeder Lebensaugenblick unwiderruflich war, und daß sie fortan ihm angehörte. Sie war sein kostbarster Besitz. Kein Mensch mehr: ein Museumsgegenstand.

Die Sorge darum tat freilich weh. Ein Museumsgegenstand mußte gepflegt, abgesichert, erhalten werden. Er mußte Besucher anlocken, aber wen wollte Stein schon einlassen? Wenigstens Stéphane sollte durch das Museum geführt werden, nicht im freien Besuch, sondern unter strenger Führung. Die beiden in einem Museum, einer Sammlung, einer Kathedrale? Es war unvorstellbar. Die Freunde gehörten ins Restaurant, und in immer dasselbe, wie ihnen ihr Mittagessen gerade bewies.

– Wir brauchen eine zweite Flasche.

Sophie hatte sterben wollen, weil Stein ihr unaufhörlich vorgeworfen hatte, daß sie ihn bald verlassen würde. Mitten im Höhepunkt hatte er ihren *künftigen* Verrat beschworen, immer wieder hatte er darum gebettelt, daß sie »ihm ein wenig angehören sollte«, während sie doch ganz und gar die seine war. Wollte er sie nur »ein wenig« haben? Sophie hatte Steins Sprache nie verstanden, er hatte sie sogar mit seinen Zärtlichkeiten noch gequält. »Indem ich sterbe«, hatte sie geschrieben, »bleibe ich dir treu. Keine deiner Ängste wird sich erfüllen, kein Mann wird mich berühren, ich werde dir gehören, dir allein. Ich sterbe, damit du ruhig sein kannst, in Frieden meiner Liebe gewiß. Du willst mich vor der Welt verstecken, und ich will dir deinen Willen tun, weil ich dich liebe. Deshalb sterbe ich, mein Geliebter, damit du nicht länger um mich fürchten mußt. Auch muß ich endlich keine Sorge mehr um mich selber tragen, denn vielleicht hast du ja recht, und ich verdiene wirklich kein Vertrauen. Lieber sterbe ich, als dich zu enttäuschen.«

Stein war mit diesem Brief zurechtgekommen. Wer außer ihm hätte solchen Vorwurf ertragen können? Nur er arrangierte sich mit allem.

– Und wenn wir eine kleine Reise machten? Keine Spazierfahrt, eine richtige Reise. Eine Reise ohne Ziel. Wer weiß, wohin es uns verschlagen wird?

Die Freunde brauchten kein Gepäck. Man konnte überall besorgen, was unentbehrlich war, und nichts war unentbehrlich. Nur nicht ins Haus zurück! Sie gingen zum Auto und fuhren aus der Tiefgarage ans Licht empor: zwei Zauberer, die niemand halten konnte. Wenn sie nicht über ihre Ungeduld stolperten, stand ihnen jedes Ziel offen.

Aber es waren weniger neue Ziele als die Vergangenheit, die Stein lockte. Seine Ungeduld galt nur ihr. Ungeduld nach Gewesenem? War sie nicht naturgemäß auf das Kommende gerichtet? Stein hätte es verneint. *Ich werde eine Reise antreten:* diese Verkündung enthielt nicht für jedermann dasselbe Programm. Auf der Fahrt, die nun vor ihnen lag, würde Stéphane immer wieder eine Karte fordern – wo sind wir denn? –, und Stein würde auf die Reise ohne Ziel verweisen. Es gab keine Straßenkarte im Handschuhfach des blauen Autos. Der Zeitgeist forderte sie, die Reise niemals.

Die Zeit schuf nichts, sie verging. Sie mehrte und minderte nicht. Den Dingekram im Hause Stein hatte nicht die Zeit geschaffen: er, Clara, die Kinder hatten ihn angehäuft. Die Ruinen Roms waren nicht die Folge verflossener Zeit; Menschen hatten Rom erbaut und Rom zerstört. Lippen und Hände schufen den Zeitgeist. Er, Stein, hätte damit nichts zu tun, hatte er Clara einmal erklärt. Und sie hatte nur gelacht: Niemand ist mehr sein Kind als gerade du!

Ihr Vorwurf hatte ihn betroffen gemacht, ein paar Minuten, wie alles, was ihm widerfuhr. Er war schließlich ein Kind seiner Zeit, er lebte treu in der Fünfminutendimension. Es konnte ihn nicht geben, den Zeitgeist. Wo hätte sie denn stattgefunden, die geheime Versammlung nach Art der Schweizer Eidgenossen, wo er beschlossen worden war? Jeder gefiel sich in der Vorstellung, unverwechselbares Individuum zu sein. Wurde dieser Vorzug nicht schon im Kindesalter gepredigt und den kleinen Wesen eingetrichtert wie das Sichduckenmüssen früher einmal? Duckte sich nicht jeder vor der neuen Menschenwürde, und schlüpfte gleich nach dem Erwachen in die Tagesuniform, die Zeitgeist hieß? Das Bewegen der Lippen bei ausgeschaltetem Ton, wie im Flugzeug. Und am verdächtigsten dabei: um Freiheit, Würde, Gerechtigkeit wurde *gekämpft*. Um das Gute wurde *gekämpft*. Politiker und Lehrer, sie alle kämpften. Auch um den Frieden *kämpfte* man. Wer das Wort benutzte, und es war das Lieblingswort der Redner, das Signal, das sie der Lüge überführte, zählte für Stein nicht länger. Man durfte für ein gutes Ziel nicht *kämpfen*, weil es damit auch schon schlecht wurde. Man mußte vor dem Bösen nur den Ton abdrehen, und schon verlor es seine Wirklichkeit. Stein hätte seine Stimme dem Kandidaten gegeben, der das Wort aus seinem Kopf gestrichen hätte. Es gab diesen Kandidaten nicht. Wofür man *kämpfen* mußte, war der Sache nicht wert. Bischöfe und Priester forderten auf zum *Kampf*. Nein. Konnte die Sprache nach dreitausend Jahren sich bewegender Lippen nicht ohne Brandstiftung auskommen? Warum sehnte sich die Sprache nicht nach dem reinen Ton?

Wenn Stein einen Roman schriebe, würde er durchfallen bei der Kritik und allen Lesern. Thomas Mann hatte zu bedenken gegeben, daß Literatur nur in einer Atmosphäre des Wohlwollens gedeihen könnte. Und daran fehlte es: am Wohlwollen. Obwohl Theorie und Kritik sich mit der Versicherung beeilten, der Roman wäre frei, die letzte Freiheit überhaupt, würden die Kritiker Steins Roman ins Feuer werfen. Steins Roman wäre das Buch über das Nichts, von dem Flaubert geträumt hatte, aber Stein würde keinen Roman schreiben. Wenn Stein einen Roman schriebe, würde er einen Satz der Dichterin Jeannie Ebner voranstellen, den schönen Satz: »... wie ganz und gar ohne Tragik ist es, daß keine Erfüllungen mehr möglich sind, wenn man im Grunde keine mehr braucht ...« Wenn Stein einen Roman schriebe, würde Stéphane ihn niemals lesen, denn er konnte kein Deutsch, und auch wenn dieser Roman ins Französische übertragen würde, Stéphane hätte zum Lesen keine Zeit.

II Das Beschwören vergangener Mahlzeiten

I

Noch schwankte der Boden unter mir, aber schon spürte ich, wie meine Schritte fester wurden. Endlich, aus dem Nichts der Fahrt emporgeschnellt, ein glitzernder fliegender Fisch, war ich wieder vorhanden. Das Leben zweimal leben, als ob das möglich wäre. Und doch, wie billig mußte uns das erste, das einzige Leben sein, wenn wir uns nicht in den Versuch der Wiederholung stürzten. Auf der langen Reise mit der Eisenbahn war ich immer kleiner geworden, Teil eines Fahrplanheftes, sogar über dieses ohne Macht, bis es mich nicht mehr gegeben hatte. Ich war es gewohnt, meinem Verschwinden zuzusehen, wie ein örtlich Betäubter erregt und doch empfindungslos mit seinen Blicken den Handgriffen des Chirurgen folgt. Leute meines Alters fuhren mit der Bahn zum halben Preis. Aber der Zug hatte nicht einmal einen Speisewagen geführt, die Wagen waren unzureichend ausgestattet. Eine Höllenfahrt in dieser Sommerhitze. Ich trat aus dem Bahnhof, als die Schatten lang wurden, entschieden ein Geschlagener.

Nur zwei Tage trennten mich vom neuen Anfang; sechsundvierzig Stunden noch, um genau zu sein. Ich brauchte dafür nicht erst auf die Uhr zu schauen, ich *war* die Uhr: nichts als Zeit erfüllte mich. Die umliegenden Bergketten waren im Dunst nicht auszumachen. Ich wußte freilich, wo ich sie vermuten durfte. Hier, so schmeichelte ich mir, sei ich mit allem vertraut. Aber ich war lange fort gewesen und konnte mich täuschen. Mit einer Rückkehr hatte ich kaum mehr gerechnet, der Wunsch danach, sosehr er Teil meines Lebens war, hatte scheintot herumgelegen, ein Lawinenopfer, verschüttet von meiner Rastlosigkeit. Aber dann, als ich schon glaubte, es käme nichts mehr, war er noch einmal aufgebrochen, mit der Gewalt eines Vulkans.

Hier war ich also. Aber meine Ankunft bewegte nichts. Die Gleichgültigkeit der Dinge empörte mich. Warum hieß kein Zeichen mich willkommen? Da hatte ich mein Leben an den falschen Orten zugebracht, und jetzt, wo ich endlich nach Hause kam – denn ich wollte diese Stadt, sowenig Anspruch ich auf sie erheben durfte, die meine nennen –, jetzt neigten sich mir nicht einmal die Mauern des Bahnhofs zu. Hatte ich denn ein Wunder erwartet? Es war mir, als lebte ich nur noch durch das Wunder.

Da und dort der Anfang einer abendlichen Brise, doch die Glut des Tages steckte weiterhin in allen Ecken, von wo sie mir entgegenhuschte, schadenfroh, als sei ich ihr ins Netz gegangen. Der Bahnhofsvorplatz lag erschöpft und ohne Heiterkeit; die mußte der Reisende selber liefern. Dem Taxifahrer nannte ich das *Universo* als mein Ziel. Ich zweifelte nicht daran, daß mein Hotel noch vorhanden war. Ich hatte von den Menschen und Gegenständen, die ich liebte, stets gefordert, daß sie mich überdauern sollten. Und es bestand, was bestehen mußte: ich sah das *Universo* schon von weitem. Ich wußte, daß auch ohne Vorbestellung ein Zimmer auf mich wartete.

Der Portier verlangte meinen Reisepaß und wollte den Hausdiener herbeiläuten, aber ich lehnte seine Hilfe ab. Mein Handkoffer war klein, die Ankunft war mir heilig, ich wollte auf meine Weise Einzug halten. Den Aufzug neben der Portiersloge, an den ich mich nicht entsinnen konnte, ließ ich ungenutzt. Ich stieg zu Fuß die Treppe hoch, bis ins oberste Stockwerk, wo mein Zimmer am Ende eines Ganges lag. Die Tür wollte lange nicht aufgehen, vielleicht führte ich den Schlüssel nicht richtig ein. Meine Hände zitterten, die Reise hatte mich sehr mitgenommen, das merkte ich erst jetzt.

Dann stand ich endlich doch im Raum. Die Nüchternheit, nein: die Armseligkeit, die mich umgab, entsprach einer Dienstbotenkammer. Ich hatte mich an der besten Adresse geglaubt, was war aus meinem *Universo* nur geworden? Komm, such dir anderswo ein besseres Hotel, war mein erster Gedanke. Schon wollte ich hinausstürmen, so schnell mir das in meinem Alter und Zustand noch möglich war. Dann besann ich mich: ich mußte bleiben, ich hatte keine Wahl. Der neue Anfang konnte nur hier stattfinden, wo die Vergangenheit ein Fundament bereitet hatte. Es war eine Frage der Treue, hier im *Universo* auszuharren. Und ich nahm das harte Wort zurück: nicht ausharren würde ich – ich war gern gekommen und blieb gern.

Als reichte mir der Raum ein Zeichen der Versöhnung, fielen durch das halboffene Fenster ein paar späte Sonnenstrahlen. Sie waren schön, aber wie schmutzig und müde ich mich fühlte. Es gelang mir nicht, mich aufs Bett zu werfen und meine Ankunft auszukosten. War das wirklich die Ankunft? Noch vertraute ich ihr nicht. Ich versagte mir sogar das Bad, von dem ich mir Erfrischung versprochen hatte, denn es war viel zu heiß dafür. Ich vermeinte zu ersticken. Das dicke Mauerwerk des alten Palastes hatte die Tageshitze nicht ausgesperrt, sondern sie angesogen, verstärkt und festgehalten. Schon war es Abend, und das Zimmer glich noch immer einem Ofen. Ich verzichtete sogar darauf, den kleinen Koffer auszupacken und mich umzukleiden. Dabei klebte mir die Wäsche am Leib, und mein zerknitterter Anzug gab mir das Aussehen eines Clochards. Es war mir alles gleichgültig, ich wollte nur ins Freie zurück.

Unter neuen Schwierigkeiten versperrte ich die Zimmertür. Der lichtlose Korridor schien jetzt länger als zuvor. Der nackte Stein der Stufen war abgetreten, wie leicht da jemand stürzen konnte. Nur den untersten Halbstock schmückte dann, für die Blicke der in der Halle befindlichen Gäste ausgelegt, ein roter Laufteppich. Aber dort unten saß nur ein alter Mann.

Ich hetzte ins Freie, ich glaubte mich gerettet. Sanftes und dennoch messerscharfes Licht, wie es im Norden nicht zu finden war, machte mich zum Teil des Ganzen. Endlich fand ich die Ruhe, den weiten Platz, der zu seiner Rechten in einen anderen, noch größeren überging, mit meinen Blicken abzuwandern. Das *Universo* hatte ich im Rücken, mir gegenüber lag das Stadttheater. Die geordnete Fassade wirkte wie ein Stück Natur auf mich, ich konnte mich daran nicht satt sehen.

Wo blieb das Chaos, das mich anzufallen pflegte, sooft ich vor Theatern stand? Ich war kein Freund der Bühne, obwohl ich früher, als ich jung gewesen war, mir eine Karriere als Theatermensch über alles erträumt hatte. Dann der Abfall. Ich hatte das Theater aus meinem Leben gestrichen, bis ich die Verarmung nicht länger spürte. Ich wollte mir vom schönen Schein nichts vormachen lassen, und die Armut hatte ihren Sieg, sobald der Mangel als ein Vorteil erfahren wurde. Dann kehrte trügerischer Hochmut ein: Theaterstille. Jetzt aber drängte es mich ins Theater, das freilich um diese Jahreszeit geschlossen war. Durfte ich diese neue Sehnsucht als Wink begreifen?

Ich wendete mich um und schaute mit gleicher Innigkeit auf das *Universo*, dessen Fassadenstille dem groben Zweck eines Hotels, die unausgewiesensten Gäste aufzunehmen, widersprach. Das erste Haus am Ort. Wie konnte sich nur mein Zimmer darin verbergen? Auch hier der Widerspruch; ich schüttelte den Kopf vor lauter Unglauben. Alt war das Hotel geworden, nicht das Gebäude verstörte mich, sondern das Alter seiner Zweckgebundenheit; die Einsicht, daß Gegenstände und die ihnen innewohnende Idee noch rascher alterten als wir Menschen. Nur Gespenster sollten ähnliche Gedanken spinnen. Wie hieß bloß der Platz, auf dem ich stand? Ich hatte seinen Namen vergessen. Fast verrenkte ich mir den Hals, um das blaue, in viel zu großer Höhe angebrachte Schild zu lesen: Piazza del Giglio. Ich mochte diesen Namen. Während ich die klaren Silben in meinem Mund bewegte, ging ich zum Dom des Heiligen Martin weiter.

Die oberen Arkadenreihen und der Glockenturm glühten purpurrot im Sonnenuntergang. Ich stand freilich schon im unteren Bereich der Dämmerung. Neben mir montierten Fremde eine Kamera auf ein Stativ, sie fotografierten, was von diesem Tag noch übrigblieb. Es war die große Mode, auf diese Art den Dingen näher rücken zu wollen, welche traurige Hilflosigkeit! Mißbilligend – in dieser Haltung war ich Meister – ging ich hinaus zu den Befestigungen.

Erinnerungsareal. Der Mauerring umspannte schwer und dennoch spielerisch die Stadt. Ich war zu müde, um mich noch auf einen Rundgang einzulassen. So schob ich denn, so nah am Ziel, den Wunsch nach der Umkreisung noch einmal von mir fort. Morgen also, sagte ich mir. Die Bilder dieser Herrlichkeit: im Oktobergelb, in müder Jännermilch, im Fünfuhrmorgenfrühlingsnebel, im Sommerfeuer hatte ich sie erlebt. Es waren nicht mehr meine Bilder. Aber ich wußte: kaum anderswo bewirkten Schritte soviel Summe. Ich wollte mich mit einer Bank begnügen, die einem steinernen Löwen gegenüberstand.

Das Gesicht des Löwen hatte die Zeit verwischt. Wo mein eigenes an Knochenschärfe zunahm – die Löcher meiner Wangen wie Dolinen –, rundete sich das Raubtierantlitz zur ausdruckslosen Scheibe. Da gab es nichts zu lesen, nichts als Ruhe. Ich hob den Blick nach oben in die Baumkronen. Auch hier die bestätigte Ahnung: die Blätter der Kastanien wurden jetzt schon braun, dabei war der Juli noch nicht vorüber. Der Herbst kündete sich mit jedem Jahr frecher und früher an. In der Presse stand davon kein Wort. Ich war damit beschäftigt, aus meinem Schauen ein Gesetz zu formen.

Mein Forschereifer wuchs mir zu wie meine Jahre. Ich hatte es eilig mit dem neuen Anfang. Selbst hier, im kühleren Bereich der Bäume, gab es keine Menschen. Als hätte dieser Tag sie weggebrannt. Nur ein paar Hundehalter schlichen hinter ihren Tieren einher. Ich starrte in den Himmel, ich wollte nicht, daß meine Blicke sich mit jenen dieser Hundesklaven kreuzten. Wer auf das Tier gekommen war, tat mir nicht leid.

Und doch stand mein Hochmut mir nicht zu Gesicht. Was war es anderes als Hundetreue, die mich in diese Stadt getrieben hatte? Ein neuer Anfang: wozu? Ich hatte jahrzehntelang Myriaden von Zügen abfahren lassen, bis ich endlich eingestiegen war, um hierherzukommen. War die Erinnerung, und was sie bewirkte, nicht auch ein Hund, der seinen Herrn an die Leine nahm? Mein Platz war nicht neben dem Löwen. Ich sah es ein, erhob mich von meiner Bank mit einem strengen Ruck und stapfte in die Stadt zurück. Jede Straße führte wie die Speichen eines Rades zum Mittelpunkt, zum *Universo*.

Wie hungrig ich geworden war; ein Festmahl schien angebracht. Und wenn ich auch nur meinen Hunger feiern konnte. War ein gutes Essen nicht auch die beste Vorbereitung für den Schlaf? Tabletten bildeten längst mein abendliches Nachtgebet. Seit ich alt geworden war, hatte sich die Nacht als mein Feind entlarvt. Es gab wenig zu schlafen und noch weniger zu tun. Den Tagen gab ich unverändert meine Zuversicht, denn immerhin gelang mir noch der Selbstbetrug, im Licht an das Licht zu glauben.

Dienstag um fünf Uhr nachmittags. Es würde keine Generalprobe geben, sondern gleich Premiere, die eine Reprise wäre. Würden wir einander in die Arme fallen oder uns nur die kalten, rauhen Hände schütteln? Nur dieser erste Augenblick machte mir angst, was nachher kommen sollte, das beschäftigte mich nicht. Wo würden wir zu Abend essen? Ich beschwor vergangene Mahlzeiten in meinem Kopf, aber ich hatte so wenig daraus gelernt, die Gelegenheiten waren an mich verschwendet gewesen, so lebte ich im Bildvergleichen dahin. Das schwache *wie* war mein Rückgrat geworden.

Meine Erschöpfung kam und ging in Wellen. Ich war immerhin hungrig geblieben, da hatte ich meinen besten und schäbigsten Zug.

2

Gleich bei der Ankunft im Hotel hatte ich aus Gewohnheit einen Blick auf den Speisesaal geworfen. Er war verschlossen gewesen, aber durch die Tür aus Glas hatten mich grüne Tischdecken und das weiche Pastell des Raumes gleich willkommen geheißen. Ich fiel auf jede Harmonie herein, und noch bevor ich den Zimmerschlüssel in Empfang genommen hatte, war mein Entschluß gefaßt, im *Universo* auch zu speisen. Vorfreude trieb mich zur Eile an, als ich erneut die Piazza del Giglio überquerte.

In der Halle fiel mir wieder der Alte auf. Er hatte seinen Platz nicht verlassen, ja es schien mir, als hätte er sich nicht bewegt. Ich hatte ihn kaum wahrgenommen, man nimmt in einem Hotel fast jeden Menschen in Kauf. Aber jetzt, ich konnte es nicht anders deuten, jetzt legte sich der Alte mir in den Weg. Jetzt sprang seine Gegenwart mich an, so daß ich stehenbleiben und zu ihm hinblikken mußte. Die halbe Saalbreite trennte uns, ich wollte essen gehen, warum hielt er mich zurück?

Er erinnerte mich an niemand, und ich durfte sicher sein, daß er mich seinerseits nicht bemerkte. Er schien auf jemanden zu warten und blickte angestrengt zum Eingang hin. Er hatte seinen Platz mit Bedacht gewählt, um einen großen Überblick zu haben, ohne selber in den Mittelpunkt zu geraten. Ich hielt ihn auf den ersten Blick für einen Könner im Warten.

War er älter als ich? Das war der Maßstab, nach dem ich Menschen beurteilte. Ja, er war älter, sehr viel älter sogar, etwas in mir nannte ihn sofort den *Greis*. Trotzdem strömte er Kraft aus, wie hätte er mich sonst in seinen Bann ziehen können? Sein Warten verwandelte den trägen Abend in einen Wirbel der Ungeduld. Plötzlich war mir zumute, als müßte ich mich festhalten. Es war gewiß mein Hunger. Unbewegt saß der Alte, er war korrekt gekleidet, nur aus seinen Augen zuckte es. Durfte ich jetzt endlich weitergehen?

Es gelang mir nicht. Der Alte zwängte sich nun in eine Ecke des ledernen Sofas, als würde unsichtbarer Pöbel ihn bedrängen. Dieser Alte saß nicht allein. Dabei gab es, abgesehen von mir selber und dem *Greis*, nur noch den Portier in seiner Loge, und der hielt den Kopf hinter einer Zeitung verborgen, als wollte er sich aus dem *Universo* unmißverständlich heraushalten. In diesem Augenblick liefen ein paar Touristen durch die Halle, und der Portier zog die Zeitung nur noch enger an sein Gesicht, während der Alte diese gleichsam mechanisch angetriebenen Menschen übersah. So waren sie denn nur für mich störende Wirklichkeit geworden; wann würde auch ich mich rühmen dürfen, meine Sinne zu beherrschen?

Gäste, anderswo das Um und Auf eines Hotels, wurden im *Universo* nach ihrem Wert gehandelt. Weder belebten noch beschwerten sie, es war hier ein leichtes, sie nicht wahrzunehmen. Ich war im richtigen Hause abgestiegen, ich sollte fortan hier zur Schule gehen.

Das Saalgewölbe trug blaue Stukkaturen auf weißem Grund, den Marmorboden bedeckten ausgebleichte Teppiche, das Mobiliar schien durcheinandergewürfelt. Am *Universo* war abzulesen, wie Kostbares und Gutes nach und nach durch zweite Wahl ersetzt worden war. Notwendigkeit? Ich sträubte mich, wo immer ich sie antraf, gegen sie.

Ich kam nicht von der Stelle. Militärisch aufrecht saß der Alte in dem Ledersofa, in dem er zugleich wie in einem Moor versank. Ein solches Maß an Geradheit war mir nie zuteil geworden. Und doch bedauerte ich den *Greis*, den ich als den Hellwachen, Sterbensmüden empfand. Er war gewiß kein Hotelgast, keiner von meinem Schlag, der aus dem Handkoffer und vom Stundenzählen lebte. Wenn er schon ein Kunde dieses Hauses war, dann einer von der beständigeren Art, der vor langer Zeit angekommen und seither nicht wieder abgereist war. Vielleicht handelte es sich um einen Bürger dieser Stadt, der das *Universo* für eine Verabredung gewählt hatte, von der vieles abhing. Oder die Hitze draußen hatte ihn in die kühlere Halle getrieben. Warum aber war er dann nicht längst aufgebrochen? Warum starrte er zum Eingang mit einer Ungeduld, die nicht zu seinen Jahren paßte? Es ging mich nichts an und schnitt mir doch ins Herz.

Ich riß mich los. Gleich um die Ecke lag der Speisesaal. Zehn Schritte noch: ich würde endlich zur Ruhe kommen an einem der grün gedeckten Tische in Festlichkeit. Es wurde nichts daraus. So still es draußen in der Halle war, hier war die Hölle los! Ich prallte zurück. Das *Universo*, das ich für menschenleer gehalten hatte, war vollgebucht. Jetzt entsann ich mich der Reisebusse auf der Piazza vor dem Haus. Sie mußten angekommen sein, während ich draußen auf den Mauern gewesen war. Die Touristen, die ihnen entstiegen waren, besetzten nun jeden grün gedeckten Tisch.

Ich hörte rauhe Stimmen und Geschrei in meiner Sprache, die ich immer nur bei Dichtern und nie im Volk ertragen hatte. Ich sah Männer in kurzen Hosen und Frauen mit Sonnenbrand in ärmellosen Kleidern beim Abendtisch. So tief also war das *Universo* gesunken! Aber ich suchte gleich nach Entschuldigungen für mein Hotel, ich wußte, daß es auch diese Kundschaft brauchte, um überhaupt noch zu bestehen. Die Macht in der Welt war längst den häßlichen Menschen zugefallen. Ihre geballte Kraft führte den großen Krieg, der ohne Waffen ausgetragen wurde und um so mörderischer war.

So gingen, eine nach der anderen, die Nischen verloren, in deren Schutz einer wie ich auf seine Weise leben konnte. Aber hatte ich nicht Glück gehabt? Ich war gerade im letzten Augenblick zur Welt gekommen, als die Herrschaft der neuen Menschen noch nicht perfekt und ein Entschlüpfen in die Gegenwelt noch möglich war. Solange mir das gelang, war ich gerettet. Die Zeit verging, und meine Zukunft mußte mich zu meinem Glück kaum mehr ängstigen.

Gleich neben dem Hotel fand ich das *Ristorante Giglio*. Nie zuvor war es mir aufgefallen, jetzt, wo ich es brauchte, stand es da. Auf der Terrasse gab es Menschen, drinnen aber, im Saal, war ich an dem unnachgiebig schwülen Abend der einzige Gast.

3

Obwohl der Kellner, der mich bediente, gewiß nicht überfordert war, strömte ihm der Schweiß aus den verklebten Haaren über das Gesicht. Die Hitze malte ihm eine Grimasse, aus der die Jugend – er war jung – davongelaufen war. Mein Kellner wirkte aufgelöst, fast wünschte ich, er sollte mir nicht allzu nahe kommen. Wenn er mir Wein eingoß und die Gerichte auflegte, hielt ich den Atem an. Sein Hemdkragen umschnürte, aufgeweicht von Schweiß, einen geblähten Hals, und die schwarze Kellnermasche hing schief an dem Menschen. Er riß mit kratzenden Bewegungen daran, ich sah die Panik eines Verzweifelten am Werk. Seine Fingernägel waren abgenagt, die Haut entzündet. Jedesmal, wenn dieser junge Mensch an meinen Tisch trat, wurden neue Peinlichkeiten offenbar.

Zugleich jedoch verstand er seine Arbeit. Er bediente mich gut, ich hatte keinen Grund zur Unzufriedenheit. Mit der Zeit gewöhnte ich mich dann an meinen Kellner, und an den düsteren Salon, in dem ich saß. Raum und Kellner, die zwei paßten zueinander, vielleicht gehörte ich auch dazu. Noch bevor ich die Speisekarte entfaltet hatte, hatte ich Wein bestellt, sofort erhalten, und in großen Zügen in mich geschüttet. Seit Jahren hatte ich nach strengem Maß gelebt, aber in diesem *Giglio* sollte nichts gelten, was anderswo mein Gesetz war. Ich leitete aus meiner Anwesenheit eine Freiheit ab, die mich ein wenig selbst erschreckte.

Bald spürte ich den Wein, der mich versöhnlich stimmte und meinem Hader mit den Bustouristen von nebenan ein Ende setzte. Sie waren schon vergessen. Mein Königreich war klein, doch absolut. Als ich Tortellini und eine Portion vom Sankt Petersfisch bestellte, verlangte ich auch schon die zweite Karaffe Wein. Und weil mein Kellner den Brotkorb nachfüllte, aß ich die ungesalzenen Weißbrotscheiben gierig auf. So war ich bald gesättigt. Das Abendessen, das auf sich warten ließ, hätte ich nicht mehr gebraucht. Ich stellte mir das Glück vor, diesen Abend ungestört bei Brot und Wein zu verbringen.

Die Holzvertäfelungen an den Wänden waren einmal weiß gewesen, jetzt waren sie gelb und braun. Die Tischtücher aus feinem Gewebe waren an den Enden ausgefranst und in der Mitte von grober Hand geflickt. Die Servietten fadenscheinig, sie mußten eine Weltgeschichte von Mündern gewischt haben. Ich überlegte, wie viele davon inzwischen fleisch- und lippenlos in ihren Särgen ruhten. Auf halber Höhe endeten die Vertäfelungen und wurden von seidenen Tapeten abgelöst. Zu meiner Linken war die Fensterwand hinter schweren Gardinen verhangen. Gegenüber gab es einen riesenhaften Spiegel. Er hing in einer leichten, vornübergebeugten Schräge, so daß ein ganzer Speisesaal sich darin hätte erblicken, bewundern, prüfen können. Aber ich war der einzige Gast im Raum und blieb an meinem Ecktisch unsichtbar. Das war nicht recht; ich verrückte meinen Stuhl und beugte mich weit zurück – so weit, daß ich Gefahr lief, umzustürzen –, bis mein Oberkörper vom Spiegel aufgefangen und in verzerrten Strichen Teil des großen Bildes wurde.

Ich war betrunken. War mir der Wein nicht stets ein lieber Botschafter seiner Herkunft gewesen? Ich trank ihn der Landschaft wegen, der er entstammte, der Sprache zuliebe, die sein Winzer sprach. Wein war für mich die Erde, die mancher Vertriebene in einem Säckchen mit sich in die Fremde nahm. Ich glaubte an keine Erde, ich glaubte an den Wein. Einer wie ich trank keinen Alkohol, einer wie ich trank die Toscana, Umbrien, das Donautal, die Hügel von Burgund.

Das *Giglio*, ich spürte es mit jedem Tropfen inniger, war mir zur Neugeburt bestimmt. Ich konnte nicht zum ersten Mal hier sein, wie meine Vernunft mir einzuhämmern versuchte, ich war ein Kind des *Giglio* und fand hier meine Wurzeln wieder. Der Kellner war mein Schutzengel, mein Bruder, ich durfte ihm seine Qualen nicht zum Vorwurf machen. Er litt, weil er über mich zu wachen hatte. Sah ich denn besser aus als er, verschwitzt wie ich war, noch immer in den Reisekleidern, vor Müdigkeit und Fieber dampfend? Der Kellner war mein schöner Bruder. Jetzt schleppte er die Tortellini herbei. Sie dufteten, sie häuften sich zum Berg. Mein Bruder füllte liebevoll den Teller. Obwohl ich satt war, ließ ich es geschehen. Ich wußte auch, daß ich ihn leer essen würde. Ich schüttete mit großer Geste Parmigiano auf die Tortellini und konnte es nicht fassen. Wie war es mir gelungen, ein Leben lang an diesem Ort vorbeizufahren?

Die Tortellini waren hausgemacht. So klebten einige zusammen und waren hart geblieben. Ich schob den Knäuel mit der Gabel an den Tellerrand, nicht als Vorwurf an die Küche, sondern als Unterpfand meines Verstehens. Es war mir alles recht. Gewiß, das *Giglio* war brüchig und gelb geworden, aber nur das Leuchtende und Schöne konnte uns in seinem Sterben traurig stimmen. Mein Bruderkellner entfernte meinen Teller und lächelte dabei mit einer Wehmut, die ihn noch unbedingter zu meinem Blutsverwandten werden ließ. Ich fragte ihn nach seinem Namen. Er zuckte zusammen, als müßte er befürchten, ich könnte mich über ihn beklagen wollen. Fast wäre ich aufgesprungen und hätte ihn an mein Herz gedrückt. Ich sagte ihm mit übersprudelnd schnellen Worten, wie zufrieden ich mit seinen Diensten sei, ich glaube gar, ich nannte ihn meinen Bruder.

– Ich bin Giovanni, sagte er.

– Giovanni, sagte ich.

Dann wurde der Sankt Petersfisch herbeigebracht. Immer aß ich meine Fische und trank meine Weine als mystisches Hochzeitsmahl. Noch zweiundvierzig Stunden, läutete es in mir. Aber ich hätte keinen Sankt Petersfisch bestellen sollen. Meine schöne Stimmung zersprang auf einmal wie ein Glas unter dem falschen Ton. Der Fisch war gut, sein Fleisch war weiß, sein Geschmack vorzüglich, und doch regte sich Todesangst in mir. Vielleicht war der Sankt Petersfisch schon alt und war es einem geschickten Koch gelungen, durch Kräuter und Geheimnisse seiner Kunst den Geschmack zu retten. Wer aß schon Fisch an einem heißen Tag wie diesem in einer Stadt des Südens? Schon sah ich mich als Sterbenden. Ich malte mir meine Magenkrämpfe im armseligen Zimmer aus. Niemand würde mir zur Hilfe kommen. Gab es überhaupt Glocke und Telefon da oben? Der Abgrund des Lichthofes stand mir vor Augen. Er war so tief! Ich stellte mir das Schlimmste vor. Aber das Vorstellbare war freilich nie das Schlimmste, die letzte Steigerung entzog sich unsereinem. Trotz aller Angst aß ich den Sankt Petersfisch zu Ende, wie meine Mutter es das Kind gelehrt hatte.

Auch der zweite Krug war leer getrunken. Ich rief nach Obst, das mein Bruder in einer gläsernen Schale brachte. Ich verschlang den größten Pfirsich, den ich finden konnte, samt seiner pelzigen Haut, während der Saft auf meinen Anzug tropfte. Beim Bezahlen bestellte ich für Dienstagabend einen Tisch für zwei. Mein Bruder meinte, daß eine Tischbestellung nicht nötig sei, aber ich bestand darauf und ging lange im Salon auf und nieder, um den idealen Tisch zu finden. Es sei dieser, keiner sonst als dieser, rief ich laut, als ich fündig geworden war. Ich steckte meinem Kellner einen großzügigen Geldschein zu, den Bruder aber zog ich an meine Brust und küßte ihn.

Es war noch immer viel zu heiß. Am liebsten wäre ich ins Theater gegangen, aber Stagione im Juli gab es nicht.

4

Im *Universo* saß der Alte unverändert an seinem Platz. Er hätte eine jener skurrilen Skulpturen abgeben können, die überrealistisch manche unserer Städte schmücken und auf den ersten Blick zu leben scheinen, um erst beim zweiten in ihre Bronze zurückzufallen. Bei diesem Alten erging es mir umgekehrt: er wurde erst beim zweiten Blick lebendig. Dann aber flackerten seine Augen auf die weiteste Entfernung hin.

Ich war betrunken und erlöst in die Halle getreten, den Opfertod der Fischvergiftung war ich zu sterben bereit, da warf mich dieser Alte in meine Nüchternheit zurück. Ich sprach ihn des Verbrechens schuldig, mir meine Trunkenheit zu rauben. Mit Mühe steuerte ich an ihm vorüber und bog in die Hotelbar ein, wo ich mir, entgegen aller Gepflogenheit, einen Cognac bestellen wollte, mein ungeliebtestes Getränk. Ich wollte endlich auch mit diesem Frieden schließen. Die Bar erlaubte keinen Ausblick in die Halle, wie froh ich über diesen Umstand war.

Einen Barmann gab es nicht; nach langem Warten entdeckte mich der Nachtportier und servierte das Verlangte. Ich nippte angewidert an dem bauchigen Glas und gab meine Friedenspläne auf. Erneut rief ich den Portier herüber und bestellte einen Amaretto. Der war mir aber trotz seines Namens viel zu süß. Mit Verbrecherheimlichkeit goß ich den Inhalt beider Gläser in eine Topfpflanze hinter mir. Ich schämte mich, den Eindruck zu hinterlassen, etwas Gutes nicht geschätzt zu haben, als schuldete ich irgendwem Rechenschaft für mein Verhalten. Ich war mir immer, auch als zahlender Gast, wie ein Bettler vorgekommen.

Endlich machte ich mich auf den Weg in mein Sterbezimmer. Noch spürte ich im Magen keine Übelkeit, aber was wußte ich schon vom Anfang des Endes? Der Sankt Petersfisch wollte mir nicht aus dem Kopf gehen. In der Halle blickte ich angestrengt zur Seite, damit ich den Alten nicht sehen mußte. Dabei zuckte es in meinem Hals, als wollte ein überstarker Magnet mich nicht aus seinem Kraftfeld entlassen und meine Blicke auf den *Greis* zwingen. Die unzähligen Empfindungen, die sich zu keiner einzigen großen zusammenschlossen, demütigten mich. Ich erklomm die ersten Stufen, geriet ins Taumeln, aber fand mein Gleichgewicht und gewann an Höhe. Im Zimmer legte sich dann augenblicklich die schwere Luft um mich, der ich schon bei der Ankunft nur durch Flucht entkommen war. Jetzt war an Fliehen nicht zu denken, ich war am Ende meiner Kraft und brauchte Schlaf. Mit ein wenig Glück sollte er mir gelingen. Da fiel mir ein, daß ich vergessen hatte, mit dem letzten Schluck von meinem Abendwein das Ritual der Schlaftablette zu vollziehen, und ich wußte nicht einmal, wo ich das Fläschchen versteckt hatte. Ich öffnete endlich den Koffer, warf alles durcheinander, betastete Kleidung und Wäsche, aber fand nichts. So hätte ich die Pillen am Morgen der Abreise gar nicht eingepackt? Es war ein Schlag in mein Gesicht, der mich klirrend wach zurückließ.

Solange Licht im Zimmer war, mußte das Fenster geschlossen bleiben. Ich fürchtete mich vor Mücken und Faltern mehr noch als vor Mördern. Aber bei geschlossenem Fenster konnte ich nicht atmen, und bei Dunkelheit nicht nach den Schlaftabletten weitersuchen. Die Möbel, schwarz gestrichen, hauchten Fäulnis aus. Ich hätte nicht ins *Universo* kommen sollen. Wenn die Erinnerung mich hier betrogen hatte, wo betrog sie mich sonst noch? Ich verfluchte meine blinde Treue zur Vergangenheit, ihr war es anzukreiden, daß ich alt geworden war; das Alter war nichts sonst als diese Treue. Ich war nicht imstande, meinen vergeblich durchwühlten Koffer zu schließen und das *Universo* jetzt noch zu verlassen. Ich redete mir ein, daß ich bleiben wollte, um nicht noch einmal an dem Alten in der Halle unten vorbei zu müssen. Erst morgen wieder, morgen gern, sagte ich halblaut zu mir selber.

Die Nacht: *meine* Nacht begann. Die Leute gebrauchten leichthin den Satz, sie hätten die ganze Nacht kein Auge zugetan; meistens war es nichts als eine Redensart. Sie servierten den banalen Satz so oft, daß er trotz seiner Schwere federleicht daherkam, und wer ihn hören mußte, der hörte nichts. Und doch war dieses »ich habe die ganze Nacht kein Auge zugetan« die Formel des Tragischen, falls sie der Wahrheit entsprach. Ich war dafür, einen Mitleidsverein für Schlaflose zu gründen, denn wenn uns Schlafberaubten in unserer Einsamkeit noch etwas helfen könnte, dann das Bewußtsein einer Brüderschaft, die eine eigene Nation begründete. Wir sollten uns zusammenschließen und auswandern: ich empfahl die radikalsten Lösungen gegen die Schlaflosigkeit, mein Anliegen stellte sich den großen Religionen zur Seite und wurde, wie diese, mißachtet.

So hörte ich es vom Campanile des Domes Sankt Martin vier Uhr schlagen; schon der Abstand zwischen den Viertelstunden dehnte sich zu Ewigkeiten. Mein langes Leben, denn ich war ein alter Mann, erschien mir in der Rückschau kürzer als ein Viertelstundensprung zwischen den Glockenschlägen. Mein Bett war viel zu weich und knarrte, mein Kopfkissen war dagegen viel zu hart und kratzte. In der Dunkelheit stand das Fenster offen, ich lag nackt im Bett und rieb schweißgebadet gegen grobes Segeltuch, das sich nicht sanft und trocknend an meinen nassen Körper schmiegte. Ich litt Qualen unter dieser Schwüle, zugleich erfror ich an den Schweißbächen, die, kaum daß sie meinem Leib entströmten, an meiner Haut zu Eis erstarrten. Jede Regung, und ich warf mich ohne Unterlaß von einer Seite zur anderen, zerschürfte meinen Leib.

Ich wollte weinen, aber weinte nicht. Tränen gehörten zu den Vermögenswerten, die mir durch die Jahre abhanden gekommen waren, ebenso wie die Freude am Theater oder an den Menschen. Armselig hing so ein Schlafloser am Kreuz! Wen aber erlöste er damit? Und schon folterte mich, wie so oft, die Vorstellung der erzwungenen Bewegungslosigkeit. Ein Schlaganfall, ein Unfall: wie rasch war unsereiner zur äußersten Folter der Bewegungslosigkeit verdammt! Ich sehnte das Stöhnen eines Liebespaares im Nachbarzimmer herbei, aber die Wände des *Universo* waren dafür viel zu dick, und die Gäste dieser Nacht kamen aus dem lustlosen Norden. Voller Inbrunst hoffte ich auf Sirenen- oder Flugzeugheulen, aber diese Stadt lag abseits der Geschäftigkeit und Not. Auch keine Musik erreichte mich, ich war in einer Stadt ohne Übermut.

Da lag ich nackt, aber es war so dunkel im Zimmer, daß ich den eigenen Körper nicht sah. Nicht einmal meine Umrisse erahnte ich. Da fing ich an, mich zu berühren. Ich wollte wissen, ob es mich noch gab, bis das Treiben mich beschämte. Und wenn du nicht bist, was dann? Was würde anders sein, wenn es dich nicht mehr geben sollte?

So ließ ich meine Finger ruhen und trat ans Fenster. Ich wußte nur zu gut, wie tief dort unten die Pflastersteine des Lichthofes bleckten. Ich ertappte meine Schlaflosigkeit dabei, wie sie den Schlaf aus dem Fenster warf. Ich wurde Zeuge eines Mordes, aber kein Protest entrang sich meinem Mund. Ich war auch selber der ins Bodenlose stürzende Schlaf, sowie die Schlaflosigkeit, mein eigener Mörder. Ich stand am Fenster und stieß mich hinaus. Ich stürzte, während ich zum durchnäßten Bett zurückkehrte, mich flach auf den Rücken legte, mit gefalteten Händen. So lagen Leichen im Sarg. Man selbst sein, das hieß auch: schlaflos liegen, die Augen nicht zubekommen, Treue halten, Dienstag um fünf, es blieben nur noch siebenunddreißig Stunden übrig, und vielleicht weniger, denn wann hatte es vom Campanile von Sankt Martin zum letzten Mal geschlagen?

Es wurde nicht kühler, es kam keine Brise vom offenen Fenster her. Ferien am Strand, wo zwischen Spielen und Schlafen ein Sommer verflossen war, eine Zeit ohne Höhepunkte als der Höhepunkt des Jahres. Die Familie aus dem Norden, die es sich leisten konnte, die Ferien im Süden zu verbringen, empfand den Süden nur als angenehm. Ein Wunder war er nicht. Der Süden war Bequemlichkeit und gutes Wetter, eine Investition mit hoher Rendite bei geringen Risiken. Der Vater war nur selten mitgekommen, er haßte Ferien, er tauchte manchmal aus Höflichkeit für ein langes Wochenende auf. Während die Mutter im Schatten lag, lief der Sohn geradewegs in die Sonne.

Im Strandhotel war einer, drei Jahre jünger als er, einer, der die Sonne war und Giovanni hieß. Das Kind reicher Leute, und seine Mutter war eine Künstlerin gewesen, die ihre Karriere aufgegeben hatte, als ihr Sohn zur Welt gekommen war. Wer hatte diese Frau zuvor nicht bewundert, und wer hätte seither ihren Ruhm vergessen? Sogar die eigene Mutter blickte zu der Dame wie zu einer Heiligen auf. Giovanni konnte einem leid tun: wer wollte schon eine berühmte Mutter haben? Die Gäste im Hotel deuteten Giovannis Schönheit als Abglanz der Vollkommenheit seiner Mutter. Wenn sie den Speisesaal betrat, wurde jede Mahlzeit unversehens zum königlichen Bankett.

Welche Dreieinigkeit! Da sitzen sie bei Tisch, die berühmte Frau von gestern, ihr stiller Ehemann, und zwischen den beiden Giovanni, der eine Zukunft haben möchte. Wird er sie haben? Vor diesen dreien sind wir anderen bloß Zaungäste; wie es Habenichtse gibt, muß es Seinsnichtse geben.

Ich will kein Seinsnichts sein.

Ich will, daß Giovanni mich bemerkt, auch wenn ich aus dem Norden komme und häßlich bin. Ich sehe in dem Knaben mich selber, nur schöner. Ich sehe mich in ihm als Möglichkeit. Giovanni will ich zum Freund haben. Wenn er mein Freund wird, dann bin ich selber wer.

Ich habe Glück, denn Giovanni langweilt sich. Wir sind die einzigen Jungen in diesem Strandhotel. Es wimmelt nur von älteren Leuten. Giovanni gefällt mir besser als alle Mädchen. Mädchen sind nicht schön, ich habe es nur vorher nicht gewußt. Auch werden Mädchen bald zu Müttern. Nein, ich will Giovanni haben.

Seit ein paar Tagen verbringen wir jeden freien Augenblick zusammen. Wir tollen am Strand umher, wir springen in die Wellen. Giovannis Haut ist weich und gebräunt von der Sonne, ich dagegen bleibe ewig blaß und schwitze nur. Ich möchte wie er sein, ich verfluche meine Herkunft.

Die Erwachsenen nennen uns Kinder. Aber wir sind ihnen voraus. Wenn ich mich von meinem Freund am Abend zum Schlafengehen trennen muß, möchte ich weinen. Dabei habe ich seit Jahren nicht geweint; ich gönne es keinem, in mich hineinzusehen. Wer weint, wird durchsichtig. Giovanni würde ich alles zeigen, was ich bin. Er hat angefangen, mich morgens und abends zur Begrüßung und zum Abschied zu küssen. Ich bin noch nie geküßt worden. Verwandte zählen nicht. Sieht Giovanni denn nicht meine Pickel? Ich habe Angst, er könnte mit den Küssen aufhören. Dann müßte ich verhungern.

Wenn wir nur mitsammen reden könnten! Aber ich spreche Giovannis Sprache nicht, und er kennt nicht die meine. Manchmal hilft seine Mutter aus und dolmetscht zwischen uns, aber ihr darf ich nicht anvertrauen, was ich Giovanni sagen will: daß ich ihn liebe. Sie betrachtet mich mit Mißtrauen, soviel ist klar. Der berühmten Frau ist es nicht recht, daß ihr schöner Sohn mit dem Zaungast aus dem Norden spielt. Hexe, ich hasse ihre strengen Blicke. Aber dann lacht sie wieder, kauft uns Himbeereis, streicht mir einmal sogar übers Haar.

Am liebsten würde ich ihr Giovanni wegnehmen. Ich bin süchtig nach meinem Freund. Zwei Küsse am Tag reichen mir nicht. Und es sind nur Wangenküsse. Aber es werden nicht mehr; wenn ich mich an Giovanni dränge, errötet er, wehrt mich lachend ab. Ich will mich ihm erklären können.

Wozu ist meine Sprache gut, wenn ich nicht mit Giovanni reden kann? Ich will nicht mit den achtzig oder neunzig Millionen reden, die, wie der Lehrer sagte, meine Sprache sprechen. Ich will nur mit diesem einen Jungen sprechen, und kann es nicht.

Der Sommer geht zu Ende. Ich habe es immer gewußt, aber nicht glauben wollen. Heute ist es soweit. Ein Schrei, ein Hilfeschrei ist der letzte Kuß, an dem ich fast zerbreche. Aber ich glaube, Giovanni hat es nicht bemerkt. Ich sitze gekrümmt in der Eisenbahn, die Alpen kommen, ich bin für jeden Tunnel dankbar. Ich ertrage die Blicke der Mutter nicht. Als durchschaute und verstünde sie alles, wo sie doch nichts versteht. Ich will nie wieder so traurig sein. Dabei fängt das Traurigsein, das lebenslange, jetzt erst an. Man muß sich dagegen schützen können. Wie?

Seit Wochen gehe ich zur Schule. Ich bin ein Fremder geworden, verachte jeden und fühle nichts. Ich laufe nach dem Unterricht nach Hause und lerne Italienisch im Fieber. Ich darf nie wieder sprachlos sein. Ich schreibe jeden Tag an Giovanni einen Brief. Ich habe nicht gewußt, daß es so viel zu sagen gibt. Mein Taschengeld reicht kaum für die Briefmarken aus. Ich küsse die Briefe, bevor ich sie in den Postkasten werfe.

Nur selten bekomme ich Antwort. Alle paar Wochen, öfter nicht. Meine Tage bestehen aus dem Warten auf den Briefträger. Sonntage hasse ich, denn da gibt es keine Post. Wenn Giovanni dann schreibt, sagt er mir nie, daß er mich liebt. Er schreibt belangloses Zeug, wer weiß, vielleicht schaut ihm seine Mutter beim Schreiben über die Schultern. Oder er liebt mich nicht, er will nur aus Langeweile im Hotel der alten Leute mit mir am Strand spielen. Ich weiß es nicht. Er ist drei Jahre jünger als ich. Kann man mit fünfzehn anders lieben als mit zwölf? Vor dem Schlafengehen küsse ich jeden Abend Giovannis Foto, es ist schon ganz abgeküßt und matt.

Etwas Entsetzliches ist geschehen! Giovannis Mutter schreibt, ich sollte ihren Sohn in Ruhe lassen. Tägliche Briefe, schreibt sie, müßten nicht sein. Giovanni könne sich daraus keinen Reim machen. Er habe ihr meine Briefe zum Lesen gegeben. So schreibe kein Junge einem Jungen. Ich sollte zur Vernunft kommen. Im Sommer, schreibt sie, könnte ich mit Giovanni gern wieder spielen. Jetzt aber sollten wir beide an unsere Schule denken.

Ich habe Unterricht geschwänzt. Bin auf den Festungsberg gestiegen und habe diesen Brief, das Todesurteil, immer wieder gelesen. Habe geweint vor Wut und Machtlosigkeit. Was weiß diese Frau von Liebe? Genausowenig wie meine Mutter. Alle Mütter sind die Feindinnen ihrer Söhne. Ihm nicht mehr täglich schreiben, wie kann ich das?

Es ist doch erst Februar. Wie langsam die Zeit verrinnt. Ich streiche im Kalender die Tage ab, bis wir wieder in den Süden fahren. Ja, sagt meine Mutter, wir kehren auch dieses Jahr in unser Stammhotel zurück, warum fragst du? Nur so, entgegne ich. Hätte sie nein gesagt, dann hätte ich mich umgebracht. Ich sterbe ohnedies am Nichtwartenkönnen.

Meine Mutter sagt, ich sähe aus wie ein Gespenst. Es ist soweit. Ein Gespenst besteigt den Zug in Richtung Süden. Die Sonne wird dir wohltun, sagt die Mutter. Giovanni ist schon da. Er ist noch schöner als im letzten Jahr. Aber er scheint sich über unser Wiedersehen weniger zu freuen als ich. Gewiß, er küßt mich zur Begrüßung, aber ohne Innigkeit. Ich fühle wieder diese ungeheure Trauerflut. Giovanni lobt mein Italienisch. Ich kann jetzt endlich mit Giovanni reden, aber was ich ihm sagen will, läßt sich nicht sagen. *Ti amo*, bricht es aus mir hervor, und Giovanni fällt mir ins Wort: *tu mi vuoi bene. No, no: ti amo*, wiederhole ich. Giovanni lacht.

Er läßt mich reden, solange ich nach seinen Wünschen Tischtennis mit ihm spiele. Ich mache, was er will, und warte hungrig auf die Morgen- und Abendküsse. Giovanni erteilt sie mir, aber mindert sie durch sein Nichtbegreifen. Wenn ich ernsthaft werde, jubelt er und saust davon. Ich kann ihn nicht festhalten, er ist lebendig. Ich dagegen, sagt meine Mutter, sei nur ein Gespenst.

Warum er mir nur so selten geschrieben hätte? Ich hasse das Briefeschreiben, lacht er. Er gewinnt auf allen Linien. Zu meinem Glück: denn als er mit den Eltern früher als vorgesehen abreist, darf ich mitkommen als Giovannis Gast. Er hat seinen Wunsch bei seiner Mutter durchgesetzt. Den Vater mußte er darum nicht bitten, dem sei alles recht. Streng ist nur die Mutter, sagt Giovanni.

Auch meine Mutter hat sich überreden lassen. Acht Tage darf ich bei der berühmten Familie sein. Dann wird meine Mutter mich abholen kommen. Acht Tage, ich weiß, daß ich jetzt leben muß wie nie zuvor. Mit allen Sinnen. Und ich liebe Giovannis Heimatstadt. Es gibt keine schönere als diese. Die Befestigungen rundherum. Die engen Gassen, die den ganzen Tag im Schatten bleiben. Die Innenhöfe der Paläste mit den hohen Palmen. Der Palast, in dem Giovanni wohnt. Mich aber stecken sie in ein Hotel gleich nebenan. Mir sei die Freiheit des Hotels wohl lieber, meint Giovannis Mutter. Ich aber weiß, daß sie mich nachts von ihrem Sohn fernhalten will. Sie hat mich im Verdacht. Sie mag mich nicht. Es wäre ihr lieber, wenn Giovanni mich vergessen würde. Ich habe eine Feindin, lebenslang.

Zu den Mahlzeiten und untertags gehe ich natürlich zu Giovanni. Ich schlafe gern im Hotel *Universo*, ich habe noch nie allein in einem Hotel gewohnt. Das Personal weiß, wessen Gast ich bin. Es fehlt nicht viel, daß sie sich vor mir verbeugen. So mag ich es. Acht Tage im Hotel, und bald kommt Giovanni mich besuchen, ohne daß seine Mutter davon weiß. Sie glaubt, daß wir draußen auf den Mauern der Befestigungen spielen. Wenn wir auf meinem Zimmer sind, will ich Giovanni nie wieder gehen lassen. Der arme Junge: seine Mutter zieht an einer Hand, ich an der anderen. Wir werden ihn noch zerreißen, und keiner hat etwas davon, am wenigsten Giovanni, der als halber Mensch nicht leben kann.

Noch immer kauerte ich im Dunkeln und flehte ihn an, den Schlaf, daß er sich meiner erbarmen möge.

5

Ich weiß nicht, wann ich eingeschlafen bin. Vielleicht war ich im Morgendämmern, als mein Höllenzimmer endlich kühler wurde, ein wenig hinübergeschlummert, in des Wortes doppelter Bedeutung. Denn ich redete mit Menschen, die längst verloren waren, ich war ein Kind, ich sagte Sätze der Vergangenheit in frecher Gegenwart, und plötzlich schlug die Sonne auf mich ein.

Lichtgebadet lag ich da und blinzelte mich an. Wenn ich nicht tot war, war ich doch *wie* tot. So begann ich einen neuen Tag mit diesem Schwächewort. Am Morgen aufzustehen war mir seit jeher eine Qual gewesen, ich fürchtete das Endgültige daran. Wer aus dem Bett stieg, der hatte den Tag begonnen, der mußte sein Blut rascher durch die Adern jagen, der mußte leben. So rollte ich mich denn auf den zerknitterten Laken ein, versuchte eine Rückkehr in den Schlaf und wußte doch, daß er mich verschmähte. Zuerst nicht aufgenommen, hatte ich mich endlich eingeschmuggelt in sein Gebiet, doch war zu früh entdeckt und ausgewiesen worden.

Eine Dusche also? Die Dusche, die ich mir am Tag zuvor nicht zugemutet hatte. So hinkte ich mit allem hinterdrein. Das Wasser tropfte launisch aus dem Rohr, war einmal viel zu heiß und gleich darauf eiskalt, kein fester Strahl, ich stand gefoppt in meiner Nacktheit da, ich trocknete mich ab und blieb doch naß von neuem Schweiß, begegnete dem Brennen in der Brust mit Atemlosigkeit. Keuchend kämmte ich mein Haar, entnahm dem Koffer einen weißen Anzug, keuchend kleidete ich mich an, ich war so wund. Es war noch nicht sieben, zwei Stunden Schlaf, böse und traumbelastet, zwei Stunden Schlaf, und vielleicht war das schon hochgegriffen.

Ein zerstörter Mensch, und eine Flut an Unternehmungslust. Ich kannte die grelle Überwachheit angespannter Nerven. Ich wollte fort, es zog mich aus dem Zimmer, ich wußte schon mein Ziel: das war der Augenblick des Rituals. In Satelliten-Treue wollte ich zu den Befestigungen hinaus und dann auf ihren Mauern die Stadt umkreisen. Bewies ich nicht die Entbehrlichkeit des Schlafens? Wir opferten dem falschen Gott ein halbes Leben und merkten nicht, daß wir in Stücke gingen. Denn keiner setzte fort, wo er am Abend unterbrochen hatte. Das Trümmerfeld unserer – mit etwas Unglück oder Glück – fünfundzwanzigtausend Nächte war der Tod, und wo am Anfang vielleicht eine Gestalt sich abgezeichnet hatte, blieb bald nur Schutt zurück.

Der *Greis*! In der Halle unten saß der Alte. Auch jetzt, und unverändert. Er war keine Statue, ich haßte ihn! Jetzt war mir alles recht, Auskunft über ihn zu fordern. Wild entschlossen trat ich an den Tisch des Nachtportiers, erhob meine Stimme und fragte laut, so laut, daß mir das Echo meiner Worte an die Ohren schlug, wer dieser Narr von einem *Greis* denn sei? Ich will es wissen, rief ich, und ballte meine rechte Hand zur Faust. Aber der Bedienstete überhörte meinen Ausbruch. Er warf mir meinen Mangel an Takt nicht einmal mit den Blicken vor. Er fragte mich im Gegenzug freundlich, wie meine Nacht gewesen sei. Dann, als wüßte er sehr wohl um ihre Schrecken, ließ er mich gar nicht erst zu Worte kommen und wünschte mir den allerbesten Tag.

Wütend, aber wütend gegen mich, lief ich hinaus. Auf der Piazza – wie hieß sie nur? – umfing mich eine Frische, die jeden Fehltritt zu verzeihen schien. Ich atmete die Morgenluft in tiefen Zügen ein und wurde ruhig. Auf den Befestigungen vergab ich mir dann selber. Ich fand mich bald im Gleichschritt mit den Bildern um mich her. Ich setzte Schritte, die keine waren, und umarmte so die Stadt. Als ich zur zweiten Umkreisung ansetzte, war ich zum Mond geworden.

Nein, der Alte kümmerte mich nicht. Seine Geschichte gehörte ihm allein. Er verdiente nicht größere Beachtung als die Knaben, die mir jetzt auf ihren glitzernden Rennrädern entgegenschossen. Ich maß den Fortschritt meiner Wanderung an Zeichen, die sich mir beim ersten Rundgang eingeprägt hatten. Eine rostige Tafel hatte dabei Vorrang vor einem Dom, ein sturmgeknickter Ast verdrängte die Kette des Apennin. So ging ich weiter und war stolz auf mich, den unsichtbaren Mond im Tag.

Die Sonne stand schon hoch, aber ich war – darin ein Mitglied dieser Zeit – der Natur entfremdet und wußte daraus keine Stunde abzuleiten. Unter den dichtbelaubten Bäumen war nicht abzuschätzen, wie heiß es draußen war, und ob die Fensterläden der Häuser bereits der Hitze wegen oder für die noch schlafenden Menschen geschlossen blieben. Schon ihr Anblick schwächte mich, fast kippte ich ins Gras. Ich wollte ins Hotel zurück.

Da begannen die Glocken zu läuten. Sie, die nachts zu meinen Feindinnen geworden waren, liebte ich nun wieder. Ihre mächtigen Schwingungen wurden zum Rauschen, hörten nicht auf, begleiteten meinen Weg erst festlich, später fast bedrohlich. Ich schlug ein Kreuzzeichen, wie ich es als Kind gelernt hatte, dabei wußte ich nicht mehr, was das bedeutete. Aber ich wußte, daß in den Glocken Schicksal war, ob sie nun ein Hochamt, einen Leichenzug oder auch nur das Nichts verkündeten. Die Glocken führten mich in die Stadt zurück.

Ich wollte im Hotel nach der Länge der Mauern fragen. Ich wollte mir ausrechnen, wie viele Meter ich gegangen war; so kleinlich war ich auch. Den Umfang der Befestigungen mußte der Tagportier doch wissen, diese Auskunft war er den Touristen schuldig, bevor sie in ihren Reisebussen das Vergessen und die Weite suchten.

Wer weit gegangen ist, der darf auch essen, sagte ich mir. Wie hungrig ich schon wieder war, dabei hatte ich kaum erst das *Giglio* verlassen. Warum kam mir der Hunger in die Quere? So taumelte ich denn in ein Caffè, wo ich nach Landessitte an der Kasse einen Bon für Cappuccino, Brioche und Succo di arancia kaufte, um die Köstlichkeiten an der Theke im Stehen zu verzehren. Ich mußte mich dafür zwischen die anderen Kunden zwängen, das Caffè war übervoll von jungen Leuten. Ich hielt den Kopf gesenkt und schämte mich, ich war so fremd und anders. Ein Polizist trat ein und wechselte mit dem Kassenmädchen freche Worte, die Zärtlichkeiten waren. Ich hörte zu, als sei jeder Satz an mich gerichtet. Das junge Ding war in die Uniform vernarrt.

Warum Giovanni? Der Norden war seit jeher auf den Süden hereingefallen, und zu Recht. Vielleicht war Giovanni bei aller Schönheit ein gewöhnlicher Junge gewesen, aber es kam nicht darauf an, wer er war, sondern was ich in ihm sah. Oder er war ein ganz gewöhnlicher Junge, der schön war – was konnte vollkommener sein? Meine Briefe, diese auf Leben und Tod geschriebenen Briefe, hatte er stets mißverstanden. Ich hatte Feuergarben ausgeschickt und Wassereimer zum Löschen meiner Leidenschaft zurückerhalten. Mein Giovanni entzog sich mir, indem er von Sport und Mathematik redete, wenn ich von der Sehnsucht sprach. Ich legte ihm meine Liebe dar, er mir seinen Ruderwettbewerb in der Schule. Unsere Freundschaft sollte jenen zweiten Sommer nicht überdauern. Dann hatte Giovannis Mutter gesiegt. Sie hatte fortan meine Briefe abgefangen, sie hatte mir Giovannis Stadt verboten, als gehörte sie ihr allein, sie hatte schließlich ihren Sohn aus dem Verkehr der Welt gezogen, es gab Giovanni nicht, es gab nur noch sie.

Jetzt aber war sie endlich tot. Hätten die Morgenglocken ihr gegolten? Zu viele Jahrzehnte hatte es gedauert, bis ihre Krallen sich endlich von ihrem Sohn gelockert hatten. Und schon war ich zur Stelle, um Giovanni einzufordern. Pünktlich und unabweisbar hatte ich mich eingefunden, um meinem Recht Geltung zu verschaffen. Ich wußte, daß seine Mutter nur deshalb so lange nicht gestorben war, weil sie ihren Gegner, den Verführer, ausstechen wollte. Ihr Leben war ein Zweikampf gegen mich gewesen. Giovanni, der davon vielleicht nicht einmal wußte, war der Preis dieses Turniers. Sie hatte gehofft, daß ich früher sterben würde. Dann wäre sie mir gern nachgestorben. Sie hatte auf die Statistiken vertraut, die behaupten, daß wir Männer früher als Frauen ... Hier trank ich Cappuccino und hatte überlebt. Aber es ekelte mich vor dem Alten im Hotel. Ich haßte jeden, der alt geworden war. Was war dem Menschen schon gelungen, wenn er es nicht verstand, zum rechten Zeitpunkt und in Würde abzutreten?

Ich bestand darauf: Giovanni war nicht alt geworden. Dienstag um fünf würde ein Knabe in die Halle treten. Seine Mutter hatte ihn daran gehindert, ein Mann zu werden. Sollte ich dieser Toten jetzt vielleicht gar dankbar sein? Als Giovannis Körper nicht länger ein Kind vermuten ließ, mußte er wenigstens krank und für das weitere Leben ungeeignet sein. Sie hatte ihren Sohn im Hause festgehalten, und der Entmündigte hatte niemals gegen seine Mutter aufbegehrt. Er war ein milder Sohn gewesen, der sich ohne lauten Widerspruch in die Sanatorien, Badeorte, Bergdörfer verschicken ließ, seiner empfindsamen Nerven oder kranken Lungen wegen, wie es hieß. Es kamen keine Briefe meines Freundes mehr. Ich hatte immer den Verdacht gehegt, daß dieser Empfindsame der Gewöhnlichste war, aber vielleicht war das Gewöhnliche das Empfindsame. Jede Anklage verkehrte sich in meinem Kopf zur Verteidigung, jede Verteidigung zur Anklage. Fast war es mir gelungen, auch in die Rolle von Giovannis Mutter zu schlüpfen.

Dann der Brief Giovannis, nach einem Leben im Schweigen. Er meldete sich aus einem Krankenhaus, wo er den Tod seiner Mutter zu überwinden suchte. Seine Handschrift war die Knabenschrift: voller Schnörkel und Windungen, auf irre Weise sich selber treu. Und neue Belanglosigkeit: ja, er hätte sich gewundert, was aus mir geworden sei; nein, er sei der toten Mutter nicht böse, daß sie ihm meine Briefe nie gezeigt habe. Nein, er hätte niemals einen Beruf erlernt. Er hätte nach ein paar schlimmen Liebschaften die Hoffnung auf eine Heirat aufgegeben. Er hätte nie eine Familie gewollt, er sei zu zart dafür. Erst nach ihrem Tod hätte er meine Briefe an ihn gefunden, Hunderte von Briefen, von der Mutter gebündelt und in einem Schrank versperrt. Es wäre schön, mir einmal wieder zu begegnen.

Sosehr der Brief mich rührte, sowenig überraschte er mich. Es war nun einmal so. Das Ungeheuerliche eines verflossenen Lebens war Giovanni nie bewußt geworden. Gut so, dachte ich. Er war der einzige Mensch, der den Sinn des *zu spät* nicht kannte. Er war nicht auf denselben Zug gesprungen wie wir alle, er war nicht mitgekommen auf die Reise. Wie klug! Er war der schöne Junge vom Strandhotel geblieben. Beneidenswert. Ich war allein alt geworden. Mein lebenslanger Traum, gegen das Ende hin noch einmal einem *wie* Giovanni zu begegnen, blieb glücklich unerfüllt: ich würde den Einzigen treffen.

6

Einunddreißig Stunden noch. Die bunte Bar, wo ich im Stehen mein Frühstück aß, erfüllte mich mit neuer Selbstverständlichkeit. Ich brauchte nur mein tägliches Wunder, und schon bestand ich jede Wirklichkeit. Jetzt ins Hotel zurück, ich wollte mein Glück mit einer zweiten Dusche versuchen. Vielleicht floß jetzt, wo die Touristen fort waren, das Wasser im verläßlicheren Strahl aus den Rohren. Ich sah die Busse nicht länger, die Piazza del Giglio hatte wieder ihre Würde. Der *Greis* in der Eingangshalle sollte mich nicht kümmern, ich würde ihn zu übersehen wissen. Und es gelang mir auch, bis sein Blick mich traf. Im Erschaut- und dann Verworfenwerden lag eine Trauer, die mich empörte. Welchen Anspruch hatte dieser Alte auf sein Warten? Wie durfte das Hotel es wagen, ihn zahlenden Gästen zuzumuten? War es nicht an der Zeit, ihn zu entfernen?

Ich war schon auf den ersten Stufen, als mir die Frage durch den Kopf fuhr: müßte ich denn in einunddreißig Stunden gemeinsam mit dem Alten in der Halle auf Giovanni warten? Es gab nichts Gemeinsames zwischen uns. Ich wendete mich um und suchte nach dem idealen Platz für mein eigenes, nicht allzu fernes Warten. Der beste Platz war freilich der des *Greises*. Nur sein Sofa erlaubte das Erkennen und Begrüßen eines lieben Menschen. Nichts anderes kam in Frage. Ich brauchte die Sitzecke für mich; der Alte mußte fort. Aber er hatte gestern hier gesessen, saß heute hier und würde morgen nicht verschwunden sein. Ich ahnte es: er wartete auf keinen Menschen. Der Alte würde das *Universo* überdauern. Ich müßte ihn von seinem Platz vertreiben, und jedes Mittel hätte mir recht zu sein. Der *Greis* zerstörte mir den Neubeginn.

Jedes Mittel? Ich wäre ja am liebsten fortgelaufen. Du wirst die Lösung finden, du wirst den Dolchstoß erfolgreich führen. Ich wollte keinen Dolch gebrauchen. Der Alte hielt das *Universo* zwar besetzt, aber nicht anders, als Giovannis Mutter ihren Sohn besetzt gehalten hatte. Und hatte ich nicht auch in diesem Fall gesiegt? Durch die Geduld gesiegt? Ich mußte dem Alten nicht gleich Denkmaldauer zugestehen. Er war ein Mensch, er konnte überlebt werden. Vielleicht wäre der Alte morgen nicht mehr da.

Die zweite Dusche mißlang jämmerlich. Jetzt wollte ich ein anderes Zimmer haben. Jedes war mir recht, nur die Nummer 26 nicht. Auf 26 hatte ich gewohnt, als ich ein Junge und ein Gast Giovannis gewesen war. Dort war ich an die Grenze gestoßen, an die ich nicht wieder geraten wollte. Die Grenze zwischen Menschen tat so weh, es sollte zwischen Menschen keine Grenzen geben. Ich fürchtete mich nicht vor der Erinnerung, wohl aber glaubte ich an die Magie der Orte. Das Labyrinth beim Dom von Sankt Martin fiel mir ein. Wie hatte ich es gestern übersehen können! Wer mit Geduld und Mut den Linien und Kreisen folgte, dem floß Stärke zu, und ich brauchte Kraft. Auf der Stelle wollte ich zum Dom hinübergehen. Doch vorher mußte ich das Zimmer wechseln. Wenigstens mein Lebensrahmen durfte mich nicht kratzen und verraten, von den Menschen dagegen nahm ich Enttäuschung hin, denn ich enttäuschte sie zurück. Es war mir immer schwergefallen, mich von Wohnungen und Gegenständen loszusagen, und leicht, die Menschen hinter mir zu lassen. Giovanni hatte mich gelehrt, daß nichts mehr kommen könnte. Das war ein gutes Wissen.

Ich glaube an die Meßbarkeit von Gefühlen. Ich bin mir sicher, daß jeder Mensch einen gewissen Vorrat an Gefühlen mitbekommt. Es liegt an uns, mit diesem Vorrat verschwenderisch oder sparsam umzugehen. Die meisten wirtschaften damit ihr Leben lang recht gut, nicht selten etwas geizig, während einige ihren Vorrat an Gefühlen in einem kurzen Feuerwerk verschleudern. Mir war bereits mit sechzehn Jahren nichts davon übriggeblieben. Ich hatte Giovanni geliebt und mich dabei verströmt. Als später Frauen in mein Leben traten, viele Frauen, eine nach der anderen, hatte ich meine Lust, doch keine Liebe mehr. Ich verachte die allgemeine Knausrigkeit, der die meisten Menschen den Schlüssel zur Vorratskammer ihres Herzens gar nicht finden läßt. So werden weniger die toten Körper als die ungelebten Gefühle zu Grab getragen, und die wiegen schwer genug, daß sich die Särge biegen und die Leichenträger fluchen.

Mit einem Lächeln, das mich an den Bruder vom Ristorante *Giglio* denken ließ, als sei er die Unzufriedenheit der Gäste längst gewohnt, teilte mir der Rezeptionist ein anderes Zimmer zu, im ersten Stock, *das beste*, wie er sagte. Ein junger Mann wurde beauftragt, sich um mein Gepäck zu kümmern. Ich drückte ihm ein gutes Trinkgeld in die Hand, was mich traurig stimmte. Wie vergnüglich war es früher doch gewesen, der Jugend ihre Frische zu entlohnen! Ich kam aus einer Zeit, wo nur schöne Jugend im Hotel bediente. Das schöne Zimmermädchen, der hübsche Page verliehen jeder Reise größeren Reiz. Dann, anfangs unauffällig, hin und wieder, war die Schönheit aus der Mode geraten. Die Lehrlinge wurden häßlich und gewöhnlich, als hätten ihre Arbeitgeber sich dem Plan verschworen, die Schönheit auszurotten. Es brauchte Zeit, bis ich aus Einzelfällen die neue Epoche ablas. Ich verstand, daß nicht nur der Geschmack der Hoteliers sich verändert hatte, sondern das Häßliche zum neuen Schönen geworden war. Ich spürte, daß die alte Schönheit Wärme abgegeben hatte, während die neue Häßlichkeit sich auf Kälte gründete.

Die Schmierereien in den Wagen der Subway von New York oder der Busse von Los Angeles waren von den Sprayschriften in London oder Rom nicht länger zu unterscheiden; eine Weltkultur entstand in der Unkultur. Und ja, ich konnte dem Kult der Häßlichkeit eine Ordnung, die bestach, nicht streitig machen. Was die geheimen Truppen hinterließen, war ein neues Formgefühl des Nichts. Es lockte auch mich. Wohin ich seither reiste, suchte ich nach Bestätigungen des Häßlichen. Ich wurde niemals enttäuscht. Bald gab es keine schönen Kinder mehr. Gerade in den Süden war ich Jahr um Jahr zum *Kinderschauen* gefahren, dann war auch mit dem Süden Schluß. Die schönen Kinder verschwanden auf doppelt rätselhafte Weise: indem sie häßlich wurden und indem sie die Welt, so schien es, den Großen überließen. Es gab keine Kinder mehr; kaum daß sie zehn oder zwölf Jahre zählten, wurden sie schon zu Erwachsenen. Ich konnte fortan bleiben, wo ich gerade war, das Reisen hatte seinen Sinn verloren. So begnügte ich mich denn mit einem Ort, wo die Natur in Resten noch bestand. Es reichte mir, dem ärgsten Winter zu entkommen, im Licht zu sein, dem Ozean nicht allzu fern. Es war die Zeit der Unbeweglichkeit.

Wer sie verließ und unbedacht auf Reisen ging, der mutete sich das Unzumutbare zu. Ich verteilte meine Trinkgelder längst im Wissen um die Vergeblichkeit der leichten Gesten. Ich empfand kein Mitleid mit den Häßlichen, ich fürchtete sie nur. Sie hatten alle ihre Phantasie verloren. Man mußte sich die Schönheit vorstellen können, und schon wurde sie Wirklichkeit. Ich tröstete mich im Erinnern, die Vollkommenheit in meinen Armen gehalten zu haben, ohne daß sie sich gesträubt hätte. Vielleicht war der Bruch mit der verstorbenen Ästhetik errechenbar. Ich stellte mir vor, wie ein Mensch an einem gewissen Datum geboren wurde und der wärmenden Schönheit angehörte, während ein anderer, nur einen Tag darauf zur Welt gekommen, schon ein Kind der Kälte war. So war es nicht die Schuld des einzelnen, die Zäsur ließ sich dingfest machen. Es war ein Riß, kein Auseinanderfließen. Wer sie, wie ich, vor Augen hatte, aber dazu schwieg, wurde der nicht doppelt schuldig an der Welt?

Ich stattete die Schuld mit Trinkgeld ab, verwechselte Schuld mit Schulden, es war bequem. Auf ein Wort des Dankes wartete ich nicht. Als ich den Zimmerwechsel abgeschlossen hatte und den neuen Schlüssel auf den Empfangstisch legte, kam der Tagportier zu mir herüber und deutete eine Verbeugung an. Er halte es für seine Pflicht und Ehre, mir zu sagen, daß an diesem Abend der Sänger Federico Piovani im Stadttheater einen Arienabend geben werde. Federico Piovani, flüsterte der Portier, dieser Weltberühmte, der König der Tenöre, ein Sohn der Stadt, kehre einmal im Jahr auf die Bühne heim, wo er seine Karriere begonnen habe. Heute sei dieser Tag. Wo er auch singe, seien die Theater auf Monate im voraus ausverkauft. So auch hier, und gerade hier, betonte der Portier mit Verschwörerstimme, denn Federico Piovani sei der größte, liebste Sohn der Stadt. Das *Universo* hätte nun eine kleine Anzahl Karten für seine besten Gäste reservieren lassen. Den Bustouristen würde man niemals das Geheimnis anvertrauen. Mir aber, ein wenig auch aus Mitgefühl mit meiner schlimmen ersten Nacht, biete er eine Karte ohne Aufpreis an.

Ich fühlte mich allein durch seinen Redeschwall gezwungen, ihm eine Karte abzukaufen, ob ich sie nun benutzen würde oder nicht. Dabei erfüllten mich Tenöre stets mit Grausen. Sie gehörten ohne den Gegenentwurf, den ich von der Kunst erwartete, zur Mode: die Schönheit war verlorengegangen, man feierte die Mittelmäßigkeit. Die Mengen jubelten allem zu, was laut war. Man nannte jeden Tenor sofort den größten. Wenn ich der öffentlichen Meinung glauben wollte, dann hatte es noch nie vollkommenere Tenöre gegeben. Und Federico Piovani, ein unansehnlich dicker Mensch mit dunklem Bart, mit heller Stimme und wenig Musikalität, wurde wie ein Gott gefeiert. Ich hatte da nie mittun wollen. Jetzt aber wurde ich, dem flüsternden Portier zuliebe, am Piovani-Jubel mitschuldig. Schon holte ich die Banknoten aus meiner Tasche.

7

– Hören Sie, ich möchte eine zweite Karte haben, forderte ich, auch im Flüsterton.

Ein Einfall war über mich gekommen: ich würde den Alten bitten, mein Gast zu sein. So konnte ich ihn – fürs erste nur zur Probe – aus der Halle nehmen. Der Verschwörer überhändigte mir strahlend zwei Karten. Ich trug sie quer durch die Halle zu dem Alten hin. Der spürte meine Nähe nicht einmal, bis ich das Schweigen brach und – eine Spur zu laut – ein Grußwort stammelte. Schnell und frech setzte ich mich neben ihn an das andere Ende des Ledersofas. Ich weiß nicht mehr, was ich sagte, meine Worte überschlugen sich vor Angst, ich könnte abgewiesen werden. Mein Italienisch war in der langen Zeit, da ich es nicht gesprochen hatte, nicht verfault. Im Gegenteil, es war heller, klarer, Giovannis würdiger geworden, wie mir schien. Ich betrog den Freund, indem ich seine Sprache mit anderen Menschen sprach. Das Lernen fand nur durch die Liebe seinen Sinn.

– Da sitzen wir zwei in dieser Stadt als dem wahren Herzen des Tenorgesangs, sagte ich, und hielt die Eintrittskarten dem Alten vor die Nase. Es ist nun einmal so: die ganze Welt bewundert ihn, den großen Federico Piovani, der heute im Stadttheater singen wird.

Schon wieder hatte ich *Welt* gesagt. Ich verfluchte dieses Wort und konnte keine zwei Sätze formen, ohne *Welt* zu sagen. Ich ahnte, wie inhaltlos diese Silbe war, und konnte dennoch ohne sie nicht auskommen. Ich hatte *Welt* gesagt, damit der Alte eine Regung zeigte, aber ich hatte ihn zu billig eingeschätzt.

Der Alte schwieg. Er neigte seinen Oberkörper zur Seite und wendete mir erst jetzt sein versteinertes Gesicht zu, in dem Augen wie gelbe Kerzen leuchteten. Ich wußte nicht, ob es Interesse oder Empörung war, die ich in ihm entfacht hatte. Ich jagte weiter aus Verlegenheit.

– Zwei Karten hätte ich erstanden, jubelte ich, und streckte noch einmal meine Hand mit den Papierstreifen in die Höhe.

Zwei Karten für Federico Piovani, dabei kennte ich in dieser Stadt doch keinen Menschen, mit dem ich zum Solistenabend gehen könnte. Schon morgen würde es anders sein, denn morgen um fünf erwartete ich meinen Freund. Heute aber, am Tage des Konzertes, sei ich allein. Dennoch hätte ich mir zwei Karten angeschafft, weil ich nur ungern allein ins Theater ginge. Theater, räsonierte ich laut, seien für Einsame nicht geschaffen worden. Ich hätte es zeitlebens als eine Grausamkeit empfunden, nach einer Aufführung, sei sie nun mißlungen oder unvergeßlich, nachdem die letzte Arie gesungen und der letzte Ton oder das letzte Wort verklungen wären, allein im Saal zu sitzen. Hinauszugehen mit meinen Eindrücken, ohne diese mit einem Menschen zu teilen, darin hätte ich zwar Übung, aber ich könnte mich nicht damit abfinden. In der Folge hätte ich dem Theater, dem geliebten, sagte ich, schon seit Jahrzehnten den Rücken zugekehrt.

– Mein Herr, – ich sprach jetzt drängender als zuvor –, ich bin gekommen, um Sie einzuladen. Ich bitte Sie, heute beim Konzert des großen Federico Piovani mein Gast zu sein!

Der Alte sagte nichts.

– Wir müssen nur die Piazza überqueren, wir könnten, und Sie sind mein Gast, zuvor oder danach im Ristorante *Giglio* zu Abend essen. Wir könnten –

Es blieb nichts hinzuzufügen.

Gern hätte ich noch gerufen, daß ich ein Nein nicht ertragen könnte, aber das wäre zu weit gegangen. Was blieb mir jetzt noch übrig als zu lächeln? Ein Lächeln zimmerte ich zurecht, das weder frech noch unterwürfig noch süß sein sollte, aber wie könnte einem Mann wie mir ein solches Lächeln gelingen? Mir war das freundliche Gesicht immer nur eine Maske gewesen, kurzfristig und abnehmbar. Das heitere, gütige, verständnisvolle, vergebende, türenöffnende, menschenerobernde Lächeln und was es sonst noch gab: alles Trick, Technik, Formel, Raffinement. Dahinter das unbewegte Gesicht. Jetzt lächelte ich um der Sache willen, aber im Bedenken, daß ich vielleicht den falschen Griff in meine Maskensammlung tat.

Sollte ich mein Lächeln abbrechen? Es gab nichts Schlimmeres als das gefrierende Lächeln. Auch fand ich diesen *Greis* nicht länger hassenswert. Ich war ihm vorher nicht genügend nahe gekommen, jetzt, wo ich ihm gegenübersaß, mochte ich ihn fast. Ich bewunderte seine Meisterschaft im Warten. Seine Hingabe verführte mich, sie schlug mir ins Gesicht und streichelte mich zugleich. Vor jeder Hingabe war ich immer schwach geworden. Wenn mir der Alte auch zuwider war, dann nur, weil er mir etwas vorexerzierte, das ich gern selber beherrscht hätte. Ich sah in ihm meine versäumten Tugenden, und die verzieh ich keinem. Wer in der Halle saß, wann immer ich sie durchquerte, der war auch auf seinem Posten, wenn ich mich woanders aufhielt. Diese Beständigkeit des Alten, und genauer: meine Unbeständigkeit vertrug ich schlecht. Aber je länger ich in seinen Gesichtszügen las, desto mehr bewunderte ich den Alten. Er leistete, was ich nie geleistet hatte: das Durchhalten, das Verweilen am selben Ort. Er war ein Mensch, kein Schmetterling.

Der Alte schwieg. Es fiel mir ein, daß ich mich nach tausend Worten noch nicht einmal vorgestellt hatte. So fehlte mir gutes Benehmen noch als alter Mann. Ich stammelte endlich meinen Namen, meine Herkunft, meinen Beruf. Den Grund meiner Reise in diese Stadt deutete ich an. Ich sprach ungenau von Jugendfreundschaft, von den fixen Ideen, vom Neubeginn, und wußte schon wieder nicht, ob ich zu wenig oder zu viel erzählte. Im Sitzen verbeugte ich mich tief und fühlte meine Wangen brennen.

8

– Signore, sagte da der Alte, und ich starrte auf seinen Mund, dessen Lippen so schmal und blutleer waren, daß sie sich kaum unterschieden von den bleichen Wangen, Signore, es ehrt mich, daß Sie einen Unbekannten so vieler Worte für wert erachten.

Ich spürte es gleich: es war nicht Spott, sondern Herzlichkeit, die er mir entgegenbrachte, wenngleich diese Herzlichkeit rostig und wie von weit herbeigeholt klang.

– Caro Signore, ich will nicht unerzogen wirken, aber ich werde Ihnen im Gegenzug meinen Namen nicht verraten, denn dieser Name ist längst überflüssig geworden. Ich habe ihn nicht vergessen, jedoch beiseite gelegt, so daß ich ihn kaum mehr finden könnte, falls ich ihn bräuchte. Ihre Einladung ist mir eine Freude, aber ich muß sie leider ablehnen, nicht etwa, weil ich ungern ins Theater ginge, und schon gar nicht, weil ich Tenöre haßte. Im Gegenteil: jeder Bewohner unserer Stadt liebt und bewundert Federico Piovani. Ich selber habe ihn als jungen Anfänger in unserem Dom von Sankt Martin singen hören, und ich erinnere mich, dem Jüngling – lang bevor er entdeckt und gefördert worden war – eine große Laufbahn prophezeit zu haben.

– Ja, als er kaum achtzehn war, hörte ich ihn im Dom ein Stabat Mater singen, und ich vergaß, wo ich mich befand, und stand auf und klatschte begeistert mit den Händen. Ich wurde niedergezischt, man klatschte damals nicht in Kirchen. Dabei bin ich mein Leben lang doch nur in die Kirche gegangen, um hemmungslos die Schönheit zu bewundern.

– Federico Piovani wurde bald zum Star, den ich sogleich in ihm erkannt hatte. Dennoch kann ich nicht mit Ihnen zu dem Arienabend kommen, ganz abgesehen von dem Umstand, daß ich, als Bürger dieser Stadt, vielmehr Sie, den Gast, in das Theater bitten müßte. Auch das ist mir nicht möglich. Ich darf die Halle, in der ich sitze, nicht verlassen. Der Mensch, den ich erwarte, hat sich verspätet, aber das billigt man Menschen eben zu. Ich möchte nicht riskieren, in dem Augenblick, in dem mein Mensch das *Universo* betreten wird, nach allem Warten nicht an meinem Platz zu sein.

Der Alte legte Alltäglichkeit in seine Stimme, als sei sein Warten nichts. Aber ich wußte, daß er schon gestern hier gesessen hatte, und vielleicht am Tag zuvor. Wenn jener Mensch, auf den er wartete, noch nicht erschienen war, wie durfte sich der *Greis* die Ankunft des oder der Verspäteten im nächsten Augenblick erhoffen? Wie konnte er leichthin ein Säumen akzeptieren, das ich schlechthin für unentschuldbar hielt?

War es nicht möglich, zum Telefon zu greifen und eine Begegnung abzusagen oder aufzuschieben? War Pünktlichkeit nicht sogar die Höflichkeit der Könige? Niemand durfte anderen ein endloses Warten zumuten. Keiner sollte es sich bieten lassen. Wer sich so behandeln ließ, der machte sich klein und lächerlich. Der verdiente nichts Besseres. Ich verstand den Alten nicht. Er saß aufrecht und stolz vor mir, er war ein Herr. Es paßte nicht zu ihm, sich demütigen zu lassen. Meine forschenden Gedanken kamen dem Geheimnis des Alten nicht bei. Und wenn er wirklich hoffte, daß der von ihm erwartete Mensch jeden Augenblick eintreten könnte, warum gab er dann schon jetzt den noch so fernen Abend an das Warten verloren? Konnte er nicht gelassener warten?

– Was machen Sie nachts? Sie können doch nicht rund um die Uhr in dieser Halle sitzen?

– Rund um die Uhr, wiederholte er belustigt meine Worte, rund um die Uhr. Das klinge hübsch, das wolle er sich merken.

Fast war ich ihm dankbar für diese Abschweifung. So neugierig ich anfangs gewesen war, sowenig wollte ich jetzt das Geheimnis des Alten erfahren. Ich durfte nur im eigenen Interesse handeln, also die Halle am Dienstag um fünf für meine Zwecke freibekommen. Ich wollte Giovanni ohne Zeugen begrüßen, weil ich mich schämte, vor fremden Menschen Gefühle zu zeigen. Es war mir nie gelungen, vor den Augen anderer ganz und gar ich selbst zu sein. Jede Gesellschaft minderte meinen Wert.

Aufzufallen war mir stets ein Greuel gewesen, dabei hatte ich mein Leben genügend bizarr gelebt, daß ich auffallen mußte. Darin glich ich dem Alten: wenn einer mich beschriebe, wozu freilich niemand Anlaß hat, dann müßte der Leser einer solchen Beschreibung ungläubig den Kopf schütteln. Kein Mensch würde diese Beschreibung annehmen wollen. Verschont uns mit der unechten, aufgepfropften, den gesunden Verstand beleidigenden Geschichte, würden die Leute rufen. Und sie würden vergessen, daß es auf unserem Planeten unter den sechs oder gar schon sieben Milliarden Menschenexistenzen eben durchaus unechte, aufgepfropfte, den gesunden Verstand beleidigende Geschichten gibt, die durch ihre Gegenwart in Fleisch und Blut nicht länger unecht, aufgepfropft, den Menschenverstand beleidigend sind, sondern echt, erschreckend echt, unfaßbar natürlich, und dem gesunden Verstand zumutbar, sosehr er sich auch dagegen sträubte.

Die Beschreibung eines Menschen, bildete ich mir ein, sei erst brauchbar, wenn dieser Mensch sich jeder Beschreibung entzog. Das Gewöhnliche, das Vorstellbare bedurfte nicht der Beschreibung, es brauchte die Erfindung, die Dichtung, die Phantasie, um Gewicht zu erhalten, auf der Erde zu haften und nicht abzuheben ins Ungefähre. Wer Gewicht besaß, wie der Alte an meiner Seite, verstörte nur. Es war nicht gut, die Begriffe bis zum Äußersten zu dehnen. Und das Warten konnte kein gutes Ende nehmen, wenn jemand Schmerz daraus bezog.

Ich war versucht, mir die Hände zu reiben. Auch ich verstand etwas vom Warten, aber ich war nicht wie der Alte geworden. Ich begehrte noch auf. Der *Greis* war kein Zwillingsbruder, aber ein Verbündeter war er schon. Ich hatte in dieser Stadt, die ich ein halbes Jahrhundert nicht betreten hatte, einen Verbündeten. Er gehörte weder der Vergangenheit noch der nahen Dienstagzukunft an, sondern dem Augenblick. Ich freute mich, mußte jedoch einsehen, daß mein Verbündeter nicht einmal mit mir ins Theater gehen wollte.

Noch gab ich nicht auf. Ich wollte seine Weigerung nicht hinnehmen. Hartnäckig verkündete ich dem Alten, daß ich die zweite Karte aufbewahren würde, falls er seine Meinung ändern oder bis zum Abend des langen Wartens müde werden sollte. Dann erhob ich mich und ging unter Verbeugungen davon. Die Blicke des Alten suchten an mir vorbeizuströmen, als ich mit meinem Leib den Eingang verdeckte. So stand ich, wieder einmal, am ungünstigsten Ort.

9

Als führte ich den Alten an der Hand, so lebhaft dachte ich an ihn bei meinem Streunen durch die Stadt. Dabei hätte ich meine Gedanken Giovanni zuwenden sollen, er war immerhin der Anlaß meiner Reise, auf ihn mußte ich mich vorbereiten. Ich ging die Via Fillungo bis zur Piazza Anfiteatro hinauf, wo ich mich in den Korbsessel einer an der Schattenseite gelegenen Bar sinken ließ und *Campari Bitter* bestellte. Ich habe die dunkelrote, eigentlich gar nicht bittere Flüssigkeit immer geliebt, weil sie den Beinamen *bitter* führte. Ich habe mich stets und überall von Namen betören lassen, und ich hatte mir – lebenslang – vorgenommen, den *Campari Bitter* in winzigen Schlucken zu trinken, aber habe ihn – lebenslang – in einem gierigen Zug geleert.

So verbrachte ich die Mittagsstunde, die Abstand schaffen, Kräfte spenden, Erholung bringen sollte, vor einem leeren Glas mit einer Zitronenscheibe darin, die ich zuletzt zerbiß, wobei sich mein Mund vor Säure zur Fratze verzog. Ich wollte den Geschmack aller im Leben empfangenen Küsse in der Erinnerung sammeln und dieser Säure entgegenhalten.

Ich hatte Giovanni geliebt, weil er alles besessen hatte, was mir fehlte. Er, der meine Unvollkommenheit gespürt hatte, war bald auf Distanz gegangen. Höhepunkt und Ende waren eins. Ich saß auf der Piazza Anfiteatro und bestellte den zweiten *Campari Bitter*. Ich wußte im voraus, daß ich auch das zweite Glas ebenso gierig wie das erste leeren würde. Ich war ohne Maß. Als Giovanni lungenkrank in einem Hospital in den Alpen gelegen hatte, empfahl ich ihm zu sterben. In einem langen Brief hatte ich ihm die funkelnde Schönheit des jugendlichen Todes geschildert. Da bezeichnete mich seine Mutter, die den Brief abgefangen und als einzige gelesen hatte, als einen Teufel. Sie hatte nicht sehen wollen, was doch offenkundig war: daß Giovanni, der Schöne und Vollkommene, nicht schöner und vollkommener werden konnte, sondern nur noch häßlich und unvollkommen. Weil ich Giovanni liebte, hatte ich ihn zu einem Zeitpunkt sterben sehen wollen, wo ein

Mensch gar nicht sterben kann. Keiner stirbt mit achtzehn Jahren, keiner. Wäre Giovanni damals von uns fortgegangen, hätten wir ihn und seine Vollkommenheit zu den Akten legen dürfen. Weder er noch das Zeitvergehen hätten jemals an seiner Schönheit rütteln können. So hätte mein Giovanni sogar den Tod besiegt.

Er war jedoch gesund geworden. Wenn ich es recht bedachte, hatte mich das Sterben geliebter Menschen zeitlebens in ein Glücksgefühl gestoßen, wie kein Zusammensein es überbieten konnte. War eine Freundschaft oder Liebe erst einmal durch den Tod beendet, so war sie gerettet. Es konnte nichts mehr schieflaufen. Erst nach seinem Tode gehörte ein geliebter Mensch uneingeschränkt dem Liebenden. Dann konnte kein unbedachter Pinselstrich das Meisterwerk zerstören – die Beziehung war glücklich gewesen. Dieses Glück wog den Schmerz der Trennung auf. Genau besehen: war ein Toter nicht bloß einer, der sich außerhalb des Zimmers aufhielt, in dem der Lebende sich befand? Totsein und Ausdemzimmersein waren dasselbe.

Giovanni hatte mich mißverstanden. Er hatte sich die besten Ärzte auf den Leib hetzen lassen und die Vergewaltigungen der teuersten Pflege ertragen, bis die Schatten in seinen Lungen ausgeheilt und seine Chancen verspielt waren. Wenn ich daran dachte, verfluchte ich den Freund. Dann kam mir der Verdacht, Giovanni sei einer von den Kellnern, die mich in schlechten Restaurants bedienten, oder einer von den Unbegabten, die mir allenthalben den Weg verstellten. Aber ich glaube, ich hätte den Freund auch dann geliebt.

Darin erging es mir wie allen anderen. Ich achtete nicht auf die Eigenschaften eines geliebten Menschen, wenn ich ihm erst verfallen war. Es war nicht die Verfallenheit an ein Ideal, der ich gehorchte, sondern der wilde Aufstand gegen die Zeit. Ich wollte mich nicht in sie fügen. Immer hatte ich davon geträumt, sie an den Hörnern zu packen und zum Stehenbleiben zu zwingen. Es war keine Kunst, die Zeit zu übertölpeln, aber sie mit ehrlichen Mitteln zu besiegen, das war noch keinem gelungen. Mächtig war die Zeit, klug war sie nicht. Das Herbeiholen und Zurechtrücken bunter Kulissen, das Überstreifen einiger Kostümreste, die günstigste Beleuchtung und ein paar Zitate, kunstvoll skandiert, reichten schon, um die Zeit zum gefügigen Statisten zu machen. Für kurze Zeit.

War das nicht auch das Geheimnis der berühmten Städte der Vergangenheit, in denen wir Heutigen uns tummelten? Was geschah in Rom und Venedig, in Salzburg und Brügge denn anderes, als daß wir Zeugen von Fassaden wurden, die mit ein wenig Engstirnigkeit und sehr viel Pathos längst vergangenes Leben – also Tod – festhielten und unter der Sonne zum Leuchten brachten? Sie verwehrten der Gegenwart ihr Recht. Denn das Gültige, oder was wir dafür hielten, war eine Frage des Anspruchs, den es erhob. Besaß die Stadt, in der ich gerade meinen zweiten *Campari Bitter* trank, weniger Gültigkeit als irgendeine Monstersiedlung Amerikas oder Asiens, lebten die Menschen dieser und jener Städte wirklich ein anderes Leben? Gehörten wir nicht unbestreitbar demselben Kalender, demselben Jahr, demselben Planeten an? Was unterschied uns voneinander?

Es war der Anspruch, den wir an uns selber richteten. Was man von sich glaubte, das wurde einem von der Welt auch abgekauft. Ich legte ein paar Lirescheine auf den Tisch, beschwerte sie mit dem Aschenbecher, erhob mich und verließ den Platz, wo die Sonne, höhersteigend, inzwischen meine Schatteninsel gefressen hatte.

Im Weitergehen – auf die Kirche San Frediano zu – sah ich erneut die Mauern. Die Stadt durfte sich ihrer Befestigungen rühmen und mußte zugleich ihre Eingeschlossenheit bedauern. Sie war umzingelt von ihrer eigenen Macht. In der Kirche umfing mich schon beim Eintreten der süßeste Frauengesang. Ich hatte bloß etwas Kühle erhofft, nicht gleich Musik. Die Ordensschwestern, die da gerade ein Sanctus sangen, blieben unsichtbar. Der kleine Chor übte, hinter Gittern verborgen, seine Kunst, als beginge er Ungehöriges. Nur Stimmen erfüllten das Kirchenschiff, ich sah keine Körper. So blieb ich eine Weile, lehnte mich an eine Wand, versuchte selber unsichtbar zu werden, hörte zu.

Montag, früher Nachmittag, noch sechsundzwanzig Stunden. Zeit wurde an diesen Gesang verwendet, das Singen war Arbeit. Daß es solchen schönen Widerspruch zur äußeren Welt noch gab, war mir vor dem Betreten San Fredianos kaum mehr bewußt gewesen. Ich schüttelte mich vor so viel Weltverneinung. Oder war das Weltbejahung? Ich stolperte durch diese Stadt, die mich zum Tölpel machte. Ich hatte sie mir nur als Knabe zumuten dürfen. Als ich auf Giovannis Küsse gewartet hatte, war diese Stadt die meine gewesen. Der Alternde, zu dem ich geworden war, paßte besser nach Chicago oder Tokyo, denn ich gehörte mehr dem Widerspruch als dem großen Ja, das sich mir zu entringen begann.

Noch gestern hatte ich dieser Reise fast als einer Heimkehr zugejubelt, das konnte weder der Stadt noch ihrem Besucher guttun. Wenn ich schon einen Anlaß für die Reise brauchte, dann sollte es für mich und Giovanni ein neuer Anfang sein. Das war Programm genug, da blieb kein freier Raum für Klostersingen und für Straßenkitsch. Ich befahl mir, sofort ins *Universo* zurückzukehren. Um den Alten loszuwerden, mußte ich ihm erst Gesellschaft leisten.

10

Zu Federico Piovani sind wir nicht gegangen. Ich habe die Karten verfallen lassen, der Alte hatte den Arienabend auch mir gründlich ausgeredet, wofür ich ihm dankbar war. So haben wir uns den Gang über die Piazza del Giglio erspart, obwohl sie in der Abendsonne unendlich weich vor uns gelegen hätte, und obwohl hinter den hohen Fenstern des Theaters verführerisch die Lüster funkelten: Komm!

Wir widerstanden ihrem Ruf. Ich war neben dem Alten in der Halle gesessen und hielt die Eintrittskarten um meine Finger gewickelt, bis sie feucht wurden und platzten. Ich wollte ja zu Federico Piovani gehen, aber der Alte hatte recht mit seinen Einwendungen, ich durfte sie nicht auf die leichte Schulter nehmen und schon gar nicht verwerfen. Wie mich der Alte belehrte, wäre ich im Begriff gewesen, durch meine Teilnahme an dem Solistenabend einem Scharlatan die Ehre zu geben, und wenigstens in dieser ernsten, schönen Stadt sollte billige Schaustellerei ihre Grenzen haben.

Federico Piovani locke mit einer Stimme, die gewiß schön klinge, aber mehr noch betöre er mit seiner allzu leichten Verfügbarkeit am Ort seiner Geburt, mit der trügerisch verbreiteten Illusion, jeder Bürger sei willkommen, ein jeder gehöre einem auserwählten Zirkel an, wenn er nur die Heimkehr des berühmten Sohnes feiere. Federico Piovani kehre Jahr für Jahr zurück, um seine Mitbürger von ehedem im falschen Glauben zu wiegen, er sei einer von ihnen. In Wahrheit aber komme er, um auszukosten, daß er längst oberhalb und außerhalb seiner Herkunft stehe. Indem er im zwergischen Stadttheater singe, wohlgemerkt niemals in einer Produktion der stets ausgezeichneten *stagione*, sondern immer nur in sogenannten Arienabenden, die aus zusammengeflicktem, aufs anspruchsloseste gewähltem musikalischem Zeug bestünden, das einem Sänger wie Piovani keine Vorbereitungen abverlange, vermittle er seiner Heimatstadt den Eindruck, er öffne sein Herz gerade hier am weitesten. In Wahrheit bezeuge ein solcher Arienabend dem Publikum Verachtung. Es gebe auch immer erst im allerletzten Augenblick ein Programm, weil Piovani, je nach Sparsamkeit und Laune, nun einmal singe, was ihm nichts abverlange. Und dann der Pianist! Es sei jedesmal die Mittelmäßigkeit an sich, die sich an den Flügel setze. Federico Piovani wiederhole, wie gesagt, diesen Jammerauftritt jedes Jahr, um seiner Heimatstadt zu zeigen, wie weit er es außerhalb der Befestigungen gebracht habe.

Der Alte holte Luft und wirkte erregt.

Für einen an diesem Ort Geborenen gebe es nur zwei Dimensionen, fuhr er fort, nämlich *dentro le mura* und *fuori le mura*, wobei es belanglos sei, ob dieses Außerhalb nun ein paar Gehminuten von den Mauern, im weiten Amerika oder, wenn das möglich wäre, auf einem anderen Stern stattfinde. Ein in dieser Stadt Geborener verbringe sein Leben innerhalb oder außerhalb der Mauern, und jeder innerhalb der Mauern Lebende beneide und verachte zugleich die außerhalb der Mauern Lebenden, wie jene, die ihre Existenz außerhalb der Mauern gefunden hätten, bei jeder Gelegenheit die innerhalb der Mauern Verbliebenen aufsuchten, um sie zu verhöhnen und zu quälen. Der Sänger Federico Piovani kehre nur aus diesem Grunde immer wieder hierher zurück, um seinen Hohn mit seiner weltberühmten Stimme von der Bühne des Teatro Comunale zu schmettern, und natürlich gingen sie alle hin, die Bürger dieser Stadt, um sich verhöhnen zu lassen. Obwohl Piovani in diesen längst zur Routine gewordenen Konzerten bei weitem nicht sein Bestes gebe, es fehle nicht viel, daß er den ganzen Abend sotto voce singe, applaudierten die Bürger nach jeder Nummer. Sie spendeten beispiellosen Beifall auch nach der kürzesten neapolitanischen Schnulze, die neben klassischem Repertoire zu singen ein Piovani sich nicht schäme, ja vielleicht sei er den Unterschied zwischen der einen und der anderen Musik wahrzunehmen nicht einmal imstande. Im Verlaufe eines solchen Hohnkonzertes werde mehr geklatscht als gesungen, es verliere sich jede Grenze zwischen Musik und Lärm, sagte der Alte.

Am Ende erbettle das Publikum eine Zugabe nach der anderen, die der Sänger natürlich gewähre, nur um seine Mitbürger von ehedem betteln zu sehen. Es sollte ihn nicht wundern, sagte der Alte, wenn der berühmte Piovani mit seinem absoluten Gehör das Klatschen der Stadtbewohner unterscheiden und zerteilen könnte, nach Gassen und Vierteln vielleicht, oder nach der gesellschaftlichen Herkunft des Applaudierenden, und wenn er aus dieser Analyse den allerhöchsten Erniedrigungsgenuß zöge. Sollte ein Bürger dieses Ortes, ereiferte sich der Alte, jemals die Stadt verlassen und einem Auftritt des Tenors an der New Yorker Met oder im Londoner Covent Garden oder auch nur im nicht allzu fernen Teatro alla Scala beiwohnen, dann würde Piovani mit seinem absoluten Gehör den klatschenden Touristen aus seiner Heimatstadt gewiß auch unter den Tausenden heraushören und die neidvolle Bewunderung des einen als höchsten Triumph erfahren. Denn neidisch seien sie alle, die Bürger dieser Stadt, wenn einer *fuori le mura* gelange, und die Liebe, die man dem Sohn dieser Stadt entgegenbringe, sei eine Haßliebe, wobei der Haß die Liebe um ein Unendliches überwiege.

Am liebsten würden sie ja alle am Morgen in der Zeitung lesen, sagte er, daß Federico Piovani in der Blüte seiner Jahre – Tenöre blühten immer – verstorben sei. Herzinfarkt, Fischvergiftung, Mord: alles wäre diesen Bürgern recht. Erst dann könnte die Geburtsstadt Federico Piovani wirklich feiern, erst dann könnte man vor dem Teatro Comunale die große Trauerfahne hissen und bald darauf eine Straße oder gleich einen Platz in *Via Piovani* oder *Piazza Federico Piovani* umbenennen. Diese Stadt liebe ja ihre Toten bekanntlich ungleich inniger als ihre Lebenden, und die Treue finde erst ihren Sinn, wenn sie Toten gehalten werde, denn die Lebenden forderten zwar Treue, aber erwiderten sie nicht und entschlüpften ihr recht bald mit frecher Gesetzmäßigkeit. Nun würde ich einige gewichtige Gründe kennen, sagte der Alte, um den Arienabend Federico Piovanis zu boykottieren. Es mache einen Unterschied, sagte er, wenn in einem ausverkauften Hause an vorderster Stelle zwei leere Plätze gähnten. Natürlich sei der Abend damit nicht weniger gut besucht, aber ein leerer Platz sei ein nicht von der Hand zu weisendes Vakuum, ein für den Künstler nicht zu übersehender Hinweis auf die Unvollkommenheit. Leere Plätze seien Krebsgeschwüre, sie hätten die Anlage zum Wachstum in sich, schwärmte er, und wenn sie nur an genügend prominenter Stelle bleckten, dann müßten sie den Tenor zweifellos verstören. Es gehe darum, die kleine Allmacht, die dem Publikum gegeben sei, nämlich nicht als Publikum aufzutreten, klug zu nützen. Am liebsten würde er, sagte der Alte, in böser Absicht alle siebenhundertdreiundfünfzig Plätze des Stadttheaters aufkaufen und dann den Sänger vor ein leeres Haus treten lassen. Ihm die Gage zahlen, gewiß, ihm jedoch keine Zuhörer, keinen Applaus gewähren.

Aber es gebe andere, und weniger vergeistigte, gewissermaßen hygienische Gründe für einen Boykott, sagte er dann, jetzt wieder ganz sachlich. Hygienische Gründe, caro Signore, und er rückte mir um einige Handbreit näher, ohne den Freiraum zwischen seinem und meinem Ende des Ledersofas dabei zu verringern. Näherkommen und Fernbleiben, das beherrschte der Alte. Nur sein Oberkörper, dieser schlanke Oberkörper in strengster Haltung, diese Karikatur eines Offiziers der alten Schule, beschrieb eine leichte Biegung zur Mitte des Sofas hin, als liege ein großes Geheimnis in der Luft. Ich glaubte mich verpflichtet, diesem Näherrücken auch von meiner Seite her zu entsprechen, und für Sekundenbruchteile nur starrten wir dann einander in die Augen, bevor wir beide wieder zurückwichen. Aber der Augenblick reichte aus, mich in tiefsten Schrecken zu versetzen. Sosehr die Lider des Alten nämlich in größter Unruhe nicht nur zuckten, nein: sprangen, – ein Umstand, der mich schon am Ankunftstag und über die weite Halle hin gefesselt hatte –, so statisch und unbewegt lagen seine Augen in ihren Höhlen. Noch nie hatte ich lebende Augen gesehen, die so leblos waren. So stellte ich mir den Blick eines Toten vor, der im größten Entsetzen gestorben war und dem niemand gütig die Lider geschlossen hatte. Aber ich konnte mir dieses Bild nur *vorstellen*, weil ich noch nie von Angesicht zu Angesicht vor einem Toten gestanden hatte. Trotz meiner Jahre konnte ich froh bekennen, daß der Tod immer nur ein Wort für mich geblieben war. So gern ich auf Friedhöfen flanierte, von den Toten durch Erde und fettes Gras oder üppigen Marmor getrennt, so ängstlich war ich den Leichenhallen stets ausgewichen. Die gedämpfte Stimme des Alten gestattete mir kein Abschweifen. Ich wollte auch hören, was er mir zu sagen hatte. Seine Natur paßte zum *Universo*, entschied ich endlich: das Unterbundene, das gezähmte Vulkanische waren hier zu Hause. Nach dem vollzogenen Zimmerwechsel erschien mir das Hotel wieder als das beste überhaupt, obwohl ich keine Gewähr auf die kommende Nacht besaß. Ich bin von vielen Leuten als nachtragend bezeichnet worden, aber dem *Universo* trug ich nichts nach.

Warum, fragte der Alte, ohne die Frage an mich zu richten, die musikalische Welt es gerade den großen Sängern und Sängerinnen gestatte, mit ihren Körpern den liederlichsten Umgang zu pflegen, das hätte er doch einmal gern gewußt. Warum dürften Tenöre zu Mülltonnen ausufern, warum Sopranistinnen Weinfässer werden?

Glaube das Publikum vielleicht, die Sängerkörper seien Resonanzkästen und brauchten ein riesenhaftes Volumen zum besseren Klang? Wie edel und vollkommen dagegen die Violine sei! Und sei die Vollendung ihres Tons nicht in ihrer Form schon vorweggenommen? Warum kaufe das musikalische Publikum seinen Lieblingssängern die Stimme ab, wenn nicht um der Schönheit willen? Aber warum seien die Schönheitssucher es zufrieden, Schönheit nur zu *hören*, wenn sie dabei mit den Augen die abscheulichste Häßlichkeit *sehen* müßten? Sei das erste Gesetz der Schönheit nicht das Zusammenspiel der Elemente, die Harmonie des Ganzen? Wie könne schön klingen, was häßlich anzusehen sei?

Als Federico Piovani noch jünger gewesen wäre, hätte er bei aller Schlankheit dennoch vollendet gesungen. Stimme sei also keine Frage des Resonanzkastens, soviel hätte Piovani selbst bewiesen. Dann sei das junge Talent plötzlich entdeckt und gefördert worden. In Italien, Europa, in der ganzen Welt hätte man Federico Piovani schließlich gemästet; das Publikum mäste seine Lieblinge. Tenöre! Man werfe ihnen Bewunderung vor die Füße, man bedecke sie mit Rosenblättern der Anbetung: was jedoch erstatteten die Lieblinge dem Publikum zum Dank zurück? Wie etwa danke ein Federico Piovani seinen Bewunderern? Er beleidige sie mit dem Schreckensbild seines widerwärtig fetten, ekelerregenden Körpers. Er werde berühmter und häßlicher. Piovani hätte den Applaus, der für seine Ohren bestimmt gewesen war, in den Bauch gesteckt.

Er zwinge sein Publikum, sagte der Alte, vollendeten Kunstgenuß mit Brechreiz zu paaren. Das könne nicht jeder und erwarte nicht jeder, der in den Konzertsaal oder ins Opernhaus geht. Federico Piovani singe noch immer das sogenannte lyrische Fach, zu dem seine Stimme ihn verdamme. Er maße sich die romantischen Liebhaberrollen an, auch heute noch, und wälze sich ins Reich der Leidenschaften. Nicht anders, sagte der Alte, sei Pompeji untergegangen. Brutale Fülle auf feines Filigran.

Federico Piovani verspotte die Kunst, der zu dienen er vorgebe. Liebte er sie, dann würde er ihrem Gesetz zu entsprechen versuchen: dem Gesetz der Schönheit. Aber wie die Dinge nun einmal stünden, – der Alte flüsterte wieder –: was für ein übelriechender und grausiger Mensch er doch geworden sei, dieser Weltberühmte, wenn man von seiner Stimme einmal absehe. Wie unglücklich diese Stimme in einem solchen Körper sein müsse! Und genau besehen rieche auch sie schon! Keine Stimme lebe ungeschoren in einem räudigen Körper, der applausumdonnert – auch der Beifall sei eine Kloake – auf den Bühnen stehe und sich selber anekle.

Denn Federico Piovani wisse genau, daß die anderen Sänger und Sängerinnen ihn nur mit Widerwillen umarmten. Er wisse, daß die Frauen, mit denen er sich umgebe, nur seines Ruhmes und Geldes wegen mit ihm schliefen. Er wisse, daß jede, die zu ihm sage: ich liebe dich, notwendigerweise eine Hure sei. Beim Liebesakt fände der große Tenor – und es bedürfe keiner auch noch so geringen Einbildungskraft, sich dergleichen auszumalen – niemals die rechte Position, sagte der Alte, und die rechte Position fände Piovani ja selbst auf der Bühne nicht länger. Die besten Regisseure bemühten sich, den geeigneten Auftritt und den möglichen Abgang für Piovani zu schaffen, aber die Regie komme damit nicht länger zurecht.

Federico Piovani wisse, daß seine Zukunft an dem handtuchgroßen Schweißtuch hänge, ohne das er seit Jahren nicht singen und leben könne, und an der Parfümflasche natürlich auch, an der – wie jedem Bürger dieser Stadt hinreichend bekannt sei – geruchsintensiven Marke *Givenchy Gentleman*, die der Tenor in Halbliterflaschen über seinen Körper schütte. Piovani wisse auch, daß die teuersten Fracks der besten Schneider und die Kostüme der Opernhäuser durch Trocken- und Naßreinigung kaum mehr sauberzukriegen seien, weil er, der sie tragen müsse, nur noch aus Schweiß bestehe. Er erspare mir, sagte der Alte, den Hinweis auf den chronischen Durchfall der Dickleibigen, auf die explosionsartigen Koliken solcher Menschen, er rede nicht vom üblen Verschleiß der Gedärm- und Aftermuskulatur, die, wie alles übrige an einem solchen Körper, nur noch aus Fettgewebe bestehe.

Aber, und jetzt sprach der Alte wieder laut und ohne Vorbehalt, wir wüßten auch, daß für eine kurze Weile Federico Piovanis Stimme die Kritiker, die Aufnahmeproduzenten und natürlich das zum Urteil unbefähigte Publikum noch betören werde. Nur ihn, den großen Tenor, überzeuge seine Stimme bereits nicht mehr. Im Vorgefühl des großen Bankrotts lasse er sich gehen und setze sein Schwerstgewicht als ein letztes Zeichen. Seine Fülle bedeute ja auch, daß er seiner Kunst nicht länger vertraue. Im Vorgefühl des nicht allzu fernen Tages, an dem er nur noch aus Kot bestehen werde, kassiere Federico Piovani Abend für Abend zur Rache an der dünneren Welt seine fetten Honorare ab. Und ich dürfe nicht glauben, betonte der Alte, daß er den Sänger verachte oder gar hasse. Das Gegenteil sei der Fall, er liebe den singenden Sohn der Stadt, er liebe ihn über alles. Nur die Liebe sehe klar, nur sie erkenne die Gefahrenzeichen, nur sie spreche sie aus. Weil er, der Alte, die Kunst liebe, weil er Federico Piovani liebe, müsse er ihn mit Worten, niemals aber mit dem Herzen, verurteilen. Er müsse auch seine Arienabende meiden, weil er nicht mit ansehen könne, wie der Geliebte dem Niedergang verfallen sei.

II

Bevor der Abend vorüber war, hatte ich dem Alten die Geschichte meiner Liebe zu Giovanni erzählt. Was ich ein Leben lang für mich behalten hatte, lag nun offen vor dem Fremden. Ich staunte über das Federgewicht meiner Erzählung, die, wie mir schien, weder Bedeutung noch Botschaft enthielt. Da sie ausgesprochen war, glich sie einem Essensrest im Munde, den ich endlich aus einer Zahnlücke befreit und erleichtert ausgespuckt hatte. Meine große Geschichte war klein geraten, und der Alte hatte bestimmt nur aus Höflichkeit zugehört.

Traurige Leidenschaften dieser Art, die doch nur bewiesen, daß wir weder lebten noch tot seien, verwunderten ihn nicht, hatte der Alte einmal dazwischengeworfen, und nichts an meiner Geschichte ließ ihn aufhorchen. Im Gegenteil, er nannte die Reihung meiner Sätze, als ich geendet hatte, ernüchternd folgerichtig. Er befand wie ein Wissenschaftler über eine endlich errechnete Formel. Er tat mir, als ich mit meiner Erzählung fertig war, sogar den Gefallen, ihre Höhepunkte herauszustreichen und sie zu wiederholen, als wollte er sich vergewissern, auch jeden Gedankenstrang erfaßt zu haben, oder als wollte er mir die Gelegenheit zu einer letzten Korrektur offenlassen. Natürlich hatte er verstanden und gab es nichts zu korrigieren. Nur eben war von der Geschichte nichts übriggeblieben.

Während er unentwegt zum Eingang blickte, legte er meine große Beichte in den einfachsten Sätzen dar, deren jeder das mir bislang Unaussprechliche exakt wiedergab. Ich saß weder im Gerichtssaal noch in einem Klassenzimmer oder Hotel, ich saß vor einer Stimme, die eine Geschichte zerlegte, die mir nicht neu war, aber plötzlich fremd. War es wirklich *meine* Geschichte?

– Wenn ich recht verstanden habe, sagte der Alte, dann sind Sie in ihrer frühen Jugend in einem Strandhotel in Italien einem Knaben begegnet, der Giovanni hieß. Sie kamen aus dem Norden und teilten somit die Lichtbesessenheit der nördlichen Menschen. Weil Sie auch empfindsam waren, sahen Sie sich dem Süden hilflos ausgeliefert. Sie vermischten das geistige und das sinnliche Prinzip, aber wir täten gut daran, diese beiden nicht als entgegengesetzte Pole zu betrachten, denn sie sind es nicht. Weil er schön war, vor allem aber, weil Sie einsam waren und er im rechten Augenblick am rechten Ort vor Ihnen stand und verfügbar schien, verliebten Sie sich in jenen Giovanni.

– Sie nahmen ihn in Besitz, indem Sie ihn mit Erwartungen und Wertungen behängten, die ihm kaum entsprachen und nicht zukamen, wohl aber Ihnen. Denn wir können nichts zuerkennen, was nicht in uns vorhanden ist. Sie stülpten Ihre Einsamkeit und ihren inneren Reichtum wie eine zweite Haut über den Knaben, der freilich daran ersticken mußte.

– Die Briefe, die er Ihnen unter dem Druck Ihrer Ungeduld dann zurückschrieb, und die Sie als Schätze horteten, waren nichts als Spiegelungen Ihrer eigenen Worte. Aber Sie wollten kaum anderes als Spiegelungen von Giovanni. Tyrannisch und dennoch voller Zartheit forderten Sie von ihm Ihr eigenes Bild. Seine Gefühle sollten Ihren eigenen entsprechen; um einen Menschen, um ein Du, haben Sie sich nie bemüht. Als Sie am Ende jenes ersten Sommers mit Ihrer Mutter in den Norden zurückreisten, hatten Sie Giovanni bereits in den Koffer gesteckt. Wenn Sie die Abwesenheit Giovannis beklagten, dann irrten Sie, denn der Freund war bei Ihnen. Es fehlte Ihnen nur die Fähigkeit, diese Wahrheit zu erkennen und Ihre Sehnsucht – Ihr größtes Laster – zum Schweigen zu bringen. Giovanni war Ihnen zur fixen Idee geworden. Ideen aber sind das Erbärmlichste, caro Signore.

– Gut, ein Erinnern dann und wann, ein besorgter Brief in weiten Abständen, der das eigene schlechte Gewissen beruhigen sollte, denn wir kümmern uns viel zu wenig um unsere Menschen. Ein Aufflackern der Liebe für eine Schimäre. Die Liebe, wenn es sie gäbe, müßte anders aussehen. Solange die Liebe nur unsere eigenen Züge trägt, darf sie vergessen werden.

– Sie hatten Giovanni nicht mehr ziehen lassen. Nicht weil er der sogenannte ideale Mensch für Sie war, klammerten Sie sich an ihn, sondern um nicht länger diesen idealen Menschen suchen zu müssen. Denn jede Suche ist beschwerlich. Es war bequemer, Ihre Träume, Ihre Wünsche, Ihre Neigungen an ein Gesicht und einen Namen zu hängen. Besser, hatten Sie gedacht, und denken wir alle, einen zu haben, den ich nicht haben kann, als meine Sehnsucht ins Blaue zu vergeuden. Sie waren ungeduldig, wer dürfte Ihnen daraus einen Vorwurf machen?

– Ich verstehe Sie gut, sagte der Alte, und unsere italienische Jugend gehört ja tatsächlich zu den sogenannten schönen Menschen, womit ich körperliche Vorzüge meine, und sonst nichts. Natürlich mußte Giovanni, als er älter wurde, Ihre Nachstellungen als lästig empfinden. Er wußte weder, wer er war, noch, was Sie in ihm sahen. Sie liebten ihn als den schönen Knaben, der zu sein ihm nicht bewußt war. So erkaltete der Ton seiner Briefe im Verhältnis zu Ihren nördlich perversen, kreischenden Liebesbeteuerungen. Wo ein Zuviel herrscht, muß ein Zuwenig den Ausgleich bringen;

Sie hätten Giovanni für seine Gerechtigkeit danken sollen. Wer, wenn nicht er, hätte die Harmonie geliefert, in die Sie verliebt gewesen waren? Sie selber schufen ja nur Schlagseite, Ungleichgewicht, schwüle Unmöglichkeit. Giovanni renkte ein, wo Sie zerstörten. Von jener Sommerwoche, die der Sechzehnjährige, im *Universo* wohnend, als Gast des Dreizehnjährigen verbrachte, will ich nicht reden. Es mag eine schöne Zeit gewesen sein.

Nein, davon zu sprechen, das stünde ihm nicht zu, sagte der Alte, denn man müßte jene Zeit erlebt haben, um darüber etwas sagen zu können, was aber freilich auch bedeutete: ebensogut schweigen zu dürfen. Er machte eine wegwerfende Handbewegung und setzte eine Pause. Wie die Geschichte sich ihm darstelle, meinte er endlich, hätte ich besser nicht in diese Stadt zurückkehren sollen.

Sein Richterspruch schmerzte mich, denn ich hatte die Geschichte dem Alten in der Hoffnung erzählt, daß er sie für gültig und gut befinden sollte. Aus Furcht, diese Zustimmung nicht zu finden, hatte ich sie ein Leben lang – bis zu diesem Abend – für mich behalten, und jetzt wünschte ich natürlich um so mehr, ich hätte auch weiterhin geschwiegen. Es war keine Kleinigkeit, die Politik eines ganzen Lebens hinzuwerfen. Warum nur hatte ich mein Prinzip des Schweigens verlassen? War es wirklich nur Schwäche? Dann mußte ich entsetzlich schwach geworden sein.

Konnte ich meine Geschichte vor dem Alten, vor mir selber, vor ihrem Inhalt rechtfertigen? Das war die Frage. Ich hatte seit jeher einem Menschen begegnen wollen, der mein Geschwätz kostbar finden, meine Besessenheit Treue nennen und meinem Suchen Sinn zugestehen würde. Ich hatte das Unmögliche gefordert. Jetzt, da meine Worte vor dem Alten ausgebreitet lagen, vermochte ich keine Kritik zu ertragen. Ich bestritt das Recht des *Greises*, ein Urteil über meine Geschichte zu fällen.

Dabei wußte ich, daß sein Urteil gültig war. Ich hatte zum geeigneten Mann gesprochen, mit den passenden Sätzen, ohne Abstrich und ohne Beschönigung. Ich durfte die Kritik des Alten jetzt nicht verwerfen. Ich konnte gegen sein Urteil nicht in die höhere

Instanz gehen, weil es keine gab. Die erste Instanz, die des Zuhörers, war immer schon die letzte. Ich mußte das Urteil annehmen. Ich konnte mir nicht vorsagen, der Alte hätte mich mißverstanden, oder es fehle ihm an der Voraussetzung, mich zu begreifen. Das durfte ich nicht behaupten. Der Alte war der beste Zuhörer gewesen, und der klügste Richter. Was er gehört und sodann mit seinen eigenen Worten resümiert hatte, war nichts anderes als meine Geschichte.

Sie war kleiner und gewichtloser als mein Handkoffer, der oben im Zimmer stand. Ich war ein Hochstapler, der jetzt, in der Halle des *Universo*, entlarvt wurde. Es war vorbei mit mir. Ich mußte von Glück reden, daß nicht die Carabinieri gerufen wurden, um mich in Handschellen zu legen und abzuführen. Damit hatte mir Giovannis böse Mutter gedroht, als ich einmal im Brief mein Kommen in Aussicht gestellt hatte, und sie schon sehr alt und wirr gewesen war. Wenn Sie Giovanni gegen meinen Willen aufsuchen sollten, dann werde ich die Carabinieri rufen und Sie verhaften lassen, hatte sie per Eilbrief gedroht. Die Neunzigjährige hatte den Sechzigjährigen vor seinem Verführer schützen wollen. Mütter! Aber jetzt lachte ich über diese Drohung zum ersten Mal nicht mehr. Würde der Alte mir ein gerechter Richter sein? Konnte einer, der alles durchschaute, noch milde sein?

Er schwieg und starrte zum Eingang. Ich spürte, daß er fertig war mit mir. Mein Fall war abgeschlossen, die Verhandlung ohne Urteil aufgehoben. Mein Fall war vom hohen Gericht wegen Nichtigkeit abgewiesen worden. Oder war es Freispruch wegen mangelnder Beweise? Mein Leben, Giovannis Leben, das Wachhundleben seiner Mutter, und die Liebe, die uns allen zum Malheur geworden war? Wo waren die Beweise? Ich durfte den Alten mit der Frage nicht belästigen. Ich verstand nur nicht, was geschehen war: meiner Lebenssicherheit, dem prall gefüllten Ballon, war mit einem Schlag die Luft entwichen. Ich fuhr mit den Händen über mein Gesicht und spürte wieder die tiefen, harten Falten. Sie waren so tief, daß ich darin steckenblieb.

– Und Sie, mein Herr, wie lange warten *Sie* schon?

Ich konnte das Wortemachen nicht lassen. Es war mir wichtig, von mir selber wegzukommen, ohne daß ich den Mut aufbrachte, mich zu erheben und die Halle zu verlassen. Ich war an meinen Richter gefesselt.

Touristen liefen durch das Hotel. Sie rannten auf ihre Zimmer und aus diesen wieder hinunter auf den Platz vor dem Haus, sie wirkten aufgeregt und doch gelangweilt. Ein jeder erinnerte mich an die Gesamtheit der anderen, sie waren Konfektion und austauschbar. Der Alte befand sich im Vorteil, weil er die Touristen gar nicht wahrnahm. Er äußerte sogar seine Verwunderung über die Leere des Hauses, er meinte, da befänden wir uns mitten im Hochsommer und das *Universo* stehe leer.

Ich widersprach ihm nicht, weil ich es als meinen privaten Fluch empfand, die Touristen sehen zu müssen. Immer und überall schwangen sich die Bilder vor meinen Augen zu Herren auf, ich lebte in einem Haus ohne Vorhänge, was auch geschah, es sprang mich an. Zur Schau des Alten war ich noch nicht vorgestoßen.

Es wurde spät. Seit dem Frühstück im Stehen hatte ich nicht mehr gegessen. Das Mittagessen war mir durch die Finger gerutscht, auch hatte ich da noch keinen Hunger verspürt, und jetzt ging es gegen Mitternacht. Der Arienabend Federico Piovanis mußte längst zu Ende sein. Das *Giglio* wäre mit Theatergästen überfüllt oder gar schon geschlossen, wo konnte ich jetzt noch etwas zu essen finden?

Gestern hatte ich mich ohne Anlaß vollgefressen, heute lebte ich, ohne Anlaß, wieder wie ein Asket. Beides bekam mir nicht. Ich wollte den Alten zum Essen bitten, aber der mußte ja den Eingang überwachen, und ohne ihn zu essen, das gefiel mir nicht, und so blieb ich denn bei ihm.

Wir redeten über Belanglosigkeiten, wir waren von den großen Themen erschöpft, wenngleich sie nur scheinbar groß gewesen waren. Ich dachte mir bei jedem neuen Wort, ich sollte endlich essen gehen, und blieb dann doch sitzen. Dabei konnte ich nicht wissen, ob dem Alten meine Gegenwart nicht lästig war. Vielleicht empfand er mich als Störer und erwies mir bloß die ausgesuchte Höflichkeit, die zu empfangen ich nicht länger erwarten durfte.

Ich wußte nichts von ihm, er wußte alles über mich. Es war nur natürlich, daß ich ihn langweilen mußte. Um ein Gleichgewicht zu schaffen, hatte ich die Frage an ihn gerichtet, die ich jetzt, frech wie beim ersten Mal, wiederholte:

– Und Sie, wie lange warten *Sie* schon?

Ich erwartete Ausflüchte, oder eine Mißachtung meiner Frage; ich wäre mit allem zufrieden gewesen, aber es sollte anders kommen. Ich hörte, was ich im Grunde nicht hatte erfahren wollen, nämlich die Geschichte des Alten.

– Meine Geschichte, caro Signore, sagte er mit ruhiger Stimme, ist sehr einfach. Die Ihre dagegen erfordert viel guten Willen, ja Mitgefühl und Großzügigkeit. Ihre unveränderte Liebe zu Giovanni wird nicht jeder verstehen, Ihre späte Reise in diese Stadt nicht jeder für gut halten. Morgen, Dienstag um fünf, so sagten Sie mir, würden Sie Giovanni wiedersehen. Ich stelle mir diese Begegnung etwas mühsam vor, Sie wissen es bereits. Ich will Ihnen auch nicht verschweigen, daß ich daran zweifle, ob sie stattfinden wird. Aber, so versicherten Sie mir, Giovanni hätte sein Erscheinen brieflich zugesagt. Caro Signore, Sie tun mir leid. Es gibt kaum Schlimmeres als Begegnungen, die nach Plan verlaufen. Wie dankbar bin ich dagegen meinem Warten und jedem neuen Tag, der mein Warten länger macht. Würde der Mensch, auf den *ich* warte, in dieser Sekunde in das *Universo* treten, ich müßte vor Enttäuschung und Glück tot zu Boden sinken.

Wie einer, der dem Schrecklichen gegenüberstand und nun weiß, daß er ihm entronnen ist, atmete der Alte jetzt tief durch. Ich beneidete sein Luftholen und Luftausstoßen, das mir die herrlichste Freiheit zu enthalten schien. Das rechte Atmen hatte ich nie erlernt. Noch immer blieben meine Atemzüge unberechenbar, und häufig entgleisten sie. Wer hätte mich nicht als keuchenden, kriechenden Bittsteller kennengelernt? Wer atmen konnte, der war jemand; und der Alte konnte atmen.

– Eigentlich hätte es auch bei mir eine Liebesgeschichte werden können, sagte er, und sie wäre noch alltäglicher geworden als Ihre Unglücksknabenlegende. Ohne den Reiz der Ferne und der Heiligkeit. Denn, sehen Sie, ich bin in dieser Stadt geboren und verbrachte hier mein Leben. Ich verliebte mich in eine junge Frau aus dieser selben Stadt. Ich weiß nicht mehr, wo wir einander zum ersten Mal begegnet sind, aber wir mochten uns. Wir gingen viel mitsammen aus, wir schwätzten damals nicht gleich von großer Liebe. Ab einem gewissen Zeitpunkt aber redeten wir doch davon, wir –

Der Alte unterbrach sich und nahm zum ersten Mal seinen Blick vom Eingang, um die Augen zu schließen. Sehr lange saß er dann mit geschlossenen Augen da. Ich müsse bedenken, murmelte er, daß ich in ihm dem verkörperten Außenseiter begegnet sei. Es müsse mir klar sein, daß er nicht in diese Zeit gehöre. Er sei ein Gespenst, das dürfe ich niemals vergessen. Er riß die Augen wieder auf, wobei ich mehr Weißes als Pupille sah.

– Wir kamen beide aus sogenannten führenden Familien, und damals glaubte auch ich daran, daß Herkunft unsereinen zu etwas Besonderem verpflichtete. Ich glaubte mich jedenfalls nicht im Recht, Rosanna zu berühren, bevor ich sie nicht geheiratet hätte. Und ich wollte sie nicht heiraten, bevor ich nicht jemand geworden war.

– Ich glaubte an die Verbindung zwischen Geliebtwerden, Liebe und Leistung. Ich hätte es mir leisten können, im Leben nichts zu tun und von den Ländereien meines Vaters zu leben. Ich war der einzige Sohn, wir besaßen fruchtbare Erde, unsere Verwalter waren ehrlich, Hunderte von Bauern bezahlten uns Pacht. Niemand in unseren Kreisen hätte mir eine Entscheidung zum Erbe und zum Nichtstun vorgeworfen. Am wenigsten Rosanna, sagte der Alte.

– Ich war ein Dickkopf und ein Narr. Ich bildete mir ein, Rosannas Liebe verdienen zu müssen. Dabei hatte ich sie schon. Es wollte nicht in meinen Kopf hinein, daß alles Kostbare umsonst zu haben ist oder gar nicht. Wer auf die Dinge sparte oder sich um die Menschen bemühte, der würde sie nie besitzen. Niemals würden sie sich dem Sparer oder dem Werber schenken. Rosanna, Kind ihrer Herkunft und dennoch ihr Widerspruch, wäre auch ohne Ehe zu allem bereit gewesen. Sie paßte ebensowenig in ihre Zeit, wie ich in die meine paßte. Aber da wir mit dem gleichen Kalenderblatt an demselben Ort wohnten, war es unsere Zeit. Das war uns nur nicht bewußt geworden. Ich, der Mann, mußte Rosanna bremsen. Wie ungewöhnlich, meinen Sie nicht auch? Meine Geliebte lachte mich aus, meine Prinzipien belustigten sie. Aber ich glaubte, daß Rosanna sie dennoch von mir forderte. Ich wurde nicht müde, ihr die Vorzüge des Wartens zu preisen. Ich übersah nur eins: daß meine Prinzipien nicht die ihren waren, und schlimmer noch: auch nicht die meinen, sondern ererbte, übernommene. Heute muß ich fürchten, Rosanna hat mich schon damals nur verachtet.

– In unseren Kreisen wurde viel geschwiegen. Das Verborgene aber machte jede Regung nur stärker. Ich wollte mich für Rosanna auszeichnen. Eine Weile dachte ich an das Militär, aber mein Hang zur Beschaulichkeit ließ mich diese Absicht bald verwerfen. Ich begann an der ehrwürdigen Universität der nahen Stadt Pisa mit dem Studium der Mathematik und Physik. Ich wollte mich in die Armee der Wissenschaft einreihen, fragen Sie mich bitte nicht, warum.

– Von einem Tag zum anderen träumte ich von Promotion und einem Leben im Dienst der Alma mater. Ich konnte mir ein Dasein als Dozent, mit meiner geliebten Rosanna zur Seite, wohl vorstellen. Ich hätte einige Studien verfaßt, die meinen Namen vielleicht zwar nicht bekannt gemacht, aber doch im engen Kreise meines Faches gerechtfertigt hätten, und abends wären Freunde zur Kammermusik in unser Haus gekommen, die Rosanna zur festen Einrichtung befördert hätte.

– Sie spielte ja ausgezeichnet Klavier, und wir hätten gewiß einen Geiger gefunden, und einen Bratschisten und Cellisten auch. Ach, Kammermusik auf hohem Niveau! Wir hätten keinen Federico Piovani gebraucht, obwohl Rosanna, und ich schrieb es ihrer Jugend zu, nicht selten auf das Lärmende hereinfiel. Es wäre schon alles gut geworden, ich besaß unendliche Geduld. Die Steinbrüche von Carrara bergen weniger Marmor, caro Signore, als ich Geduld besaß.

– Aber fürs erste benutzte ich sie nur, um in Pisa zu studieren. Hätte ich in einer anderen Zeit gelebt, etwa in der heutigen, dann würde ich mir einen dieser hübschen Sportwagen gekauft haben, wie sie inzwischen jeder Lehrling besitzt. Dann hätte ich mir niemals in Pisa eine Wohnung gemietet. Dann wäre ich zu den Vorlesungen und Seminaren in meinem Sportwagen einfach hingebraust, und gleich darauf wieder zurück zu Rosanna. Aber damals galten Pisa und meine Stadt für weit voneinander entfernt, man mußte sich entscheiden, in der einen oder anderen zu leben. So verbrachte ich die Wochentage am Ort der Universität, am Lungarno wohnte ich, der in Pisa um vieles ernster war als in Florenz. Pisa ist keine heitere Stadt, man kann dort die Schwermut kennenlernen. Ich litt an den Nächten, die ich, von Rosanna erfüllt, mit weiten Wanderungen zu verkürzen suchte, den Fluß entlang, bis weit vor die Stadt in den sumpfigen Westen.

– Ich schrieb Rosanna täglich einen Brief. Es fiel mir schwer, meinen Überschwang an Gefühlen im Zaum zu halten und Briefe zu verfassen, die eine junge Dame weder beleidigen noch erschrekken sollten. Ich bemühte mich in allen Dingen um Kontrolle, und die Mathematik half mir dabei. Ich wurde zum beherrschtesten jungen Menschen, der sich denken ließ.

– Mußte Rosanna nicht stolz auf mich sein? Meine Prüfungen bestand ich, eine nach der anderen, mit Auszeichnung. An den Wochenenden fuhr ich in meine Stadt zurück. Nie erschien ich ohne ein Geschenk für meine Rosanna. Sie gehörte damals bereits mir; wir hatten uns verlobt, caro Signore. Wir gehörten einander vor aller Augen an. Eine Weile freute sich Rosanna über meine Besuche an den Wochenenden. Wir spazierten an schönen Nachmittagen hinaus zu den Befestigungen unserer Stadt. Rosanna spannte ihren Sonnenschirm auf, er war weiß, wir hatten es nicht eilig. Manchmal wanderten wir bis zu den nahen Bergen; nicht gleich in die Wildnis des Apennin, bloß an die Hügelketten gelangten wir, welche unsere Stadt von der großen Ebene zum Meer hin trennen. Ich kannte eine Wiese unter Olivenbäumen, von wo aus wir an klaren Tagen den Schiefen Turm, und manchmal, freilich selten, dahinter das blaue Meer sehen konnten.

– Ich berichtete Rosanna von meinen Fortschritten im Studium, ich versuchte zu erklären, mit welchen Schwierigkeiten ich mich in meinen Seminaren herumschlug. Als Kind hatte ich nie geahnt, daß Mathematik und Physik mich begeistern könnten, aber auf einmal steckte ich bis zum Herzen darin. Sogar bei Nacht beschäftigten mich Gleichungen und Theoreme.

– Aber nie versäumte ich, meiner Rosanna Blumen zu schenken, wenn ich an den Freitagnachmittagen in unsere Stadt heimkehrte. Meine Verlobte hörte mir in den ersten Semestern auch zu, wenn ich ihr aus meinem Studentenleben erzählte, das ich doch nur für sie begonnen hatte. Wenn Rosanna sich, anfangs selten, später oft, über mich lustig machte, wenn meine Ernsthaftigkeit sie zu Spott hinriß, dann liebte ich ihre Scherze, denn ich wünschte mir durchaus eine heitere, lachende Frau. Sie würde später meinem wissenschaftlichen Brüten frische Luft zuführen.

– Lach nur, lachte ich selber, und erzählte Rosanna von meiner Ungeduld, sie endlich zur Frau zu haben und Kammermusik durch unser Haus ertönen zu hören, aber sie unterbrach mich nahezu grob in meinem Zukunftsschwärmen. Wenn ich sie haben wollte, könnte ich sie gleich haben. Wie sehr ich ihre ungestüme Art liebte!

– Gelegentlich führte ich sie zum Tanz. Aber es gab nur wenige Bälle in unserer Stadt, und die kleinen Wirtshäuser, wo an manchen Abenden ein Orchester spielte, waren nicht nach meinem Geschmack. Es lag mir nicht, mich unter die Menge zu mischen, und noch weniger gefiel mir die Vorstellung, meine schöne Rosanna unter solchen Leuten zu sehen. Sie dagegen machte keine Unterschiede. Sie wollte nicht verstehen, warum ich solche Unterhaltung ausschlug. Manchmal, wenn wir auf den Befestigungen promenierten, verletzte sie mich, indem sie den gutgebauten Körper eines vorübergehenden Arbeiters oder Soldaten pries. Der habe breite Schultern, sagte sie, oder sie zeigte gar mit den Fingern auf einen in kurzen Hosen, der braun gebrannte, starke Schenkel zur Schau trug. Ich wußte in solchen Augenblicken nie, was ich entgegnen sollte. Mit so einem wollte sie tanzen, lachte Rosanna, und schmiegte sich dabei doch eng an mich.

– Dann lief mir ein Schauder über den Rücken, aber ich küßte ihr Haar, das immer auf dieselbe Weise duftete, und betäubte mich an dem Aroma, das ich nicht benennen konnte. Rosanna sei eben jünger als ich, sie sei kecker als andere Mädchen, sie sei mir gerade recht, vertröstete ich mich. Bald sollte ihre Leidenschaft mir ganz zugute kommen.

– Ich beeilte mich, meine Studien um so rascher abzuschließen. Zugleich wollte ich aber meine Pflichten nicht betrügen. Ich wollte der Wissenschaft ein ebenso treuer Freund wie meiner Rosanna sein. Nur dann, so glaubte ich, durfte ich Gegentreue hier wie dort erwarten.

– Und es gab auch lange Zeit keinen Grund zur Klage. Wochenenden bedeuteten Freude, bis Rosanna sich zu verändern anfing. Sie machte mir mein Studium zum Vorwurf, bald hatte sie an meinem ganzen Wesen etwas auszusetzen. Ich verstand sie ja, das Warten tat mir selber weh, aber man wird kein Mathematiker übers Jahr. Ich sah es ihr gerne nach, wenn sie in trüben Stunden klagte, sie wollte keinen Gelehrten zum Mann, und sie würde keine Kammermusik in ihrem Hause dulden. Niemals, erregte sie sich, und verfluchte zugleich die Klavierstunden ihrer Mädchenzeit.

– Ich konnte Rosanna immer weniger beruhigen. Sie zog unsere gemeinsamen Hoffnungen in den Schmutz, sie wußte genau, wo sie mich verletzen konnte. Doch, wie gesagt, ich war ihr nicht böse. Ich bedauerte nur den gereizten Zustand ihrer Nerven und zog sie sanft an mich, wie wild sie mich auch fortstieß. Die Schmerzen, die wir einander zufügten, waren der Preis, den mein

Studium uns beiden abverlangte. Selbst mein Vater sorgte sich, nahm mich beiseite und erteilte mir den Rat, Rosanna nicht länger warten zu lassen.

– Er hatte recht, aber ich kannte mich besser. Ich wußte, daß ich als Ehemann mein Studium nicht beenden würde. Und ich wollte Rosanna einen verkrachten – wenn auch gut versorgten – Mann nicht zumuten. Sie müßte stolz auf mich sein können, darauf kam es mir an.

– Die häßlichen Szenen häuften sich, und es kam der Tag, an dem Rosanna mir den Begrüßungskuß verweigerte. Sie hätte auch keine Zeit, ließ sie mir tags darauf durch einen Dritten verkünden, mit mir in die Hügel zu wandern. Ich stand vernichtet vor ihrem Haus. Ihre Mutter kam auf die Straße und versuchte mich zu trösten. Aber ich brauchte keinen Trost, weil es ohne Rosanna nichts auf dieser Welt – und damit auch keinen Trost – geben konnte.

– Ich habe mich nie zwischen Licht und Finsternis ansiedeln können. Grautöne, caro Signore, sind mir der Tod. Ich fuhr zurück nach Pisa und absolvierte meine Prüfungen mit einer Kompetenz, wie sie mir mit Menschen nicht gegeben war. Dann erreichten mich Gerüchte: Rosanna hätte einen Liebhaber, nicht bloß einen, sondern viele. Ein jeder wollte sie plötzlich mit anderen Männern gesehen haben, nicht erst seit kurzem, nein, das gehe schon lange so.

– Ich glaubte kein Wort. Die Menge war böse, jede Harmlosigkeit wurde mißdeutet und zum Verbrechen verzerrt. Rosanna war meine Königin, es durfte nichts wahr sein an dem Geschwätz. Immerhin verließ ich Pisa mitten in der Woche. Ich erreichte meine Stadt, rannte zu Rosannas Haus, drang unangemeldet zu ihr vor, schleuderte ihr die Bezichtigungen der anderen ins Gesicht, schüttelte sie, erzwang eine Aussprache, befahl ihr, nein: flehte sie an, jeden Verdacht in mir zu zerstreuen.

– Sag mir, daß nichts wahr ist an diesen bösen Geschichten, forderte ich. Aber sie lachte nur. Diese Freude könne sie mir nicht bereiten, sagte sie, weil die Gerüchte keine Gerüchte seien. Es sei alles anders, als ich glaubte. Sie, Rosanna, sei nicht die leichte

Beute der Männer, sondern die Männer seien ihre Beute. Sie hätte vom Warten genug, sie verachte den Mann, der sie nur anbete und nicht zu nehmen verstehe. Sie wolle Fleisch, nicht Verehrung, sie verachte mich. Das Leben sei zu kurz, um sich der Lust zu versagen, sagte sie, und es gebe nur ein Verbrechen: das Zuwarten, das Treusein. Man müsse sich nehmen, was man haben wolle, besser heute als morgen, besser gestern als heute.

– Rosanna stand hoch aufgerichtet über mir. Ich höre ihr Lachen heute noch, sagte der Alte. Es stecke in den Mauern dieser Stadt, jeder Ziegelstein enthalte Rosannas Lachen.

– Ich habe dich nie geliebt, sagte Rosanna, sagte der Alte, ich habe dich nur am Anfang verlockend gefunden, sagte sie, du hast mich angezogen mit deiner ungewöhnlichen, sehr bald unerträglichen Behutsamkeit. Ich wollte sehen, wie einer wie du mit einer Frau schläft, sagte sie. Leider habe ich gerade das nicht erlebt. Aber es wäre gewiß sehr langweilig gewesen. Jetzt, sagte sie, sagte der Alte, wollte sie es nicht mehr wissen. Oder, spottete sie, wird es mich vielleicht wieder interessieren, wenn ich alle anderen Männer ausprobiert haben werde.

– Verstehst du mich, rief Rosanna, sagte der Alte, ich will sie *alle* haben! Alle Männer! Wenn ein Mann zum Geschlecht wird, zu nichts sonst als seinem Glied, verliert er seinen Namen und Rang. Dann ist er nichts mehr und dabei alles, dann ist er mir recht, rief Rosanna, dann soll er sich meinetwegen einbilden, er hätte mich, denn in Wahrheit habe ich ihn und er hat nichts als seine Erschöpfung hinterdrein. Wenn ein Mann sich nicht vergißt, kann er auch mich nicht vergessen, und ich hasse ihn.

– Halte mich nicht für wahnsinnig oder für die große Ausnahme, tobte Rosanna, erzählte der Alte, denn alle Frauen sind wie ich. Ihr Männer dürft euch einbilden, uns zu nehmen, weil ihr damit doch nur unseren Hunger bedient. Glaubt, was ihr wollt, triumphierte Rosanna, solange ihr nur hart werdet auf Befehl, und uns zu Willen seid!

– Rosannas Blicke und Worte zertrampelten mich, erinnerte sich der Alte, und ich stand da und wußte, daß ich sie liebte und nicht verlieren wollte. Ich ließ das von ihr Gesagte wie einen Film in meinem Kopf abrollen, ich suchte nach einem Schlüssel zur Rettung. Und schon fand ich ihn, Rosanna hatte mir mit ihrem Fluch auch die Hoffnung mitgeliefert: wenn sie erst mit allen Männern geschlafen haben würde, dann würde sie zu mir zurückkehren wollen. Sie hätte mich nie geliebt, sagte sie, aber immerhin verlockend gefunden. Ich fand das viel, viel mehr, als ich erwarten durfte. Und konnte aus Verlocktsein nicht Liebe entstehen? Es brauchte nur das Wunder, sagte der Alte, und das Wunder schien mir selbstverständlich. Es war eine Frage der Geduld. Noch während ich vor der Schmähenden stand, fühlte ich meine Trauer von mir abfallen. Ich war bereit, ihr die Freiheit, die sie haben wollte, zu gewähren. Gut: erst alle Männer, aber dann kehrst du zu mir zurück, sagte ich zu Rosanna. Du wirst sehen, daß du am Ende zu mir zurückkehren willst. Ich werde warten, sagte ich.

– Ich hatte Zeit. Fast war ich Rosanna dankbar für den Aufschub, den ich der Mathematik und der Physik zugute kommen lassen wollte. Längst hatte ich geahnt, daß ich mit meinem Studium niemals an ein Ende gelangen würde, weil sich mit jedem Gedanken neue Gedanken eröffneten, die ich bislang nur Rosanna zuliebe übersehen hatte. Jetzt fände ich die Zeit, mich ihnen hinzugeben.

– Rosanna hatte ihre Rede beendet, jetzt schwieg sie, jetzt setzte ich zur meinen an. Die meine war sehr kurz und ungeschickt. Rosanna, sagte ich zu meiner Verlobten, du magst unsere Bindung für abgetan und nichtig halten, aber hast nur Macht über dich selber. Ich bin dein Verlobter ungeachtet deiner schwankenden Meinung. Du kannst die Verlobung auflösen, ich aber werde die meine mit Rosanna weiterführen. Mein Versprechen gilt. Du kannst in Zukunft auf mich rechnen. Und wenn du erst alle Männer ausprobiert haben wirst, wie du sagst, dann wirst du zu mir heimkommen wollen. Das wirst du, Rosanna, und ich weiß, daß ich der richtige und der beste Mann für dich bin.

– Ich merkte, daß Rosanna im Begriff war, wegzugehen und mich allein im Zimmer zurückzulassen. Ich geriet in Panik. In der

Fast-Besinnungslosigkeit jenes Augenblicks suchte ich nach einem Ort zum Warten, zum Wiedersehen, den ich Rosanna nennen konnte. Mir fiel nichts ein, da dachte ich – schon kehrte sie mir den Rücken zu – an das Hotel, wo wir zusammen so oft ein Getränk an der Bar genossen hatten, und wo gewiß auch unser Hochzeitsmahl stattgefunden hätte.

– Ich werde in der Halle des *Universo* auf dich warten, ich werde dort sein, wenn du wiederkommst, rief ich Rosanna zu, als sie aus dem Zimmer stürmte.

– Ich weiß mit Sicherheit, daß Rosanna kommen wird.

Der Alte war aus der Erinnerung zu mir zurückgekehrt.

– Sie wird zu mir kommen, sie hat keine andere Wahl. Wenn erst alle Männer der Welt sie enttäuscht haben werden, dann wird sie wiederkommen und in die Halle treten. Sie wird blaß und geschwächt sein, sie wird hereinschwanken, aber sie wird auch makellos zu mir kommen, eine Heilige, caro Signore, weil, wie sie selber sagte, *sie* die Männer genommen haben wird, und nicht die Männer sie besessen haben. Sie hat sich ihnen nicht hingegeben, sie hat sie nur benutzt. Wir müssen alle nach den Gesetzen unseres Hungers leben, was wäre unser Leben anderes als das Beschwören vergangener Mahlzeiten? Aus dem jeweils letzten Bissen entsteht der neue Hunger, der uns, indem wir ihn befriedigen, bei Kraft erhält. Rosanna wird in die Halle treten und endlich mir gehören wollen.

Die Lippen des Alten hatte Farbe angenommen, seine Augen belebten sich, er lächelte.

– Sehen Sie, ich bin am Anfang etwas unbedacht gewesen, oder sollte ich sagen: ungeduldig, was Rosannas Rückkehr betraf? Denn ich hatte mein Studium an der Universität von Pisa schon am Tage nach jener Unterredung aufgegeben. Hatte mir eingebildet, nicht länger studieren zu können, um meinem Warteversprechen gerecht zu werden. Als hätte Rosanna sich so rasch durch alle Männer hindurcharbeiten können! So bin ich also leider nicht zum Doktor der Mathematik oder der Physik oder gar zum Dozenten avanciert.

– Ich wußte nicht, wie viele Männer es auf der Welt gab, und wann Rosanna mit ihnen fertig würde. Auch hielt ich ihr zugute, daß sie schon im nächsten Augenblick ihre Absicht ändern, ihre Worte bereuen und in meine Arme hätte fliegen können. Ich wollte auf jeden Fall auf meinem Posten sein. Kein Mensch kann zugleich in einem Hörsaal und im *Universo* sitzen. So bin ich um meine Titel gekommen, aber mit dem Studium habe ich niemals aufgehört. Ich sitze hier und bewege mathematische Probleme in meinem Kopf, caro Signore.

– In der Eingangshalle des *Universo* sitzt der bedeutendste Gelehrte dieses Landes, sagte der Alte feierlich und spöttisch zugleich, und er verbeugte sich im Sitzen vor mir. Dann wechselte er Tonfall und Thema. Ich will Ihnen ein Geheimnis anvertrauen: um mir den Aufenthalt in dieser Wartehalle für alle Zukunft zu sichern, hatte ich bald nach jener bislang letzten Unterredung zwischen Rosanna und mir einen Teil meines Erbes im voraus flüssig gemacht und in geheimer Transaktion dieses Hotel gekauft, damit mich keiner jemals aus meiner Wartehalle vertreiben könnte.

– Ich schlafe kaum. Ich warte. Ich habe mir hinter der Kanzlei des Direktors ein bescheidenes Zimmer einrichten lassen, dorthin ziehe ich mich für wenige Stunden zurück, wenn der Nachtportier lange nach Mitternacht den Eingang zum Hotel versperrt. Sollte ein verspäteter Gast dann die Nachtglocke läuten, hat der Portier den Auftrag, vor dem Öffnen der Tür erst mich zu wecken, falls er durch die Glasscheiben erkennt, daß ein weibliches Wesen Einlaß begehrt.

– Ich esse kaum, man sollte es nicht glauben, wie sehr das Warten einen Menschen sättigen kann. Mein Mund ist trocken wie Salamanderhaut, auch wenn ich trinke; also trinke ich kaum. Aber mißverstehen Sie mich nicht: ich bin kein gebrochener, sondern ein heiterer Mensch, weil ich ja weiß, daß Rosanna zu mir heimkehren wird. Vorher kann ich nicht sterben, caro Signore.

– Ach die Gerüchte! Sie sterben nicht aus. Es hat Gerüchte gegeben, Rosanna wäre ins Ausland verzogen, sie hätte einen anderen Mann geheiratet und lebte mit ihm in glücklichster Ehe, sie hätte Kinder, viele Kinder, ja auch, sie wäre längst verstorben. Aber ich glaube nicht an Gerüchte. Sie versuchen nur, mich von meinem Warten abzuschrecken; – wie Giovannis Mutter, um auf *Ihre* Geschichte, caro Signore, zurückzukommen, Ihre Briefe abgefangen und vernichtet hat, in der Hoffnung, mit dem Ausbleiben der Antwortbriefe Giovannis Ihre Liebe abzuwürgen. Dennoch stehen Sie heute da und zählen die Stunden bis zum Wiedersehen mit Giovanni. Es ist der Feindin nicht gelungen, das Eigentliche zu töten. Das Eigentliche tötet keiner.

Ich schaute auf meine Uhr, deren Zeit ich mit der großen Wanduhr am Ende der Halle verglich. Mitternacht war längst vorüber, zum Abendessen war es nun endgültig zu spät, ich verfluchte jede mit dem Alten zugebrachte Minute, nur weil ich Hunger hatte. Vor allem aber schämte ich mich, ihm meine Geschichte erzählt zu haben, und die seine hätte ich am liebsten zurückgeworfen: Annahme verweigert, Ware nicht bestellt.

Seine Liebe war unmöglich wie die meine. Nicht das Ziel der Liebe, die Liebe an sich war pervers. Das Kostbare müßte immer billig werden. Wir konnten einander nicht helfen, auch durch die Liebe nicht. Wer hatte die traurigere Geschichte, wer von uns beiden die dümmere?

13

War Treue idiotisch? Wenn ja, war der Alte ein Idiot. Wenn nein, dann durfte es auch keine Grenzen und Verjährungsfristen für die Treue geben. Dann gab es keine vernünftige und unvernünftige Treue. Dann hatte der Alte nicht übertrieben, sondern recht gehandelt.

Seine Geschichte hing mir nach. Ich ließ Wasser aus dem Rohr laufen, formte meine Hände zur Schale und trank daraus. Seit meiner Kindheit hatte ich so nicht mehr getrunken. Ich schüttete das schale Wasser dieser südlichen Stadt in mich hinein und spürte Ekel vor jedem Tropfen. Aber ich hielt diesen Ekel für notwendig. Wie der Kadaver eines Ertrunkenen wollte ich anschwellen; den

Alten und seine Treue aus mir hinauszuschwemmen, darauf kam es mir an.

Was hatte einer wie ich mit der Treue zu schaffen? Ich war nicht Giovanni treu gewesen, wozu auch, sondern bloß meiner Vorstellung von ihm, die dem körperlichen Giovanni wenig oder nicht entsprach. Anders als der Alte in der Hotelhalle hatte ich mein Leben als eine Reihe von Reisen verbracht, von welchen ich nur selten und ohne Fahrplan zu meiner Vergangenheit heimkehrte. Nie hatte ich für mein Leben den Preis beglichen. Der Alte dagegen saß im *Universo* und bezahlte für seine Treue.

Durfte ich das Trinken des Leitungswassers, das Erdulden der Julihitze im Hotel ohne Klimaanlage, das Wissen um einen weiteren verlorenen Tag als Schmerz bezeichnen? Der Montag, der nun hinter mir lag, hatte mich nicht stärker gemacht. Er hatte in mir keine Kraft wachsen lassen, um Giovanni gelassener zu begegnen. Hatte ich überhaupt ein Anrecht darauf, ihn wiederzusehen?

Er würde, gerade wieder einmal, aus einer Klinik kommen, er hatte gerade erst die Mutter und damit sein Fundament verloren, er war der Schwächere von uns beiden, wie ich zu wissen glaubte. Ich bildete mir ein, daß ich stark sein und Giovanni führen müßte. Als hätte er – und nicht ich – ein halbes Jahrhundert in der Sehnsucht zugebracht. War die Sehnsucht nicht die elendigste aller Schwächen? Und hatten mir die *Retter* nicht immer als die verwerflichsten Geschöpfe gegolten?

Ich zog mich aus und stand nackt vor dem Spiegel. Wenn ich in meinen Anzügen gerade noch als Mensch gelten konnte, der sich ein wenig Haltung und Form bewahrt hatte, so mißlang mir aller Selbst- und Fremdbetrug, wenn ich ohne Kleidung war. Dann hing die Haut, zu weit geworden, in Säcken an mir hinunter, und ich mußte mich nur in den Sessel sinken lassen, damit aus dem hageren Greis ein Fettwanst wurde. Ich trat ans Fenster und schaute auf die Piazza del Giglio hinab. Schwarz starrte mir jetzt die Fassade des Stadttheaters entgegen, der kaum vergangene Auftritt des berühmten Tenors war den Mauern nicht anzumerken. Es war

Schlafenszeit, wie müde ich sein mußte nach der letzten, ruhelosen Nacht, aber ich konnte Müdigkeit nicht spüren. So erstarb das Offenbare in mir, nur das Verborgene und Belanglose nahm die ungeheuerlichsten Formen an. Vielleicht war das Altwerden nur diese Verzerrung der Perspektiven, das Aufblasen von Belanglosigkeiten ins Riesenhafte und das Verleugnen des Unleugbaren. Nur mit sich selber beschäftigt, wurde der alternde Mensch immer weniger weltbewußt und damit gewichtloser, bis er, mit oder ohne Flügel, abheben und verschwinden würde. Ich sah es ein, sah meinen Weg voraus und sah doch gar nichts, sogar die Piazza del Giglio verfloß im milchigen Licht der Straßenlaternen; der schwarze Himmel überwog.

Anstatt endlich zu Bett zu gehen, rückte ich einen Stuhl zurecht und setzte mich ans Fenster. Ich streckte die Arme aus, bewegte wie zur Probe die Finger, tastete durch den Luftraum, als könnte ich dabei etwas Unsichtbares erhaschen und festhalten, das mit mir im Zimmer war. Tatsächlich fühlte ich mich nicht allein, aber die Ahnung einer Präsenz erschreckte mich nicht. Ich hatte nie Angst vor Gespenstern gehabt, sondern immer nur vor Menschen. Den Mörder fürchtete ich, den Wahnsinnigen, den Enthusiasten, aber kein Gespenst. Ich kratzte mit den Fingernägeln gegen den rauhen Kalk der Wand neben mir, bis mich Mitleid mit mir selber überkam. Wie selten hatte ich menschliche Haut gestreichelt, viel zu selten für ein langes Leben. War nicht jede Nacht ohne Lust ein Verbrechen gegen die eigene Vergänglichkeit?

Für böse Taten mochte es Verzeihen geben, aber die versäumte Lust blieb untilgbar, sie war uns in den Leib gebrannt wie Zeichen am Vieh. Ich war ein übler Verwalter meines Körpers gewesen, war oft unzufrieden mit ihm und mir. Auch jetzt ließ ich mich von Gefühlen tragen, die zu Worten nicht geworden, sondern verknöchert waren, und darin lag meine Schuld.

Sollte ich mich wieder ankleiden und dem Alten Gesellschaft leisten? Der Alte und ich gehörten derselben Kirche an, der Kirche der Wartenden. Auch ich hatte gewartet, aber wie unordentlich und zerstreut mein Warten gewesen war! Von innerem Auftrag keine Spur. Der Alte hätte mir nicht die Absolution erteilt; er war kein Priester, wie ich kein wahrer Reumütiger war.

Also doch zu Bett. Vom Dom des Heiligen Martin schlug es eins. Ich preßte mein Gesicht gegen das Kissen, das in der Hotelwäscherei hart geworden war wie ein Brett. Ich zerkratzte mir die Haut, mich ekelte vor dem Stärkegeruch, ich holte vom Badezimmer ein Handtuch, um es zwischen mein Gesicht und dieses Kissen zu breiten, aber das Handtuch war kaum besser. Natürlich war ich meiner Absicht, eigene, weichere Handtücher zu kaufen, ebensowenig nachgekommen wie der Vorbereitung auf Giovanni oder einem geruhsamen Abendessen. Dieser Montag, der nun hinter mir lag, erschien mir in der Rückschau als der unnützeste, sinnloseste Tag überhaupt, und doch hatte ich an diesem Tag zum ersten Mal einem Menschen meine Geschichte erzählt. Ja, ich hatte dank meiner Worte meine Geschichte zum ersten Mal *gehört*. Obwohl ich mich außerstande fühlte, sie zu wiederholen, obwohl ich mich kaum an meine Sätze erinnerte, wußte ich immerhin, daß es gar nicht *meine* Geschichte gewesen war, die ich dem Alten als die eigene ausgegeben hatte. Es war doch unmöglich, die eigene Geschichte zu erzählen.

Die Verkleinerung war unvorstellbar; aus einer Stunde konnte kein Satz, aus einem Leben kein Kapitel gemacht werden. Wenn schon Geschichten, dann umgekehrt, dachte ich: dann aus einem Gefühl ein ewiges Fragment, aus einer Silbe die Sprache und alle Sprachen. Der Alte in der Halle unten handelte richtig: eine Liebe, die es nie gegeben hatte, wurde ihm zur Unendlichkeit. Da saß er im *Universo* und wartete auf etwas, das nie eintreffen würde. Der Alte schuf Geschichten, wie man Geschichten schreiben sollte. Er schrumpfte mich zum Dilettanten.

Ich konnte wieder nicht einschlafen, aber diesmal wußte ich wenigstens warum: ich schämte mich. Ich schämte mich meiner Geschichte, die keine war. Ich mußte eine neue erfinden, die weniger echt, aber um so glaubwürdiger sein würde. Und danach vielleicht eine weitere und dann noch eine Geschichte, Geschichten eben. Die würde ich weder dem Alten noch sonst wem erzählen, die sollten nur mein Kissen weicher machen, damit ich endlich schlafen könnte, ohne Kratzspuren im Gesicht.

14

Giovanni und ich waren Brüder geworden, Zwillinge, wir glichen einander – auch in der Seele – so sehr, daß wir selber nicht wußten, wer der andere war. Wir schubsten einander unsere Seelen zu, die hüpften vom einen zum anderen Bruder, es war überall gut. Giovannis Mutter war unsere Zofe geworden, die wir Rosanna nannten. Sie war älter als wir, und sie liebte uns mit dankbarer Demut, weil sie uns dienen durfte. Der Alte vom Hotel *Universo* war unser Vater, der uns alles gestattete, wonach wir verlangten. Wir verlangten die Stadt samt ihren Befestigungen zum Geschenk, und er gab sie uns. Wir veranstalteten für die Bürger unserer Stadt ein Fest. Wir hatten Rosanna in Stücke geschnitten, jeder Einwohner sollte eine, *seine* Rosanna haben, und sie ließ sich zerteilen und wurde in jedem Stück wieder ganz und lachte und freute sich darauf, mit jenen, die sie in ihren Händen hielten, nach Hause zu gehen. Rosanna reichte jedem ihren Arm. So verschwanden die Menschen tausendfach, eng umschlungen, in ihren Häusern, während Giovanni und ich Limonade tranken und die Dächer hochklappten, um zu erspähen, was darin vorging. Aber es war alles sehr klein, so daß wir ohne Lupe nichts erkennen konnten. Da riefen wir unseren Vater, den Alten, und verlangten Vergrößerungsgläser und elektrische Lampen zum Erhellen der finsteren Ecken. Was immer ihr fordert, das sollt ihr haben, ihr seid doch meine geliebten Kinder, rief unser Vater, und er schickte die Zofe Rosanna, unsere Mutter, die bei allem Zerteilen dennoch ganz geblieben war, bis nach Wetzlar hoch, um die besten Lupen und Mikroskope zu beschaffen. Als Rosanna wiederkam, vergnügten wir uns gerade vor der Stadt auf den Löwenzahnwiesen, weil uns das Warten gelangweilt und kleinmütig gestimmt hatte. Fast hatten wir schon unsere Neugierde auf die Stadtbewohner mit ihren Rosannas verloren, aber aus reiner Höflichkeit klappten wir dann, mit den Lupen bewaffnet, noch einmal die Hausdächer hoch. Wir sahen so wenig, daß wir mit den Mikroskopen anrückten. Wir schätzten den Umstand, daß wir jeweils nur mit einem Auge hineinsehen mußten, während das andere Auge frei blieb. Da sahen wir, daß Rosanna mit den Männern der Stadt bizarre Spiele trieb, aber jede Rosanna mit jedem Mann dasselbe Spiel, und wir kamen darin überein, nie wieder Rosanna sehen zu wollen. Wir baten unseren Vater, den Alten, Rosanna aus der Gegend zu verjagen und nur ja gleich die Stadt in die Spielzeugtruhe zu stecken, denn es mußten neuere, schönere Städte her. Da gestand unser Vater, den wir bisher für allmächtig gehalten hatten, seine Unfähigkeit, diesen Wünschen zu entsprechen. Als wir das hörten, warfen wir zornig die Mikroskope um, daß sie zerbrachen, und klammerten uns an die Zofe Rosanna und weinten an ihrer Mutterbrust. Sie genoß unser Vertrauen, das doch nur einer Laune entsprungen war, und warf dem Alten siegreiche Blicke zu. Da wurde er neidisch und ging ins Badezimmer, um eine Flasche Gift zu holen, die er der mütterlichen Zofe Rosanna in den Wein schüttete. Bald darauf starb sie unter schrecklichen Krämpfen, die uns Knaben belustigten. Die Verrenkungen des Todes übertrafen jeden eigenen Übermut. Wir wollten das Schauspiel mit unserem Vater teilen, aber der Alte war aus dem Hause gegangen und nirgendwo zu finden. Auf unsere Rufe erhielten wir keine Antwort, wir durchsuchten das Haus vom Keller zum Dachboden, wir durchwühlten die Wildnis der Stadt ringsumher, aber wir fanden unseren Vater nicht. Da vergaßen wir ihn und vergaßen mit dem Fließen der Zeit unsere Geschwisterschaft. Unsere Körper veränderten sich, bis wir einander nicht länger ähnlich waren, sondern entgegengesetzt und widersprüchlich, voller Haß gegen jeden Passanten, und bis wir so kalt wurden, daß unser Planet, auf dem wir standen, Sprünge ansetzen und zerfallen mußte. Aber immer noch lachten wir, als fehlte uns nichts.

15

Ich schlug die Augen auf und erhielt von der Sonne einen Stoß. Das Fenster stand offen, die Vorhänge bauschten sich im Luftzug auf, Licht und Bewegung umrahmten mein Bett. Ich hatte endlich geschlafen, ich fühlte mich stark. Das war der Dienstag, den ich den meinen nannte. Ich griff nach der Uhr und stellte fest, daß ich fast bis in den Mittag geschlafen hatte. Es blieben mir keine sechs Stunden mehr.

Beklemmung, ja Lampenfieber breitete sich in mir aus, ich stieg eiliger aus dem Bett, als es meiner Gewohnheit und meinen Jahren entsprach. Ich war ein veränderter, durch und durch künstlicher Mensch, wenn ich meine tägliche Fassade errichten mußte, und diese Lästigkeit brauchte Zeit. Wie sehr hatte ich immer die Glücklichen beneidet, die zu jedem Augenblick ganz sie selber waren. Jene, die aufwachen, aus dem Bett springen und an der Welt teilhaben konnten mit atmender, duftender Haut, mit weichem glänzendem Haar, mit Mündern, die ohne Zähneputzen und Mundwasser keinen Kuß zu scheuen brauchten. Jene bewunderte ich mit weher Hingabe, die mich selber nur noch häßlicher machten, noch klebriger und staubiger. Das hieß nicht, daß ich die Jugend ohne Vorbehalt zu lieben bereit war, denn auch in ihren Reihen versagten viele vor meinen Ansprüchen. Wer denselben aber entsprach, der hatte mich in der Hand.

Der bekam mich zum Anbeter, Verführer, Diener, Sklaven, ob er mich haben wollte oder nicht. Giovanni hatte mich nie gebraucht, warum sollte der Vollkommene sich mit dem Unvollkommenen gemein machen? Ich verstand es gut. Dennoch hatten sich Mängel über den Vollkommenen gelegt, nachdem ich aus seiner Nähe vertrieben worden war. Ich dachte an Giovannis Loch in der Lunge, das nicht zum romantischen Tode führte, an seine zerrüttete Seele, die ihn ein Leben lang für jede Arbeit lähmte, und an die Abhängigkeit des erwachsenen Mannes von einer Mutter, die den Sohn wie einen Pudel an der Leine hielt. Hätte auch die Vollkommenheit ihre Dauer und ihre Bedingungen, die wir gemeinhin nur uns zuschrieben, uns, den Unvollkommenen? Hätte Giovannis Vollendung das Zimmer 26 im Hotel *Universo* vielleicht nie verlassen? Wartete ich auf einen, den es nicht mehr gab, und wäre mein Warten gar noch lächerlicher als das des Alten? Ich verbot mir solche Fragen und gehorchte mir nicht.

Ich hatte mir bei aller Lebensvergessenheit seit Jahrzehnten ausgemalt, wie es kommen müßte: Giovanni würde durchs Tor treten, langsam, zögernd, nicht unwillig, vielleicht etwas zerstreut. Ich wollte ihn schlank haben, hoch aufgerichtet, in der weißen Hose und im roten Pullover vom letzten Mal, als wir einander an der Schwelle des Zimmers 26 das Sakrament des Abschiedskusses erteilt hatten.

Wie lange mochte jener Kuß gedauert haben? Er maß sich natürlich in Sekunden. Und doch war mein ganzes Wesen zum Auftrag geworden, ihn festzuhalten. Es galt, ihn nicht nur erinnernd zu erleben, sondern für alle Zukunft dieser Kuß zu *sein*. Meine Vorrats- und Mengentheorie der Gefühle erfuhr den zwingenden Beweis, ich war erfüllt, wie ich leer war, ich begann und endete. Es war mir nie gelungen, die Augen zu schließen und katzengleich zu schnurren und wohlig bei mir und beim Glück zu sein. Meine Aufgabe war das Mich-Wundern; ich starrte auch dann noch voller Neugier in die Welt, als es für mich längst nichts Neues mehr zu entdecken gab.

Ich stand jetzt mit beiden Füßen auf dem Boden und hörte mich stöhnen, obwohl der schrille Stich in meinen Kniegelenken, den ich beim Aufsetzen meines Gewichts auf die unnachgiebige Erde fühlte, nur der Gegenwart angehörte. Ich verwies sie nach meinen Kräften in ihre Schranken, die Gegenwart war so schmal, daß ihr das Stöhnen nicht zustand. Ich haßte das Gegenwartsgetue, unentwegt zwang es mir die Peitsche in die Hand. Ich hatte Dompteur gespielt mit den Augenblicken, aber nur selten wurden meine Nummern zirkusreif, häufiger als andere Dompteure war ich von meinen Augenblicken böse angefallen und verwundet worden. Es waren Narben zurückgeblieben, häßliche, eiternde darunter, ich hatte den Beruf verfehlt wie kaum ein anderer.

Dennoch wollte ich das Beherrschen der Gegenwart nicht aufgeben, und so würde sie mich gewiß noch einmal vollends niedertrampeln. Ich war dankbar für den Umstand, daß in diesem Badezimmer das Wasser im festen Strahl aus den Rohren floß. Mußte ich meine Freude nicht mit jener des Heiligen Franz von Assisi vergleichen, den eine kühle Brise oder ein Regenschauer beschenkt und bereichert hatten? Aber war die Demut, die äußere Welt als ein privates Geschenk zu erfahren, in Wahrheit nicht eitle und wildeste Ichbezogenheit? Wenn sie nur genügend weit getrieben wurde, dann wuchs auch diesem Unmaß ein Heiligenschein. Das Heilige war das Exzessive.

Ich steckte meinen Kopf vor den Spiegel und sah viel zu kleine Augen und gelbgrau verklebtes Haar, aber keinen Heiligenschein. Ich mußte mich jetzt mit der Geduld und Kompetenz eines Restaurators von Kunstwerken an den Wiederaufbau meines in der Nacht zerfallenen Gesichtes machen. Das brauchte Zeit, einen Blick fürs Ganze, und die Inspiration der Selbstverliebtheit, die mir an guten Tagen zuteil wurde, aber an anderen versagt blieb. Wenn ich kein Glück hatte, kam nur Stückwerk zustande, und ich ging gesenkten Blickes, beschwert von Scham, durch den Tag.

Dann fand ich auch nicht den Mut, in ein Kaffeehaus einzutreten, und in der Eisenbahn wurde es mir zur Qual, einem Fremden gegenüberzusitzen. Aber an guten Tagen gelang mir das Bemalen der Fassade mit so leichter Hand, daß ich mir einredete, ein Mensch zu sein. Dann hätte ich mich auch verlieben können, wenn der Inhalt meiner Vorratskammern nicht längst vergeudet worden wäre.

Immerhin blickte ich auch aus meiner Leere dem Gegenüber in die Augen und fürchtete nicht den Gegenblick. Ich wußte wohl, daß das Gelingen meiner Morgentoilette nicht von Handwerk und Kunst abhing, und ebensowenig von der Verfassung des Tages, sondern von der Gnade. In ihr, von ihr, durch sie lebten wir. Ich glaubte an die Gnade, wenngleich ich der oberflächlichste Erdbewohner war. Schon Giovannis Mutter hatte mich als ebendiesen beschimpft, aber ich hatte ihre Worte als Auszeichnung verstanden. Die Oberfläche war das eigentliche Gebiet unserer Aufgaben, und unterhalb derselben hielten wir uns nur gefangen: jeder Mensch ein Dämon, der in sich selber fährt.

Als ich endlich angekleidet war und Pomaden und Wässerchen auf meinem chemiebedürftigen Körper verteilt hatte, trennten mich nur noch vier Stunden von meinem Giovanni. Gut, ich sah es ein, daß er nicht mir gehörte. Ich hatte ihn eigenmächtig zu meinem Besitz erklärt, da hob er sich besser auf. Ich hatte mir eingebildet, auf Giovanni gewartet zu haben, bis der Alte meinen Begriff vom Warten zerschmetterte. Was nun? Gab es zweierlei Warten: das bequeme und das unbedingte? Durfte einer durch die Länder reisen, mit Frauen schlafen, Ehen schließen, Kinder zeugen, die Jahre bunt sein lassen, und dann sich einer frühen Leidenschaft entsinnen, um zu sagen: ich habe gewartet? War es erlaubt, den Alten in der Halle und sein strenges Warten mit einem Lächeln über den Verrückten abzutun? Er war nicht verrückt, der Alte, er war un-ver-rückt und unverrückbar auf seinem Platz geblieben. Nur seine Unbewegtheit durfte sich *Warten* nennen.

Er hockte auch jetzt auf seinem Ledersofa; ich sah ihn schon vom Treppenansatz her. Ich war krank vor Hunger und wollte vor allem kein Gespräch mit ihm beginnen, bevor ich nicht gegessen hatte. Wie ein Verbrecher hetzte ich durch die Halle zum Ausgang. Wieder kehrte ich im *Giglio* ein, wohin mich meine Schritte von selber trugen. Leider war der Innenraum nicht menschenleer wie beim ersten Mal. Geschäftsleute, in ihrem grauen Einerlei unverkennbar, saßen um den runden Tisch in der Saalmitte und redeten angeregt. Es ging um Geld, ich hörte es sofort. Sie feierten irgendeinen getätigten Abschluß und planten schon den nächsten. Ich mußte nicht hinhorchen, um alles zu verstehen. Wie sehr ich diese sogenannten reifen Herren verachtete, die auf der ganzen Welt den Ton angaben und stets eine Ernsthaftigkeit vortäuschten, zu der sie nicht befähigt waren und die ihren Belangen nicht zukam. Waren sie nicht recht eigentlich Verdammte, weil es ihnen nie gelang, aus ihrer Haut zu fahren und eine Wandlung zu erleben? Wer auf Reisen ging, mußte Züge, Flugzeuge, Wartehallen und Restaurants mit ihnen teilen. Es schien, als gebe es die Möglichkeiten der Bewegung nur für sie, und doch widerlegten sie in ihren Seelen-, Körper-, Kleider-, Redeuniformen jeden Sinn des Reisens und jede Ehrfurcht vor Distanz. Diese Geschäftsleute waren der Feind, den es zu meiden galt, aber, wie auch hier im ehrwürdigen *Giglio*, besetzten sie immer gleich den Mittelpunkt und traten nie allein, sondern in Gruppen auf. Sie waren der Feind schon deshalb, weil sie sich nie in Frage stellten.

Zum Glück befand sich der Tisch, den ich den meinen nannte, und auf den ich zuhielt mit Traumsicherheit, in der äußersten Ecke, in der weitestmöglichen Entfernung. Der unglückselige Kellnerbruder vom Samstagabend hatte wieder Dienst, aber er wirkte jetzt anders als zum Zeitpunkt meiner Orgie, er war gepflegt und handelte wie alle Kellner. Der ganze Saal schien wie gezähmt und ausgetauscht; ich erkannte das *Giglio* nicht wieder. Was an jenem Abend heimatlich und geheimnisvoll zugleich gewesen war, berührte mich im Tageslicht als verstaubt und mangelhaft. Ich konnte dem Eigentümer nicht den unausgesprochenen Vorwurf ersparen, sich ungenügend um sein Restaurant zu kümmern. Es gab vielleicht gute Gründe für einen leidenden und verstörten Kellner, aber es gab keine Entschuldigung für geflickte Tischtücher, Mottenfraß in Servietten, ausgebrochene Ränder an Gläsern. Dachte ich gar schon wie die Geschäftsleute?

Nein, ich verweigerte mich nur einer auf Gefühlen gegründeten Nachsicht. Stimmung und Stil waren gut, Epochenstil des Bewahrens würdig, aber zuerst einmal mußten die Dinge funktionieren, mußte der Gast befriedigt werden. Es ging nicht an, Abstriche im einen zugunsten des anderen Bereiches vorzunehmen. Ich entdeckte den unbestechlichen Kritiker in mir. Auch in der Zubereitung der bestellten Speisen entdeckte ich nun, trotz meines Hungers, grobe Mängel. Die Penne al salmone, die ich zum Vorgericht aß, waren nicht al dente gekocht, der Lachs schmeckte wie Thunfisch, mit dem er wohl vermengt worden war. Auch klebten die hohlen Nudeln an einigen Stellen zu Knäueln zusammen, die zu sehen, geschweige denn zu essen, mir unmöglich war. Aber hatte ich diesen gleichen Umstand am Samstagabend nicht mit dem Hinweis entschuldigt, daß es sich um Hausgemachtes handelte?

Es fiel mir nicht ein, mich für launisch zu halten. Ich wollte mich an den Samstagabend nicht mehr entsinnen; ich nahm nur die Mahlzeit dieser Stunde zum Maßstab. Ich bedauerte, daß ich im *Giglio* eingekehrt war. Man sollte der Erinnerung kein Vertrauen schenken, sie paktierte mit dem Verfall und handelte immerzu gegen einen. Wer schon gezwungen war, sich zu erinnern, der sollte der Erinnerung ins Gesicht brüllen: ich glaube dir nicht!

Vielleicht würde das Hauptgericht die Rettung bringen. Aber auch die Scaloppine al limone enttäuschten mich. Das Fleisch war zäh. Schon ließ ich meine Hand nach oben schnellen, um den Kellner herbeizugestikulieren. Ich wollte mich endlich beklagen, wollte den Küchenchef an meinen Tisch beordern, war drauf und dran, laut zu werden, eine Szene zu machen. Aber als der Kellner mein Winken bemerkt hatte und eilig zu mir herüberkam, ließ ich meine Hand wieder auf die Tischdecke sinken und flüsterte matt, es sei nichts, ich hätte nur den Salzstreuer nicht gesehen, dabei stehe er doch vor mir. So tarnte ich aus Feigheit meinen Zorn und wurde zum Lügner. Unschlüssig blickte mich der Kellner an, er zögerte, bevor er mir wieder den Rücken kehrte. Ich war entschlossen, die Scaloppine al limone trotzdem aufzuessen, weil ich Hunger hatte, aber ich würde beim Verlassen des *Giglio* die Tischbestellung für den Abend absagen. Wie konnte ich Giovanni in dieses armselige Lokal führen? Ich würde nach der Rückkehr ins *Universo* den Alten fragen, wohin ich mit Giovanni zum Abendessen gehen könnte. Es müßte das beste Restaurant der Stadt sein.

Inzwischen hatte ich die Karaffe mit Wein leer getrunken, und der Alkohol auf leeren Magen war mir zu Kopf gestiegen, wieder einmal. Ich sagte mir, daß ich viel essen müßte, um dem Wein eine Unterlage zu geben, und bestellte cremetriefende Profiterole, ließ mir noch extra Sahne servieren, verlangte Fruchtsalat mit Maraschino zum Garnieren, und löffelte diesen Berg mit großer Hast in mich hinein.

Jetzt räumte ich auch ein, daß mein Mittagsmahl vielleicht so übel nicht gewesen war, und das Innere des *Giglio* nicht so vernachlässigt, wie ich anfangs, mit der Welt zerfallen, geurteilt hatte. Ich kannte den Anlaß meiner Mißstimmung: es waren die Geschäftsleute, die mich auch in diesem Speisesaal überdauerten. Ich gestand ihnen das *Giglio* nicht zu.

Ich bezahlte und sagte meine Tischbestellung ab. Der Kellner schwieg. Blähungen und Brechreiz überfielen mich, als ich auf den sonnengrellen Platz hinaustrat. Ein Federico Piovani konnte sich nicht elender fühlen. Ich hatte bis in den Mittag geschlafen und war jetzt doch nur von dem einen Wunsch besessen, mich wieder auf meinem Bett auszustrecken oder, besser noch, darin zu versinken. Es verblieben mir kaum drei Stunden. Als hätte jemand Wasserhähne weit aufgedreht, brach Schweiß aus meinen Poren. Mit der Überlegenheit war es vorbei.

16

– Und wenn Ihr Freund doch nicht kommen sollte?, fragte der Alte, noch bevor wir einander gegrüßt hatten.

Zum Unterschied von gestern hatte er jetzt ein Glas Portwein und eine kleine Schale Oliven vor sich stehen. Von Zeit zu Zeit stach er eine davon mit einem hölzernen Zahnstocher an und führte sie sorgsam zum Mund, um daran kleine Ewigkeiten, während welcher er beharrlich schwieg, zu kauen. Dann spülte er den Olivenrest mit einem winzigen Schluck Portwein hinunter, wobei sein magerer Hals jeweils den Standort der Speise erkennen ließ, als wäre der Alte eine Schlange. Der Anblick, wie aus einer Nichtigkeit Etikette und dramatische Handlung wurden, war mir unausweichlich. Auch ich mußte schweigen und starrte gebannt auf diesen Mund und Hals.

Die Olivenkerne schichtete der Alte auf einer Papierserviette zum kleinen Berg. Beim Betrachten dieses Anhäufens kamen mir die Beinhäuser in den Kirchen mancher Alpendörfer in den Sinn. Bald sah ich in den rauhen, gründlich abgenagten Kernen Totenschädel. Zugleich wünschte ich mir, ebenfalls eine Schale mit Oliven für mich zu haben und an meinem eigenen Beinhaus zu bauen. Aber die Halle des *Universo* war wieder einmal menschenleer, weder Barmann noch Portier waren zur Stelle.

– Wenn Ihr Freund nicht kommen sollte, fing der Alte wieder an, wie lange werden Sie dann bereit sein, auf ihn zu warten?

Mir behagte die Frage nicht, auch vermochte ich darauf keine Antwort zu geben. Es war ein Fehler gewesen, mich neben den Alten zu setzen, und ich hatte den Fehler aus Dummheit begangen, nicht, wie ich mir einzureden versuchte, weil ich alles daransetzen wollte, den Alten zum Verlassen des *Universo* zu bewegen. Ich hatte nicht die geringste Ahnung, wie mir das gelingen sollte, aber ich wartete immer noch auf eine glückliche Fügung: wenn das nicht Dummheit war?

Falls der Alte in der Halle bliebe, würde ich meinen Freund nur unvollständig begrüßen können. Dann würde der ersehnte Augenblick zu einer Bühneninszenierung für den Alten werden. Dann müßte ich, der Glückliche, für ihn den Glücklichen mimen, und zugleich würde ich zum Zuschauer meines eigenen Empfindens werden. Ich habe es nie ertragen, fremde Blicke auf meinen Handlungen zu spüren. Nur die Scherben, die ich schuf und hinter mir ließ, wohin ich auch ging, kümmerten mich nicht. Was meine Spuren betraf, war ich immer schamlos gewesen, jeder Augenblick Gegenwart ließ mich erröten.

Der Alte durfte nicht anwesend sein, wenn Giovanni die Halle betrat. Ich beschloß, den *Greis* mit unmißverständlichen Worten aufzufordern, das Hotel für diese eine Stunde zu verlassen. Ich wollte ihn dazu zwingen. Falls es mir nicht gelingen sollte, wollte ich draußen auf der Piazza warten. Giovanni würde gewiß aus der Stadt ins *Universo* kommen, ich könnte ihn beim Eingang abfangen, wenngleich das nicht sehr festlich wäre. Vorerst wartete ich auf den geeigneten Augenblick, den Alten um die Gunst seines kurzen Abtretens zu bitten. Er müßte mir diese Gunst gewähren.

Die Zweifel des Alten wirkten in mir nach. Aber Giovanni würde natürlich kommen. Er hatte mir Datum und Uhrzeit unserer Begegnung in einem knappen Brief bestätigt. Er hatte dem Vorhandensein des *Universo* nicht widersprochen, obwohl er geschrieben hatte, er wäre allen Orten längst zum Fremden geworden. Er hätte die Klinik vor geraumer Zeit verlassen und lebe zur Untermiete bei einer alten Dame, die eine Vertraute seiner Mutter gewesen sei und sich gut um ihn kümmere.

Ich hatte beim Lesen dieser Zeilen gleich beschlossen, Giovanni dieser Vertrauten seiner Mutter zu entreißen. Wer konnte wissen, ob es die alte Frau auch wirklich gab. Vielleicht war sie das Gespenst seiner toten Mutter, und war Giovanni immer noch nicht frei. Für mich war er weiterhin der Dreizehnjährige, und die vielen Menschen, die ich durch Jahrzehnte an mich gezogen und bald wieder verstoßen oder in die Flucht getrieben hatte, waren allesamt nur Trostpflästerchen gewesen, die ich mir auf die durch Giovannis Verlust gerissene Wunde gelegt hatte. Für mich war Giovanni weiterhin der von seiner Mutter vergewaltigte Knabe, den es zu befreien galt. Ich bildete mir ein, dem Freund die Treue gehalten zu haben, trotz meines bunten Lebens. Ich glaubte maßlos an die Treue in der Untreue.

Der Alte dagegen? Es war nicht gut, den Alten zum Vorbild zu nehmen. Sein Warten beleidigte die Vielfalt der Schöpfung. Ein Mensch hatte das Recht, seine Nächte mit Körpern zu verbringen, er durfte durchaus als ein geselliges Wesen durch die Zeit gehen, er mußte nicht in einer düsteren Halle warten. Das wollte ich ihm predigen.

Die hehren Begriffe, die mir billig von den Lippen strömten, richteten nichts aus. Wenn es den Scheintod gab, dann gab es auch das Scheinleben, und ich war scheinlebendig. Ich summte und raste vor Scheinlebendigkeit. Mein Vorhandensein brummte wie ein fettes Insekt, das sich im Zimmer gefangen hatte und nun verzweifelt gegen die helleren Fenster flog. Der Kampf konnte beeindrucken, aber blieb ohne Belang, wie meine Sehnsucht nach dem einen, den ich ein Leben lang immer aufs neue vergessen hatte.

Hier war ich wieder. Erst Altersschwäche und Todesnähe hatten mich einkehren lassen bei mir selber, erst im letzten Augenblick besann ich mich auf meine Menschen, die längst verstorben oder verschollen waren. Nur Giovanni lebte noch, nur seine Anschrift war immer dieselbe geblieben: deshalb war ich hier, weil er mir nicht hatte entwischen können. Da hatte ich die Erklärung meiner Fahrt.

– Welcher Hochmut liegt doch darin, sagte der Alte, als hätte er in meinen Gedanken gelesen, Menschen wieder ans Licht zu holen, wie man ein vergessenes Hemd aus der Schublade zieht. In der Liebe, sagte er, gibt es keine Gegenseitigkeit. Einer befiehlt, und der Schwächere gibt nach. Nur zwischen Rosanna und mir herrscht gleiche Stärke, keiner beugt vor dem anderen die Stirn, und das Ergebnis sehen Sie vor sich, caro Signore.

Mein Gedärm gab Geräusche von sich, die mir lauter schienen als jedes Wort. Ich hörte ein Glucksen und Mahlen, ärger, als es je in meinem Kopf stattgefunden hatte. Es blieb nur noch eine gute Stunde übrig. Ich trocknete meine schweißnasse Stirn mit einem Taschentuch, braune Flecken blieben auf dem weißen Stoff zurück. Vor dem Hotel klingelte der Eisverkäufer, der im bunten Wagen durch die Straßen fuhr und die Kinder aus den Wohnungen zu locken hoffte. Fast war ich versucht, auf die Piazza zu laufen und mir ein Eis zu kaufen. Ich wollte alles nur Erreichbare in mich hineinfressen, ich wollte mit Kaufen beschäftigt sein, um nur ja nichts geben zu müssen. Ich war der ewige Konsument. Nie hatte ich etwas zurückerstattet, das wurde mir plötzlich klar. In schriller Hast hatte ich gelebt, umgeben von lärmenden, elektrischen Dingen, auch wenn ich Maschinen, Aufzüge und Fotoapparate mied. Ich konnte mich an keinen einzigen Tag erinnern, an dem ich ruhig gewesen wäre. Nie hatte ich nach meinem Rhythmus leben dürfen, und immer hatte der Rhythmus der Welt gegolten, so verhaßt er mir auch war. Ich, der Einzelgänger und Nischensucher, war der vollendete Mitläufer. Nie hatte ich die Regeln verletzt, an keinem einzigen Tag. Wenn das kein Verbrechen war! Immer jagte ich weiter, bettelte darum, gejagt zu werden. Die sogenannte Wirklichkeit hatte ich stets durch verzerrende Pupillen erfahren. Mein Traum fiel mir ein, der Traum von den Mikroskopen, die ich zerschlagen hatte, und die Vaterrolle des Alten in jenem Traum. Ich wollte ihm davon erzählen, da zerbrach meine Erinnerung, ich blieb ohne Worte zurück. Ich verfiel in Panik, mußte etwas sagen können, vermochte mir nicht vorzustellen, wie die Stille aussah.

17

Nur einmal, für die Dauer eines Wochenendes, hatte ich doch die Stille kennengelernt. Ich war bei einem Freund zu Gast gewesen, der im hintersten Hinterland ein Schloß bewohnte. Man hatte mich bei meiner Ankunft im Park empfangen und mir sodann ein Zimmer im entferntesten Flügel des Schlosses zugeteilt, wo ich bei offenem Fenster für die Dauer eines Nachmittages auf dem Bett gelegen hatte, angekleidet, den sonnenbestrahlten Wiesenhang vor Augen, der sich vor dem Fenster erstreckte, und überall im Schloß stand und hing altes, rätselhaftes Zeug.

Da gab es Herzkapseln, gefüllte Urnen, Richtschwerter aus fernen Jahrhunderten auf den Kommoden, den Fenstersimsen, an den Wänden. Da gab es Reliquienschreine obskurer Heiliger, da herrschten Tod und Vergangenheit in solcher Übermacht, daß der Lebende nur noch lächeln konnte. Ich lag auf dem Bett und hörte einen Nachmittag kein vorbeifahrendes Auto, keinen Flugzeuglärm von oben, keine Menschenstimmen, nichts. Nur Grillen zirpten und Insekten schossen durch die Luft. Der Sommertag übte über das Schloß seine Herrschaft aus, Gewaltherrschaft, er hatte der Welt die Zunge herausgerissen, es war alles still und blutig grün.

Ich spürte, wie die Menschen vergangener Zeiten gelebt hatten, mit dieser Ungestörtheit, mit so viel Sterben und Lächeln zur Seite. Sie hatten nicht nur einen Nachmittag und ein Wochenende so gelebt, sondern vom Anbeginn zum Ende. Ich kam zur Ruhe. Jene Menschen, die Vorfahren meines Freundes, er selber ein Stück von jedem von ihnen, die das Schloß erbaut und bewohnt hatten, – wir, auch die Besitzer und Erben, huschten unrechtmäßig durch Säle und Gänge –, konnten sich weder als Herren noch als Opfer ihrer Wirklichkeit empfunden haben. Sie waren Teil derselben, nichts unterbrach ihre Teilnahme, auch nicht der Tod.

An jenem Nachmittag im Schloß des Freundes, den ich seiner Toten wegen nur noch inniger liebte, obwohl er mir ferner rückte, hatte ich erkannt, wie verkehrt ich lebte und wir alle lebten. In unaufhörlicher Anspannung lebten wir, das konnte nicht gut ausgehen. Am Baum vor dem Fenster hämmerte ein Specht, zum ersten und einzigen Mal spürte ich, daß *Specht* und *hämmern* nicht bloß Worte waren, sondern Zeichen *für etwas*, und weil ich das Eigentliche sah, brauchte ich die Zeichen nicht länger.

Es muß Zeiten gegeben haben, die mit dem Schauen beschäftigt waren, und Zeiten, die dem Geschauten die Namen verliehen. Meine Zeit war nur noch damit beschäftigt, gedankenlos die übernommenen Namen immer rascher hinzuplappern, bis sie unkenntlich wurden und tot zur Erde fielen.

An jenem Nachmittag im Schloß des Freundes hatte ich den Beschluß gefaßt, fortan ein schweigsameres, gemesseneres Leben zu führen. Aber ich hatte mein Wort nicht gehalten, weil ich der Zeit gehorchte, in der Erwartung eines namenlosen Vorteiles, der mir nie zuteil geworden ist. Heute stand ich am Ende meines Wartens. Keine Sommerwiese übte Macht über mich aus, obwohl es Sommer war. Das *Universo* lastete mit seinen sienaroten Ziegelsteinen und bleichen Marmortäfelungen auf mir.

Warum hatten wir das Leben nicht anders entworfen? Ich, der Alte, wir alle, die wir am falschen Entwurf die Schuld trugen: nichts rechtfertigte unsere Irrtümer. Es hätte anders kommen können; der Autor, nicht der Drucker, schrieb das Buch.

Gegenentwürfe, warum nicht? Meine Mutter stürzt im Strandhotel und muß ins Krankenhaus. Ich bin allein, Giovannis Eltern bitten mich an ihren Tisch. Ich nehme an den Mahlzeiten des bewunderten Knaben teil. Giovannis Eltern lieben mich wie einen zweiten Sohn. Sie fragen mich, ob ich Giovannis Zimmer teilen möchte, während meine Mutter im Krankenhaus liegt. Ich übersiedle zu Giovanni, in seinem Zimmer steht ein zweites Bett. Er liebt mich mit größerer Hingabe, als ich ihn lieben könnte. Giovannis Zärtlichkeiten überschwemmen und erfüllen mich. Ich trinke sie und trinke. Meine Mutter stirbt im Krankenhaus. Mein Vater, geschäftiger als je, kann sich um seinen Sohn nicht kümmern. Also ab, ins Internat mit ihm! Das wollen die Eltern Giovannis nicht hinnehmen. Sie schlagen meinem Vater vor, ich sollte fortan mit Giovanni wie ein Bruder leben. Das neue Schuljahr in der neuen Sprache und im neuen Land. Die Nachmittage mit Giovanni auf den Befestigungen. Zwei Liebende, und keiner sieht das Offenbare. Zeit, die vergeht, und Leidenschaft, die nicht zu kämpfen braucht, weder nach außenhin noch umeinander. Zwei, die einander haben und keinen Dritten brauchen.

Das Paradies?

Der Alte, der Rosanna bittet, sich in Geduld zu üben für sein Studium. Der seinen Doktor macht und seine Bücher schreibt, der ohne Hindernisse zum Dozenten wird, und bald schon zum Professor. Der, weil er reich ist, Rosanna und ihrer beider ungestörten Liebe einen Palast errichtet, kaum einen Steinwurf von der Universität entfernt. Rosanna, die ihren Liebsten nicht betrügt. Die keine Augen hat für andere Männer. Und so leben sie dahin, nachts zart umschlungen, auch in den Träumen kein dritter Körper. Am Abend Kammermusik. Rosanna spielt Klavier, sie sieht auch ihre Streicher nicht als Männer, sondern als Giottofresken, körperlos. Ein Geiger ist kein Mann, ist Violine, ein Bratschenspieler ist eine Bratsche und ein Cellist ein Cello. Das Publikum der ganzen Welt ist nur ihr Mann. So leben sie dahin. Er versinkt in seine Liebe und in die Mathematik. Er sieht nur Lösungen, wo Fragen sind. Er geht morgens aus dem Haus und kehrt zum Mittagessen pünktlich wieder heim. Er geht nachmittags zur Bibliothek und freut sich sanft gemäßigt auf den Abend. Sie essen still im großen Saal, die zwei, denn Liebe braucht kein Reden. Sie laden Gäste ein. An Wochenenden wandern sie unter Olivenbäumen. Im Sommer eine Reise, aber nicht zu hektisch. Am liebsten in die Berge, das Meer mit seinen Wellen regt die zwei Liebenden nur unnütz auf. Sie haben sich gefunden, bevor das Leben anfing, und sie werden sich nicht mehr verlieren, bis das Leben längst vorüber ist.

Es gibt kein lautes Wort zwischen den beiden. Sie flüstern nur, so rücksichtsvoll macht Liebe. Sie werden alt und merken nichts davon. Sie trauern nicht ihrer Jugend nach, der nie-gehabten. Das ererbte Geld reicht hundertmal für hundert Leben, das Haus, in dem sie wohnen, ist zu groß: da gibt es Zimmer, die sie nie betreten haben.

Das Paradies?

Alle Gegenentwürfe sind banal, sind schlecht gezeichnet. War die Wirklichkeit unerträglich, so war das Ideal unannehmbar. Was hätten wir tun sollen, der Alte oder ich, im Paradies? Das Paradies hätte kein *Universo* gebraucht, und kein Warten.

18

– Ihr Giovanni wird nicht kommen, sagte der Alte. Warum sollte er sich der Peinlichkeit des Wiedersehens aussetzen? Was erwarten Sie von ihm, caro Signore?

– Wollen Sie ihm um den Hals fallen und ihn küssen, nach fünfzig oder sechzig Jahren? Wollen Sie einen Knaben wiederfinden, der zum Greis geworden ist? Alt und leidend, wie Sie sagen. Und wie lange werden Sie warten, wenn er nicht kommen sollte?

Das waren gute Fragen. Wie lange war ich denn bereit, im *Universo* auf Giovanni zu warten? Das neue Zimmer war dem ersten überlegen, gewiß, aber eine Bleibe bot es dennoch nicht. Auch riefen mich Pflichten fort. Wie lange konnte ich warten?

– Giovanni wird kommen, entgegnete ich. Es sollte unwirsch klingen, es klang kraftlos. Der Alte bestand auf seinem Zweifel. Er sprach den Namen meines Freundes aus, als ob Giovanni ihm gehörte. Ich nahm es übel und setzte zum Gegenangriff an.

– Haben Sie Angst, daß ich für immer auf ihn warten könnte? Geht es dem Hotelbesitzer darum, seinen privaten Wartesaal mit keinem Schicksalsbruder teilen zu müssen?

Da berührte mich der Alte mit seinen zwei knöchernen Händen, und ich fuhr zusammen.

– Hören Sie, nichts würde schöner sein, als Sie bei mir zu wissen. Gemeinsam warten, das wäre schon ein wenig die Erlösung, meinen Sie nicht auch?

Der Verrückte zu meiner Seite scherzte nicht. Er meinte jede Silbe ernst.

– Und wenn wir beide für alle Zukunft umsonst warteten?

– Umsonst: das gibt es nicht. Das Warten ist nie umsonst.

Ich schaute auf die Uhr; es blieb noch eine halbe Stunde. Was der Alte und ich einander auch sagten, und was wir denken mochten, jeder für sich, blieb folgenlos. Es zählte nur die Frage, wie lange ich zu warten bereit war. Ich tat gut daran, mir eine Grenze zu setzen, bevor es zu spät sein würde. Wollte ich eine Stunde warten, einen Abend, einen weiteren Tag?

Warum nicht gleich ein Leben lang? Entweder war das Erwartete das Warten wert oder nicht. Wenn nicht, dann hatte ich schon die Fahrt hierher umsonst angetreten. Dann war es um jedes Wimpernzucken schade. Wenn ja, dann mußte ich beim Alten bleiben, dann duldete das Warten keine Grenze. Ich schüttelte mich bei diesem Gedanken. Verachtete ich nicht den Narren neben mir, der sich hatte betrügen lassen und der den Betrug mit Treue vergalt? Warum schlug ich dem Betrogenen nicht ins Gesicht, damit er aus seinem Traum erwachte? Verdiente die Treue nicht, bestraft zu werden, verbrannt bei lebendigem Leibe wegen Ketzerei und Hexerei?

Ich war ein Vertreter der Vernunft. Ich glaubte an Ursache und Wirkung, an Lohn und Strafe, aber nicht um jeden Preis. Märtyrer hatten mich stets gelangweilt. Ich wollte in den Dingen Maß halten und nur das Erreichbare fordern. Ich war noch lange nicht der Nachbar dieses Alten. Giovanni war nicht meine Schwäche, sondern meine Stärke.

– Ich glaube nicht, daß Giovanni kommen wird, murmelte der *Greis*.

Vielleicht hatte er recht.

Wenn Giovanni das Wiedersehen auch begrüßt hatte, so waren seit seinem Brief doch wieder Wochen vergangen. Er konnte die

Abmachung längst wieder vergessen haben. So wichtig war ich in seinem Leben nicht. Und was wollte ich von ihm? Ihn retten? Es war lächerlich. Mit ihm glücklich werden? Ich war schon glücklich, denn ich glaubte nicht ans Glück. Die Erinnerung lebte besser ungestört. Wollte ich graue oder weiße Haare streicheln? Vielleicht hatte Giovanni auch eine Glatze. Wollte ich faltenzerfurchte Haut bewundern? Ich mußte nur zum nächsten Spiegel gehen. Und unterhalb der Haut, was war da noch? Mir fiel nichts ein. Falls mein Giovanni mit mir auf Reisen ginge, so würde ich getrennte Zimmer fordern, soviel stand fest. Wie viele Jahre unterschieden Giovanni und mich von dem Alten neben mir? Getrennte Zimmer: das war der Test.

Sich selber aus dem Paradies vertreiben: der Satz gefiel mir, er klang verlockend wie ein Spiel. Sichselberausdemparadiesvertreiben, dazu Feuer im Kamin und sehr viel Zeit.

Was wollte Giovanni denn von mir? Ich fragte mich nicht länger, was ich von Giovanni wollte. Das war erledigt: ich wollte nichts anderes von ihm, als daß er bestehen sollte. Als Name und als Bild. Ich wollte nichts von ihm. Und er? Er brauchte nicht einmal meinen Namen und mein Bild. Auf zehn Briefe war mir einer zurückgekommen, damals am Anfang. Man mußte den Illusionen eine Grenze setzen, dieselbe, die dem Warten galt. Ich zog diese Grenze jetzt.

Ich hatte ein Leben lang – wenngleich auf meine Weise – umsonst gewartet, denn auf einmal hatte der Alte neben mir gesessen und meine Ankunft lächerlich gemacht. Das konnte nicht der Zweck des Wartens sein. Die Reise hierher tat mir nicht leid, wir sollten hin und wieder Orte wiedersehen, die uns einmal lieb gewesen sind. Aber ich befand, daß ich genug gewartet hatte. Es reichte nun.

Noch blieb eine Viertelstunde, und diese Viertelstunde war zuviel. Ich erhob mich, so rasch mir das gelang, vom weichen Sofa. Ich verließ den Alten ohne ein weiteres Wort. Ich trat an den Empfangstisch und verlangte die Rechnung. *Presto, presto*, forderte ich. Aber die kommende Nacht, warf der Bedienstete ein. Die bezahle ich natürlich auch, rief ich. Ich beglich die Summe und benutzte zum ersten Mal den Aufzug. Meine Zimmertür ließ ich offenstehen, während ich meine Kleidungsstücke und Toilettenartikel achtlos in den Koffer schleuderte. Als ich ihn verschließen wollte, gelang es nicht. Ich entfernte ein paar Gegenstände und warf sie auf den Fußboden. Dann preßte ich den Deckel zu.

Fort von hier!, nur dieser Schub beherrschte mich. Der Koffer wog schwer, es war fast fünf. Ich durchquerte die große Halle, der Alte bemerkte mich nicht. Versunken starrte er auf den Eingang. Erst als ich ins Freie trat, rief er mir etwas nach, das ich nicht mehr verstehen konnte. Die Piazza blendete mich. Die Stunde loderte auf. Vom Dom des Heiligen Martin schlug es fünf. Ein gelbes Taxi fuhr vorüber. Mit den Gebärden eines Schiffbrüchigen winkte ich es heran.

– Zum Bahnhof!

Wir fuhren an. Wir verließen die Piazza del Giglio. Das *Universo* fiel zurück. Ich hatte genug gewartet. Ein Zug fuhr binnen Minuten. Ein Eilzug nur, aber mir war alles recht. Ein Eilzug in Richtung Genua. Das war immerhin der Norden, wo es irgendwann auch kälter werden mußte.

Die Fahrkarte löste ich mit Zuschlag beim Schaffner. Knaben, keine vierzehn Jahre alt, saßen mir gegenüber. Sie machten sich unverhohlen lustig über mich. Meine verrutschte Krawatte, mein verschwitztes Gesicht, mein schweres Atmen, meine geröteten Augen: es war kein Wunder. In den Tunnels entlang der ligurischen Küste genoß ich die Dunkelheit. Nur ein Notlicht brannte im Abteil, am liebsten hätte ich auch das zerschlagen. Die Knaben waren schon früher ausgestiegen, in La Spezia, glaube ich. Ich war darüber froh. Ich fürchtete die Jugend und sprach ihr jede Schönheit ab. Wie gut es war, im leeren Abteil zu sitzen. Ich wollte nie wieder warten müssen.

III Hinaus, Hinaus

1

Falls Stein einen Roman schriebe, würde dieser nicht anders aussehen. Knapp, und voll des Unerhörten. Kurz wäre der Roman, den Stein schriebe. Also gut, nur eine Novelle. Er würde eine Novelle schreiben. Aber er schrieb gar nichts. Schreiben war Sehnsucht, und es gab in der Welt keine Sehnsucht mehr. Schreiben war Freiheit, es gab keine Sehnsucht nach der Freiheit mehr. Es gab keine Freiheit mehr, und es hatte sie einmal gegeben. In einem Vierteljahrhundert war sie abhanden gekommen; war spurlos verschwunden wie das Opfer eines perfekten Verbrechens. Als Stein noch ein Kind gewesen war, hatte er hören müssen, es gebe das perfekte Verbrechen nicht. Man hatte die Kinder belogen. Die Polizeistatistik aller Länder wies auf, daß zwei Drittel der Verbrechen unaufgeklärt blieben. Man hatte den Kindern mit dem Gewissen gedroht: die allerschlimmste Strafe sei unser schlechtes Gewissen. Keine Gefängnisqual reiche an die Folter eines bösen Gewissens heran. Von Mördern ging die Rede, die unwiderstehlich an den Schauplatz ihrer Tat zurückgetrieben würden. Stein, das Kind, hatte sich ängstigen lassen: auch sein Entsetzen war Teil der Freiheit, die verschwunden war. Schlechtes Gewissen gab es nicht, eine Erwachsenenlüge, schlau eingefädelt, ein Schauermärchen. Schlechtes Gewissen fürchteten nur jene, die es nicht zu fürchten brauchten in ihrer Einfalt. Die wahren Mörder wußten nichts davon. Was vor fünfundzwanzig Jahren möglich gewesen und inzwischen nicht mehr möglich war, darüber hätte Stein gern eine Liste aufgestellt. Kein ehrgeiziges Dokument, keine voluminöse Anklageschrift hatte er im Sinn, nur ein Blatt Papier: Punkt 1, Punkt 2, Punkt 3 etc. Er verzögerte die Bilanz, wie man den Gang zum Arzt aufschob, wenn man eine böse Diagnose befürchtete. Aber man wurde kein besserer Mensch, nur weil man Mut bewies. Millionen standen frühmorgens auf und begaben sich zur Arbeit, auch im Winter, wenn es noch dunkel war, bei minus fünfzehn Grad. Wer das nicht konnte, wer sich dem verweigerte, war der ein Faulpelz und Querulant, oder hatte die Verweigerung ihre Würde?

– Du hältst dich für einen guten Menschen, und verstehst doch nichts von Wärme.

Sophie im Bois de Vincennes.

Stein, mehr Tonbandgerät als Mensch: jeder Satz war registriert und abrufbereit.

– Du mußt ein besserer Mensch werden!

Hätte nur Stein und niemand sonst die Freiheit gebraucht, deren Abhandenkommen außer ihm niemand zu bedauern schien? Was besagte die Schuldzuweisung, einer, der sich in das Spiel fügte, der Beruf und Arbeitgeber, Zivilstand, Anschrift, Lebenslauf zur allgemeinen Zufriedenheit anzugeben wußte, hätte »im Leben versagt«? Kam nicht jeder mit dem Leben zurecht, der frei herumlaufen durfte? Stein stand es nicht zu, den Verlust von Freiheit einzuklagen. Sie war ihm nur dafür gut gewesen, seine Fehltritte zu verharmlosen. Jetzt aber: *Verbrechen* war das neue Wort, das in seiner Jugend keinen Kurs gehabt hatte.

– Ihr Sohn ist ein Ungeheuer, hatte ein Lehrer der entsetzten Mutter mitgeteilt: Stein war zwölf Jahre alt gewesen. Ihr Sohn hat das Zeug zum Verbrecher, hatte der wütende Zahnarzt gezischt, den der Neunjährige bis auf den Knochen in den Finger gebissen hatte. Stein war mit fünf aus dem Kindergarten verwiesen worden, weil er im Gebüsch des Gartens Jungen und Mädchen entkleidet hatte. Ihre Körper faszinierten ihn, niemand sprach von einem Sexualdelikt. Als er mit vierzehn seine Liebe zur klassischen Musik entdeckt und die neue Leidenschaft mit Diebstählen aus einem Schallplattenladen genährt hatte, war er ertappt worden. Man rief die Polizei; sie war sanft mit ihm umgegangen, wie es einem Freund klassischer Musik zustand. Zwei Beamte in Uniform nahmen ihn mit, doch nicht im Streifenwagen oder in Handschellen: um den Knaben nicht öffentlich zu demütigen, durfte er – die Polizisten folgten ein paar Schritte hinter ihm – allein zur Wachstube gehen: nur ja keine Dummheiten, Bub! Auf dem Kommissariat hatte man den Ladendiebstahl zu Protokoll genommen und die Mutter verständigt; sie sollte ihren feinen Sohn abholen und nach Hause bringen. Damit war der Fall erledigt gewesen, und niemand hatte wieder davon gehört. Als Stein eine Mondrakete erbaut und den Treibstoff gezündet hatte, war die Rakete im wilden Bogen in ein Gartenhaus gerast und dort explodiert. Augenblicklich hatte der Holzbau in Flammen gestanden, die Feuerwehr hatte ausrücken müssen, um Schlimmeres zu verhüten. Aber der Übeltäter war nicht verhaftet worden: mit einem strengen Verweis war er davongekommen. Mit neunzehn hatte der Raketenfachmann sich in einen Dreizehnjährigen verliebt. Als die Beziehung aufgeflogen war, wurde er, der nach geltendem Gesetz bereits Erwachsene, nicht der Verführung Minderjähriger angeklagt und nach peinlicher Verhandlung eingesperrt. Vielmehr hatte der empörte Vater des Knaben, ein hochangesehener Mann, dem Liebhaber einen Brief geschrieben: »Ich werde Ihnen meinen Sohn nicht zum Lustknaben geben, selbst wenn Sie Plato wären, würde ich es nicht tun.« Stein hatte nicht aufgeatmet, weil er heil davongekommen war, er hatte um den geliebten Knaben geweint und aller Gefahr zum Trotz versucht, stets neue Nähe zu ihm herzustellen. Später hatte der Student die Unterschrift seiner Mutter auf Bankpapieren gefälscht, um Wertbriefe zu verkaufen, die nicht ihm gehörten. Er hatte Geld für eine Reise nach Italien gebraucht: eine Winterreise, unaufschiebbar dringlich. Die Bank hatte die Fälschung aufgedeckt, aber von einer Anzeige abgesehen. Es war ja nur Familienangelegenheit. Stein war mit pubertären Knaben durch Europa gereist und in den besten Hotels abgestiegen; unverkennbar war die Art seiner Verbindungen, die, wie die Mutter klagte, zum Himmel schrie. Kein Hotel hatte sich darum geschert. Stein war mittellos und reich gewesen. Im florentinischen Savoy, im Quisisana auf Capri, im Danieli zu Venezia, im Brufani zu Perugia, im Scribe und Regina in Paris, im Wiener Imperial, im Royal Olympic in Athen, überall war er abgestiegen, hatte Lust gefunden und seine Einsamkeit beweint. Aus allen Gefährdungen war er hervorgegangen; nicht neugeboren wie der Vogel Phönix, sondern unverändert, der alte Stein bis heute.

Er las in der Zeitung von kleinsten, lächerlichen Verfehlungen, wie hart mit den Menschen ins Gericht gegangen wurde! Die neue Zeit hatte sich gegen jedermann verschworen, übte kein Verzeihen mehr, zerstörte jedes Spiel mit Unerbittlichkeit. Dummheit hatte um sich gegriffen wie ein Flächenbrand, eine Dummheit, die Stein zur Henkerin geworden wäre, wenn sie zu seiner Zeit das Wort geführt hätte. Er bebte beim Zeitunglesen in den USA – und wie lange würde es noch dauern, bis in den Zeitungen Europas dasselbe stünde?: Heute würde kein Lehrer mehr von einem *Ungeheuer* sprechen und es bei donnernder Rhetorik bewenden lassen. Heute: Schulverweis, Gerichtsverfahren, es wurde kein Vertrauensvorschuß mehr gewährt, kein hingesagtes: *war ja nur ein Lausbubenstück*. Das Kind, das heute einen Zahnarzt in den Finger bisse, würde an die Psychiatrie überwiesen und auf alle Zeit verrückt gemacht. Der Arzt würde auf Schadenersatz und Schmerzensgeld klagen, die paar Tropfen Blut würden rächend über die Familie des Kindes kommen und ihre unauslöschbaren Spuren lassen. Der Kleine, der seine Spielkameraden entkleidete, würde von der öffentlichen Meinung zum Inbild des Bösen erklärt, keine Schule würde dieses Kind aufnehmen wollen, ein übereifriger Staatsanwalt würde alles unternehmen, es vor Gericht verurteilt zu sehen. Das Wissen um die Kinderneugier war den Köpfen entfallen. Erwachsene Frauen durften jeden Mann, den sie genossen oder doch halb genossen hatten, als ihren Verführer und Zerstörer hinstellen, der Applaus der neuen Zeit war ihnen gewiß. Niemand wagte mehr die Frage, ob eine Frau nicht imstande sein müßte, sich eines Blickes, eines Wortes, einer Belästigung zu erwehren, und für das eigene Leben einzustehen? Was war genußvoller, als den Mann, der zu weit ging, mit einem Lachen, einem Wort, warum nicht gar mit einem bösen Wort, in die Schranken zu weisen? Hatte die Macht der Frauen nicht seit jeher in ihrem Sich-Verweigern wie in ihrem Sich-Geben gelegen, und waren die Männer in ihrer ungeschickten Art nicht immer die Schwächeren?

Wozu dienten die Errungenschaften der großen Emanzipation, wenn die Frauen nur noch marktschreierischer und mit weinerlichem Selbstmitleid ihre verlogene Zerbrechlichkeit in die Welt posaunten? Der Tag war nicht mehr weit, an dem zwischen den Geschlechtern aus Furcht vor tödlichem Mißverstehen kein Gruß mehr gewagt werden würde. Der vierzehnjährige Dieb würde heute vor aller Augen mit viel Lärm in Handschellen abgeführt werden. Die Wahl seiner Diebesgüter – klassische Musik! – würde als Milderungsgrund nicht gelten, seine Jugend auch nicht: natürlich bahnte sich hier eine harte Verbrecherlaufbahn an, ein Exempel mußte statuiert werden; die Behörden würden den Fall so bald nicht wieder hergeben. Und wessen Rakete ein Gartenhaus in Brand setzte, der wäre kein dummer Junge mit Erfinderdrang, der wäre einzig und allein ein Brandstifter: gemeingefährlich, Brandstifter gehörten eingesperrt und überwacht in alle Zukunft. Nichts da Bubenstreich und Blödelei, der junge Raketenbauer verdiente kein Verständnis, vielleicht war er gar ein Terrorist? Man würde seinen Bekannten- und Freundeskreis einvernehmen, nach allen Spuren seines kurzen Lebens suchen, man würde fündig werden: ein Feind der Ordnung, ein Staatszersetzer. Und der Neunzehnjährige, der den Dreizehnjährigen verführte, war ein Menschheitsabschaum, stand am Beginn einer grauenhaften Karriere: Schreie nach seiner Entmannung würden laut werden, oder wäre er nur ein Teufel und gehörte fünfzehn Jahre ins Zuchthaus – natürlich ohne vorzeitige Entlassung!? Sein armes Opfer würde den Psychologen und Sozialhelfern überantwortet, es mußte ja gelitten haben und würde lebenslang geschädigt sein, ein harmloses Vergessen war nicht erlaubt. Und nichts übertraf die Ruchlosigkeit eines Sohnes, der auf Bankpapieren die Unterschrift seiner Mutter fälschte. Wenn schon sie nicht Klage erheben wollte, würde die Bank es an ihrer Stelle tun. Das war keine Familiensache, nicht auszuhandeln zwischen Mutter und Sohn, die Tat schädigte die Öffentlichkeit, die Sicherheit des Bankenverkehrs, sie mußte hart geahndet werden. Wo erwachsene Kinder heute von ihren Eltern Kredit bekamen, wurden Schuldscheine ausgestellt, Zinssätze vereinbart, Sicherheiten verlangt. Eltern verklagten ohne Bedenken die Kinder, und die Kinder ihre Eltern, wo ein Vertrag einmal nicht eingehalten wurde. Man war stolz auf strenges Finanzgebaren, Beziehungen des Blutes und engster Nähe galten nicht, wo Geld im Spiele war. Der gute Ruf des Unterschriftenfälschers wäre auf immer zerstört, das Verzeihen einer Mutter galt da nichts. Zugleich beherrschte ein tödliches Gewährenlassen die Welt. Vorbei war die Folgenlosigkeit, das Kavaliersgelächter, mit dem Stein stets hatte rechnen dürfen.

– Bald sind wir da!

Es war längst dunkel, es gab nur wenig Verkehr. Dabei war die Stadt ganz nahe. Sie erstreckte sich über die umliegenden Hügel, die nachts viel höher erschienen als im Tageslicht. Die Superstrada führte durch eine Reihe gelb erleuchteter Tunnels. Stein war an der Zentrumsausfahrt längst vorbeigefahren. Sie würden im Albergo Posta gleich neben dem Friedhof gewiß ein Zimmer bekommen. Stéphane war noch nie hier gewesen, er würde Augen machen, wenn morgen erst die Sonne aufging. Schon fuhren sie an Ponte San Giovanni vorbei. Stein durfte jetzt die Ausfahrt nicht versäumen. Der Scheinwerferkegel erfaßte bereits das Schild: Collestrada.

– Da sind wir also.

– Ich dachte, wir reisen ohne Ziel, bemerkte Stéphane.

– Mais oui, mon cher ami, ganz ohne Ziel.

Es gab ein freies Zimmer im Albergo Posta, und wenn der Schein nicht trog, waren alle Zimmer frei. Auch das Restaurant hatte noch geöffnet, obwohl kein einziger Gast zu Tisch saß. Stein besorgte das Ausfüllen des Meldezettels und setzte in die Berufsspalte unter ihre Namen mit großer Schrift: *professore* und *avvocato*. Sie mußten dem Portier auch ihre Pässe übergeben. Wie hätte Stein es wagen dürfen, hier vor einem Jahr auch nur ein Zimmer zu verlangen? Die Alte von nebenan hätte ihn ermorden lassen, sie war der Feind, den er sich nicht erst hatte machen müssen. So hatte sich Stein stets nur am hellen Tag, und nie allein, hierhergewagt.

Er war immer mit Frauen gekommen: zum Alibi. Collestrada war klein, vielleicht war jeder Giovannis Familie gehorsamspflichtig. Wenn man hier Auskünfte einholen wollte, mußte man überraschend eintreffen, das Auto vor dem Fenster des Restaurants im Auge behalten, unverzüglich essen, das Gehörte mit gutem Trinkgeld belohnen und rasch weiterfahren, am besten gleich über die Grenzen der Provinz hinaus. Aber heute war Stein fast ohne Angst. Zum einen war er mit Stéphane gekommen, zum anderen war die Alte endlich tot. Man mußte dem Freund die leidige Geschichte nicht erzählen. Erzählen war mühsam. Mit etwas Glück würde Stein durch die Nacht kommen, ohne daß Stéphane ihm Fragen stellte. Nun war Giovannis Mutter also tot! Stein hatte sie für unsterblich gehalten. Und so vertraute er der Nachricht nicht. Er würde morgen früh den Camposanto aufsuchen, er wollte ihren Grabstein sehen. Die Familie besaß ihr eigenes Mausoleum neben der Kapelle. An den Wänden waren die Marmorplatten mit den Namen der Toten angebracht, die seit Generationen ohne erkennbare Ordnung hier bestattet lagen. Stein würde die Nische, in der die zuletzt Verstorbene lag, schon finden; es war ihm wichtig, mit der Hand über ihren Namen – *Silvana* – zu fahren, um diesen, und wofür er stand, wie ein mit Kreide geschriebenes Wort in sich auszulöschen. Die Geste war ihm wichtig.

Als Stein zuletzt hiergewesen war, hatte er vom Tode Annalisas erfahren. Sie hatte Selbstmord verübt. Ein siebzehnjähriges Mädchen mit scheuem Lächeln war ihm in den Sinn gekommen. Er hatte sie seither nicht gesehen. Stein hatte sich bei Tisch in Gegenwart des Kellners ihr Alter ausgerechnet. Der Mann hatte ihm die Richtigkeit der Zahl bestätigt. Quarantasette anni: Annalisa hatte immerhin zu leben versucht. Sie hatte ihre Zeit mit Beharren abgestottert, wer durfte sagen: umsonst? Kein junges Ding war zu beklagen, aber auch keine Alte. Vielleicht hatte schon die Siebzehnjährige ihren Tod in sich getragen. Stein hatte Annalisa kaum wahrgenommen. Er hatte nur Augen für Giovanni gehabt, damals vor dreißig Jahren. Aber nur Annalisa hatte gespürt, was er gewollt hatte, nur ihr war seine Liebe für ihren Bruder natürlich erschienen. Er hatte ihre Komplizenschaft nicht geachtet. Auch die Mutter hatte verstanden: nach ein paar Nächten in der Villa hatte sie den in ihren Sohn verliebten Gast in ein Hotel verbannt. Nur Annalisa war mit ihm traurig gewesen. Warum nur hatte er nicht ihre Wärme angenommen und sich in die Arme Annalisas gestürzt, die ihn vielleicht aufgenommen hätte wie niemand sonst? Warum war Stein blind gewesen und blind geblieben sein Leben lang? Nach seiner Rückkehr in den Norden hatte er täglich glühende Briefe an Giovanni geschrieben, aber nie war Antwort gekommen, nie. Dann lag endlich doch ein Brief aus Italien im Fach. Er war nicht von Giovanni; Annalisa hatte ihn geschrieben. »Mutter fängt deine Briefe ab und vernichtet sie, sie hält dich für den Teufel. Sie müsse Giovanni vor dir schützen, hat sie erklärt. Sie hat Angst vor dir. Ich dagegen, io ti voglio bene.«

Wo war Giovanni? Saß er vielleicht vor dem wärmenden Feuer im großen Salon seiner Villa nebenan? Nun gehörte sie ja ihm allein. Hinter einem der Fenster hatte Licht gebrannt, es war Stein gleich aufgefallen, als er den Wagen zwischen den Zypressen geparkt hatte. Heiter und ahnungslos freute sich Stéphane auf das Abendessen. Noch war dem Kellner die Erinnerung an Stein nicht anzumerken. Jetzt erschreckte ihn doch sein Übermut, in diesem Gasthaus abgestiegen zu sein. Sollte er Stéphane die Geschichte erzählen? Aber sie paßte zu keinem Abendessen. Der Freund gähnte, er war müde geworden, und Freundschaft bot keine Gewähr für offene Ohren; es gab sie nicht, weder die Freundschaft noch offene Ohren. Die Stille im Albergo Posta erschreckte Stein, nicht einmal die Holzstufen der Treppe knarrten, Gäste und Personal huschten wie Gespenster durch das Haus. Nur die Tür zum Speisesaal quietschte ein wenig in den Angeln. Da trat ein Mädchen, das sie zuvor nicht gesehen hatten, an ihren Tisch:

– Professore, una chiamata per Lei.

Stein ging hinaus zum Fernsprecher. Eine Frau, eine Italienerin, er kannte diese Stimme nicht, sie klang nicht jung. Sie sprach sehr langsam, sie siezte den Verblüfften und nannte ihn doch bei seinem Vornamen, sie gab Vertrautheit vor, aber gestattete weder Einspruch noch Frage.

– Ich freue mich, daß Sie die Zeit gefunden haben, wieder einmal unser schönes Umbrien zu besuchen. Sie haben Erfolg, wie ich höre, ich beglückwünsche Sie zu Ihrer *bella carriera.*

– Sie haben auch eine Frau und zwei Töchter. Wie schön für Sie, caro mio! Und Sie haben unser kleines Collestrada nicht vergessen. Gewiß staunen auch Sie, wie gründlich das Dorf sich verändert hat, nicht wahr? Fast ist es ein wenig ungemütlich geworden. Man könnte Angst bekommen.

Es war Giovannis Mutter. Aber das war nicht möglich, denn sie war tot! Stein hätte aufschreien mögen, aber er beherrschte sich. Die Stimme war messerscharf geworden.

– Sie versuchen weiterhin, mir Giovanni wegzunehmen! Giovanni ist nicht zu Hause, Signor Stein. Giovanni befindet sich an einem sicheren Ort. Es ist *Ihre* Schuld, daß mein armer Sohn sich überall verstecken muß. Meinen Sie wirklich, es sei alles gut, nur weil ein wenig Zeit vergangen ist? Glauben Sie, ich würde Ihnen jetzt, da ich tot bin, Giovanni überlassen? Sie irren, Signor Stein! Und ich dulde Ihre Besuche in Collestrada nicht.

Fort war sie, hatte aufgehängt, und konnte doch nicht angerufen haben! Stein ging verstört in den Speisesaal zurück.

– Was ist los mit dir?, fragte Stéphane, und verwundert:

– Was hast du nur?

Stein war stumm geblieben. Er war des Hauses und Ortes verwiesen worden, er, der sich überall willkommen wähnte. Er hatte Giovanni nie berührt, wie hätte es dazu auch kommen können? Sie waren längst zwei nicht mehr junge Männer, aber eine tote Mutter wollte ihr *Kind* beschützen! Stein konnte es nicht fassen, daß er sich in Europa befand, und in der Nachbarschaft zum einzigen Heiligen, der überzeugte, auch wo kein Glaube war. San Francescos Sanftheit gab es wirklich: Stein sah in den Hügeln, die diese Ebenen umrahmten, das Gesicht Giovannis, des Knaben. Natürlich würde er diese eine Nacht hier wohnen bleiben, die harte Tote hatte ihm nichts zu untersagen. Er war sich keiner Schuld bewußt, und Stéphane wußte schon gar nichts von Gespenstern.

Stein hatte kaum geschlafen, gegen acht ging die Sonne auf. Das Bett war feucht von der Unruhe der Nacht. Er hatte von Annalisa geträumt und sie, die er nie zuvor begehrt hatte, mit Leidenschaft umarmt. Unter der Dusche genoß Stein den heißen Wasserstrahl, der ihn umhüllte wie der Lichtkegel eines Scheinwerfers. Die Einsamkeit des Stars auf der Bühne, sie war allumfassend wie die Einsamkeit des Mannes unter der Dusche, der seinem Traum nachgrübelte. Stein seifte sich gründlicher ein als sonst, er wollte sauber vor die Toten treten. Er schlüpfte in die frischen Wäschestücke, die er sich bereits vor dem Schlafengehen zurechtgelegt hatte.

– Wir müssen uns beeilen.

Stéphane staunte: seit wann hatte Stein es eilig? Das Gesicht des Freundes zeigte Unverständnis. Auf das Frühstück zu verzichten war er nicht bereit. Stein schaute aus dem Fenster, er sah die den Camposanto umgebenden Zypressen.

Wer westwärts fuhr, gelangte an die einzige Straßenkreuzung von Collestrada, und links davon erhob sich die Dorfkirche. Der schmale Campanile war unübersehbar. Von dort war es zum Friedhof nicht mehr weit.

– Soviel zu deiner Reise ohne Ziel, spottete Stéphane.

Stein parkte im Schatten der Friedhofsmauer und schaute auf die Uhr; es war noch nicht zehn. Er bedauerte, daß er nicht allein gekommen war. Aber Stéphane wäre natürlich nicht bereit gewesen, im Hotel zu warten. Die Freunde würden also notgedrungen gemeinsam zur Grabkapelle pilgern, Stein würde Stéphane mit einer aus der Luft gegriffenen Erklärung abfertigen; er wollte nicht über seine Toten reden. Kein anderes Fahrzeug stand vor dem Camposanto, wem sonst würde es einfallen, an einem Wochentag im Winter hierherzukommen? Begräbnisse gab es bestimmt nur selten in dieser kleinen Gemeinde. Stein kurbelte die Fensterscheiben hoch und sperrte den Wagen ab, er wußte sich in Feindesland. Sein

Nichtwillkommensein schmerzte ihn. Immerhin gab es endlich einen Bund zwischen ihm und Annalisa, und er war um so enger geworden, seit sie Hand an sich gelegt hatte. Wer auf diese Weise aus dem Leben ging, gewann Stein zum Freund. Komplizenschaft entstand, wie er sie niemals gegenüber Lebenden fühlte.

– Ich will nur schnell das Grab einer alten Bekannten aufsuchen, sagte er nebensächlich, und näherte sich dem schmiedeeisernen Tor. Es war geschlossen, wie fest Stein auch daran zerrte, es gab nicht nach. Er las das Schild, auf dem die Öffnungszeiten angegeben waren: es hatte alles seine Richtigkeit, der Friedhof mußte offenstehen, erst um dreizehn Uhr begann die Mittagssperre. Die Klinke war auch viel zu hoch angebracht, eine alte Frau würde sie kaum erreichen können. Und wer außer schwarz gekleideten Witwen besuchte schon Gräber? Männer kamen nur selten auf die Friedhöfe, sie vergaßen rasch und übten, wenn überhaupt, andere Treue. Stein hängte sein ganzes Körpergewicht an die Klinke, es blieb umsonst. Tag und Stunde paßten, er fühlte Hilflosigkeit, oder war es Wut? Vom Campanile tönten ein paar Glockenschläge herüber. Stéphane verbarg nur schlecht seine Belustigung. Stein hieß ihn wieder einsteigen und fuhr so heftig an, daß die Steine unter den Reifen wegspritzten. Er fuhr zur Kirche, und vor dem Pfarrhaus bremste er ebenso wild, wie er gerade losgefahren war.

– Du bleibst im Wagen!, verfügte er.

Er stieg aus, suchte die Türglocke und läutete mehrmals voller Ungeduld. Es dauerte eine Weile, bis endlich eine Haushälterin ihm öffnete. Sie starrte ihn mit der Ausdruckslosigkeit einer geistig Zurückgebliebenen an. Stein verlangte, mit dem Pfarrer zu sprechen. Sein Tonfall und der fremde Akzent seiner Stimme ängstigten das Geschöpf. Er wiederholte seine Forderung ein wenig sanfter. Und schon sah er einen hageren Alten in Soutane auftauchen, der bestimmt jedes Wort mitgehört hatte.

– Che posso fare per Lei?, fragte der Priester wenig freundlich.

– Il cimitero, perchè è chiuso il cimitero?

Im Gesicht des Pfarrers blitzte etwas wie Erkennen auf.

– Chiudiamo il nostro cimitero quando vogliamo noi, erwiderte er nach knappem Zögern. In seiner Entgegnung lag die Kriegserklärung. Es nützte nichts, daß Stein auf die Tafel mit den Öffnungszeiten verwies, daß er erklärte, eine weite Reise nur deshalb hinter sich gebracht zu haben, um eine hier bestattete Tote aufzusuchen, daß er, sich endlich beherrschend, höflich fragte, wann denn dieser Camposanto wieder geöffnet werden würde; der Pfarrer hörte schon nicht mehr zu.

– Lavori, sagte er beiläufig, und schlug mit festem Ruck die Türe zu.

2

Im Auto durch die Landschaft fahren, an diesem hellen Wintertag, was gab es Schöneres als dieses deutliche Lebendigsein, versperrten Friedhöfen zum Trotz! Gern hätte Stein Giovanni wiedergesehen, aber niemand wußte, wo er sich aufhielt. Stein spürte, wie Stéphane ihn musterte; seit jeher hatte er seine Gefühle versteckt, als Kind vor seiner Mutter, später vor allen Menschen. Längst war er darin zum Meister geworden, oder hatte sich sein Virtuosentum doch eingebildet. Der Friedhof warf ihn jetzt zurück, die Enttäuschung war zu groß für gelungenes Theater. Wenn dieser Camposanto ihm so wenig bedeutete, warum hatte er ihn aufgesucht? Und falls ihm etwas daran lag, warum leugnete er die Wichtigkeit der Reise? Warum entwertete er sie mit einem häßlichen: »Weil wir schon hier sind – gleich geschehen – «? Die Angst vor Empfindungen, als wären sie die Mörder, die uns nachstellten, die Gespenster, die uns auflauerten, die Krankheiten, die sich einnisteten in uns.

Die Toten der Place Baudoyer fielen ihm ein. Sie, die Fremden, standen ihm näher als Annalisa, und so manche seiner Verstorbenen. Was hieß also Nähe? Fühlte er sich Giovanni, den er seit dreißig Jahren nicht gesehen hatte, nicht näher als Stéphane, der neben ihm im Wagen saß? Aber anstatt von Giovanni zu erzählen, sprach er von den Toten der Place Baudoyer. Er zweifelte nicht daran, daß sie ihm den Weg weisen würden, ob er sich nun verfahren hatte oder nicht. Er schuldete Stéphane ein wenig Unterhaltung, immerhin war er nicht freiwillig nach Collestrada gekommen. Stein war der schlechteste Gastgeber, der sich denken ließ. Tiefbaustelle, Sophie, der kühne Kuß, ein Nachmittag, ließ sich daraus nicht jede Art von Geschichte bauen?

– Du wirst verstehen, daß dieses Erlebnis ein Stadtrecht in mir begründet hat, und daß ich seither anders durch Paris gehe.

Der Tod als wahrer Motor der Lust. Das war der Grund, warum Stein nach Collestrada gekommen war. Aber er behielt es für sich. Deshalb hatte er die Grabkapelle aufsuchen wollen, die Kammer mit den fremden Toten, aus deren Kreis Giovanni hervorgegangen war, und Annalisa auch. *Agricoltori* waren sie gewesen, und *proprietari di terra*, zu einer Zeit, als Besitz noch Macht verliehen hatte. Fernando, Giuseppe, Massimo, Antonio, auch Giovanni hatten sie geheißen, lange vor dem geliebten Knaben, und ihre Frauen hatten ähnlich bodenständige, einfallslose Namen getragen, die von der Landessprache gleich veredelt wurden. Auch ein *fascista* ruhte da, ein *agricoltore, patriota e fascista*, und eine andere Tafel huldigte einem *servitore fedele di Mussolini*. Als Stein vor dreißig Jahren zum ersten Mal vor diesen Tafeln gestanden hatte, war ihm bewußt geworden, wie nahe der umbrische Camposanto dem Österreich seiner Herkunft lag.

Irgendwann hatte Stein Giovanni endlich einen Brief geschrieben. Niemand würde in Zukunft seine Post abfangen. In heller Zuversicht hatte er die Anschrift auf das Papier gesetzt; Giovanni erwartete das Schreiben; Stein zweifelte nicht daran. Er konnte so krank nicht sein, daß die längst fälligen Worte ihn nicht berühren würden. Zwei Wochen später war der Brief zurückgekommen; wie selbstverständlich lag er unter Werbekram im Postfach. Stein hatte es nicht fassen können. Er prüfte den Umschlag: war die Annahme verweigert worden? Neben dem Rundstempel der Posta di Perugia stand vermerkt: *destinatario deceduto*. Stein hatte einen Irrtum vermutet: man hatte den Empfänger wohl mit seiner Mutter verwechselt. Aber der handgeschriebene Vermerk, wie unordentlich er auch hingefetzt worden waren, endete zweimal mit *o*. *Destinatario deceduto*. Stein hatte verstört im Albergo Posta angerufen.

– Una grande sfortuna, bestätigte man ihm. Giovanni war mit dem Wagen seiner Mutter in die Berge bei Assisi gefahren. Niemand hatte ihn zuvor in der Villa gesehen oder in der Gegend vermutet. Er war in den letzten Jahren so gut wie nie zu Hause gewesen. Zum Begräbnis seiner Mutter war er nur für Stunden erschienen und hatte nicht einmal in Collestrada übernachtet. Die Signora hatte über ihren Sohn nicht sprechen wollen. Jedenfalls war er an dem traurigen Tag auf den Monte Subasio gefahren, weit ins Hinterland, bis die Wege nicht mehr weiterführten. Er hatte das Auto abgestellt und nach einer verborgenen Stelle zwischen Felsen und Gebüsch gesucht. Er übergoß sich mit Benzin, das er in einem Kanister mitgebracht hatte, entzündete ein Streichholz und steckte sich in Brand. Ein grauenvolles Sterben! Niemand wußte, wie lange er gelitten hatte. Tage später hatten ihn Waldarbeiter aufgefunden. Man fand nirgends einen Abschiedsbrief.

Stein hatte einen amerikanischen Schülerchor auf Konzertreise begleitet. Es hatte ihn verlockt, mit Halbwüchsigen auf engem Raum zusammenzusein, ihren Proben und Konzerten beizuwohnen und ihnen nebenbei Europa zu zeigen. Er war bereit gewesen für ein Abenteuer, er hatte sich nach Zusammenstoß und wilder Nähe geradezu verzehrt. Schon drängte die High-School-Klasse an einem Frühsommertag aus der Zollhalle des Flughafens. Die Mädchen waren hübsch, und an den Knaben hing noch ein Rest von Kindlichkeit. Mit den Lehrern ließ sich auskommen, darüber hinaus verdiente der Chor den guten Ruf, den er sich erworben hatte: an den Stimmen war solide Arbeit geleistet worden, die Hingabe der jungen Sänger überzeugte. Stein genoß die Konzerte, aber die Proben waren ihm fast noch lieber. Er saß zerrissen zwischen dem Bedürfnis, mit geschlossenen Augen nur zu hören, und seiner Gier nach dem Anblick der schönen Kinder, die da vor ihm standen. Sehen nahm dem Hören etwas weg, und umgekehrt. Zwei Vollkommenheiten ergänzten einander durchaus nicht immer. Da hatte ein Mozart oder Schubert irgendwann im schmutzigen Wien ein Blatt mit Noten vollgeschrieben, und jetzt kamen diese jungen Amerikaner daher und machten es zu ihrer Sache. Was verband die ausgelassenen Teenager, die ihn umgaben, mit Schubert und anderen von solchem Übermut weit entfernten Toten? Die Heiterkeit der Musiker der traurigsten Musik! Die Tournee hätte zur reinen Freude werden können, wenn es nicht den *Einen* gegeben hätte: Stein hatte längst seinen Namen vergessen, aber nicht den Riß, der geblieben war. Warum hatte man den *Einen* auf die Reise mitgenommen? Hatte man nicht bedacht, daß es ein Wagnis war, unvernünftig und gefährlich zugleich? Fragen, aber Fragen kamen erst später. Man hätte fast schon gegen ihn entschieden, aber er besaß doch eine gute Stimme, und er hätte ihnen leid getan. Der Aufenthalt in fremden Ländern würde ihm guttun, hätte sein Arzt gemeint, und solange er regelmäßig seine Tabletten schluckte, stünde der Reise nichts entgegen. Der *Eine* hatte länger als die meisten im Chor gesungen, man hatte ihm nicht selten Soli anvertraut, schon deshalb gehörte er dazu. Erklärungen, Vorwände, Entschuldigungen, und unbewältigtes Entsetzen, das dann, wie alles Unglück, bald vergessen wurde. Mitschüler, Lehrer, Rettungsleute – nur Stein hatte keine Hand gerührt – hatten verhüten können, was verhütet werden mußte. Wie es weiterging, brauchte Stein nicht zu kümmern. Wie erleichtert man gewesen war, als der Schüler endlich in ein Flugzeug gesteckt und heimgeflogen wurde, egal ob in die Obhut seiner Eltern oder ins Irrenhaus. Hauptsache, er war weg. Und wie enttäuscht sie gewesen waren, als die Nachricht kam, daß der Flugkapitän die Beförderung des Sängers, der vor dem Abflug in der Passagierkabine aufs neue rabiat geworden war, verweigert hatte. Da hatte man den Unerwünschten wieder zurück! Er war zum zweiten Mal ins Irrenhaus Sainte-Anne überstellt worden, während sein Vater aus den Vereinigten Staaten angereist kam, um den Heimtransport seines Sohnes persönlich zu überwachen.

Der *Eine* war mit der Reise nicht zurechtgekommen. Der Psychiater hatte sich getäuscht. Die Arzneien, auf die bisher Verlaß gewesen war, erwiesen sich als wirkungslos. Ohne erkennbaren Anlaß war Zorn gegen alle und alles aus dem Schüler hervorgebrochen. Er war gleich nach der Ankunft im Hotel im Zimmer, das er mit zwei anderen Jungen teilen sollte, explodiert. Seine Zimmergefährten kamen schreiend auf den Gang gelaufen: der *Eine* hätte sie attackiert! Alarm. Schüler und Lehrer ein Knäuel der Ratlosigkeit. Stein war erst dazugestoßen, als der *Eine* aus dem Zimmer taumelte und sich auf die Gruppe stürzte. Einer gegen zwanzig oder mehr, Stein stand abseits und sah dem Schauspiel in böser Spannung zu. Er konnte nicht, er wollte nicht eingreifen: er stand gelähmt wie immer, wo er der Gewalt begegnete. Zugleich wurde er sehr ruhig, weil die Szene ihn nichts anging. Hier war die Nahtstelle, an der man zum Feigling wurde, oder – dieses unter allen Umständen falsche Wort! – zum Helden.

Der *Eine* hatte Blut im Gesicht und an den Händen. Das T-Shirt, das er trug, war zerrissen, er bewegte sich bei aller Heftigkeit seines Gegen-die-Gruppe-Stürmens schwer und gebremst. Er faßte die Front, auf die er zulief, nicht ins Auge. Er stürzte sich in den ungleichen Angriff, ohne Augenmaß zu nehmen. Er war ein gereizter Stier in der Arena, seine Wut entlud sich ohne Strategie, er wäre losgerannt, auch wenn ihn eine Schlucht von seinen Gegnern getrennt hätte. Stand nicht Schaum vor seinem Mund? Ohne Kommando, unbewußt, formierte sich die Gruppe zur Mauer, die dem Aufprall, der jeden Augenblick erfolgen mußte, standhalten konnte. Einige der Schüler blickten zu ihren Lehrern hin, auch von diesen kam kein *Führen*, kein Mut. Keiner versuchte, auf den Rasenden zuzugehen und das Wort an ihn zu richten. Jeder war bemüht, nur ja nicht in sein Blickfeld zu geraten. Augenkontakt würde ihn zu nur noch größerer Raserei bringen. Wo in der Feindschaft Augen aufeinandertrafen, gab es Krieg. Auch sie, die Augen, und nicht nur unsere Fäuste, wollten aufeinander einprügeln und Mord begehen. Schwebte Stein, der nicht Teil der Gruppe war, sondern allein am anderen Ende der Halle stand, nicht in besonderer Gefahr? Noch hatte ihn der *Eine* nicht bemerkt. Würde er, wenn er Stein erst sah, sich nicht sofort auf ihn werfen? Stein vergaß, daß hier Mut und klare Überlegung keine Rolle spielten. Der *Eine* kannte keine Angst. Er fürchtete sich nicht vor der Übermacht der Gruppe. Er rechnete nicht länger. Er war eine Masse Fleisch unter dem Diktat explodierender Nerven.

Was war schlimmer? Die Tobsucht eines einzelnen oder die der Menge? Wie war es damals, nachdem Sophie davongelaufen war? Das ganze Land war im Streik begriffen gewesen, und täglich waren die Streikenden zu Tausenden von der Bastille durch die Rue du Faubourg Saint Antoine gezogen, hatten gegrölt und ihre Parolen gebrüllt. Stein hatte vergeblich die Fenster und Balkontür seiner Dachwohnung geschlossen, um sich vor dem Lärm zu schützen, vor dem er sich fürchtete. Er wußte zwar, daß seine Furcht unbegründet war, in der Mansarde herrschte Sicherheit, aber er litt an der Grobheit des Gebrülls, das von der Straße zu ihm hochgestiegen war. Er haßte die Menge, jede Menge, wenn sie sich zusammentat. Stein, feige und verlogen wie er war, hatte wenigstens nie mit einer Menge gebrüllt. Nichts auf der Welt rechtfertigte das Geheul, das er damals, vor Sophies Foto kauernd, hatte hören müssen. Gerechtigkeit und Freiheit: man mußte um der großen Werte willen nicht auf die Straße gehen und brüllen. Warum forderten die Streikenden nicht Schönheit? Warum nicht das Fortdauern der hellen Abende im Herbst? Und Stein war froh gewesen, daß dieser Spuk Sophie erspart geblieben war. Für Augenblicke hatte er vergessen, daß sie ihn verraten hatte.

Es war soweit. Der Tobsüchtige prallte gegen seine Mitschüler, er prügelte auf sie ein. Er heulte auf, aber es war kein Siegesruf wie aus Indianerfilmen. Fast schien es Stein, als versteckte sich darin ein Schluchzen. Auch einige der Getroffenen schrien auf, aus Schmerz oder Entsetzen.

– Stop this nonsense! Come to your senses!, schrie ein Lehrer. Aber der *Eine* reagierte nicht. Ziellos, ohne Strategie, warf er seine Fäuste gegen die Gruppe und traf, wo er traf. Er suchte sich aus den vielen auch keinen heraus, er schlug ins Leere, nur daß es keine Leere gab, sondern sich verteidigende Körper. Die Erwachsenen versuchten, den Schüler von der Gruppe, in die er wie verschmolzen schien, fortzureißen. Vier Personen zerrten ihn an Armen und Kopf zurück, es war umsonst. Der Widerstand vervielfachte seine Kräfte. Mit wildem Schwung befreite er sich aus der versuchten Umklammerung und stieß zwei Lehrer zu Boden. Seine Kraft schien ins Unfaßbare zu wachsen. Er sah auf dem Flur ein Tischchen und packte es, um es gegen die Liegenden zu schleudern. Das Stück Holz schien Pappe in seinen Armen. Die Lehrer sahen die Gefahr und retteten sich, indem sie sich eilig zur Seite rollten. Schon schmetterte das Möbelstück auf die Stelle, an der sie gerade noch gelegen hatten. Es zersplitterte unter Krachen. Die Gewalt dieses Geschehens durchfuhr jeden der Versammelten wie ein Blitzschlag. Es war nun klar, daß der *Eine* auch vor Mord nicht zurückschrecken würde. Man hatte es nicht länger mit dem schwierigen Mitschüler zu tun, es ging hier um Leben oder Tod. Die Rauferei ging weiter. Nicht Neugier, Entsetzen stellte, von Schluchzen unterbrochen, die Frage: *why is he doing this?* Es gelang, den Tobenden ins Zimmer zurückzudrängen, aus dem er ausgebrochen war. Keiner wagte es, das Wort an ihn zu richten. Sein Umsichschlagen war nicht nur mörderisch, Wahnsinnsentrückung steckte darin, wo war hier ein Mensch? Stein folgte dem Gewirr in sicherer Entfernung, zerbrochenes Mobiliar und Scherben von verglasten Bilderrahmen bedeckten den Boden. Plötzlich drängte der Kranke auf das Fenster zu. Es war mehr als nur ein Fenster, eine ganze Seite des Zimmers bestand aus braun getöntem Glas, ein leichter Vorhang hing davor, schon hatte der Tobende auch diesen zu Boden gerissen. Der Raum befand sich im siebzehnten Stockwerk eines Hotels am Stadtrand. Vielleicht hatte der *Eine* die Richtung zur Glaswand eingeschlagen, weil er sich von der allmählich ihren Widerstand verstärkenden Gruppe umzingelt fühlte. Stein erkannte die Absicht des Rasenden: er wollte die Scheibe zerschlagen und in die Tiefe springen. Mit flackernden Blicken suchte er nach einem passenden Gegenstand. Als er endlich einen schweren Sessel packte und sich anschickte, ihn gegen das Glas zu schwingen, ging ein Aufschrei durch die Gruppe. Sie wollten ihn von seinem Vorhaben abhalten. Stein dagegen hätte ihn gerne fallen sehen. Aus der Welt fallen: was konnte dem Unglückseligen, und der von ihm gestörten Welt, Besseres widerfahren? Die dumme Gewohnheit des Rettenwollens steckte, wie es schien, in allen Menschen, aber nicht in Stein. So mißdeutete der Wahnsinnige den Versuch, ihn von seinem Verderben zurückzuhalten, als einen neuen Angriff. Er schwang den Sessel gegen die Näherrückenden, und hätte wohl ein paar Schädel eingeschlagen, wenn nicht in diesem Augenblick ein Trupp von Rettungsleuten erschienen wäre. Die vier Nothelfer verstanden sofort, daß hier jede Sekunde zählte. Sie sprangen zu dem *Einen* hin und packten ihn von hinten, um ihn zu Fall zu bringen. Aber es gelang ihnen nicht, den Jungen umzuwerfen. Vier gegen einen, und dennoch blieb der Ausgang des Kampfes, der nun folgte, offen. Verkeilt in diese böse Szene waren nicht bloß die vier für jeden Bedarf Gehärteten und ein amerikanischer High School Boy, es machte hier ein sechster mit. Ein Sechzehnjähriger verfügte nicht über solche Körperkraft und Besessenheit. Ein High School Boy warf nicht seine Lehrer um, und krümmte sich da, von einem Faustschlag getroffen, nicht einer der Rettungsmänner am Boden? Er sprang zwar rasch wieder hoch, aber mit Blut im Gesicht, und Stein wußte, daß er in diesem Schüler zum ersten Mal dem *Bösen* gegenüberstand. Nicht dem Teufel, nein: dem *Bösen* als Prinzip, das jedes Maß verrückte.

Der Schüler drängte erneut zum Fenster, die vier Helfer verkrallten sich in ihn und zwangen ihn endlich zu Boden. Der Überrumpelte ergab sich nicht, mit Händen und Füßen teilte er Hiebe aus, endlich kam er auf den Rücken zu liegen und versuchte, ein wildes Tier, seine Angreifer zu beißen. Stein sah spitze Zähne, und Speichel tropfte aus dem aufgerissenen Mund. Nur das *Böse* gab so viel Kraft, nur im *Bösen* zuckte diese Wildheit. Einer der Männer holte eine Spritze hervor, und während es der gesammelten Anstrengung der übrigen drei bedurfte, auch nur den rechten Arm des Tobenden ein paar Augenblicke unbewegt zu halten, stieß ihm der vierte die Nadel durch Jacke und Hemd hindurch ins Fleisch. Er heulte auf, noch einmal schienen seine Kräfte anzuschwellen, er bemühte sich erneut, auf die Beine zu kommen. Aber schon setzte die Wirkung der Droge ein. Der *Eine* schlug nicht länger um sich, sein Toben wurde ein mildes Tappen, ein Zucken ging durch seinen Leib, sein verzerrtes Gesicht entspannte sich, das Kind kam zum Vorschein, der Schüler lag auf dem Boden und schlief. Er atmete mit schweren, röchelnden Zügen, als die erschöpften Männer ihn auf eine Bahre betteten und breite Lederriemen fest um seine Gelenke schnürten. Sie trauten dem Frieden nicht und hatten es eilig, den Tobsüchtigen ins Krankenhaus Sainte-Anne zu bringen.

3

Wo blieb Stéphane in dieser Sache? Es gab ihn nicht. Wie wenig zwei Menschen, die alles voneinander zu wissen glaubten, wirklich wußten. Dem anderen Einlaß zu gewähren ins eigene Leben: es war nicht möglich. Dem Freund Geschichten zu erzählen, wie denn nur? Geschichten erzählte man fremden Leuten. Wie jede Geschichte nur aus Kälte bestand, das konnte man am besten aus den großen Romanen des neunzehnten Jahrhunderts lernen. Flaubert, Balzac, Stendhal: ein Gang durchs Eishaus waren ihre Bücher. Die Leidenschaften, von denen sie handelten, waren Eis. Erst hundert Jahre später stellten sich Kitsch und weinerliche Wärme ein. Die große Kälte strömte nicht aus Sartres oder Becketts oder Thomas Bernhards Büchern, sie steckte in einem Frédéric Moreau und seinen Besuchen bei den Arnoux oder den Dambreuses, sie steckte in Julien Sorel und seinem Liebeshaß auf Madame de Rênal. Man mußte über derlei Dinge mit Stéphane nicht reden, das Schweigen war ihm lieber, Stein sah es ihm an. Die Freunde schätzten ihre Ruhe. Warum aber hatte Stein seine Friedhofsfahrt nicht allein unternommen? Wozu brauchte er Stéphane dabei? Undeutlich fühlte er: er benötigte Publikum. Das hatte nichts mit Eitelkeit zu tun. Es war Feigheit. Stein wagte es nicht, seine Entgleisungen ins Leere zu richten. Er brauchte Augen, Ohren, und manchmal einen Mund, der zu ihm sprach. Diese kleinste Gegenwart war der Auftrag, den er an seine Menschen richtete. Freilich war Stéphane ein schlechter Bediensteter: selten verfügbar, unwillig nur zu oft. Er würde ihn dennoch nie entlassen, Stéphane gehörte zu den Menschen, die man beibehielt wie verstaubte Bücher, die neu zu lesen ausgeschlossen schien, ausgeschlossen wie das Ansinnen, sich ihrer zu entledigen.

– Fahren wir schneller, ich will aus dieser Gegend fort!

Wer redete da? Stein hatte keine Stimme neben sich erwartet. Er mußte sich zur Ordnung rufen: neben ihm saß Stéphane und fürchtete wahrscheinlich schon das nächste Ziel. Man mußte schneller fahren, der Freund hatte ganz recht. Atemberaubendes Tempo war das Ideal, und die Leichtigkeit der Selbstmörder, die er zurückgelassen hatte – oder sie ihn? Allein die Entfernung zählte. Wer schneller fuhr, half ihr beim Wachsen. Auch Sophie war gut und nichts als gut zu Stein gewesen, weil sie am grausamsten mit ihm verfahren war. Sie hatte ihm nicht den Abschied erlaubt, auf den es ankam in allen Dingen. Er brauchte das sanfte Lebewohl, das letzte Streicheln, den letzten Kuß.

– Du redest von Zärtlichkeit, du verstehst nichts davon, hatte Sophie ihm vorgeworfen in ihrem letzten Brief, und:

– Ich werde nicht wieder schreiben.

Sie hatte Wort gehalten.

Eine Kurve, ein Hügel noch, und der Lago di Trasimeno würde vor ihnen liegen. Es war noch nicht Abend, das Licht würde gleichmäßig wie eine Uniform über der Landschaft liegen. Rückzug ins Schauen, das Stein immer und überall verblieben war, und in die Bilder, die er nicht teilen konnte mit anderen Menschen. Sooft er es versucht hatte, dieses peinliche Betteln: *schau!*, es war stets mißlungen. Die anderen schauten nicht, sie waren müde, oder gleichgültig, oder sahen etwas anderes als er. Stein verabscheute die Müden, die im Auto, im Bus, im Zug am hellen Tag die Augen schlossen. Ein böser Riß ging durch die Welt zwischen Schläfern und Wachenden. Schläfer waren Feinde, die Müdigkeit zerstörte. Stéphane gehörte freilich zu den Wachen, aber ob er zu den Schauenden gehörte, stand dahin. Auch die offensten Augen konnten die Bilder verweigern, und das *Schau* war immer gefährlich, forderte zum Widerspruch heraus. Stein konnte nicht anders, er griff den Freund am Arm und wies mit weiter Geste auf die Landschaft, die vor ihnen lag:

– Schau!

Heimat war die Welt, und würde, wenn sich erst die Sonne neigte, noch vertrauter werden. Im Handschuhfach befand sich keine Karte, ihr Fehlen eröffnete alle Straßen, und Stéphane war ein guter Passagier. Es kümmerte ihn nicht, wohin es ging. Für Zweifel war heute nicht der Tag. Nur fort, und Tempo, hatte Stéphane gefordert, ohne alle Dringlichkeit. Der befreundete Dichter hatte einmal von einem Schreiben gesprochen, das er *episch dringlich* nannte, und das Wort begleitete Stein seither in heller Klarheit sowie vollendetem Geheimnis. Es wollte nicht verstanden werden, es erweckte Sehnsucht.

Hatte diese Sehnsucht mit der Blödheit des jungen Mannes zu tun, der auf einer weltverlorenen Landstraße Marylands unweit der amerikanischen Hauptstadt, wo die Macht angeblich greifbar wurde, sein Auto angehalten und bei laufendem Motor in einer bitterkalten Jännernacht unter Sternen Radio gehört und sich vor Weinen – ein würgendes Schluchzen war es gewesen – geschüttelt hatte bei der Übertragung der »State of the Union Address« des amerikanischen Präsidenten? War er verrückt geworden? Tiefe Rührung und ein lautes, ihm bisher fremdes Jadochja, das er für diese Nation – oder nur für die sanfte Landschaft um ihn her? – empfand, hatten ihn angesprungen und überwältigt. Auch der Umstand, daß der Präsident, der da redete, einer gewesen war, dem der junge Mann nie seine Stimme gegeben hätte, falls er hätte wählen dürfen in diesem Land, änderte nichts daran. Der Tränenüberströmte schmolz dahin vor Dazugehören-Wollen. War er, der Weltbürger, für den er sich hielt, wirklich so schrecklich heimatlos?

Nur mühsam hatte er sich beruhigt. Froh und gleichsam gewichtlos war er nach dieser Präsidentenrede zurückgeblieben, nun war auch er dem Nichts auf den Leim gegangen. Zum stolzen Bürger *of this great nation* – hatte die Rede nicht nur aus dieser Phrase bestanden? – fühlte er sich geschlagen, ein Ritter von der traurigen Gestalt. Auch jene Nacht verdiente Erinnerung wie alle Niederlagen, wie die großen Liebesnächte. Stein war eine Viertelstunde – oder war es eine halbe? – glühender Patriot eines ihm fremden Landes gewesen. Keiner hatte je aus ehrlicherer Liebe zu den Vereinigten Staaten von Amerika geweint wie er, keinem waren die Straßen von Howard County, Maryland, Weltmittelpunkt geworden wie ihm. Er war sein Leben lang immer davongelaufen, von Menschen, Städten, Ländern, aber in Wahrheit niemals fort-, sondern auf etwas zugerannt: auf An- und Zugehören. Die Freiheit wollte niemand leben müssen, auch nicht Stein.

Siena. Hier war die Abzweigung, Stein entschied dagegen, schon ging die Fahrt in die Gegenrichtung weiter. Siena fiel mit jedem Kilometerstein weiter zurück. So war es gut, und Stéphane würde keine Fragen stellen. Die Milde der Ärzte im Irrenhaus von Sainte-Anne ging Stein nicht aus dem Sinn. Warum hatten sie, unbeteiligt wie sie waren, die Zerstörungswut des Amerikaners, die Verkörperung des Bösen, wie es schien, verstehen wollen und in Schutz genommen? Was konnte einen Menschen überhaupt dazu bewegen, in seiner Berufswahl das Häßliche, Abstoßende, Widerliche zu umarmen? Das berühmte *Helfenwollen*, das Stein im Gaunerland seiner Kindheit gepredigt worden war, das rührselige *Helfenwollen*, dem viele seiner Kameraden verfallen waren, er glaubte nicht daran. Weder an die Phrasen noch an das Tun. Es war *nicht* menschlich, es war uns nicht aufgetragen, das Abstoßende, Kranke und Häßliche ans Herz zu nehmen. Menschlich war es, der Schönheit nachzulaufen, und für die Inbesitznahme der Schönheit jede Grenze zu mißachten. Die Schönheit zu erfahren und zu besitzen, sowenig es auch möglich war, nur dafür lohnte es, auf der Welt zu sein. Immer wieder als der Betrogene dazustehen, ohne jemals aus der vergeblichen Jagd zu lernen: so war es gut. Nur nicht klüger werden aus den eigenen Fehlern! Das Personal von Sainte-Anne log sich und den Patienten etwas vor. Helfenwollen – ja, wenn es Technik blieb, Reparatur, Chirurgenhandwerk. Aber darüber hinaus? Niemals darüber hinaus. Und der Schüler? Stein hatte ihn nicht vergessen können, er war an ihm haftengeblieben wie ein Makel, ein Geburtsmal, eine Häßlichkeit, die man versteckte, so gut es ging. Wohin führte diese Straße, es wurde dunkel, durchschnitt sie wirklich Umbrien, fuhren die Freunde nicht vielmehr durch das Königreich von Aragòn und würden jeden Augenblick Castillo y Leòn erreichen, auf dem Weg nach Soria, wo sie im Alfonso VIII absteigen und die Nacht verbringen würden? Soria am Abend, es regnete wieder einmal, ihren Spaziergang zum baumumsäumten Duero würden sie bleibenlassen. Sie gingen die paar Schritte in die Altstadt hinüber, und standen bald in einer überfüllten Bar, wo im Fernsehen gerade das Fußballspiel Barcelona gegen Valencia – es stand eins zu vier für Valencia – übertragen wurde. Da entdeckte Stein unter den Biertrinkern einen hageren Mann, der, an die Theke gelehnt, ein Glas Rotwein trank und dem Fußballspiel den Rücken zuwendete: Das ist einer von unserer Art, dachte Stein, und korrigierte sich sofort: von *unserer* Art? Was für eine Jammerwelt müßte das sein, in der man sich an den armseligsten Ähnlichkeiten aufzurichten versuchte? In einer solchen Krückenwelt wollte Stein nicht leben müssen, er hielt sich plötzlich für gesund und krückenlos. Es gab keine Touristen in Soria, auch schien es, als lebten nur alte Menschen hier. Wenige hundert Schritte weiter befand sich auf der Plaza Mayor das Restaurante Casa Augusto, wo die Freunde einkehrten, pflichtbewußt, obwohl sie beide nicht den geringsten Hunger verspürten. Kein Mensch hatte ihnen das Lokal empfohlen, sie hatten keine Touristenbroschüre konsultiert, sie hatten vor dem Eintreten nicht die ausgehängte Speisekarte gelesen; die Casa Augusto war selbstverständlich ihr Lokal. Daran erkannten Stein und Stéphane ein wenig die Gültigkeit ihrer Nähe: es durfte zwischen Freunden keinen Zweifel an der richtigen Einkehr geben.

Stein freute sich über den vertrauten Cuyamaca Park, den sie erreicht hatten. Vielleicht waren sie doch nur im Umkreis seiner Stadt am Stillen Ozean umhergefahren? Es war Dezember, aber noch leuchtete der Herbst. Gewiß, es schneite manchmal hier oben, dann wurde das Ereignis unten in der Stadt in Radio und Fernsehen berichtet, und Tausende machten sich auf den Weg, um dem Schnee ihre Aufwartung zu machen und sein Knirschen unter ihren Schuhen zu spüren. So wurde der Winter ein fröhliches Fest. Unten an der Küste gab es kaum einen Wechsel der Jahreszeiten. Auch im Dezember standen die Tage, so kurz sie waren, allem offen: der Wärme wie der Kälte, plötzlichem Nebel oder einer Helligkeit, die nicht nur blenden, sondern erlösen konnte. Das war heute ein milder Tag, rein gar nichts begrenzte den Blick. Stein vermeinte in der Ferne den Lago di Trasimeno zu sehen, oder war es doch nur Cuyamaca Lake, der durch die hochgewachsenen Pappeln schimmerte, die ihre Blätter noch nicht verloren hatten? Ihr heftiges Gelb war freilich längst dahin, Stein hatte es wieder einmal versäumt, wie nun so viele Jahre. In jüngster Zeit war sogar seine Sehnsucht vergeßlich geworden. Voller Erwartung war er früher jeden Sonntag im Herbst in den Cuyamaca Park gefahren, weil er den idealen Moment nur ja nicht versäumen wollte. Dabei hatte er den wahren Grund für seine Fahrten für sich behalten; er hatte Clara und die Kinder mit der Aussicht auf den berühmten Apfelkuchen von Julian verlockt. Das Gelb dieser Pappeln war ihm allein zum Signal des Abschiednehmens geworden. Es gab Frühling, Sommer, Herbst und Winter auch im Süden, man stieß nur nicht mit dem Kopf dagegen, wie es im harten Norden unvermeidlich war. Hier durchlief jedermann die strenge Schule des Sehens; wer sie bestehen wollte, brauchte weniger Wissen als Geduld, weniger Klugheit als Hingabe. Schweigend fuhr Stein an seinen Bäumen vorüber bis in die Hochebene, die jeden Frühling mit der Schneeschmelze zum See wurde, entschieden größer als Cuyamaca Lake, doch ohne Dauer und eigenen Namen. Stein durchfuhr sie ungeduldig. Sie erreichten Julian: es drängte ihn zur Weiterfahrt, wie sehr er dieses Dorf auch mochte.

– Wir könnten hier die Reise unterbrechen und in einem Hotel ein Zimmer nehmen. Es würde uns nicht schaden.

Stein hatte diesen Vorschlag wohl nur ausgesprochen, weil er unvorstellbar war. Er, der es schon beim ersten Schritt durch die Main Street eilig hatte, das weltverlorene Nest zu verlassen, er wußte, daß auch Stéphane dasselbe Ungenügen verspüren würde, bevor noch der Abend zu Ende ginge. Eine Nacht in diesem Dorf, das nach Ladenschluß selbst die Touristen mieden? Landidylle war nichts für die Freunde, Stadtmenschen waren sie, und wer hier übernachten wollte, der brachte besser seine Dummheit oder die Geliebte mit. In Lust ertrinken, während draußen Schnee fiel, warum nicht? Für Stein und Stéphane war Julian nicht der rechte Ort. Die offenen Kamine, mit denen hier die Zimmer ausgestattet waren, erforderten Gäste, die sich der Mühe unterzogen, an den Abenden ein Feuer zu entfachen und zu betreuen. Nein, Stein und Stéphane waren nicht die richtigen Gäste dafür, und wo wären sie es je gewesen?

Aber jetzt nur nicht zurück ins eigene Haus! Kaum mehr als eine Stunde lag es entfernt. Wie schrecklich nahe alle Ziele waren! Stein hätte doch auf der Straße nach Siena bleiben sollen, dann würden sie jetzt längst im Ristorante alla Speranza sitzen.

– Wir könnten Funghi porcini alla griglia essen, dazu ein wenig Salat, und weiter nichts, sagte Stein.

Stéphane schaute ihn an, als wäre ihm für einen Augenblick nicht bewußt, wo sie sich befanden. Es war auch bedeutungslos. Hinnehmen, wo man war, und sich der Rundung des Planeten erfreuen. War dafür nicht das Meer am besten geeignet? Also nicht Siena, nicht das Ristorante alla Speranza. Das Auto an der Ecke zur Main Street stehenlassen und an Bord gehen. Schon blendete das weiße Schiff. Es war die *Costa Victoria*, ein Riesenspielzeug, das gut zu Stein und Stéphane paßte. Auch der Zeitpunkt war gut gewählt: Tage des unordentlichen Vollmonds, als dieser nur leuchten wollte und sich nicht festnageln ließ auf vorausberechnete Phasen. Er beharrte, schrumpfte nicht, und Stein merkte gleich, daß etwas nicht stimmte mit den Kalendern, aber nie zweifelte er am Mond. Eine Freundin hatte aus London angerufen, zwei oder drei Tage war es her, und Stein *frohen Vollmond* gewünscht. Seine ganz und gar runde Scheibe strahlte auf ihrem Heimweg von der Arbeit so groß und hell über Themse und Tower Bridge, daß sie zum Telefon hätte greifen *müssen*, um das Bild mit irgendwem zu teilen. Stein hatte gespürt, daß die kaputte Welt in guter Ordnung war. Die Freundin würde ihren Wundermond schon nicht erfunden haben. Stein und Stéphane saßen beim Abendessen im Fantasia-Restaurant der *Costa Victoria*, der Chefkellner hatte ihnen für gutes Trinkgeld Tisch Nummer Hundert zugeteilt, gleich beim Bullaugenfenster in der hintersten Ecke, wo sie der Menge den Rücken kehren und sie zugleich ins Auge fassen konnten, wie machttrunkene Herrscher ihr Volk.

Die tausend Vergnügungen des Schiffes, allen voran das Casino, waren für Stéphane geschaffen worden, nur für ihn. Wie traurig die Slotmachines und Roulettetische gähnten, wenn sie einmal nicht elektrisch erleuchtet waren, weil das Schiff im Hafen lag. Und hätten diese Glücksmaschinen jetzt auch funktioniert: ohne ihr Glitzern und Lärmen wäre das Spielen doch nur todtraurig gewesen. Freude und Vergnügen steckten nicht im Eigentlichen, sondern im Beiwerk der Dinge; warum nicht? Stein zog es vor, in den Häfen an Bord zu bleiben. Die Landausflüge lockten ihn nicht, Stéphane dagegen ließ sich keinen entgehen. Als das Schiff an einem frühen Morgen im Hafen vor Tunis anlegte und zweitausend Passagiere zum Ausgang drängten, um nur ja recht eilig die Ruinen von Karthago zu sehen oder in der Medina um Teppiche zu feilschen, war Stein im Bett geblieben und hatte durch das Kabinenfenster auf das Getümmel auf dem Pier tief unten geblickt. Stéphane war längst fort, gewiß saß er im allerersten Bus. Und doch hatte Stein den ganzen Abend, nachdem das Schiff von Palermo ausgelaufen war, Festlichkeit verspürt: die *Costa Victoria*, wie schicksallos und billigen Zwecken verschrieben ihr Durchschneiden des tintenblauen Wassers auch war, hielt Kurs auf heilige Küsten. Phönizier, Griechen und Römer hatten sie geweiht. Als das Schiff Tunesiens Küste schon so nahe gekommen war, daß Häuser und Palmen an den Stränden sichtbar wurden, ging plötzlich rot die Sonne auf, als hätte der Kapitän einen Lichtschalter gedrückt. Das war nun Afrika, von dem Stein gar nichts wußte. Er sah, daß in diesem Land längst Trubel herrschte: Tausende von Autos bewegten sich dicht gedrängt in der Morgensonne. In welchen Betten und Armen hatten ihre Fahrer die Nacht verbracht, haßten sie das Frühaufstehen wie Stein, wie Europa, oder hatte der Ruf eines Muezzin sie freudig geweckt? Stein hatte kein Bedürfnis verspürt, zur Welt dieser Tagfertigen zu stoßen. Er wußte sich ohnedies in ihrer Mitte, und wenn er auch wieder eingeschlafen wäre: hätte er nicht in Tunesien geruht?

In Tunis hegte Stein nur eine Absicht: er mußte eine römische Steinbüste des blinden Homer finden, und er hatte sie auf der Stelle entdeckt und erstanden von einem Straßenhändler, einem alten Mann, der sich ihrer Vollkommenheit nicht bewußt war. Er war des Feilschens viel zu früh, geradezu mit einem Ruck, müde geworden und hatte die Skulptur dem Käufer um den lächerlich geringen Preis überlassen, den dieser ihm geboten hatte. Es war kein Handel gewesen: Stein hatte gleich gewußt, daß der Dichter ihm gehörte, als er ihn unter Andenkenkitsch auf einer Gartenmauer erblickt hatte. Weder Suchen noch Finden, weder Handeln noch Kaufen hatte stattgefunden, sondern eine Verabredung zwischen dem blinden Seher und Stein, seit jeher getroffen und präzise eingehalten. Schwer hatte der Kopf gewogen, Stein hatte ihn kaum zurückschleppen können auf das Schiff und in seinen Erdteil, in seine Stadt und sein Zimmer. Augenblicklich war der kleine, fensterlose Raum dann weit geworden. Und er log: denn er hatte nicht gewußt, daß er Homer nach Hause getragen hatte. Die Schöpfung bestand darin, zu benennen: *du bist Homer!* Und nicht Stein hatte den Namen ausgesprochen, sondern ein Freund, auch dieser ein Dichter, der zu ihm auf Besuch gekommen war. Wie gierig Stein den Namen von den Lippen des Gastes gesaugt und zu dem seinen gemacht hatte, fortan im Glück: ich habe Homer nach Hause getragen!

Daß ein geliebter Mensch an einem neunten Juli, mitten in der Festlichkeit des Sommers, die Flucht ergreifen und zum Verräter an der gemeinsamen Sache werden konnte, würde Stein niemals begreifen. Er war seither vom Blitz getroffen, vielleicht bildete er sich nur ein, den neunten Juli überlebt zu haben. Die Toten der Place Baudoyer waren lebendiger als er, sie hatten es immerhin geschafft, Gefühle in Stein und ein paar anderen Passanten zu erwecken, die in perfider Eile an ihnen vorbeigelaufen waren. Er dagegen, in wem hatte Stein etwas bewirkt? Oder genauer: in welchen Menschen hatte er mehr bewirkt als ein: *Es reicht!?* Sophie war fortgelaufen, und Stein wußte nicht *warum*? Sie hatte es ihn nicht wissen lassen, als zum zweiten Mal ein Umschlag an der Tür zur Mansarde in der Rue de Charonne gehangen hatte. Die Zeit war knapp gewesen zwischen dem ersten und zweiten Mal: kaum zweieinhalb Monate Gnadenfrist. Auf der Rückfahrt von einem Abendessen, zu dem er allein geladen war, hatte er Sophie angerufen, wollte nur sagen: bin unterwegs zu dir, aber sie war nicht ans Telefon gekommen. Wo steckte sie? Sie konnte doch so tief nicht schlafen, es war kaum Mitternacht. Die Fahrt im menschenleeren Zug, jedes Stehenbleiben an den vielen Haltestellen war Stein zur Folter geworden. An der Gare d'Austerlitz hatte er in Panik den Zug verlassen und war mit Stolperschritten auf die Straße gehetzt. Nirgendwo wartete ein Taxi. Atemlos, mit Seitenstechen und brennenden Lungen, war er über den Pont d'Austerlitz und die Avenue Ledru Rollin heimwärts gelaufen. Als er seine Straße und das Haus erreicht, den Aufzug verlassen und den weißen Umschlag schon vom Treppenabsatz her an der blauen Tür hatte hängen sehen, verlor er das Gleichgewicht: Sophie lag im Sterben – und nicht immer kam Rettung zur rechten Zeit! Er vermeinte zu stürzen, er taumelte zur Tür. Wieder enthielt der Umschlag den Schlüssel, und einen Bogen Papier, der mit schräg abstürzenden Zeilen bedeckt war. War das Sophies Schrift? Er warf einen Blick darauf, er las nicht, er führte zitternd den Schlüssel ins Schloß und stieß die Tür auf. Würgende Übelkeit stieg in ihm hoch. Aber nirgendwo lag Sophie, nicht im Bett und nicht auf dem Boden, nicht im Bad und nicht in der Küche. Alles war sauber und aufgeräumt. Der Strauß mit den weißen Rosen, die er am Tag zuvor wieder einmal nach Hause gebracht hatte, leuchtete vor dem Balkon. Nirgendwo Sophie. Stein hielt den aufgerissenen Umschlag in den Händen, der Schlüssel steckte immer noch in der weit offenen Tür. Ein Windstoß warf sie plötzlich zu, der Lärm erweckte den Versteinerten. Er holte den Schlüssel herein und setzte sich auf den hellen Teppich, auf dem sie im Übermut eine Flasche Rotwein umgestoßen hatten. Die Flecken waren trotz aller Bemühungen, sie zu entfernen, nicht schwächer geworden. Stein holte das beschriebene Blatt aus dem zerknitterten

Umschlag und glättete es. Mühsam entzifferte er die Schrift einer Fremden.

This is not a betrayal, but a survival. I shall explain later.

Sie war fort und kam nicht wieder und hatte ihm nichts erklärt. Das Versprechen, das sie gegeben hatte, war unerfüllt geblieben. Vielleicht hatte Stein keinen Anspruch auf Erklärungen, denn es stand geschrieben: *This is not a betrayal, but a survival.* Damit war alles gesagt worden, nur Stein brauchte immer zu viele Worte.

In jener Nacht vom 9. auf den 10. Juli hatte er alle Krankenhäuser und Polizeikommissariate von Paris angerufen. Er hätte sich ihre Anzahl merken sollen, aber er hatte sich nichts gemerkt. Er hatte auch nichts vergessen. Stein hatte an kein Ende glauben wollen, er glaubte bis heute nicht daran. Er meinte noch immer, daß die Geschichte weitergehen müßte, und wenn er nach Hause kam, nicht nur in die Rue de Charonne, sondern in jede seiner Wohnungen, in jedes seiner Hotelzimmer, begann er zu laufen, denn sie, die von ihm fortgelaufen war, könnte vor der versperrten Tür sitzen und auf ihn warten. Freilich, er wußte genau, es bestand kein Anspruch, an einen guten Ausgang zu glauben, und der Erzähler hatte kein Recht, seine Geschichte mit Zuversicht zu beschweren. Am 9. Juli endete die Geschichte. Stein war versucht, sie in umgekehrter Bewegung, im Rückwärtsgang zu erzählen. Mit jedem Satz würde sie heiterer und leichter werden, bis das erste Wort ein *happy ending* enthalten müßte.

Er errechnete nach einhundertsechsundsiebzig Wochen des Nichtweiterwissens, daß seine und Sophies Liebe vierundvierzig Wochen im Fleisch gedauert hatte. Er versuchte sich einzureden, daß das nicht wenig war: vierundvierzig Wochen waren Zeit. An Menschen, die er kaum kannte, richtete er die Frage: Sind vierundvierzig Wochen eine Zeit? Und niemand sagte: Es ist keine. Wer mit siebzig stürbe, dem würden sie zum Hundertstel des Lebens. Er tröstete sich mit derlei Hausaufgaben, es störte ihn nur, daß sich darauf kein festes Haus errichten ließ.

Die Kreuzfahrt auf der *Costa Victoria* paßte zu ihm, ihr kleiner Luxus ohne Anspruch und Dauer, diese Kreuzfahrt, die, wie fast alle seine Reisen, nur in seinem Kopf stattfand. Längst saßen Stein und Stéphane im Auto, Julian lag hinter ihnen, das Hochplateau von Santa Ysabel erstreckte sich im Abendwerden. Sie fuhren aus der Höhe darauf zu, denselben Anblick, dachte Stein, müßte ein Flugzeugkapitän beim Landeanflug erfahren. Bilder waren Strafe oder Lohn. Bald würde die Sonne gegen die Kette der Berge stoßen, es gab Berührungen der größten Art, und ohne alle Heftigkeit.

Der Fahrzeuglenker staunte, wie er es geschafft hatte, diesen Punkt seiner Gegenwart zu erreichen, und Stéphane wunderte sich vielleicht auch. Was war mit dem Satz des Landpfarrers anzufangen: *Alles ist Gnade*? Natürlich war alles Gnade, es war die größte und lächerlichste aller Weisheiten, in diesem Angewiesensein auf Gnade steckte weniger Heil als Fluch. So ließen nur wenige das Wort über die Lippen, Stéphane niemals. Er hatte seit bald vierzig Jahren keinem Gottesdienst beigewohnt, die Totenmesse für seine Mutter ausgenommen, aber die war Sohnespflicht. Stein dagegen scheute nicht davor zurück, in allen Kirchen Kerzen anzuzünden und die drei Gebete aufzusagen, die er seit der Kindheit auswendig wußte. Er rasselte das Vaterunser, das Gegrüßt-seist-du-Maria und das Glaubensbekenntnis wortlos, nur im Kopf, so übereilt herunter, daß er auch ohne Bewegung der Zunge und Lippen stets ins Schleudern geriet. Dann wußte er nicht länger, welchen Satz, ja welches Gebet er schon *aufgesagt* hatte, und wiederholte die stummen Litaneien mechanisch, während er eine Frau in der Reihe vor oder neben ihm mit seinen Blicken entkleidete. Er konnte nicht anders, er *mußte* sie entkleiden. Stéphane hatte es leichter: die Ewigkeit war ihm kein Thema, die Schöpfung nahm er ohne Staunen hin, er spulte nach Bedarf das Leben ab wie Toilettenpapier. Wo würden sie heute abend einkehren?

4

Warum klopfte Sibylle nicht endlich bei ihm an? Stein wollte Frieden mit ihr schließen. Er hatte ihr nicht weh tun wollen, als er seine eigenen Verwundungen und Komplexe über sie ausgeschüttet hatte, zugegeben voller Lust. Er hatte sie auf einem Fährschiff nach England entdeckt und für einen Knaben gehalten. Er war nicht einmal betrunken gewesen. Hätte er gewußt, daß das halberwachsene Geschöpf ein Mädchen war, wäre ihm nicht im Traume eingefallen, sie anzusprechen. Aber der *Knabe* war allzu reizend, schade nur, daß er Deutscher war. Er reiste nicht allein, sondern mit einer Gruppe, er war zu einem Sprachkurs unterwegs, aber hielt sich abseits von den anderen, was Stein gefiel. Die ersten Sätze, die dann fielen zwischen dem Fünfundzwanzigjährigen und *dem* zehn Jahre Jüngeren, beließen Sibylles Namen und Geschlecht weiterhin im Dunkel. Stein lobte die Schönheit des Knaben, und das Mädchen vermutete, daß der Ältere in ihr das Mädchen pries. Sie freute sich errötend über die Komplimente, vielleicht die ersten, die sie von einem Mann erhielt. Das Erröten des *Knaben* machte Stein wild vor Lust. Es galt zu handeln – Adressen tauschen, Brieffreundschaft erbitten –, bevor die kurze Überfahrt zu Ende ging. Er wollte, er würde diesen *Knaben* wiedersehen! Als sie sich trennten, war der Irrtum nicht aus dem Weg geräumt. Zwar hatte Sibylle ihren ganzen Namen aufgeschrieben, er aber hatte in seiner Freude keinen Blick darauf geworfen und den Zettel weggesteckt. Die Erkenntnis, daß er sie für einen Jungen gehalten hatte, blieb ihren ersten Briefen vorbehalten. Hatte Sibylle nicht seit jeher darunter gelitten, nur wenig mädchenhaft auszusehen? Aber schon war es zu spät gewesen; Stein war gierig geworden, er wollte zugreifen, verführen, besitzen. Sibylle war noch nicht sechzehn, und wie ein Knabe sah sie aus: also würde sie sein *Knabe* werden, mit dem Vorteil der Legitimität des Natürlichen. Briefe gingen hin und her, Stein verstand es, mit seinen Worten junge Menschen einzuholen wie an einer Angelschnur. Als Sibylle siebzehn wurde, lud er sie auf ein Wochenende nach Brügge ein. Deutschland sei für ein Wiedersehen zu häßlich, schrieb er ihr. Und Sibylle kam. Erhielt die Erlaubnis ihrer Eltern, unternahm die weite Fahrt mit der Eisenbahn, entstieg zur abgemachten Stunde wirklich dem Oostende-Expreß und ging scheu entschlossen auf ihn zu. Ihre Eltern gewährten der einzigen Tochter Freiheit und einen unbegrenzten Vertrauensvorschuß, der Stein unfaßbar bleiben mußte.

Ihre Nächte im Holiday Inn waren keusch geblieben. Sibylle hatte seine paar ungeschickten Umarmungen, die entgleisenden Küsse, die gierig auf ihren Körper geworfenen Blicke hingenommen; mehr hatte Stein auch nicht gewagt. Vielleicht hatte sogar er eine Grenze verspürt. Das Bewußtsein der eigenen Häßlichkeit machte ihn gelegentlich zum Ehrenmann, und die Einsicht, dem *freien* Geschöpf, das da neben ihm lag, nicht ebenbürtig zu sein. Darauf beruhte die Keuschheit von Brügge, die Sibylle Vertrauen zu ihm fassen hieß. Schlimmer noch: sie verliebte sich in Stein.

Es trug ihr viele Jahre Beleidigungen und Schmerzen ein, dazu umständliche, demütigende Reisen, denn Stein beorderte Sibylle zu sich, wann und wo er Lust auf sie hatte. Sie eilte zu ihm, mit der Eisenbahn, mit Schiffen und mit Flugzeugen, und nahm jede Müdigkeit auf sich, um ein paar Stunden mit dem Mann zu verbringen, den sie liebte. Aber Stein warf ihr vor, sie könne ihn gar nicht lieben, weil sie Deutsche war. Die Deutschen lieben nicht, die Deutschen morden, sagte er nebensächlich. Oder er sagte: Du liebst nicht mich, sondern die Demütigungen, die ich dir zufüge. Die Deutschen wollen entweder Befehle brüllen oder, wo das nicht möglich ist, fremden Befehlen in hündischer Ergebenheit gehorchen. Also befehle ich dir: stehe übermorgen um fünfzehn Uhr an der Ecke des Swiss Travel Centre auf dem Leicester Square in London! Er sagte es und hängte auf, er rief kein zweites Mal an. Sibylle wußte nicht, in welchem Hotel Stein abgestiegen war; er war unerreichbar bis zu dem von ihm geforderten Treffen. Orte und Daten waren austauschbar, nicht aber der Ton, in dem Sibylle beordert wurde – und sie kam. Sie kam, weil sie ihn, der sie mißhandelte, zu lieben glaubte, und warum sie ihn liebte, verstand sie selber nicht. Es fehlte ihr der Mut, ihre Hörigkeit zu hinterfragen. War er wirklich so anders als die Männer, die ihr zu Hause über den Weg liefen? Oder war sie, ein Bücher- und Schweigemensch, mit ihm zufrieden, weil er ihr die Mühe ersparte, nach einem wirklichen Freund Ausschau zu halten und dabei um so deutlicher ihr Alleinsein zu bemerken? Denn sie war allein: in allen Jahren, die Sibylle sich ins Ausland rufen ließ, hatte sie keine zwei Monate mit Stein verbracht. Sie hatte geschwiegen, als er geheiratet hatte, bald aus dieser Ehe fortgelaufen und eine zweite eingegangen war. Sibylle hatte alles hingenommen. Sie hatte sich damit getröstet, daß er ihr Heirat und ein gemeinsames Leben nie versprochen hatte. Mit Tapferkeit und dem bitteren Wohlwollen, das ihr Sibylle-Siegel war, hatte sie nie geweint, wenigstens nicht in Steins Gegenwart. Hatte er nicht lauthals verkündet, er könnte nie mit einer Frau leben, die Deutsch sprach? Sibylle fehlte somit die Voraussetzung, ihm jemals anzugehören, wie einem Blinden der Pilotenschein verwehrt blieb: gute Absicht reichte dafür nicht aus.

Schade, daß ihre erste Liebesnacht in Wien stattfand, der Stadt, die sie liebte, für die Stein aber nichts als Abneigung verspürte. In Wien gebe es keine Sanftheit, keine Zärtlichkeit, keine Lust. In Wien gebe es nur Vergewaltigung, Sadismus und Folter; so Stein. Und so war es, sogar für ihn, eine böse Nacht geworden. Die Mißbrauchte aber hatte Stein und Wien daraufhin nur noch inniger geliebt. Das Opfer suchte also wirklich seinen Mörder. Keine andere Frau hätte hingenommen, was er Sibylle zugemutet hatte. Jedoch, und das war das eigentliche Erschreckende daran, nicht in böse vorbedachter Absicht. Stein hatte Sibylle nicht demütigen und quälen *wollen*, er hatte sie stets nur im Wunsch, sie zu umarmen, an Orte berufen, die ihm schön und verzaubert erschienen waren. Eine einzige Regel hatte dabei gegolten: nie in Deutschland! Und so war auch Wien, wo man Deutsch sprach, eine schlechte Wahl gewesen. Nie hatten ihre Begegnungen länger als drei Nächte gedauert; Stein zählte immer nur Nächte, nie die Tage. Es waren Nächte im Hotel, und selten rief er Sibylle mehr als zweimal im Jahr zu sich. In der Zeit dazwischen gab es Briefe, Sibylle benutzte immer dieselben grauen Umschläge, dasselbe Papier, das machte Eindruck auf Stein. Aber Sibylle fehlte ihm nicht, sie war sein Eigentum, ohne daß er Besitzerstolz oder Angst, sie zu verlieren, empfunden hätte. An sie zu denken, entsprang einer Laune, einer Notwendigkeit niemals. Wenn er mit Sibylle schlief, sah er manchmal noch den Knaben, den er in ihr vermutet hatte, und um den sie ihn betrog, indem sie eine Frau war. Freilich wäre er mit dem Knaben nicht ins Bett gegangen; es traf sich also gut, daß Sibylle Sibylle war! So konnten sie gemeinsam ihrer Lust entgegenkeuchen. Aber Stein keuchte nicht, er horchte auf ihr Stöhnen unter ihm.

Sie hätte ihn entsetzen müssen, seine Spießerabsicht, ein gutes Wochenende an einem schönen Ort mit Sibylle zu verbringen, mit ihr auf einer gepflegten Restaurant-Terrasse Fisch zu essen und kühlen Wein zu trinken, Hand in Hand mit der Jüngeren durch eine fremde Stadt zu wandern, mit einem Wort: sie froh zu machen und selber unbeschwert zu sein; seine biedere Absicht, aus der jedesmal die Folter losbrach. Die Folter war in seinem Kopf niemals vorgesehen gewesen, woher kam sie nur? Woher kam, aller Vorfreude zum Trotz, seine plötzliche Scham, mit Sibylle vor Kellnern und Gästen am Nebentisch in seiner Muttersprache zu reden? Warum schämte sich Stein seiner eigenen Sprache? Hätte er, der im Ausland lebte und Deutsch zu sprechen nur selten die Gelegenheit fand, um die paar Stunden mit Sibylle nicht froh sein sollen? Warum widerstrebte es ihm so sehr, von fremden Leuten als Tourist verkannt und eingestuft zu werden? Natürlich hielt man ihn dafür, wenn er mit Sibylle zu Tisch saß. Er mußte eine Grenze ziehen zwischen ihr und sich, einen unmißverständlichen Zaun für Augen und Ohren der anderen – aber wie? Er wollte Sibylle in Zukunft nur noch heimlich treffen, nicht länger unter Menschen! Die deutsche Schwere seiner Tischgefährtin folterte ihn, manche ihrer Worte hörte er mit unzähmbarer Wut. Er hätte auf sie einschlagen können, wenn sie *Hacken* statt Ferse sagte, oder wenn ihr eine verwickelte Sache ein *Spagat* war. Und die Strenge ihrer Aussprache! Wenn einer von euch Nordmenschen *gute Nacht* wünscht, ist es vor lauter schneidendem Ton mit jedem Schlaf vorbei!, herrschte er sie an. Und er pries die größere Sanftheit des Süddeutschen, aber nur nicht in den Dialekt absinken, nichts auf Erden war häßlicher als Bayrisch oder Tirolerisch! Nein, wenn schon Deutsch, dann bitte: Burgtheaterdeutsch! Und darüber hinaus Wien verachten!, rief Stein. Sie zuckte zusammen, wenn er in Zorn geriet, und er genoß ihre Angst. In der Öffentlichkeit brüllte er freilich nicht, er flüsterte, man mußte das Deutsche verheimlichen, wo es nur anging. Er verbot Sibylle dann, den Mund aufzumachen, ein deutsches Wort zu sprechen, er bestellte die Speisen für sie beide in der Landessprache, und las Zeitung, anstatt mit Sibylle, die nur für kürzeste Zeit zu ihm gekommen war, ein Gespräch zu führen. Die ganze Welt hasse das Deutsche, erklärte er. Einmal hatte er sogar darauf bestanden, daß sie im Restaurant an getrennten Tischen saßen, jeder für sich. Und dann hatte er sie aufgefordert, mit dem *erstbesten* Zug nach Deutschland zurückzufahren, die Schande ihrer Herkunft sei gar zu groß. Sibylle hatte sich gefügt.

Er war längst wahnsinnig geworden, aber es fehlte die Diagnose, er lief frei herum. Nachts, wenn Stein und Sibylle sich liebten, durfte sie sich nicht bewegen. Wenn sie seinen Stößen in ihrer wachsenden Lust mit den eigenen begegnete, übertrat sie die Schwelle zur Gegenseitigkeit, die er nicht duldete. Er zischte: lieg still!, erschlaffte und fiel besiegt aus ihr heraus. Nur keine Gegenseitigkeit! Sibylle war stets korrekt gekleidet, es gab keine Jeans und *Turnschuhe* für sie. Sport-, Geh-, Lauf-, Tennisschuhe, es waren *Turnschuhe*; sie lehnte sie ab. Sie kaufte ihre Kleidung nicht von der Stange im Warenhaus, sondern entwarf und schneiderte alles selbst. Dementsprechend *anders* kam sie daher, schwer und flügellos in Steins Ermessen, er mochte ihre Kleidung nicht und sagte es ihr auch. Sie nahm es hin und hielt ihrem Geschmack die Treue. Wie auch Stein.

Stein vernichtete Sibylle, aber er schlug sie nicht. Er hatte sie nie geschlagen. Bis zur Hilflosigkeit eines Hiebes mußte die Leidenschaft fast unendlich werden. Stein bildete sich ein, daß Mißhandlung nur in Schlägen steckte. Ein Wort, wie schlimm auch immer, konnte, wie er meinte, nicht verletzen. Mit dieser Überzeugung war er aufgewachsen in seinem Österreich. Ein Wort war nur ein Wort, und der es aussprach, war nicht sorgfaltspflichtig. Warum die Worte auf die Waage legen, wenn man sie doch überhören konnte? Zum einen Ohr hinein, zum anderen hinaus: nicht anders hatte Österreich seine Kinder belehrt. Und die Väter hatten gebrüllt, die Lehrer hatten gebrüllt, schon die Kinder hatten einander mit bösen Worten erniedrigt, es machte nichts aus: wer dergleichen nicht aushielt, der sollte daran zerbrechen! Man mußte stärker sein als Worte, und von Mißhandlung durch das Wort kein Wort in Österreich. Er: aus seinem Land davongelaufen, weil er die Naziluft nicht hatte ertragen können. Und dann übte sich Stein draußen in der Welt in den Nazi-Folterknecht-Methoden, die ihn zur Flucht getrieben hatten. Er war zum Musterschüler seines Landes geworden, kein Flüchtling, ein Exportartikel entarteter Kultur, ein Agent der Menschenverachtung, die das Musikland Österreich auszeichnete: der himmelschreiende Unschuldsglaube der Nation und ihrer Bürger, das Nichtlernenkönnen als Erbe. Stein war ein Österreicher wie alle, nur schlimmer, weil er sich in seinem Auslandsleben für besser hielt. Clara hatte ihn durchschaut:

– Deine Nazilehrer können stolz auf dich sein, hatte sie gesagt, als sie mit dem blutenden Auge vor ihm gestanden hatte. Nur vor ihr war er einmal so tief gesunken, mit der Hand auszuholen vor lauter Nichtmehrweiterwissen. Die Scham darüber hatte ihn seither nicht verlassen. Clara hatte nicht geweint. Er hatte sie umarmen wollen. Sie war aus dem Zimmer gegangen.

– Faß mich nicht an!

Sie hatte den Arzt im Nachbarhaus aufgesucht und die Verletzung zum Unfall beschönigt. Die Ärzte waren im Zuhören und Schweigen geschult. Als sie zurückkam:

– Ich habe Angst vor dir.

Clara war ihm aus dem Weg gegangen. Seine offenen Arme hatte sie übersehen, die Beteuerungen seiner Liebe überhört. Sie wußte, wie sie ihm weh tun konnte. Nichts schmerzte ihn heftiger, als wenn jemand das Vertrauen zurücknahm, das er von seinen Menschen forderte und brauchte. Wenn eine Frau zu ihm sagte: *ich habe Angst vor dir*, zerbrach in ihm die schöne Maske, an die er mit Inbrunst glaubte. Dann war er verloren. Erst dann, wenn jemand ihm das Vertrauen entzog, überwältigte Stein Angst vor sich selber.

Sibylle war ewig sanft mit ihm geblieben. Nie kam ein Vorwurf, und niemals Widerstand. Und schließlich war Sibylle auf ihre stille Art von Stein doch fortgegangen. Sie hatte nach langer Suche Arbeit als Kurator an einem wichtigen Museum gefunden, und hatte ihm ihre Doktorarbeit zur Darstellung des Heiligen Sebastian in der Malerei gewidmet.

Er war beschäftigt gewesen, und so war es ihm erst Monate später eingefallen, ihr dafür zu danken, ohne daß er ihre Studie gelesen hätte. Bei der Gelegenheit beglückwünschte er sie endlich auch zu ihrer Position. Er staunte, als sein Brief zurückkam: *Annahme verweigert*.

Es mußte sich um einen Irrtum handeln. Sibylle ersehnte seine Briefe, sie hoffte täglich auf ein Zeichen von ihm, sie hatte es ihm tausendmal gesagt. Er schob den alten Umschlag in einen neuen und schickte ihn zum zweiten Mal an sie. Auch diese Sendung kam zurück: *Annahme verweigert*.

Der Verdacht, er könnte Sibylle gekränkt oder verärgert haben, lag ihm so fern wie ihr ganzes Leben, wenn sie nicht gerade bei ihm war. Er griff zum Telefon und wählte die Nummer ihres Büros im Museum. Er mußte erfahren, daß sie dort nicht länger arbeitete. Man konnte oder wollte ihm nicht sagen, wo er sie erreichen konnte. Er wartete bis zum Abend und rief die Besitzer der Villa an, wo sie zur Miete wohnte. Sie wäre ausgezogen, ihre neue Anschrift sei nicht bekannt. Er suchte endlich die Telefonnummer ihrer Eltern heraus, denen er in all den Jahren nicht begegnet war, und mit denen er nie ein Wort gewechselt hatte. Eine Frau, es war wohl ihre Mutter, sagte trocken:

– Es reicht, meinen Sie nicht auch?, und hängte auf.

Und so war Sibylle auf einmal aus seinem Leben verschwunden. Was Stein jetzt noch hätte unternehmen können, wäre gegen ihren Willen geschehen. Also unternahm er nichts, als wäre ihm ihr Wille jemals wichtig gewesen. Er schickte ihr hin und wieder noch Post, immer an die Anschrift ihres Elternhauses, denn eine andere hatte er nicht. Jede Sendung kam zurück: *Annahme verweigert.* Als er Sophie im Bois de Vincennes von Sibylle erzählt hatte, war ihm zum ersten Mal bewußt geworden, wie traurig diese Geschichte war. Es war zu spät, obwohl nichts zu spät sein sollte, solange zwei Menschen noch am Leben waren. Er wußte, daß er schweigsam vor ihr stehen würde, falls er Sibylle noch einmal begegnen durfte. Er wollte gutmachen, was nicht gutzumachen war. Er liebte sie. Aber hatte er sie damals geliebt, als sie in seinen Armen lag? War jeder Haß nicht Haß gegen sich selber, und jede Liebe nicht Liebe zu sich selbst? War jedes Schmerzzufügen nicht Selbstverstümmelung, und warum hatte Sophie ihn verlassen? Der Sache mit Sibylle wegen? Manchmal hegte er den Verdacht, daß jede neue Geschichte eine Abrechnung mit allen früheren war. Spektakulärer, weniger königinnenhaft als Sibylle war Sophie fortgegangen, aber wo lag der Unterschied? Stein war in beiden Fällen entlassen worden, und man wurde entlassen, weil man nicht entsprach. Darauf kam es an: ob man entlassen wurde oder in freier Entscheidung ging. Stein hatte noch nie freiwillig einen Menschen ziehen lassen. Wenn es nach ihm ging, würden alle, die er auch nur einmal angefaßt hatte, bei ihm sein müssen, unendlich verfügbar und ewig in ihn verliebt. Wo er einmal begehrt hatte, begehrte er unaufhörlich, und die Treue war für ihn die Treue zu allen zugleich. Untreue hätte für Stein bedeutet, sich abzuwenden von einem der Körper und zu erklären: ich will dich nicht länger. Wer ihn verließ, erklärte damit: ich brauche dich nicht mehr, und dieser Satz war Todesurteil, Mord, Weltuntergang. Hatte Sophie, die von ihm fortgelaufen war, ihm nicht gezeigt, daß keine weitere Stunde mit ihm möglich war? Nichts da von Krise und letztem Streit und Kofferpacken, besser als er war die Flucht ins Nichts. Sophie und Stein am neunten Juli, der, wie alle letzten Tage, als Ende nicht empfunden worden war. Die Lust, die zwischen ihnen gewütet hatte, war auch an jenem Tag nicht müde geworden, die Ungläubigen, die sie beide waren, hatten endlich den Besuch der Sonntagsmesse in Notre Dame geschafft. An ihrem letzten Tag waren sie zum Hochamt erschienen; nicht pünktlich, doch immerhin zum Schluß der Predigt, für die heilige Wandlung, das Mysterium, das Symbol, das große Theater. Die Schönheit des Kirchenschiffes, der Zauber der Fenster, als vom Osten die Sonne einfiel, der Weihrauchduft, die Macht der anschwellenden Orgel, die die ganze Stadt in Schwingung versetzen konnte, das alles ersetzte den Glauben, wo er vielleicht schwach war oder fehlte. Die *Sünden des Fleisches*, es konnte sie nicht geben, nicht in diesem Glauben, dieser Sinnlichkeit. Sünde, wenn es sie gab, war das Zurückstecken der Protestanten, die Billigkeit des Bibel-Lesens, das armselige Luther-Calvin-Zwingli-Knox-und-wer-denn-noch-Geraune. Sophie war nicht katholisch, aber Stein gestattete ihr, die Kommunion zu empfangen. Lange standen sie in der Reihe der Gläubigen, wunderbar langsam, ohne Geschmack und doch köstlich schmolz die Oblate in ihren Mündern. Er hörte die Warnung seiner Mutter: wer unwürdig die Hostie zu sich nehme, den würde Gott bestrafen. Stein lächelte darüber, aber er blickte zur Decke der Kathedrale empor. Vierzig Meter hoch wölbte sie sich über den Kirchgängern, und seit achthundert Jahren verweigerte sie sich dem Wunsch aller Masse nach Absturz. Wann würde sie, in einem Augenblick der Schwäche, der Verlockung nachgeben?

5

Stein fuhr Richtung Norden, zur Sternwarte von Palomar. Mit ein wenig Glück würden sie dort vor dem Einbruch der Nacht eintreffen. Leer war die Straße, schon schimmerte aus der Ferne Lake Henshaw auf, die Berge standen als schwarze Mauer vor dem gelben Himmel. In großer Höhe zog ein Flugzeug seine Bahn, sein Rumpf glänzte noch in der Sonne, die längst untergegangen war.

Nach dem Hochamt wurde das große Hauptportal geöffnet, und mit der Gewalt einer Lawine brach Sonnenlicht, in dem Staubpartikel tanzten, in den halbdunklen Kirchenraum. Die Blendung überstieg, was die Meßfeier an Offenbarung und Geheimnis geboten haben mochte. Im Hinaustreten empfingen Gläubige wie Ungläubige den wahren Segen, Notre Dame überstieg sich zum Weltinnenraum, den die Meister jenes *Neuen Stils*, den Vasari später Gotik nannte, sich zum Ziel gesetzt hatten. Vielleicht waren die Kathedralen, die halb Europa säumten, nicht eingestürzt, weil das Licht sie trug. Das Spiel zwischen Licht und Dunkelheit schuf eine Sphäre, in der die Gesetze der Physik ihre Gültigkeit verloren. Solche Beständigkeit überstieg das Können ihrer Erbauer.

Das Flugzeug, das inzwischen nicht länger zu sehen war, konnte nur an dem weißen Streifen, den es im Abendhimmel zurückließ, noch geortet werden.

Als die beiden Kirchgänger das Portal durchschritten, hatte Stein trotz der schiebenden Menge einen Augenblick angehalten und Sophie geküßt. Und einem Bettler hatte er eine Münze zugesteckt. Aber als Sophie sich draußen an ihn geschmiegt und einen weiteren Kuß gefordert hatte, war er schon wieder geizig geworden. Er lehnte es ab, auf diesem Platz, wo, wie er meinte, jede Zärtlichkeit zum Kitsch entartete, es den Touristen gleichzutun.

Er hatte Sophie mit festem Griff vom Platz geschoben, und sie hatte ihren Fehltritt wieder einmal nicht verstanden. Aber sie ließ sich von ihm führen wie ein müdes Kind; niemand hätte in den beiden ein Paar vermutet. Bald hatten sie die Place Baudoyer erreicht. Und hier, am selben Ort wie damals, als die Toten noch ungestört in der Erde ruhten und sogar die Polizei Nachsicht für die Vergänglichkeit der Liebe zwischen einem Mann und einer Frau bewiesen hatte, wäre es an der Zeit gewesen, den verweigerten Kuß nachzuholen. Aber war das möglich? Standen nicht die stürzenden Knochen dagegen? Stein versäumte die Gelegenheit, schon lag der Platz hinter ihnen, und sie erreichten die Gassen des Marais. Hand in Hand, zugleich erregt und zänkisch, gingen sie stur dahin. Sie hätten ein Lokal aufsuchen und sonntäglich essen sollen. Stein entschied dagegen, und Sophie fügte sich. Sie fügte sich immer. Sie war auch mutig: auf der Place des Vosges bettelte sie zum zweiten Mal um einen Kuß. Stein war empört: auf *diesem* Platz! Schon wieder ein verdammter Touristenort!

– Nein.

Es lag keine Rettung darin, daß sie eine Stunde später wieder umschlungen lagen, zu immer neuer Lust, bis Stein sich auf den Weg zum Abendessen machte, wo er ohne Sophie erwartet wurde. Sie hatte betont, wie sehr sie sich über den ungestörten Abend freute. Sie wollte lesen, endlich einmal nichts tun. Als Stein schon unter der Tür stand, hatte sie ihm ihr Foto in die Hand gedrückt.

– Nimm es mit!

Es war ein Bild, das sie erst vor wenigen Tagen geknipst hatten, und Sophie hatte ihm ein paar Zeilen auf die Rückseite geschrieben. Das war ihm freilich erst viel später aufgefallen. Er hatte das Bild achtlos in sein schwarzes Notizbuch geschoben, das ihn überallhin begleitete. Es war nun wirklich spät geworden, und ihre Umarmung geriet flüchtig.

– Ich werde nicht lange fort sein!

Stein wollte das Berghaus der reichen Freundin Stéphane nicht vorenthalten. Seit Jahren hatte er den Schlüssel dafür, und doch kam er viel zu selten hier herauf. Dabei stand es fast immer leer. Zwei Stockwerke, fünf Schlafzimmer, riesige Terrassen, ringsherum Wald. Ein kleines Paradies, aber die reiche Freundin war des

Besitzes müde, sie hatte das Haus seit langem aus ihrer Gunst entlassen. Einigen Freunden hatte sie die Schlüssel anvertraut: das Haus ist für euch, genießt es! Man mußte sich nur mit einem kurzen Anruf vergewissern, ob es gerade leer stand. Man konnte eine Nacht oder Wochen bleiben. Es gab wenig Nachfrage, die Schlüsselinhaber lebten in anderen Erdteilen oder waren viel zu beschäftigt, um an Mount Palomar zu denken. Es stand zu erwarten, daß die Freundin ihren Besitz auf kurz oder lang verkaufen würde. Daß es noch nicht geschehen war, hatte mehr mit Vergeßlichkeit als kluger Erwägung zu tun. Was Stein betraf, so war es freilich nicht Geschäftigkeit, die ihn von häufigen Besuchen abhielt: er hatte Angst. Die Entfernung bis zum nächsten Nachbarn – und konnte nicht gerade er der Mörder sein? –, die Schwärze und die Geräusche des Waldes bei Nacht, die Größe des Hauses mit seinen vielen Zimmern und versteckten Nischen, der nicht ausgebaute Keller, die Glasschiebetüren zu den Veranden, überhaupt das viele Glas, das Fehlen von Vorhängen, die Gewißheit, daß kein Hilfeschrei ans Ohr eines Retters dringen würde – konnte das Telefon nicht von außen her unterbrochen werden? –, die Summe aller Horrorfilme seines Lebens, das Mißtrauen des Städters gegen die Natur – alles ballte sich und wuchs Stein über den Kopf, wenn er in das Berghaus kam. Zugleich lockte ihn die Möglichkeit, hier als Gast der reichen Freundin auf eine Art zu leben, die außerhalb seiner Mittel lag. So selten war er hier gewesen, daß er jetzt in der Finsternis befürchten mußte, die Einfahrt zu dem Besitz zu übersehen. Stéphane hatte keine Ahnung, wohin sie fuhren, und Stein rückte mit der Überraschung, die er plante, nicht heraus. Nicht für Stéphane geschah dieses Höherfahren, das zu dieser Jahreszeit in Schnee und Eis führen konnte. Das Berghaus lag zwölfhundert Meter hoch. Stein unternahm doch nichts für andere Leute. Sein Entschluß, mit Stéphane hierherzukommen, hatte allein mit seiner Liebe für das Haus und seiner Angst zu tun, es allein aufzusuchen. Nein, unbegleitet würde Stein keine Stunde hier verbringen; schon vor dem Öffnen der schweren Kette, die das Gittertor an der Straße schloß, wurde ihm bang. Man mußte dafür aussteigen, allein im Wald stehen, sich bücken, man war jeder bösen Absicht ausgeliefert. Wenn das Tor erst geöffnet war, führte ein Privatweg noch mehrere hundert Meter durch dichtes Unterholz bis hin zur Lichtung, die die Villa umgab. Da das Berghaus unbewohnt war, lag es natürlich im Dunkel. Stein wußte auch nie, ob er das Tor hinter sich mit der schweren Kette wieder abschließen oder offenlassen sollte: war es abgeschlossen, würde niemand vermuten, daß das Haus bewohnt war; stand es offen, konnte man jederzeit ins Auto springen und die Flucht ergreifen. Das war ein Dilemma, vor dem er verzagte. Vor dem Berghaus hieß es endgültig aussteigen. Ein Sicherheitscode, der in unregelmäßigen Abständen geändert wurde, mußte vor dem Öffnen der Tür eingegeben werden. Elektronik war Stein unheimlich, so froh er um diese Schutzanlage auch war. Es gab somit vielerlei Gründe, warum er die Villa, die er gern häufiger aufgesucht hätte, mied. Clara und die Kinder hatten nie ausgereicht, Stein seine Angst zu nehmen, und die Familie lachte ihn aus. Clara war in der Wildnis aufgewachsen, das Haus des nächsten Nachbarn lag kilometerweit von der Farm entfernt, wo sie ihre Kindheit verbracht hatte, und bis zum nächsten Dorf fuhr man eine halbe Stunde. Sie verspottete Stein und seine Furcht, und die Kinder waren nie sicher gewesen, ob sie sich auf die Seite der Mutter oder des Vaters schlagen sollten. Jedenfalls erwarteten sie alle, auch Clara, Schutz von ihm. Nicht nur in der Wildnis, überall. Erwartungen, die Stein nicht würde erfüllen können, aber er behielt sein Wissen für sich. Er hatte sein Leben und jede Einzelheit ihrer aller Existenz hoch versichern lassen, er bezahlte pünktlich die Prämien, aber Papier bot keinen Schutz. Es gab keinen, es blieb beim Satz des Landpfarrers, alles sei Gnade. Stein konnte jedenfalls das Haus der reichen Freundin nur dann genießen, wenn ihn jemand begleitete, der die Angst von ihm fortnahm. Dafür war Stéphane gut, in seiner Gesellschaft hatte er noch nie Angst verspürt.

Der Freund, so schien es, ging furchtlos durch die Welt. Mehr als irgendwer war er in sie verstrickt, dem Augenblick ergeben wie ein Hund seinem Herrn, und doch beherrschte er die Umstände, die ihn zum Sklaven machten. Herrentum in der Sklaverei, und umgekehrt, darüber hätte Stein mit Stéphane einmal gern geredet. Aber wann gelang ihnen schon ein Gespräch? War Furchtlosigkeit Dummheit oder Weisheit? Es gab Wörter, mit denen Stein nichts anfangen konnte; er hatte sie so gründlich vergessen, wie man sich nur selber vergißt: Begriffspaare wie *tapfer – feige*, *fleißig – faul*, er hätte noch viele Beispiele nennen können. Seit er spürte, daß Worte wichtig waren – Sibylle, warum bist du allzu früh in meinem Leben aufgetaucht? –, war er endlich vorsichtig geworden.

– *Mon cher ami, nous voici arrivés.*

Stein freute sich, daß er das Tor nicht übersehen hatte. Seine Bedenken waren unbegründet gewesen, aber freilich war er besonders langsam gefahren und hatte gut aufgepaßt. Er verließ die Straße und parkte im nassen, vermodernden Laub des Herbstes, das die Einfahrt säumte. Er bat den Freund, im Auto zu bleiben, dessen Scheinwerfer er gegen das Tor und die Alarmanlage richtete, um leichter öffnen zu können. Aber Stéphane gehorchte nicht; er stieg aus und starrte in die Dunkelheit.

– Wo sind wir?

– Chez moi, entgegnete Stein.

Die Freunde saßen im Salon, der dreißig Menschen hätte aufnehmen können, aber sie fühlten sich nicht verloren in dem großen Raum. Es war warm im Haus, trotzdem machte Stéphane, übermütig geworden, den Vorschlag, im Kamin ein Feuer zu schüren. Er schichtete Holz auf, legte Papier dazwischen, kannte sich aus, und Stein mußte keinen Finger rühren. Bald loderte ein mächtiges Feuer auf.

– Bravo, lobte Stein, aber er irrte, wenn er eine neue Seite am Freund zu entdecken glaubte. Er hatte nur vergessen, daß es auch diesen Stéphane gab, den stolzen Erben eines bescheidenen Häuschens im Süden von Paris, an einem Fluß, der fast stillzustehen schien, und nach dem das umliegende Département benannt war: le Loiret.

Der Kühlschrank im Berghaus der reichen Freundin war immer mit Köstlichkeiten gefüllt. Und wieder war es Stéphane, der auf Entdeckungsreise in die Küche ging, um das Abendessen zu bereiten. Bald stand dampfende Suppe, gefolgt von Lachs mit bunten Gemüsen, auf dem Tisch. Stein dagegen hatte es nur geschafft, eine Flasche Pinot grigio zu öffnen und Gläser aus dem Regal zu holen. Er hätte dieses Abendessen nie auf eigene Faust zubereiten können, er gab es gerne zu.

– Hier sollte ich meinen Brief schreiben, sagte Stéphane in die Stille hinein.

– Welchen Brief?

Wie konnte Stein nur diese Frage stellen? War Stéphane nicht ernsthafter als je gewesen, als er seine Absicht geäußert hatte, endlich *den Brief an seine Menschen* zu verfassen? Wie lange war das her? Ein paar Stunden, oder Tage? Wie lange war der Freund schon hier? Warum rief Clara nicht an, was machte Laura? Plötzlich, nur einen Augenblick, ertönte ein Alarmsignal in Stein. Er stieß hervor:

– Verzeih, ich war im Kopf woanders, ich weiß genau, von welchem Brief du redest!

Stéphane lächelte und hatte mit diesem Lächeln alle Karten in der Hand.

– Du weißt *genau*, von welchem Brief ich rede? Darum beneide ich dich, mon cher ami. Ich wüßte nur zu gern, was in dem Brief stehen soll.

Einmal, in einer Bar, hatte Stéphane einen Anruf erhalten, der ihn aufs äußerste erregte. Stein war zum unfreiwilligen Zuhörer geworden. Der Freund redete mit einer Frau, es ging um Geld und Termine, eher um berufliche als private Dinge. Aber wie hätte eine Klientin ihren Anwalt so sehr erzürnen können? Stein stellte später keine Fragen. Auf dem Höhepunkt der mit wütender Stimme geführten Auseinandersetzung hatte der Anwalt mit bitterem Spott ausgerufen, sie, die Frau, lebe in glücklichen Ewigkeitsbezügen, wo Termine und klein gedruckte Klauseln belanglos würden, er dagegen in der Wirklichkeit, ihm seien Einzelheiten von größter Bedeutung. – Armer Stéphane! Es lag auf der Hand, daß er mit seinem Spott die Frau beschämen wollte. Er hatte Pedanterie und Kalenderzeit zu *seinem* Bereich und für wertvoller erklärt als die *Ewigkeitsbezüge* der Gegnerin. Er hatte ihr einen Schlag versetzen wollen, der ihn ins eigene Gesicht traf. Wer würde schon freiwillig zugeben, daß er nur in der kleinlichen Zeit lebte, und dem Feind die Ewigkeit zugestehen? Später hatte Stein überlegt: vielleicht alle Menschen. Vielleicht wollten wir alle lieber im heutigen Tag als nur eben nicht im heutigen Tag sein. Und war nicht auch ihm die Greifbarkeit der allernächsten Dinge wichtiger als die sogenannte Ewigkeit? Wenn das ein Schlag ins eigene Gesicht war, hieß leben, gegen sich selber leben.

Man würde Stéphanes Brief also mit Vorsicht lesen müssen, wie alle Anwaltsbriefe.

Man würde sich am besten nicht vorzustellen suchen, wie sein Autor aussah. Überhaupt der Gedanke an ein Gesicht, an einen Leib. Stéphane verschwendete keinen Augenblick damit, sich im Spiegel zu betrachten. Selbstverliebt war er kaum, und in letzter Zeit fiel es ihm auch nicht länger ein, von den Frauen, mit denen er sich umgab, Schönheit oder Eleganz zu fordern. Manche konnten erregen, betören nicht, doch seine wichtigsten Gefährtinnen waren *körperlos* wie er. Stéphane war so dick geworden, daß man um seine Gesundheit fürchten mußte. Er besaß keinen Hals mehr, der breite Schädel wuchs direkt aus den Schultern heraus. Ein Arzt hätte befunden, daß da einer geradezu Selbstmord beging. Es war freilich ein kommoder Selbstmord, ohne Melancholie und Lebensmüdigkeit. Der Selbstmörder liebte das Leben, das er schließlich nicht *ewigen Werten*, sondern der Wirklichkeit, den täglichen Einzelheiten verschrieben hatte. Das machte Spaß. Er schluckte auch gehorsam und fast immer zu den vorgesehenen Stunden die vielen Medikamente, die ihm sein Internist verschrieb. Die Pillen sollten Blutdruck sowie Cholesterinspiegel senken, und den unregelmäßigen Herzschlag auf eine gleichmäßige Bahn bringen. Andere regten, laut Arzneizettel, die Leber zur Bildung neuer Zellen an und reinigten die geschwächten Nieren. Ein Körper war unheimlich. Wenn er schön war, oder wenigstens jung, erregte er, man wollte ihn besitzen. Was hieß das: besitzen? Einen Körper zu besitzen war unvorstellbarer als jede andere Form von Besitz. Stein hatte mit dem Begriff nie viel anfangen können. Er war davon überzeugt, auch das zu besitzen, was ihm nicht gehörte. Das Berghaus der reichen Freundin zum Beispiel. Er besaß es noch unanfechtbarer als die im Grundbuch eingetragene Eigentümerin. Sie war abwesend, sie saß nicht im Wohnzimmer: er dagegen schon: Präsenz, das Am-Ort-Sein machte zum wahren Besitzer. Manchmal reichte es auch schon aus, eine Sache zu verstehen: wer eine Idee oder ein Konzept begriff, dem gehörte das mit dem Kopf Erfaßte. Da war der Stille Ozean, an dessen Küste hierzulande das kleinste Grundstück für Millionen gehandelt wurde: Stein lachte darüber. Er ging am Strand spazieren, und die Küste gehörte damit ihm. Es war Begierde und Wünschen in seinem Schauen und Gehen. Stéphane eignete sich die Welt unter umgekehrten Vorzeichen an: er übersah das Große und Wesentliche, seine Blicke blieben am Kleinen und Vertrauten haften. Neuntes Arrondissement. Er ging nicht an schönen Küsten spazieren, er träumte nicht im Traum davon, das Berghaus einer reichen fremden Frau zu bewohnen. Das hatte nichts mit Weisheit und Askese zu tun, eher mit Blindheit – auch sie war ein Glück. Und meinten beide Freunde nicht, daß Reichtum ohnedies nur darin bestand, jeden Tag im guten Restaurant einkehren, essen und trinken zu können, ohne sich um die Rechnung sorgen zu müssen? Reichtum bedurfte keiner Ländereien und keiner Investitionen: die richtig gekühlte Flasche Pinot grigio auf dem Tisch reichte aus.

Wie erst war es möglich, einen fremden Körper zu besitzen? Oder den eigenen? Besaß man überhaupt den eigenen Körper? Man sollte ihn wenigstens warten und in Ordnung halten wie ein Fahrzeug. Es fiel Stéphane freilich nicht ein, seinen Autos oder seinem Körper vorbeugende Pflege zuteil werden zu lassen. Gleich verwahrlost und zerbeult kamen sie daher, Stéphane und seine Autos. Und erst wo der Schaden genügend schlimm war, wurde der Mechaniker gerufen. Besaß man den eigenen Körper? Und wie stand es um einen fremden? Das wäre das richtige Gespräch für den Abend im Berghaus gewesen, und vielleicht der rechte Einstieg in den Brief, dessen Ungeschriebensein Stéphane quälte.

Es fehlte in diesem Zimmer an frischer Luft. Es war bestimmt seit Wochen nicht gelüftet worden. Stein ging zu einer Schiebetür aus Glas und öffnete sie. Die Nachtluft, die in den Raum schoß, war frostig, aber belebte. Das Feuer im Kamin begann zu flackern, der Windstoß von draußen bedrohte es. Stéphane würde Holz nachlegen und das Feuer wieder schüren müssen.

– Wir sind zeitlebens müde gewesen, und zugleich niemals. Eine ideale Haltung.

– Im Grunde besteht dieses Haus aus Glas. Rundherum, wohin du schaust, dünne Holzbalken und dazwischen Schiebetüren. Im Sommer kannst du alles öffnen. Dann bist du im Freien, wenn du drinnen bist. Manchmal macht mir diese Durchsichtigkeit ein wenig Angst.

– Angst wovor?

– Eindringlinge, Mörder, dumme Gedanken, weiter nichts.

– Angst vor Verbrechen? Sie ist unnütz wie Angst vor Unfällen.

– Aber man schützt sich doch nach Möglichkeit gegen beide?

– Man schützt sich dagegen nicht. Schau dich um, lies die Zeitungen. Man fordert das Unerwartete heraus.

– Ein Berghaus, entlegen wie dieses, müßte Verbrecher geradezu anziehen. Die Sicherheitsanlage würde nicht helfen können. Sie ist ein Bestandteil der Zivilisation, ein Teil der Regeln, an die wir uns halten oder eben nicht. Wie eine Tür. Wer sich an die Regeln dieser Zivilisation hält, wird das Haus durch die Tür betreten, und natürlich nur dann, wenn er Schlüssel und Anrecht dazu besitzt. Das Verbrechen aber wird Tür und Sicherheitsanlage übersehen: es wird die Glasscheiben und Terrassen vorziehen, die das Haus umgeben. Eines der Fenster einschlagen, eine der Schiebetüren aufbrechen, nichts wäre leichter als das. Und wenn die Alarmanlage dann auch zu lärmen beginnt, wenn sie angeblich in der

Polizeistation unten im Tal ein Signal auslöst, was macht es aus? Ihr Jaulen wird in der Wildnis niemand hören, und bis ein Streifenwagen das Haus erreicht, werden einige Frauen vergewaltigt und viele Messerstiche in einen Körper gestoßen. Es läßt sich bequem die Flucht ergreifen. Der Wald ist groß, Mount Palomar unüberschaubar. Du siehst, das Berghaus ist gefährlich.

– Es wird dir keine Angst machen, wenn du es als deinen größeren Körper verstehst. Das Haus ist ein Körper.

– Und was das Haus umgibt?

– Alles. Dein Auto zum Beispiel: was macht dich oder irgendwen zum guten Fahrer? Ich will es dir sagen: wenn du dein Fahrzeug nicht länger als etwas Fremdes empfindest, das du dir überstülpst. Wenn es zur Erweiterung deines Körpers wird. Wie du als Fußgänger ohne Berührungen und Kollisionen auf überfüllten Gehsteigen durch die dichteste Menge dahingehst, dein Ausschauen unbewußt, die Vorsicht natürlich, weil du deinen Körper, an den du dabei gar nicht denkst, beherrschst, so ergeht es dem guten Fahrer: sein Auto ist sein Leib, und er muß sich diesen Umstand nicht in Erinnerung rufen, er gilt, ohne jeden Gedanken, sobald der Fahrer das Lenkrad ergreift. Sogar ein wenig Trunkenheit wird dann nicht schaden.

– Der *Raum*: Zimmer, Haus, Nachbarschaft, Viertel, Heimatstadt, fremder Ort, Land und Länder, die Möglichkeiten unseres Planeten, auch der *Raum* nur eine Erweiterung unseres Körpers?

– Auch darin ein *guter Fahrer* sein. Durchgleiten, nicht anekken, mitfließen im Fluß – so macht Leben Freude. So bringt man es weit, es darf nur keine Berechnung mit im Spiel sein. Du läufst bald fünfzig Jahre durch die Straßen und hast dir dabei nie viel gedacht. Auf einmal wachst du auf, mit einem Schlag spürst du das Glück, das in diesem Gehen beschlossen liegt. Nicht so sehr deine Gesundheit, dein Ausschreitenkönnen aus eigener Kraft macht dich froh, sondern die Einsicht, daß es den Raum gibt, der dir offensteht. Plötzlich wird dir jeder Schritt zum Wunder. Und es besteht keine Gefahr, daß dir die Erde zu klein werden könnte; so hat dich nie das Weltall verlockt, weil die Erde unausmeßlich ist.

Du fährst Tage im Auto dahin und bleibst im Raum, du begibst dich für Wochen auf Schiffe und mußt nicht fürchten, an ein Ende der Welt zu geraten, du kannst zu den weitesten Flügen aufbrechen, die Luft wird nicht aufhören, solange du nicht zu hoch steigst.

– Wir sollten zur Sternwarte hochfahren. Es gab eine Zeit, da besaß Mount Palomar das größte Teleskop der Welt. Aus allen Ländern kamen die Wissenschaftler, es gab jahrelange Wartelisten, jeder wollte durch das Riesenfernrohr nachts in den Himmel schauen. Es hieß, daß die fotografischen Aufnahmen des Universums auch nur einer Nacht genügend Material lieferten, um ein Astronomenleben mit der Auswertung derselben zu verbringen. Stell dir vor: du sitzt eine einzige Nacht vor dem Teleskop, und holst dir den Auftrag für den Rest deines Lebens.

– Ja, die *eine* Liebesnacht jener Glücklichen oder Verzweifelten, die bis zum Tode davon träumen oder darüber weinen müssen. Gibt es solche Menschen noch?

– Es gibt zu allen Zeiten dieselben Menschen. Geh ins Museum zu den alten Statuen und Bildern. Lies die Bücher aus verflossenen Jahrhunderten. Du wirst merken: es gibt keine Vergangenheit, es gibt nur Gegenwart. Wer sich ins Innere der Sternwarte begibt, bekommt es mit der Angst zu tun. Mount Palomar: als riesenhafter, weißer Golfball erscheint die Forschungsstätte dem Näherkommenden. Tagsüber darf man sie besichtigen, nachts gehört sie den Wissenschaftlern, deren großer Moment von der Warteliste endlich abgehakt wird.

– Auch heute noch?

– Ja, nur gibt es inzwischen Optionen, Mount Palomar hat seinen einsamen Rang eingebüßt. Die Warteliste ist vielleicht ein wenig kürzer geworden. Wenn du den Golfball betrittst und über eine der beiden schmalen Betontreppen die Besucherplattform erreichst, wird die Dimension des Innenraums dir einen Schlag auf die Brust versetzen; ich habe es immer so empfunden. Dabei trennt eine Wand aus Glas den Arbeitsbereich von den Besuchern. Im Grunde habe ich trotz aller Erklärungen und Wanddiagramme das Prinzip von Mount Palomar nie recht verstanden. Das Fahrwerk aus Metall, an dessen Spitze sich das Teleskop befindet, und das Dutzende von Metern in die Höhe ragt, bis hinauf, wo bei Nacht das Schutzdach geöffnet und der Himmel eingelassen wird. Im Betrachter am Boden erregen diese gewaltigen Installationen Schwindel; wie wird es erst für den Astronomen sein, der sich in höchste Höhe begeben muß, und der seine Arbeit in einem engen, luftigen Käfig verrichtet. Denn auch das größte Teleskop ist für Menschen gebaut, es endet in einem schmalen Okular. Und kalt ist es da oben! Ich meine nicht die Temperatur der Bergspitze, sondern das Gefühl, das dich überkommt, wenn du in diesem Golfball steckst. Betonwände, Stahlgerüst, das Dach aus Metall, die Halbdunkelheit, das alles macht dich frieren, aber auch darum geht es nicht. Nein, es ist vielmehr, als würde die absolute Kälte des Weltalls in die Sternwarte tropfen. Der Besucher merkt, daß er sich an einer Grenze befindet. Auch wer nur dasteht und schaut, befürchtet, etwas Verbotenes zu tun.

– Himmelskörper: ein schönes Wort.

– Sie gehören uns nicht, oder eben doch.

– Wann gehört dir dein Körper ganz? Wenn du gesund bist, oder vielmehr in der Krankheit? Im Moment der Lust? Nur der einsamen oder der geteilten? Und ein fremder Körper? Gehört er dir, wenn du, wie es so vielversprechend heißt, damit *eins* wirst? Bloß wenn der Mensch, der in diesem Körper steckt, dich liebt oder doch wenigstens begehrt und sich *dir hingibt*, oder *dich nimmt*, oder gilt sogar Vergewaltigung? Die Vereinigung wäre vom Körperstandpunkt her besehen dieselbe. Ist Lust notwendig, um von *Zugehören* der Körper zu sprechen? Nimmt dir der Schmerz deinen Körper weg, oder bietet er ihn dir um so inniger an?

– Denk an die Zwischenzustände: das Vegetieren im Rollstuhl, im Krankenhausbett, den chronischen Schmerz – steht dann der Körper dem Leben oder dem Tode näher? Man sagt, ohne viel zu überlegen: dem Leben. Aber das ist Lüge. Denn das Leben ist Vollkommenheit. Ich hatte einen Freund, den ich für tot erklären mußte, weil er es selber nicht besorgte. Er hatte sein Versprechen gebrochen, und ich bin wohl der einzige gewesen, der es ihm übelnahm. Dieser Freund bildet sich ein, daß er lebt. Ich weiß nicht, wie leicht oder schwer ihm diese Selbsttäuschung fällt, aber die Heuchler und Lügner aus Barmherzigkeit um ihn her – wir sind alle umgeben von solchen – werden ihn dabei unterstützen. Der Freund war kein alter Römer, es fehlte ihm an Nüchternheit. Sein Leben eine Folge von Abstiegen, die er hinnahm, bis zum vorläufig letzten. Er wollte Geiger werden, einer der großen Solisten, und hätte vielleicht gar das Talent dazu gehabt. Aber er glaubte nicht genügend an sich, und gab auf. Er spielte dann Kammermusik, später nur noch im Orchester. Bei diesen Konkursen begleitete ich ihn noch. Als er schließlich im Büro einer Künstleragentur arbeitete, und sich rühmte, dabei den großen Musikern der Zeit beruflich und privat zu *begegnen*, hatte ich die Freundschaft, die ich ihm entgegenbrachte, zum ersten Mal auf kleine Flamme gestellt. Der Mann ging zu weit. Aber es kam noch schlimmer. Er liebte Sport, fuhr im Winter seit seiner Kindheit in den stadtnahen Bergen Ski. Und dann raste er gegen einen Baum. Querschnittgelähmt, die Ärzte stellten keine Genesung in Aussicht. Er würde den Rest seines Lebens im Rollstuhl verbringen müssen, von der Hüfte abwärts spürte er seinen Körper nicht länger. Er hätte noch Glück gehabt: er konnte immerhin sprechen, die Arme und Hände gebrauchen, sein Gehirn funktionierte. Als mich die böse Nachricht erreichte, besuchte ich den Unglückseligen. Es ist schwer, einem Menschen gegenüberzutreten, dem sein Körper nicht mehr gehört. Ich war entschlossen, mich nicht zum Lager der Tröster zu gesellen. Es gab keinen Trost, es war nichts zu beschönigen. Zum Glück schien der Freund derselben Meinung wie ich. Er war zerschmettert, aber bei Sinnen, und er versprach mir, in diesem Jammerzustand nicht leben zu wollen. Er werde sich töten. Es gelte nur noch, ein paar Gespräche zu führen, ein paar Überlegungen zu Ende zu bringen und einige Notizen für Frau und Kinder niederzuschreiben. Er bat mich, seinen Sterbensentschluß gutzuheißen. Ich mußte ihm damit keinen Gefallen erweisen, der meinem Empfinden widersprach, sondern beglückwünschte ihn dazu in ehrlicher Überzeugung. Dann verließ ich das Krankenzimmer und wartete ab. Ich hatte es nicht eilig, mißverstehe mich nicht, ich meinte nur, daß *er* es eilig haben sollte. Und weil wir uns durch eigene Geschäfte nur zu leicht ablenken lassen, verlor ich den Freund aus den Augen. Immerhin lebe ich zehntausend Kilometer weit von ihm entfernt in einem fremden Land. Ein Jahr später erkundigte ich mich bei einem gemeinsamen Bekannten, der mir über den Weg lief, nach dem Unglücklichen. Von Unglück keine Rede mehr. Er habe sich mit seinem Schicksal rascher als erwartet abgefunden; gewiß sei er an den Rollstuhl gefesselt und zeitlebens auf fremde Hilfe angewiesen. Seine Frau habe ihn übrigens bald nach dem Unfall verlassen, die Ehe sei ohnedies längst kaputt gewesen. An seinen alten Arbeitsplatz in der Kunst-Agentur habe der Freund natürlich nicht zurückkehren können, aber er habe durch gute Beziehungen zu Lokalpolitikern eine Stellung in der Stadtverwaltung gefunden, man habe sein Büro rollstuhlgerecht eingerichtet, die neue Tätigkeit mache ihm Freude. Der Gelähmte habe übrigens auch wieder geheiratet, seine zweite Ehe versprach weit besseres Gelingen als die erste, und die neue Frau sei als Berufskrankenschwester zur Dauerpflege ihres Mannes gern bereit und bestens geeignet. Aber als der Bericht so weit geraten war, hatte ich längst nicht mehr zugehört, denn er betraf einen Fremden.

Im Berghaus hätten Stein und Stéphane endlich miteinander reden können. Der Abend schien ihnen die Zunge zu lösen, sie entwuchsen dem Selbstgespräch.

6

Dann, im Widerspruch zu ihrem Wohlsein, verließen die Freunde das Haus noch am selben Abend. Vielleicht würden sie wiederkommen, vielleicht nicht. Kein Mörder hatte ihnen aufgelauert, aber die Langeweile. Stéphane war plötzlich wieder das Casino von *Viejas* eingefallen. Das Reden hatte ihnen doch nicht gutgetan, der Freund sollte besser seinen Brief verfassen. *I will not write again*; Sophies letztes Wort an Stein. Und nicht: ich werde *Dir* nicht mehr schreiben. Hatte sie gegen ihn oder gegen das Schreiben überhaupt entschieden? Er wollte nie wieder Sätze hören müssen, die der Auslegung bedurften. Er lobte sich einen Satz wie: fahren wir nach *Viejas*! Einwilligen, damit kein weiteres Wort fällig wurde. Sie schlossen die Fenster und schalteten die Lichter aus. Das Feuer im Kamin war fast verglüht. Sie versperrten die Villa. Sie erreichten die Straße, Stein verschloß das Gittertor mit der schweren Kette. Auf der kurvenreichen Straße fuhren sie ins Tal hinunter, die Nacht war voller Sterne. Das Licht der Scheinwerfer erfaßte Felsen, Zypressen, und manchmal Tafeln, die vor Steinschlag oder Glatteis warnten. Zum ersten Mal hatte Stein das Berghaus nicht in Angst betreten. Aber weil es keine Angst gegeben hatte, war Langeweile ausgebrochen. Schon fuhren sie durch die Orangenhaine südlich von Mount Palomar. Wo Licht auf sie traf, blitzten die fruchtbehangenen Bäume irrlichternd auf. Stein war erfüllt von Glück. Es war ihm zumute, als hätte er sein Leben schon deshalb bestanden, weil er dem Frost seiner Herkunft entkommen war. Deine Menschen sind dir davongerannt, alles läuft dir schief, aber der Winter erreicht dich nicht länger.

– Wie weit noch bis *Viejas*?

Auch Stein freute sich jetzt auf Neonlichter, Geklingel und Lärm, auf die einfachen Leute im Casino im Indianerreservat. *Viejas* war nicht Monte Carlo. Aber es machte Freude, sich manchmal selber abzuschalten. Stein hatte das Gefühl, daß er heute gewinnen würde, und Stéphane hatte Erfolg zum Programm erklärt. Wenn er sich nicht einstellte, war es ihm freilich auch egal. Bankrott belustigte ihn. Er wäre viel besser mit Sophie zurechtgekommen, vielleicht hätte sie bei ihm ausgeharrt: ein glückliches Paar. Nur Stein verjagte seine Menschen. Auch die Toten der Place Baudoyer waren vor ihm fortgelaufen. Tote überall! Kaum ein Tag ohne Leichenfunde entlang der Straßen, die keineswegs durch wildes Hinterland verlaufen mußten. Die Zeitungen waren voll davon. Verwest, oft zu Skeletten reduziert, nur selten fand man frische Tote, die Opfer ihres Mörders geworden waren. Man stellte sich besser nicht vor, was ihnen vor ihrem Sterben zugestoßen war. *Das Opfer mußte lange Zeit gelitten haben*, konnte man da lesen, und: *der Toten wurde auf Jägerart im Badezimmer das Blut abgelassen; auch wurden ihr die Fingerspitzen abgeschnitten, um eine Identifizierung des Leichnams zu erschweren*. Es gab Nachbarn, die saßen vor dem Fernseher, kochten Abendessen oder liebten sich, während im Badezimmer nebenan einer Ermordeten *das Blut abgelassen* wurde.

Welcher Tod hatte die Toten der Place Baudoyer ereilt? Als Fischer und Bewohner ihrer Siedlung hatten sie immerhin einer festen Gemeinschaft angehört. Das konnte Stéphane von *seinem* Paris nicht behaupten, und Stein von der Stadt am Stillen Ozean noch weniger. Er schaute zu Stéphane hinüber, dessen Gesicht in der Dunkelheit ihm fremd geworden war. Das schwach erleuchtete Armaturenbrett kam gegen die Nacht nicht an. Wer von uns beiden wird zuerst sterben, du oder ich, überlegte Stein. Er teilte die Menschen längst nur nach ihrem Alter ein: wer war jünger, wer war älter als er? Warum drängte es den Freund zum Brief?

– Dieses Land ist viel zu groß, sagte Stéphane und gähnte. Aber die Lichter von *Viejas* kamen näher. Sie waren häßlich, die riesigen Leuchttafeln entlang der Autobahn, die in Neonschrift den Namen des Casinos in die Nacht schrien. Es war bei aller Stille wirklich ein Schreien: die grellen Zeilen erlaubten nicht, daß man sie übersah. Sie blendeten auch untertags, wenn die Sonne schien. Strategisch ideale Punkte nahmen diese Tafeln ein, das war Kriegskunst, dachte Stein. Sanfte Landschaft, Weiden und Berge dahinter, und man sah doch nur die Schrift. Nachts verwies sie mit ihrer Brachialgewalt sogar die Sterne. Diese Landschaft glich dem Meer, wo entfernte Lichter eine Küste, einen Leuchtturm, ein Schiff in täuschende Nähe rückten, und doch würde ein Schwimmer nie an sein Ziel gelangen können. Stéphanes Kopf fiel zur Seite. Jetzt, wo sie endlich das Casino erreichten, war er eingeschlafen. Minuten vor dem Ziel, auf das er seit Tagen gedrungen hatte, war er müde geworden. Auch die Linkskurve, die Stein eine Spur zu schnell nahm, weckte ihn nicht auf. Wenn er den Freund jetzt ohne anzuhalten nach Hause brachte, oder zurück ins Berghaus, würde ihm nichts *fehlen*. Im Gegenteil, der Schlaf würde ihm guttun. Den Toten der Place Baudoyer hatte nichts *gefehlt* in ihrem fernen Jahrhundert, auch den Studenten Stein und Stéphane war nichts abgegangen vor dreißig Jahren, als sie ohne Telefon, ohne Auto, ohne Kreditkarte, ohne Casinofahrt, und ohne ernsthafte Pläne für das Leben, das vor ihnen lag, dahingelebt hatten. Es hätte alles anders kommen können, sie würden es hingenommen haben. Es gab keine Zeitgenossenschaft, und erst Vergangenheitsgenossenschaft? Gab es eine solche? Wenn nicht, was blieb dann noch übrig? Stein wollte Stéphane keine weiteren Fragen stellen; wie gut, daß er schlief. Er hatte ihm Sophie gebracht, er verdiente seinen Schlaf. Und hätte sie, Sophie, Stein *gefehlt*, wenn er ihr nicht begegnet wäre? Sie hätte ihm gefehlt. Den Einwand, daß nicht fehlen konnte, was man nicht kannte, diesen Einwand, den er selber mit Überzeugung unterschrieb, ließ er hier nicht gelten: Sophie hätte ihm gefehlt. Hatte sie ihm also *gefehlt*, *bevor* er sie gesehen hatte? Ja, sonst wäre sie nicht erschienen. Nur Mangel schuf Wirklichkeit. Stéphane war der einzige, der wichtigste Freund. Man durfte ihn nicht wegen einer Frage wecken. Aber schon traten Casinobedienstete auf ihren Wagen zu und öffneten den Gästen die Türen.

– Mon cher ami, *Viejas*!

So viele Spieler! Mitternacht war längst vorüber und kaum ein Automat frei. Es hieß lange suchen oder sich geduldig anstellen. Stéphane war in bester Laune, der kurze Schlaf hatte ihn erfrischt, er eilte zur Kasse, um einen Vorrat an Münzen einzutauschen. Er würde gründlich arbeiten, verkündete er.

Er hatte seinen Feldherrenblick aufgesetzt und drängte Stein ein paar Münzrollen auf. Spielkapital für dich; er war immer großzügig. Die Freunde trennten sich, man konnte nur allein spielen, oder mit der richtigen Frau. Stein durchwanderte die Säle. Es fiel ihm ein, daß er seit Tagen nicht mit Clara gesprochen hatte, oder wenigstens schien es so. Er war mit Stéphane gerade um die halbe Welt gereist, er wußte nicht mehr, wann er sein Haus verlassen hatte. Ein Casino war kaum der passende Ort, das Denken zu ordnen. Als er an einem Münztelefon vorüberging, beschloß er, die Nachrichten abzuhören, die er vielleicht erhalten hatte. Er verwählte sich zweimal, als hätte er seine Nummer bereits vergessen. Erst beim dritten Versuch klappte es. Laura hatte angerufen, alles in Ordnung, und Lydia brauchte Geld. Zuletzt hörte er Claras Stimme. Sie ließ ihn Tag und Uhrzeit ihrer Heimkehr wissen.

– See you Wednesday.

Stein erschrak: es war schon Mittwoch; Clara würde heute noch zurückkommen. Aber die Nacht gehörte noch den Freunden. Er fand jetzt einen freien Spielautomaten und holte die Münzrollen hervor. Er spielte und gewann. Er spielte weiter und glaubte sich allein im Saal. Er nahm die Menge nicht wahr und vergaß Stéphane, vergaß sich selber. Kaum warf man Münzen in eine dieser Maschinen, verblödete man. Leer, wie Stein in dieser Stunde war, hätte er nie mit Clara streiten können; die schönste Eintracht hätte sie verbunden. Nie wäre Sophie von ihm fortgelaufen, sie hätte ihn ewig geliebt. Nie hätte es Mißverstehen mit seinen Kindern gegeben, sie hätten ihn zum besten Vater der Welt erklärt. In dieser Leere lag die Vollkommenheit. Er merkte, daß eine Gruppe Schaulustiger ihn umstand. Sie beneideten ihn um seine Gewinne, die zu einer kleinen Summe angewachsen waren. Er mochte die fremden Blicke nicht. Sie zwangen ihn dazu, das Spiel abzubrechen. Wie peinlich das Scheppern der Münzen war, die nun ins Becken fielen. Er füllte den Gewinn in bunte Plastikbecher, die er zur Kasse schleppte und gegen Banknoten wechselte. Die Neider folgten ihm mit ihren Blicken. Er ging zur Bar hinüber, er brauchte Wein. Da sah er auch schon Stéphane. Er saß allein vor einem runden Tisch und hatte eine Margarita vor sich stehen. Stéphane neigte sich über ein Blatt Papier und schrieb. Er war in seine Tätigkeit so versunken, daß er Stein nicht spürte. Seine Zeilen wurden zu Absätzen, bald wendete er das Blatt. Der Beobachter setzte sich an den Nebentisch, eine Kellnerin nahm seine Bestellung auf. Auch die Stimme des Freundes ließ Stéphane nicht aufhorchen. Erst viel später hob er den Kopf und blickte umher, als wüßte er nicht, wo er sich befand. Dann kritzelte er ein paar letzte Worte auf den Papierrand, legte den Kugelschreiber auf den Tisch und lehnte sich zurück. Er schien mit seiner Arbeit fertig und zufrieden. Behutsam faltete er das Blatt und steckte es in seine Brieftasche. Stein gab sich endlich zu erkennen.

– So haben wir beide genug gespielt?

– Pas du tout, entgegnete Stéphane, der wieder einmal nicht zu überraschen war. Er schien es für die natürlichste Sache zu halten, daß Stein das Wort an ihn richtete.

Er werde seine Margarita austrinken und augenblicklich an die Automaten zurückkehren. Er hätte noch nicht viel, aber doch etwas gewonnen, und hätte nur eine Pause eingelegt, um endlich seinen Brief zu schreiben. Das sei erledigt, nun stünde dem Weiterspielen bis zum Sonnenaufgang nichts im Wege.

– Bis dahin werden wir kaum durchhalten. Im Dezember läßt die Sonne auf sich warten.

Dann erst traf Stein die Erklärung des Freundes in ihrer vollen Wucht. Stéphane hätte in dieser Bar seinen Brief geschrieben? *Den* Brief, der ihm so wichtig war? Es war nicht möglich!

– Mais si, beschwichtigte Stéphane und leerte das Glas. Er hätte den Fehler begangen, an den Brief als etwas Mächtiges, Aufwendiges zu denken. Er wäre vor der Aufgabe zurückgeschreckt. Wie dumm: der Brief schrieb sich ganz leicht. Man durfte ihn nur nicht zur großen Sache werden lassen. Er hätte sich eingebildet, sein Brief müßte lang sein; auch das war ein Irrtum. Ein einziges Blatt hätte ausgereicht.

– Und jetzt nie wieder einen Brief!, lachte er.

Stein wußte nicht, was er denken sollte. Machte sich der Freund über ihn lustig? War er betrunken und würde morgen einsehen, daß jenes Bargekritzel mit seinem Vorhaben nichts gemeinsam hatte? Er wollte nicht betteln müssen: zeig mir deinen Brief!, aber war doch dazu bereit. Um die Gelegenheit zu schaffen, lud er den Freund zu einem weiteren Drink ein. Stéphane schüttelte den Kopf. Er ging eilig in die Spielhalle zurück, als hätte er sich zur Arbeit verspätet.

Als die Sonne endlich aufging, bemerkten sie es im fensterlosen Saal natürlich nicht. Die meisten Gäste waren längst aufgebrochen, es gab mehr Personal als Spieler, Staubsauger heulten, allgemeine Ungemütlichkeit verwies die Freunde auf die durchwachte Nacht.

– Laß uns gehen und den neuen Tag begrüßen!

Stéphane war es recht. Das Tal lag im hellsten Sonnenlicht. Die unter der Sommerhitze vertrockneten Wiesen warteten bleich und gelb auf Regen. Auf der Autobahn drängte dichter Verkehr nach Westen. Tausende fuhren zur Arbeit, sie waren mit allen Entfernungen und Entbehrungen einverstanden, solange sie nur wußten: I have a job. Sie verließen und erreichten ihre in den Bergen oder am Wüstenrand gelegenen Häuser im Winter immer nur bei Nacht. Stein stand vor dem Casino, hatte einen Packen Geld in der Tasche und starrte auf die Autobahn. Schließlich bogen auch die Freunde in den Strom dieser anständigen Bürger ein. Aber es gab die Kategorie des *Spielers* sogar im Steuergesetz.

– Hast du wirklich deinen Brief geschrieben?

Stéphane lächelte.

– An wen wirst du ihn schicken?

– Niemand erwartet Post von mir. Ich habe auch keine Adressen.

– Die lassen sich herausfinden.

Der Freund wollte ganz offenbar nicht reden. Aber er zog seine Brieftasche hervor, entnahm ihr das gefaltete Blatt und legte es dem Fahrer wortlos auf den Schoß.

Stein, mit rotem Kopf und heißen Wangen, öffnete den Bogen und las. Lenkte den Wagen und überflog die Worte; es fiel ihm nicht ein, daß er Stéphane mit dieser Beiläufigkeit beleidigen mußte. Stéphane schaute in die Gegend und wollte keine Meinung hören. Stein verlor den Faden, es herrschte dichtester Verkehr. Er würde den Brief zu Hause in Ruhe lesen müssen. Er steckte ihn weg, als sei er an ihn geschrieben.

Es sei für Korrektur bereits zu spät, es gebe ein *zu spät*; etwas davon stand im Brief. Nicht klüger würde er künftig leben, aber mit etwas Glück zweck- und absichtsloser. Er halte nichts vom Glauben, daß Vergangenes vergangen und Zukunft noch nicht da sei. Und dann fand sich Stein sogar erwähnt: er und Stéphane, sie beide würden es der Wirklichkeit schon zeigen!

Der Brief umriß kein Programm, nichts von Verfassung und kein Entschluß zum Innehalten steckte darin. Und doch spürte Stein bei aller Flüchtigkeit des Lesens Festlichkeit, die ihn verwunderte.

Mit einem Knopfdruck öffnete er die Garage, sie waren daheim. Im Flur hing der Farbdruck eines Freskos von Simone Martini, das einen Ritter zeigte, der in reicher Kleidung zwischen zwei Burgen nach Hause ritt. Er war allein, einsam und würdevoll. Keine Spur von Niederlage war an ihm. Wer mochte er gewesen sein? Gern wäre Stein ein einziges Mal wie dieser Ritter heimgekehrt.

– Schlafen wir ein wenig, und heute noch brechen wir zur neuen Reise auf!

Schon war Stéphane dabei, sich auszukleiden.

– Es macht dir hoffentlich nichts aus, wenn wir sie mit der Fahrt zum Flughafen beginnen, sagte Stein. Um fünf wird Clara nach Hause kommen, du hast sie lange nicht gesehen, und sie fehlt mir schon. Vor dem Abendessen bringen wir dann Laura heim.

Er zog die Vorhänge zu, um die Sonne auszusperren, und stellte den Wecker, um Claras Ankunft nur ja nicht zu versäumen. Diese Uhr machte Freiheit nicht kleiner, sondern größer. Kein Kreuzfahrer und kein Ritter kam ohne sie aus.

– Meine Eltern und Brüder, die ich verfehlt habe, weil ich mich in eurer Gegenwart am falschen Ort wähnte, höher hinauswollte als ihr, ohne die Regeln eures gepriesenen Bürgerlebens zu achten auf eure Art; meine Freunde, die es nicht gibt, in der Freundschaft bricht nämlich immer das Schweigen aus, das große Schweigen, das mir Freund Stein erweist, aber nicht nur er; meine Frauen, die ich besitzen und beherrschen will, wie man ein Feuer im Kamin anzündet, mit wachsendem Geschick, damit es weniger kalt sei, die zu lieben ich mir eingebildet habe; kaum euren Umarmungen entschlüpft, war es dann wieder kalt, und ich brauchte neue Arme, neue Leidenschaften, betrog euch, so eure Anklage, und kann beschwören, daß ich nicht ausgezogen bin, um euch zu hintergehen, habe nur Bestehendem das Ende verweigert, wo Neues aufstieg, und merkte bald ganz ohne Erschrecken, wie meine Nächte sich füllten mit der schönen Gleichzeitigkeit eurer Stimmen und Körper, die ich alle brauchte und bis an mein Ende brauchen werde, denn ihr seid kostbar ausnahmslos, ich bin unbefähigt zum Verzicht, habe euch gesammelt und bewahrt; meine Mandanten, die ihr mir den bösen Vorwurf machen könntet, eure Akten nicht gründlich studiert, eure Prozesse nicht mit der nötigen Sorgfalt geführt zu haben, als hätte ich jemals Zeit oder Ruhe dafür gefunden, und doch haben wir, mit Frechheit, Arbeit oder Glück, unsere Geschäfte zum guten Ende gebracht, wie ihr mir zugestehen müßt; und meine Gläubiger, die ihr im Bilde seid, daß ich weder in Geschäften noch im Privaten meine Rechnungen pünktlich bezahle, nie mit Absicht, immer nur aus Unvermögen, mit Kalender und Geld zurechtzukommen: sie sind beide nicht mein Material, ich muß mich der Notwendigkeit beugen; euch allen schulde ich, will mir scheinen, einen Geburtstagsbrief, er ist überfällig, weil ich in meinen klingenden Ohren den Vorwurf höre, keinem von euch gerecht geworden zu sein, euch enttäuscht und hintergangen zu haben, weil vielerlei ins reine zu bringen wäre, in der Tat, denn ich liebe euch, ich bin Stéphane, euer Sohn und Bruder, Freund, Liebhaber, Anwalt, Schuldner etc., und ich habe euch nicht nur zum Rasen und Weinen gebracht, sondern mehr noch zum Lachen, bin ein Clown, ein Unterhalter, man darf auf mich zählen, nur eben anders als auf euch, ihr *Lieben*. Meine Lieben, so darf ich euch doch nennen, ich habe die Menschen immer gern gehabt, habe a priori und unbelehrbar allen, die mir begegnet sind, *Ja* zugerufen. Ich darf behaupten: jede Begegnung war gut, schlechte Erfahrungen kenne ich nicht, Enttäuschungen habe ich vergessen. Menschen sind mir zur Freude da, und wenn ich mich eines Fehlers anklagen muß, dann des Übermuts, euch in allen Dingen für Spielgefährten gehalten zu haben, weil ich mich selber nur als Spieler sah. Wir kollerten aneinander zur Freude, mehr war es nicht, mehr wird es nie sein. Das ist nicht Leichtsinn, vielmehr ist es der Hang zur Schwermut, den ich mit Spielen bezwinge; macht es mir nach! Ich habe mich der Pflichterfüllung verweigert, und gut dabei gelebt, obwohl ich ohne Haus, ohne Frau und Kinder, ohne Lebensrahmen bin. Familiäres und Häusliches kenne ich nicht, seit ich erwachsen bin. Ich will nicht wissen, was Erwachsensein bedeutet, es klingt nach Verbindlichkeit wie die Wechsel, die mir dauernd platzen, und die Miete für mein Büro, die ich fast nie am Monatsersten überweise, weil ich die Notwendigkeit nicht spüre. So bin ich in Wahrheit weder Anwalt noch Bürger, stecke nur halb in allen Dingen. Nur Lügner und Idioten bezeichnen mein Alter als Halbzeit des Lebens, denn keiner wird hundert, keiner möchte es werden, und wenn mein Brief, betrunken, zwischen *ich bin* und *ich war* und *ich werde sein* seinen rechten Ton nicht findet, bedenkt: es ist mit meinen Jahren für jede Korrektur zu spät, Änderungen der kolossalen Art sind nicht mehr zu erwarten, es gibt dieses *zu spät*, und es muß nicht weh tun. Ich weiß, daß mir fast alle Menschenmöglichkeiten gerade noch offenstehen, und eben doch nicht länger. Es gibt das große Land der Gnadenfrist, doch wer sich darin niederläßt und erntet, setzt keinen guten Schritt. In jeder falschen Jugend liegt Schuldigwerden. Was habe ich, Stéphane, für die Ewigkeit getan, könntet ihr mich fragen, und meine Antwort, froh und einfach: nichts. Ich habe mich damit abgefunden, daß ich keine Spuren lassen werde, und zelebriere diese *meine* Ewigkeit. Stein mit seinem Haus und seiner Frau und seinen Kindern: ich kann da nicht mithalten. Hätte ich Kinder haben wollen? Ich weiß es nicht. Hätte ich mir ein Haus gewünscht? Ich vermute, daß man erwirbt, was man haben möchte. Außer am Abend in Harry's Bar meine Bloody Mary und gelegentlich zwei Dutzend Austern in den *Tramways de l'Est* geht mir nichts ab, ich liebe Frauen, aber es geht auch ohne sie. Nur wenig Gegenwart überlebt den Würgegriff des Zeitvergehens, ich fordere für mich keine Unsterblichkeit. Freund Stein, was quält er sich doch ab mit seinen Erinnerungen und immer neuen Anläufen auf Sinn, wo nur die Sinne waren! Ich gebe zu, er lebt mit Atempausen, er hetzt nicht durch den Vierundzwanzigstundentag wie sein Freund Stéphane, und doch hege ich den Verdacht, daß er sich schlimmer abstrampelt als ich, er mit seinem Bewahrenwollen, mit seinen ewig unverwelkten Bildern, mit seinem Todverweigern; armer Stein! Mein Anwaltskopf erinnert sich an jede Einzelheit, mein Herz weiß nicht mehr viel vom gestrigen Tag. So ist es gut. Ich bin zuversichtlich: Stein und ich, wir beide werden es der Wirklichkeit schon zeigen! Eine neue Reise scheint mir nötig, eine bessere als die im Flugzeug von Paris zum Freund und dann mit ihm an Orte, die ich nicht erst vergessen muß, weil ich sie nicht wahrgenommen habe. Aber es gibt ein Glück im Nichts. Ihr lieben Eltern und Brüder, ihr Freunde und Frauen, ihr Mandanten und Gläubiger, ich hatte mir lange eingebildet, euch maßgeschneiderte Briefe schreiben zu müssen, damit ihr mich und die Enttäuschungen, die ich euch zugemutet haben mag, verstehen und mir verzeihen sollt. Aber plötzlich, in *Viejas*, habe ich verstanden, daß ich mit jedem von euch derselbe Stéphane gewesen bin. Unbegabt zum großen Schwindel bei aller Meisterschaft in der kleinen Lüge. Ihr kanntet mich und kennt mich alle, wie ich war und bin. So kann ich nachts beruhigt schlafen und erwache frisch auch ohne Schlaf. Begegnungen schaffen Reibung, und diese Wärme, also sind wir nicht erfroren, weder ihr noch ich. Nun laßt mich zurückkehren zu meinem Spiel, und ich lasse euch. Mein Brief ist gut und gültig für jeden von euch, ohne daß er damit zum Rundschreiben würde. Ich betreibe keine Werbung, muß weder mich noch irgend etwas verkaufen. Auch verliere ich augenblicklich jede Anschrift, die man mir gibt, und mein Versprechen, hundertmal am Tag: ich werde mich melden, heißt nur: ich bin in Frieden mit meiner Vergeßlichkeit.

Stein, unfähig einzuschlafen, las und las, und wußte doch mit der Deutlichkeit, die nur die Müdigkeit verleiht, daß der Brief, der auf einen Bogen Papier paßte, so lang nicht sein konnte, und war erschöpft genug, nicht zu erkennen, wo die Grenze lag zwischen dem Brief Stéphanes und seinem Weiterlesen darüber hinaus.

Startverspätung

Roissy, Aéroport Charles de Gaulle. Stein saß im Flugzeug und preßte sein Gesicht gegen das Fenster. Startverspätung, dichter Verkehr über dem Nordatlantik, Abflug voraussichtlich in einer Stunde, mit etwas Glück auch früher, hatte der Kapitän verlautbart. Es war egal, Stein hatte Zeit. Er fürchtete das Fliegen nicht, er staunte nur, wie vertrauensvoll die Gesetze der Physik zugleich benutzt und hintergangen wurden. Hundert Tonnen in die Luft zu heben und über Kontinente und Ozeane hinweg von einem Betonstreifen zum anderen zu bringen, überstieg das Wunder. Es war ein Wunder, das sich täglich vieltausendmal ereignete, und dessen guter Ausgang mit frecher Selbstverständlichkeit erwartet wurde. Nur selten stürzte einer dieser Riesenvögel aus dem Himmel, selten genug, daß niemand daran dachte, bis es geschah. Dann freilich übertrafen Verwunderung und Empörung jede Trauer. Die Nachricht wurde als Betrug von Technik und Natur am Menschenrecht auf reibungslos-ewiges Funktionieren der von ihr gebauten Maschinen aufgenommen. Ein Absturz brachte Aufruhr in die Welt; es wurde nicht geweint, man schüttelte nur die Faust, und die gelungenen Flüge schienen allesamt vergessen. Es wurde gleich nach der Ursache des Unglücks gesucht. Niemand nahm es hin, wenn diese einmal unentdeckt blieb. Dann gab man nicht auf und vermutete, es war die moderne Form des Märchens, die Verbrechen teuflischer Terroristen oder von den Regierungen verheimlichte Exzesse des Militärs. Dann wurde ein Jumbo Jet aus dem Meer gefischt und in vierjähriger Arbeit wie ein Spielzeugpuzzle erneut zusammengefügt: es *mußte* einen Grund für den Absturz gegeben haben, und man *mußte* ihn herausfinden. Es ging nicht nur darum, hieß es, das Fliegen in der Zukunft sicherer zu machen; des Rätsels Lösung heilte angeblich auch den Schmerz der Hinterbliebenen. Als wären die Toten weniger tot, wenn man den Hergang ihres Sterbens rekonstruierte. Stein konnte dieser neuen Logik nichts abgewinnen; seine Trauer, wo er Trauer trüge, würde dieselbe sein. Es wäre tröstlicher, im Dunkeln zu tappen, jedes Geheimnis paßte zum Tod. Zur wachsenden Unfreiheit gesellte sich eine neue Feigheit, die sich als Vorsicht tarnte. Ziel der Aktion war es, das Mysterium aus der Welt zu schaffen. Flugzeuge brachen entzwei, und niemand entsann sich der Bedingung, die da lautete: *Things Fall Apart*. Schon wieder dieser Titel des Romans, den Stein nie gelesen hatte. Vor kurzem erst war zum ersten Mal eine *Concorde* verunglückt. Diese Krönung der Flugtechnik! Und niemand überlebte, natürlich nicht. Auch Stein war einmal mit einer Concorde geflogen, vor über zwanzig Jahren, von Paris nach Washington in dreieinhalb Stunden. Stéphane hatte ihn zum Flughafen gebracht. Es reichte aus, eine halbe Stunde vor dem Abflug zu erscheinen. Schon in der Halle, beim Check-in, hatte man den Passagieren Champagner serviert. Und bald hatte Stein unter kobaltblauem Himmel gesessen, die Wolken waren tief unten vorbeigerast. Es gab auf dieser Höhe keine Turbulenzen mehr, man wunderte sich nur, warum die Geschwindigkeit unentwegt schwankte. Die Digitalanzeige sprang hin und her. Aber die Tempounterschiede, die bis zu 100 km/h ausmachten, versetzten dem Flugzeug nicht den kleinsten Ruck. Es wurde ein Abendessen aufgetragen, das Frankreichs würdig war. Am Ende – Freiheit, die verlorenging! – wurde ein Humidor durch die Kabine gereicht: feinste kubanische Zigarren, und nicht nur die Männer bedienten sich. Stein liebte den dichten blauen Rauch, der zur Decke stieg. Um zwanzig Uhr war man abgeflogen, um siebzehn Uhr vierzig Ortszeit landete die *Concorde* auf dem Dulles Airport in Virginia. Es war die Stunde für einen Drink in der Flughafenbar und später, in der Stadt, für Stein zum Krabben-Essen. So hatte er an jenem Tag mit heiterer Selbstverständlichkeit zweimal zu Abend gespeist, und zweimal die Dämmerung erlebt. Schon darin lag der Sinn der *Concorde*. Haßerfüllt hatte die Welt, allen voran die USA, das Wunderflugzeug verdammt! Es war der Neid der Engstirnigen und Selbstgerechten. Wo Neid und Haß waren, kam der Kampfschrei *Ungerechtigkeit*, und auf die Technik übertragen: *umweltfeindlich, unwirtschaftlich!* immer passend.

Wie glücklich ich an jenem Tag gewesen bin, dachte Stein, und hielt diesen Einwand für den besten. Mehr als zwanzig Jahre lag sein Flug zurück, und mehr als zwanzig Jahre war das knappe Dutzend kostbarer Maschinen täglich über den Atlantik geflogen: mehr als zwanzig Jahre jeden Tag. Erst dann war eine abgestürzt. Anstatt eine gigantische Erfolgsgeschichte zu bejubeln, brachen gleich der alte Neid und Haß hervor. Nur legte man jetzt, wie es die neue Mode war, das Kostüm der Sorge an. Überaltert seien die Maschinen, und solange nicht einwandfrei die *Ursache* des Unglücks erwiesen wäre, dürfte keiner dieser Zaubervögel mehr in die Lüfte steigen. Aber nicht die alten Neider forderten den Rückzug, nein: die stolzen Monopolbesitzer stutzten ihrem Wunderwerk jetzt mit eigenen Händen die Flügel. Sie stellten in Aussicht, daß die *Concorde* vielleicht nie wieder fliegen würde.

Man war entschlossen, längst Erreichtes fortzuräumen.

Ein feiner Bruch, der täglich größer wurde, ging durch das Vertrauen, das bis gestern dem Fortschritt *und* dem Segen, der allen Bemühungen versprochen war, zugrunde lag. Über soviel Kleinlichkeit würden die Dinge, die wir erfunden und gebaut hatten, bald umgekehrt die Lust daran verlieren, unser Menschenwerk zu sein. Flugzeuge würden mitten in der Luft den Flug anhalten und zur Erde fallen, Schiffe würden nicht mehr einsehen, warum sie unseren Berechnungen gehorchen und den Hafen erreichen sollten, Brücken würden der Statik widersprechen und einstürzen, der Stahl der Schienen würde schmelzen vor Mißachtung der neuen Ingenieure. Immer größer und kühner wurde erdacht und konstruiert, immer jämmerlicher wurde die Angst davor, immer lauter der Ruf nach der Zurücknahme aller Siege. Stein preßte sein Gesicht ans Fenster: in einem Hangar dieses Flughafens, versteckt, als ob es einen Grund zur Scham gäbe, verrotteten irgendwo die *Concordes*.

Leugnen des Geschaffenen und Gewesenen war das Rezept, unsere Welt arm zu machen wie nie zuvor. Wer konnte Interesse daran haben? Wo ein Unglück geschah, wurde Gutes aus dem Verkehr gezogen und ein altes Vertrauen zurückgenommen. Die Methode erhöhte die Zerbrechlichkeit mit jedem Tag. Vielleicht würden bald auch schon die Musiker, wenn sie eine falsche Note spielten, das *gefährliche* Werk, das nicht erfolgsgerecht komponiert schien, niemals wieder anfassen, und die Schauspieler, die sich bei der Probe versprachen, würden die Rolle nicht länger übernehmen wollen und aus dem Repertoire streichen. Der Autor hätte sein Stück einfacher schreiben sollen. Das Risiko erschiene ihnen viel zu groß. Vielleicht würden die Kinder in den Schulen bald hören müssen: ein Überschall-Passagierflugzeug hat es nie gegeben. Und Plato, Shakespeare, Bach etc? Nein, Kinder, Leute dieses Namens haben nie gelebt. Stein wollte an einer solchen Welt keinen Anteil haben. Er bestand auf Vergangenheit! Er hätte das Fenster einschlagen und schreien mögen: Laßt die *Concorde* wieder fliegen! Sie hatte ein Recht auf ihren Absturz! Menschen und Dinge haben das Recht auf ihr Zerbrechen! Und jeder Bankrott wird zum Sieg, wenn wir ihn nur mit eigener Stimme eingestehen.

Inhalt

Erich Wolfgang Skwara
im Insel Verlag
und im Suhrkamp Verlag

Anruf aus Rom
Eine Zwischengeschichte
1999. suhrkamp taschenbuch 3048

Versuch einer Heimkehr
Erzählung
1998. suhrkamp taschenbuch 2865

Die heimlichen Könige
Roman
1995. Gebunden

Tristan Island
Roman
1992. Gebunden

Eis auf der Brücke
Roman
1991. Gebunden